Aug 10

Arthur Rimbaud

Sämtliche Dichtungen

Französisch und Deutsch

Herausgegeben und übertragen
von Walther Küchler

Fischer Taschenbuch Verlag

Veröffentlicht im Fischer Taschenbuch Verlag,
einem Unternehmen der S. Fischer Verlag GmbH,
Frankfurt am Main, Februar 2010

Lizenzausgabe mit freundlicher Genehmigung
der Wissenschaftlichen Buchgesellschaft, Darmstadt

Satz: MedienTeam Berger, Ellwangen
Druck und Bindung: CPI – Clausen & Bosse, Leck
Printed in Germany
ISBN 978-3-596-90241-5

Unsere Adressen im Internet:
www.fischerverlage.de
www.fischer-klassik.de

Inhalt

I
1869–1871

Les Étrennes des Orphelins

I

La chambre est pleine d'ombre. On entend vaguement
De deux enfants le triste et doux chuchotement.
Leur front se penche, encore alourdi par le rêve,
Sous le long rideau blanc qui tremble et se soulève.
Au dehors, les oiseaux se rapprochent, frileux;
Leur aile s'engourdit sous le ton gris des cieux.
Et la nouvelle Année, à la suite brumeuse,
Laissant traîner les plis de sa robe neigeuse,
Sourit avec des pleurs et chante en grelottant.

II

Or les petits enfants, sous le rideau flottant,
Parlent bas, comme on fait dans une nuit obscure.
Ils écoutent, pensifs, comme un lointain murmure.
Ils tressaillent souvent à la claire voix d'or
Du timbre matinal, qui frappe et frappe encor
Son refrain métallique en son globe de verre.
Puis, la chambre est glacée. On voit traîner à terre,
Épars autour des lits, des vêtements de deuil.
L'âpre bise d'hiver, qui se lamente au seuil,
Souffle dans le logis son haleine morose.
On sent, dans tout cela, qu'il manque quelque chose …
Il n'est donc point de mère à ces petits enfants,
De mère au frais sourire, aux regards triomphants?
Elle a donc oublié, le soir, seule et penchée,
D'exciter une flamme à la cendre arrachée,
D'amonceler sur eux la laine et l'édredon
Avant de les quitter, en leur criant: pardon!
Elle n'a point prévu la froideur matinale,
Ni bien fermé le seuil à la bise hivernale? …
– L rêve maternel, c'est le tiède tapis,
C'est le nid cotonneux où les enfants, tapis

Die Neujahrsgeschenke der Waisenkinder

I

Die Kammer ist voll Schatten. Leis und unbestimmt
Ein traurig Flüstern zweier Kinder man vernimmt.
Die Köpfchen, unter weißen, langen Bettvorhängen,
Die zitternd schwanken, traumschwer noch herniederhängen.
Eng beieinander, draußen, friert der Vögel Schar,
Im kalten Himmelsgrau sind ihre Flügel starr.
Das neue Jahr, im Nebelschleier noch des alten,
Hinschleppend seines schneebedeckten Kleides Falten,
In Tränen lächelt und, vor Kälte klappernd, singt.

II

Die Kindlein, wie der Vorhang hin und wider schwingt,
Leis sprechen sie, so wie man spricht in nächtigem Düster.
Sie horchen auf, als käm von fernher ein Geflüster.
Sie zittern oft, wenn ihre goldne Stimme hell
Die Uhr erhebt in ihrem gläsernen Gestell
Und schlägt und wieder schlägt die frühe Morgenstunde.
Der Raum ist eisig. Um die Betten, in der Runde,
Verstreut, man Trauerkleider auf dem Boden sieht.
Am Eingang klagt des scharfen Winterwindes Lied
Und weht ins Zimmer seines Atems trübes Schwelen.
Man fühlt, bei allem Diesen, etwas muß hier fehlen …
Blieb keine Mutter diesen Kindlein denn zurück,
Mit einer Mutter frohem Lächeln, stolzem Blick?
Vergaß sie denn, allein, am Abend, voller Sorgen,
Die Flamme aufzurührn, im Aschenrest verborgen,
In Kissen, wollne Decken sie zu hüllen tief,
Eh sie von ihnen fortging und: »Verzeiht mir!« rief?
Sah sie den Frost voraus nicht in der Morgenhelle,
Verschloß dem Winterwinde sie nicht fest die Schwelle? …
– Der Mutter Traum, das ist des Teppichs warmes Reich,
Das ist das wollne Nest, in dem die Kinder, gleich

Comme de beaux oiseaux que balancent les branches,
Dorment leur doux sommeil plein de visions blanches!
Et là, c'est comme un nid sans plumes, sans chaleur,
Où les petits ont froid, ne dorment pas, ont peur;
Un nid que doit avoir glacé la bise amère …

III

Votre cœur l'a compris: ces enfants sont sans mère.
Plus de mère au logis! – et le père est bien loin! …
Une vieille servante, alors, en a pris soin.
Les petits sont tout seuls en la maison glacée …
Orphelins de quatre ans, voilà qu'en leur pensée
S'éveille, par degrés, un souvenir riant.
C'est comme un chapelet qu'on égrène en priant:
Ah! quel beau matin que ce matin des étrennes!
Chacun, pendant la nuit, avait rêvé des siennes
Dans quelque songe étrange où l'on voyait joujoux,
Bonbons habillés d'or, étincelants bijoux
Tourbillonner, danser une danse sonore,
Puis fuir sous les rideaux, puis reparaître encore.
On s'éveillait matin, on se levait joyeux,
La lèvre affriandée, en se frottand les yeux;
On allait, les cheveux emmêlés sur la tête,
Les yeux tout rayonnants comme aux grands jours de fête,
Et les petits pieds nus effleurant le plancher,
Aux portes des parents tout doucement toucher;
On entrait; puis, alors, les souhaits … en chemise,
Les baisers répétés, et la gaîté permise!

IV

Ah! c'était si charmant, ces mots dits tant de fois …
– Mais comme il est changé, le logis d'autrefois!
Un grand feu pétillait, clair dans la cheminée,
Toute la vieille chambre était illuminée;
Et les reflets vermeils, sortis du grand foyer,

Wie schöne Vögel, die der Bäume Zweige wiegen,
In süßem Schlaf voll weißer Visionen liegen!
Und dies ist wie ein Nest, dem Flaum und Wärme fehlt,
Wo, ohne Schlaf, die Kleinen frieren, angstgequält.
Ein Nest, vom bitter kalten Wind erstarrt zu Eise …

III

Euch sagt's das Herz; die Kinder, mutterlos, sind Waise,
Im Haus ist keine Mutter mehr! – der Vater weit! …
Nur eine alte Magd ist ihnen hilfsbereit.
So sind allein die Kleinen in den eisigen Räumen,
Vierjährige Waisen. – Plötzlich wacht in ihren Träumen
Ein froh Erinnern auf, das nach und nach erblüht,
Wie einen Rosenkranz man betet, Glied um Glied:
O! welcher schöne Morgen, Morgen voll Geschenken!
Nachts schon mußt jedes träumend an die seinen denken;
Man sah Spielzeug in wunderbarer Träume Spuk,
Bonbons in Goldpapier, sah funkensprühenden Schmuck
Sich wirbelnd drehen zu Musik im Tanzesreigen,
Dann untern Vorhang fliehn und wieder neu aufsteigen.
Frühzeitig war man wach, nicht lang im Bett man blieb,
Die Lippe leckerhaft, die Augen man sich rieb;
Man lief, die Haare wirr noch auf dem Kopfe lagen,
Die Augen strahlend, wie an hoher Feste Tagen,
Hinhuschend auf dem Grund, mit Füßchen leicht und nackt,
Der Eltern Tür anklopfend, zag, mit leisem Takt;
Hinein! die Wünsche dann, … im Hemdchen man sich trollte,
Die Küsse, immer neu, und Lust, soviel man wollte!

IV

Wie schön, was man sich sagte manches liebe Mal …
– Wie ist verändert doch das Haus von dazumal!
Hell brannte der Kamin in großer Funken Tanze,
Allüberall das alte Zimmer lag im Glanze.
Dem großen Herde lustiger Widerschein entstrahlte,

Sur les meubles vernis aimaient à tournoyer.
L'armoire était sans clefs, sans clefs la grande armoire!
On regardait souvent sa porte brune et noire:
Sans clefs, c'était étrange! On rêvait bien des fois
Aux mystères dormant entre ses flancs de bois;
Et l'on croyait ouïr, au fond de la serrure
Béante, un bruit lointain, vague et joyeux murmure …
– La chambre des parents est bien vide aujourd'hui!
Aucun reflet vermeil sous la porte n'a lui.
Il n'est point de parents, de foyer, de clefs prises;
Partant, point de baisers, point de douces surprises.
Oh! que le jour de l'an cera triste pour eux!
Et, tout pensifs, tandis que de leurs grands yeux bleus
Silencieusement tombe une larme amère,
Ils murmurent: «Quand donc reviendra notre mère?»

V
Maintenant, les petits sommeillent, tristement.
Vous diriez, à les voir, qu'ils pleurent en dormant,
Tant leurs yeux sont gonflés et leur souffle pénible:
Les tout petits enfants on le cœur si sensible! …
Mais l'ange des berceaux vient essuyer leurs yeux,
Et dans ce lourd sommeil met un rêve joyeux,
Un rêve si joyeux que leur lèvre mi-close,
Souriante, semblait murmurer quelque chose.
Ils rêvent que, penchés sur leur petit bras rond,
Doux geste du réveil, ils avancent le front,
Et leur vague regard tout autour d'eux se pose.
Ils se croient endormis dans un paradis rose …
Au foyer plein d'éclairs chante gaîment le feu;
Par la fenêtre, on voit là-bas un beau ciel bleu;
La nature s'éveille et de rayons s'enivre;
La terre, demi-nue, heureuse de revivre,
A des frissons de joie aux baisers du soleil,
Et, dans le vieux logis, tout est tiède et vermeil,

Der auf lackierte Möbel Purpurflecken malte. [schlossen!
Kein Schlüssel stak im Schrank, der Schrank blieb unver-
Zur braunen schwarzen Türe sah man unverdrossen:
Kein Schlüssel. Seltsam war's! Man träumte manchen Tag
Vom Schlaf geheimer Dinge in seinem Holzverschlag.
Man hörte fast im großen Schlüsselloche drinnen
Von fern ein leis Geräusch mit frohen Tönen rinnen …
– Das elterliche Zimmer, heute ist's so leer!
Kein Purpur-Widerschein dringt durch die Türe her.
Die Eltern fort, kein Herd, kein Schlüssel in den Taschen;
Drum keine Küsse mehr, kein liebes Überraschen.
Ach! Traurig ist's am Neujahrstag um sie bestellt!
Aus ihren großen blauen Augen langsam fällt,
Wie sie so sinnen, eine bittre Träne nieder,
Und leise flüstern sie: »Wann kehrt die Mutter wieder?«

V

Jetzt schlummern sie, die Kleinen, traurig. Seht sie an,
Es ist, als weinten sie noch in des Schlafes Bann,
So schwollen ihre Augen, atmen sie in Schmerzen:
Ach, den ganz kleinen Kindern sind so weich die Herzen!
Doch kommt der Wiegenengel, der die Tränen stillt
Und diesem schweren Schlaf ein traumhaft frohes Bild,
Ein traumhaft Bild, so froh, schickt, daß ein Wort die Kleinen,
Geschlossnen Mundes, lächelnd, leis zu flüstern scheinen.
Sie träumen, daß, gestützt auf ihren kleinen Arm,
So süß erwacht, die Stirn sie bieten, schlafeswarm.
Blinzelnd, im Kreise, sie durchs stille Zimmer schauen.
Sie glauben sich im Schlaf in Paradieses Auen …
Im blitzdurchzuckten Herd das Feuer fröhlich singt;
Von weitem, durch das Fenster, blau der Himmel dringt,
Die Welt erwacht, berauscht von neuer Strahlen Beben;
Halbnackt, die Erde, glücklich, wieder aufzuleben,
Erschauert froh im Kuß, den ihr die Sonne bot.
Und in dem alten Haus ist alles warm und rot.

Les sombres vêtements ne jonchent plus la terre,
La bise sous le seuil a fini par se taire:

On dirait qu'une fée a passé dans cela! …
– Les enfants, tout joyeux, ont jeté deux cris … Là,
Près du lit maternel, sous un beau rayon rose,
La, sur grand tapis, resplendit quelque chose …
Ce sont des médaillons argentés, noirs et blancs,
De la nacre et du jais aux reflets scintillants,
Des petits cadres noirs, des couronnes de verre,
Ayant trois mots gravés en or: «À NOTRE MÈRE!»

Sensation

Par les soirs bleus d'été j'irai dans les sentiers,
Picoté par les blés, fouler l'herbe menue:
Rêveur, j'en sentirai la fraîcheur à mes pieds,
Je laisserai le vent baigner ma tête nue!

Je ne parlerai pas, je ne penserai rien.
Mais l'amour infini me montera dans l'âme;
Et j'irai loin, bien loin, comme un bohémien,
Par la Nature, – heureux comme avec une femme.

Soleil et Chair

I
Le Soleil, le foyer de tendresse et de vie,
Verse l'amour brûlant à la terre ravie.
Et, quand on est couché sur la vallée, on sent
Que la terre est nubile et déborde de sang,
Que son immense sein, soulevé par une âme
Est d'amour comme Dieu, de chair comme la femme,

Die dunklen Kleider nicht mehr auf der Erde liegen,
Der kalte Wind, der durch die Tür strich, hat geschwiegen:

Wohl eine gute Fee besuchte diesen Ort! …
– Die Kinder, fröhlich, haben aufgeschrien: … Dort! …
Ganz nah der Mutter Bett, in rosarotem Schimmer,
Dort auf dem Teppich strahlt ein hell Geflimmer
Von Silbermedaillons mit schwarz und weißem Rand,
– Perlmutter und Achat läßt glitzern solcher Brand –
Von schwarzen kleinen Rahmen, glasgeflochtnen Kränzen,
Darauf, in Gold, zwei Worte: »Unsrer Mutter!« glänzen.

Empfindung

Durch blaue Sommerabende die Wege hin,
Gepickt von Ähren, will auf zartem Gras ich gehen;
Träumend, fühl ich es kühl meine Füße umziehn,
Badend im offnen Haar laß ich den Wind mir wehen.

Nichts will ich sprechen, bin nichts zu denken gesinnt,
Doch in der Seele steigt unendlich Liebesschauen;
Weit will ich gehn, sehr weit, wie ein Zigeunerkind,
Durch die Natur, – so glücklich wie mit einer Frauen.

Sonne und Fleisch

I
Der Herd von Zärtlichkeit und Leben, gießt die Sonne
Auf die entzückte Erde glühende Liebeswonne.
Und wenn man hingelagert überm Tale ruht,
Fühlt man, daß, bräutlich reif, die Erde strömt von Blut,
Daß ihre Riesenbrust, atmender Seele Hülle,
Von Liebe ist, wie Gott, von Fleisch wie Weibes Fülle,

Et qu'il renferme, gros de sève et de rayons,
Le grand fourmillement de tous les embryons.

Et tout croît, et tout monte!
O Vénus, ô déesse!
Je regrette les temps de l'antique jeunesse,
Des satyres lascifs, des faunes animaux,
Dieux qui mordaient d'amour l'écorce des rameaux
Et dans les nénuphars baisaient la nymphe blonde.
Je regrette les temps où la sève du monde,
L'eau du fleuve, le sang rose des arbres verts
Dans les veines de Pan mettaient un univers;
Où le sol palpitait, vert, sous ses pieds de chèvre;
Où, baisant mollement le clair syrinx, sa lèvre
Modulait sous le ciel le grand hymne d'amour;
Où, debout sur la plaine, il entendait autour
Répondre à son appel la Nature vivante;
Où les arbres muets, berçant l'oiseau qui chante,
La terre, berçant l'homme, et tout l'Océan bleu
Et tous les animaux, aimaient, aimaient en Dieu.
Je regrette les temps de la grande Cybèle,
Qu'on disait parcourir, gigantesquement belle,
Sur un grand char d'airain, les splendides cités.
Son double sein versait dans les immensités
Le pur ruissellement de la vie infinie.
L'Homme suçait, heureux, sa mamelle, bénie,
Comme un petit enfant, jouant sur ses genoux.
Parce qu'il était fort, l'Homme était chaste et doux.

Misère! maintenant il dit: Je sais les choses,
Et va, les yeux fermés et les oreilles closes.
Et pourtant, plus de dieux! plus de dieux! l'Homme est Roi,
L'Homme est Dieu! Mais l'Amour, voilà la grande Foi!
Oh! si l'homme puisait encore à ta mamelle,
Grande mère des dieux et des hommes, Cybèle!

Und daß sie in sich schließt, von Strahlen schwer und Saft,
Die große Gärungskraft, die alle Keime schafft.

O Venus, Göttin!
Alles steigt und will sich weiten!
Sehnsucht ergreift mich nach der alten Jugend Zeiten,
Der geilen Satyrn, nach dem faunischen Getier,
Das, Götter, in die Äste biß voll Liebesgier
Und blonde Nymphen küßte in den Wasserrosen.
Sehnsucht der Zeiten, wo der Weltensäfte Tosen,
Der grünen Bäume rosa Blut, des Flusses Schwall
Einströmen ließen in die Adern Pans das All.
Wo, grün, der Boden unter seinen Ziegenfüßen
Erzitterte und er mit heller Flöte Küssen
Den großen Liebeshymnus unterm Himmel sang;
Wo, aufrecht auf dem Plan, das Echo zu ihm drang,
Das die lebendige Natur ihm widerhallte;
Wo, stummes Vogelnest, aus dem Gesang erschallte,
Der Baum, die Erde, Menschennest, der Tiere Schar,
Das blaue Meer in Liebe, Liebe Gottes war.
Der Zeit der großen Kybele gilt mein Verlangen,
Die, wie man sagt, in ihrer Riesenschönheit Prangen
Auf erznem Wagen durch den Glanz der Städte fuhr
Und aus der Doppelbrust der ewigen Natur
Die reine Flut goß auf den endlosen Gehegen.
Der Mensch trank, glücklich, ihres Busens reichen Segen,
So wie ein Kindlein, das auf ihren Knien spielt.
Weil stark er war, drum war der Mensch auch keusch und mild.

Jetzt sagt er, weh!: Die Dinge wußt ich zu erkunden,
Und geht, geschlossnen Augs und Ohren zugebunden.
Und dennoch, keine Götter, keine Götter mehr,
Der Mensch ist König, Gott! Doch glaubt an Liebe er!
Oh! Wenn der Mensch an deinem Busen noch verharrte,
Kybele, Gott- und Menschenmutter! Wenn Astarte,

S'il n'avait pas laissé l'immortelle Astarté
Qui jadis, émergeant dans l'immense clarté
Des flots bleus, fleur de chair que la vague parfume,
Montra son nombril rose, où vint neiger l'écume,
Et fit chanter, Déesse aux grands yeux noirs vainqueurs,
Le rossignol aux bois et l'amour dans les cœurs!

II

Je crois en toi, je crois en toi, Divine mère,
Aphrodité marine! – Oh, la route est amère,
Depuis que l'autre Dieu nous attelle à sa croix.
Chair, Marbre, Fleur, Vénus, c'est en toi que je crois!
Oui, l'Homme est triste et laid, triste sous le ciel vaste;
Il a des vêtements, parce qu'il n'est plus chaste,
Parce qu'il a sali son fier buste de dieu
Et qu'il a rabougri, comme une idole au feu,
Son corps Olympien aux servitudes sales!
Oui, même après la mort, dans les squelettes pâles
Il veut vivre, insultant la première beauté!
Et l'Idole où tu mis tant de virginité,
Où tu divinisas notre argile, la Femme,
Afin que l'Homme pût éclairer sa pauvre âme
Et monter lentement, dans un immense amour,
De la prison terrestre à la beauté du jour,
La Femme ne sait plus même être courtisane!
– C'est une bonne farce! Et le monde ricane
Au nom doux et sacré de la grande Vénus.

III

Si les temps revenaient, les temps qui sont venus! …
Car l'Homme a fini, l'Homme a joué tous les rôles.
Au grand jour, fatigué de briser des idoles,
Il ressuscitera, libre de tous ses Dieux,
Et, comme il est du ciel, il scrutera les cieux.
L'Idéal, la pensée invincible, éternelle,

Sie, die unsterbliche, er nie verlassen hätt,
Die einst, auftauchend aus der blauen Fluten Bett,
Fleischblume, duftend in dem schaumigen Schnee der Welle,
Wies ihren rosigen Nabel in der weiten Helle
Und, Göttin mit den großen Siegeraugen, singen ließ
Im Herzen Liebe, Nachtigall im Waldverließ!

II
Ich glaub an dich, dich, göttliche Mutter, ich glaube,
Meer-Aphrodite! – Oh! Es liegt in bittrem Staube
Der Weg, seit an sein Kreuz der andre Gott uns spannt.
Fleisch, Marmor, Blume, Venus, dich hab ich bekannt!
Der Mensch ist traurig, häßlich unterm Himmelsbogen;
Weil er nicht keusch mehr, hat er Kleider angezogen,
Weil seine stolze Götterbrust er hat befleckt
Und den Olympierleib, wie ein Idol, versteckt
In Feuersglut, einschrumpfen ließ zu schmutzigem Fronen!
Tot selbst, will er in bleichen Beingehäusen wohnen,
Verhöhnend noch die Schönheit seiner ersten Zeit!
Und das Idol, dem du soviel Jungfräulichkeit
Geschenkt, die Frau, drin göttlich wurde unsre Schwere,
Daß seine arme Seele sich der Mann verkläre
Und langsam stieg, in ungeheurer Liebeskraft
Auf zu der Schönheit Lichte aus der irdischen Haft,
Selbst Courtisane weiß die Frau nicht mehr zu heißen!
Und lachend höhnt die Welt – ein schönes Possenreißen! –
Der großen Venus heilig-süßen Namen gar.

III
Käm wieder doch die Zeit, die Zeit, wie einst sie war! …
Denn fertig ist der Mensch, er spielte jede Rolle.
Im hellen Tag, müd zu zerbrechen die Idole,
Wird, frei von allen seinen Göttern, neu er sein
Und, da vom Himmel er, sich Himmelsforschung weihn.
Das Ideal, Gedanke, ewig und unbändig,

Tout; le dieu qui vit sous son argile charnelle
Montera, montera, brûlera sous son front.
Et quand tu le verras sonder tout l'horizon,
Contempteur des vieux jougs, libre de toute crainte,
Tu viendras lui donner la Rédemption sainte.
Splendide, radieuse, au sein des grandes mers
Tu surgiras, jetant sur le vaste Univers
L'Amour infini dans un infini sourire;
Le Monde vibrera comme une immense lyre
Dans le frémissement d'un immense baiser …

– Le Monde a soif d'amour: tu viendras l'apaiser,
O! L'Homme a relevé sa tête libre et fière!
Et le rayon soudain de la beauté première
Fait palpiter le dieu dans l'autel de la chair!
Heureux du bien présent, pâle du mal souffert,
L'Homme veut tout sonder – et savoir! La Pensée,
La cavale longtemps, si longtemps oppressée
S'élance de son front! Elle saura Pourquoi! …
Qu'elle bondisse libre, et l'Homme aura la Foi!
– Pourquoi l'azur muet et l'espace insondable?
Pourquoi les astres d'or fourmillant comme un
   sable?
Si l'on montait toujours, que verrait-on là haut?
Un Pasteur mène-t-il cet immense troupeau
De mondes cheminant dans l'horreur de l'espace?
Et tous ces mondes-là, que l'éther vaste embrasse,
Vibrent-ils aux accents d'une éternelle voix?
– Et l'Homme, peut-il voir? peut-il dire: Je crois?

La voix de la pensée est-elle plus qu'un rêve?
Si l'homme naît si tôt, si la vie est si brève,
D'où vient-il? Sombre-t-il dans l'Océan profond
Des germes, des Fœtus, des Embryons, au fond
De l'immense Creuset d'où la Mère-Nature

Alles; der Gott in seines Fleisches Stoff lebendig,
Wird steigen, steigen, hoch in seiner Stirne Brand.
Und wenn du ihn ergründen siehst das ganze Land,
Verächter alten Jochs, mit keiner Furcht beladen,
Wirst du mit heiliger Erlösung ihn begnaden.
Aus großer Meere Schoß, von Strahlenglanz erhellt,
Steigst du empor, ausgießend auf die weite Welt
Die ewige Liebe in des Lächelns ewiger Feier;
Die Welt wird beben, eine ungeheure Leier,
In eines ungeheuren Kusses Allgewalt …

– Die Welt vergeht in Liebesdurst: du stillst ihn bald.
Oh! Frei und trotzig hat der Mensch sein Haupt erhoben!
Und plötzlich fällt der ersten Schönheit Strahl von oben,
So daß der Gott auf dem Altar des Fleisches bebt! [lebt,
Der Mensch, der, glücklich jetzt, bleich noch vom Leide,
Will alles wissen und ergründen, der Gedanke,
Der Renner, bricht die lang, so lang gezogene Schranke
Und schwingt, erhobnen Haupts, sich auf! Er weiß den
Grund …!
Frei stürm er, und der Glaube wird dem Menschen kund.
Warum der Raum so unergründlich, stumm der Himmel?
– Warum wie Sand der Sterne goldenes Gewimmel?
Stieg immer höher man, was würde man gewahr?
Gibt's einen Hirten dort, der die gewaltige Schar
Der Welten lenkt, die in dem grausen Raume weiden?
Und alle diese Welten in des Äthers Weiten,
Erzittern sie zu einer ewigen Stimme Laut?
– Der Mensch, darf er bekennen, daß er glaubt und schaut?

Die Stimme des Gedankens, ist sie mehr als Träumen?
Der Mensch, der, kaum geboren, stirbt nach kurzem Säumen,
Von wannen kommt er? Sinkt er in den tiefen Schlund
Der Fötuskeime, Embryonen, auf den Grund
Des ungeheuren Tiegels, draus ihn die Natur,

Le ressuscitera, vivante créature,
Pour aimer dans la rose, et croître dans les blés? …

Nous ne pouvons savoir! – Nous sommes accablés
D'un manteau d'ignorance et d'étroites chimères!
Singes d'hommes tombés de la vulve des mères,
Notre pâle raison nous cache l'infini!
Nous voulons regarder: – le Doute nous punit!
Le doute, morne oiseau, nous frappe de son aile …
– Et l'horizon s'enfuit d'une fuite éternelle! …

Le grand ciel est ouvert! les mystères sont morts
Devant l'Homme debout, qui croise ses bras forts
Dans l'immense splendeur de la riche nature!
Il chante … et le bois chante, et le fleuve murmure
Un chant plein de bonheur qui monte vers le jour! …
– C'est la Rédemption; c'est l'amour! c'est l'amour! …

IV

O splendeur de la chair! ô splendeur idéale!
O renouveau d'amour, aurore triomphale
Où, courbant à leurs pieds les Dieux et les Héros,
Kallipyge, la blanche et le petit Éros
Effleureront, couverts de la neige des roses,
Les femmes et les fleurs sous leurs beaux pieds écloses!
O grande Ariadné, qui jettes tes sanglots
Sur la rive, en voyant fuir là-bas, sur les flots,
Blanche sous le soleil, la voile de Thésée,
O douce vierge, enfant qu'une nuit a brisée,
Tais-toi! Sur son char d'or brodé de noirs raisins,
Lysios, promené dans les champs Phrygiens
Par les tigres lascifs et les panthères rousses,
Le long des fleuves bleus, rougit les sombres mousses.
Zeus, Taureau, sur son cou berce comme une enfant
Le corps nu d'Europé, qui jette son bras blanc

Die Mutter, neu erweckt, lebendige Kreatur,
Zu lieben in der Rose, wachsen in den Ähren?

Wir können's wissen nicht. Wir schmachten in dem schweren
Gewande des Verzichts und dürftiger Chimären!
Gleich Affen, die der Mutter Scham entfallen wären,
Birgt unser bleicher Sinn uns die Unendlichkeit!
Wir möchten schaun: – des Zweifels Strafe ist nicht weit!
Der Zweifel, düsterer Aar, trifft uns mit seinen Flügeln …
– Der Horizont entflieht, auf ewig nicht zu zügeln!

Der große Himmel offen! Jed' Geheimnis schwand
Dem Starken, der, gekreuzt die Arme, steht im Land
Der üppigen Natur in ungeheurer Helle!
Er singt … die Wälder singen, und des Flusses Welle
Raunt einen Sang von Glück, der aufwärts steigt zum Licht!
– Das ist die Liebe, Liebe, die uns das Heil verspricht! …

IV
O Glanz des Fleisches! O du Glanz des Ideales!
O Liebesfrühling, Morgenwehen, triumphales,
Wenn, Götter und Heroen zu Füßen sich gebannt,
Kallipyge, die weiße und Eros, kleiner Fant,
Bedeckt vom Schnee der Rosen, einst die Frauen grüßen,
Und Blumen, blühend unter ihren schönen Füßen!
O große Ariadne, weinend auf dem Strand,
Als deinen Augen in den Fluten, fern entschwand
Des Theseus Segel, von der Sonne weiß belichtet.
O süße Jungfrau, Kind, in einer Nacht vernichtet,
Schweig still! Auf goldnem Sitz, mit schwarzen Trauben Zier,
Färbt Lysios der Gott – durch phrygisches Revier
Von gelben Panthern und von Tigergier gezogen –
Die düstern Moose rot längs blauer Flüsse Wogen.
Zeus, Stier, auf seinem Nacken, einem Kind gleich, wiegt
Europas nackten Leib; ihr weißer Arm umschmiegt

Au cou nerveux du Dieu frissonnant dans la vague;
Il tourne lentement vers elle son œil vague;
Elle laisse traîner sa pâle joue en fleur
Au front de Zeus; ses yeux sont fermés; elle meurt
Dans un divin baiser, et le flot qui murmure
De son écume d'or fleurit sa chevelure.
Entre le laurier-rose et le lotus jaseur,
Glisse amoureusement le grand Cygne rêveur,
Embrassant la Léda des blancheurs de son aile;
Et, tandis que Cypris passe, étrangement belle,
Et, cambrant les rondeurs splendides de ses reins,
Étale fièrement l'or de ses larges seins
Et son ventre neigeux brodé de mousse noire,
Héraclès le Dompteur, qui comme d'une gloire
Fort, ceint son vaste corps de la peau du lion,
S'avance, front terrible et doux, à l'horizon! …
Par la lune d'été vaguement éclairée,
Debout, nue et rêvant dans la pâleur dorée
Que tache le flot lourd de ses longs cheveux bleus,
Dans la clairière sombre, où la mousse s'étoile,
La Dryade regarde au ciel silencieux …
La blanche Séléné laisse flotter son voile,
Craintive, sur les pieds du bel Endymion,
Et lui jette un baiser dans un pâle rayon …
La Source pleure au loin dans une longue extase …
C'est la Nymphe qui rêve, un coude sur son vase,
Au beau jeune homme blanc que son onde a pressé ….
Une brise d'amour dans la nuit a passé …
Et, dans les bois sacrés, dans l'horreur des grands arbres,
Majestueusement debout, les sombres Marbres,
Les Dieux, au front desquels le Bouvreuil fait son nid,
Les Dieux écoutent l'Homme et le Monde infini.

Den starken Gotteshals. Er schauert in den Wogen,
Der Augen Schmachten langsam zu ihr hingebogen,
Ihr' Wange blütenbleich hängt an des Gottes Haupt,
Geschlossenen Augs, als ob das Leben ihr geraubt
Sein Götterkuß. Die Flüsterflut, durch die sie ziehen,
Läßt ihre Locken wie von goldnem Schaume blühen.
Durch Lorbeerrot und Lotusplausch zieht seine Bahn
In träumerischer Liebeslust der große Schwan,
Leda umarmend mit der Weiße seiner Schwingen.
Und während Cypris, seltsam schön ob allen Dingen,
Die runden Hüften wiegend, ihre Schritte lenkt
Und stolz des breiten Busens Gold den Blicken schenkt
Und ihres Bauches Schnee, umkränzt von schwarzem Schaume,
Tritt vor, schrecklich und sanft die Stirn, im fernen Raume,
Ins Löwenfell, wie in ein Ruhmeskleid gehüllt,
Des Herakles, des Bändigers, machtvolles Bild! …
Im vagen Licht des Sommermondes, nackend, träumet
Und schaut, des Leibes goldne Mattigkeit umschäumet
Von ihrer langen blauen Haare schwerer Flut,
Die Dryas auf zum Himmel, der in Schweigen ruht …
In dunkler Lichtung, drin des Mooses Sterne stehen,
Selene läßt, die weiße, ihren Schleier wehen
Voll Scheu auf ihres schönen Freunds Endymion Fuß
Und wirft in einem bleichen Strahl ihm ihren Kuß …
Die Quelle weint von fern in währender Ekstase …
Das ist die Nymphe, die, gelehnt auf ihre Vase,
Des schönen weißen Jünglings träumt, den ihre Flut
Besaß … Die Nacht durchweht ein Hauch von Liebesglut …
Und in den heiligen Wäldern, großer Bäume Grau'n
Die dunklen Marmorbilder, herrlich anzuschau'n,
Die Götter, deren Stirn der Fink als Nest erkor,
Die Götter leihn dem Menschen und dem All ihr Ohr.

Ophélie

I

Sur l'onde calme et noire où dorment les étoiles,
La blanche Ophélia flotte comme un grand lys,
Flotte très lentement, couchée en ses longs voiles.
On entend dans les bois lointains des hallalis.

Voici plus de mille ans que la triste Ophélie
Passe, fantôme blanc, sur le long fleuve noir;
Voici plus de mille ans que sa douce folie
Murmure sa romance à la brise du soir.

Le vent baise ses seins et déploie en corolle
Ses grands voiles bercés mollement par les eaux.
Les saules frissonnants pleurent sur son épaule.
Sur son grand front rêveur s'inclinent les roseaux.

Les nénuphars froissés soupirent autour d'elle.
Elle éveille parfois, dans un aune qui dort,
Quelque nid d'où s'échappe un petit frisson d'aile.
Un chant mystérieux tombe des astres d'or.

II

O pâle Ophélia, belle comme la neige,
Oui, tu mourus, enfant, par un fleuve emporté!
C'est que les vents tombant des grands monts de Norwège
T'avaient parlé tout bas de l'âpre liberté.

C'est qu'un souffle, tordant ta grande chevelure,
A ton esprit rêveur portait d'étranges bruits;
Que ton cœur écoutait le chant de la Nature
Dans les plaintes de l'arbre et les soupirs des nuits.

Ophelia

I

Auf stiller, schwarzer Flut, im Schlaf der Sternenfeier,
Treibt, einer großen Lilie gleich, Ophelia,
Die bleiche, langsam hin in ihrem langen Schleier.
Man hört im fernen Wald der Jäger Hallala.

So, weißes Traumbild, länger schon als tausend Jahre,
Ophelia auf dem schwarzen Wasser traurig zieht;
Ihr sanft verstörter Geist, schon mehr als tausend Jahre,
Singt leis im Abendhauche sein romantisch Lied.

Der Wind küßt ihre Brust und bauscht des Schleiers Seide
Wie eine Dolde auf, vom Wasser sanft gewiegt,
Auf ihre Schulter, leis erschauernd, weint die Weide,
Auf ihrer großen Stirne Traum das Schilfblatt liegt.

Die Wasserrose seufzt, berührt von ihrem Schweben,
Zuweilen, aus dem Schlaf in einem Erlenbaum,
Weckt sie ein Vogelnest, draus bang sich Flügel heben.
Geheimnisvoll fällt Sang aus goldner Sterne Raum.

II

O du, so schön wie Schnee, Ophelia, du bleiche,
Du starbst, von einem Strome fortgerissen, Kind!
Denn, leisen Lautes, von der herben Freiheit Reiche
Sang in Norwegens hohen Bergen dir der Wind.

Ein unbekannter Hauch hat seltsam arge Kunde,
Dein Haar durchwühlend, deinem Träumergeist gebracht;
Dein Herz, es fühlte sich mit der Natur im Bunde,
Hört' klagen es den Baum im Seufzerlied der Nacht.

C'est que la voix des mers folles, immense râle,
Brisait ton sein d'enfant trop humain et trop doux;
C'est qu'un matin d'avril un beau cavalier pâle,
Un pauvre fou, s'assit muet à tes genoux.

Ciel, Amour, Liberté: quel rêve, ô pauvre Folle!
Tu te fondais à lui comme une neige au feu.
Tes grandes visions étranglaient ta parole.
– Et l'Infini terrible effara ton œil bleu.

III
Et le Poète dit qu'aux rayons des étoiles
Tu viens chercher, la nuit, les fleurs que tu cueillis,
Et qu'il a vu sur l'eau, couchée en ses longs voiles,
La blanche Ophélia flotter, comme un grand lys!

Bal des Pendus

Au gibet noir, manchot aimable,
Dansent, dansent les paladins,
Les maigres paladins du diable,
Les squelettes de Saladins.

Messire Belzébuth tire par la cravate
Ses petits pantins noirs grimaçant sur le ciel,
Et, leur claquant au front un revers de savate,
Les fait danser, danser aux sons d'un vieux Noël!

Et les pantins, choqués, enlacent leurs bras grêles:
Comme des orgues noirs, les poitrines à jour,
Que serraient autrefois les gentes damoiselles,
Se heurtent longuement dans un hideux amour.

Des Meeres toller Ruf, ein Stöhnen, groß und bitter
Zerbrach dein Kinderherz, zu menschlich und zu weich;
Und eines Morgens im April, ein schöner Ritter
Saß stumm an deinen Knien, so verstört und bleich.

Von Himmel, Liebe, Freiheit hat dein Traum gesprochen,
Dran, Törin, du zergingst, wie Schnee, von Glut verzehrt.
Erstickt von tiefer Schau ist dir dein Wort zerbrochen.
– Des Alls Entsetzen hat dein blaues Aug' verstört.

III
Der Dichter sagt, daß in der Nächte Sternenfeier
Du die gepflückten Blumen suchst, daß er gewahrt,
Hintreibend in der Flut, auf ihrem langen Schleier,
Ophelia, große, weiße Lilie, gebahrt!

Ball der Gehängten

Am schwarzen Galgen, einarmig-lieber Geselle,
Tanzen, tanzen die Paladine,
Die magren Paladine der Hölle,
Die Skelette der Saladine.

Der gnäd'ge Herr Belzebub, der zerrt an dem Stricke
Sein schwarz Püppchenvolk, das grinsend zum Himmel sieht.
Und, einer Schlurre Sohle klatschend in's Genicke,
Läßt tanzen, tanzen sie zu altem Weihnachtslied!

Und die Puppen gestoßen, verflechten die langen
Mageren Arme wie schwarze Orgeln; und offene Brüste,
Die freundliche Fräuleins vor Zeiten umschlangen,
Puffen sich lange in scheußlichem Liebesgelüste.

Hurrah! les gais danseurs qui n'avez plus de panse!
On peut cabrioler, les tréteaux sont si longs!
Hop! qu'on ne sache plus si c'est bataille ou danse!
Belzébuth, enragé, racle ses violons!

O durs talons, jamais on n'use sa sandale! …
Presque tous ont quitté la chemise de peau.
Le reste est peu gênant et se voit sans scandale.
Sur les crânes la neige applique un blanc chapeau.

Le corbeau fait panache à ces têtes fêlées.
Un morceau de chair tremble à leur maigre menton.
On dirait, tournoyant dans les sombres mêlées,
Des preux raides heurtant armures de carton.

Hurrah! la bise siffle au grand bal des squelettes!
Le gibet noir mugit comme un orgue de fer!
Les loups vont répondant, des forêts violettes.
A l'horizon, le ciel est d'un rouge d'enfer …

Holà, secouez-moi ces capitans funèbres
Qui défilent, sournois, de leurs gros doigts cassés
Un chapelet d'amour sur leurs pâles vertèbres!
Ce n'est pas un moustier ici, les trépassés!

Oh! voilà qu'au milieu de la danse macabre
Bondit dans le ciel rouge, un grand squelette fou.
Emporté par l'élan, comme un cheval se cabre,
Et se sentant encor la corde raide au cou,

Crispe ses petits doigts sur son fémur qui craque
Avec des cris pareils à des ricanements,
Et, comme un baladin rentre dans la baraque,
Rebondit dans le bal au chant des ossements.

Hurra, ihr lustigen Tänzer, die Wänste müßt ihr missen,
Luftspringen kann man jetzt, die Bretter sind so lang!
Hopp, ist es Tanz, ist's Schlacht? man braucht's nicht mehr zu
Sein Geigen Belzebub kratzt mit verrücktem Klang! [wissen!

O harte Fersen, nie verbraucht man die Sandale! …
Fast alle han das Hemd der Haut sich abgetan.
Der Rest stört wenig mehr, wird keinem zum Skandale.
Den Schädeln pappt der Schnee ein weißes Hütchen an.

Den rissigen Köpfen macht der Rabe ein Panier.
An ihrem mageren Kinn ein fleischiger Brocken baumelt.
Man könnte meinen, daß in düsterem Turnier
Erstarrter Helden Schar an pappene Panzer taumelt.

Hurra, es pfeift der Wind zum Festball der Gebeine!
Der schwarze Galgen heult wie einer Orgel Stahl!
Die Wölfe nahn zur Antwort aus dem Blau der Haine.
Am Horizont der Himmel ist rotes Höllenmal …

Hei, schüttelt diese Hauptleut' mir, die voller Tücken
Mit den zerbrochnen plumpen Fingern einen Rosenkranz
Der Liebe beten auf dem gleichen Grat der Rücken!
Kein Kloster gibt es, Abgeschiedne, hier des Lands!

Doch plötzlich in des Tanzes wilden Todesträumen
Bäumt sich ein toll Skelett zum roten Himmel auf.
Vom Taumel fortgejagt, wie sich ein Pferd mag bäumen,
Und, spürend noch am Hals des starren Seiles Knauf,

Krampft kleine Finger in des Schenkelbeins Geknacke
Mit Schreien, wie von höhnischen Gelächters Klang,
Dann prallt es, wie ein Clown zurückkehrt zur Baracke,
Von neuem in den Ball zu der Gerippe Sang.

Au gibet noir, manchot aimable,
Dansent, dansent les paladins,
Les maigres paladins du diable,
Les squelettes de Saladins.

Le Châtiment de Tartufe

Tisonnant, tisonnant son cœur amoureux sous
Sa chaste robe noire, heureux, la main gantée,
Un jour qu'il s'en allait effroyablement doux,
Jaune, bavant la foi sa bouche édentée,

Un jour qu'il s'en allait – »Orémus« – un Méchant
Le prit rudement par son oreille benoîte
Et lui jeta des mots affreux, en arrachant
Sa chaste robe noire autour de sa peau moite.

Châtiment! … Ses habits étaient déboutonnés,
Et, le long chapelet des péchés pardonnés.
S'égrenant dans son cœur, Saint Tartufe était pâle.

Donc, il se confessait, priait, avec un râle.
L'homme se contenta d'emporter ses rabats.
– Peuh! Tartufe était nu du haut jusques en bas.

Le Forgeron

Le bras sur un marteau gigantesque, effrayant
D'ivresse et de grandeur, le front vaste, riant,
Comme un clairon d'airain, avec toute sa bouche,
Et prenant ce gros-là dans son regard farouche,
Le Forgeron parlait à Louis Seize, un jour
Que le Peuple était là, se tordant tout autour

Am schwarzen Galgen, einarmig-lieber Geselle,
Tanzen, tanzen die Paladine,
Die magren Paladine der Hölle,
Die Skelette der Saladine.

Die Züchtigung des Tartüff

Schürend, schürend sein liebedürstendes Herz, unter
Dem keuschen, schwarzen Kleid, glücklich, beschuht die Hand,
Eines Tags, wie er ging, in Sanftmut, schrecklich munter,
Gelb, den Glauben triefend aus zahnlosen Mundes Rand,

Eines Tags, wie er ging, – »Oremus«, – ein Bösewicht
Tät rauh bei seinem scheinheiligen Ohr ihn greifen
Und, scheußliche Worte ihm schleudernd in sein Gesicht,
Sein keusches, schwarzes Kleid der feuchten Haut abstreifen.

Züchtigung! … Auf sprangen die Knöpfe seines Gewands,
Und, wie der verziehenen Sünden langer Rosenkranz
Abperlte in seinem Herzen, der heilige Tartüff erbleichte.

Also betete er und röchelte seine Beichte.
Der Mann, zufrieden, schob ab, mit seinem Bäffchen bepackt.
– O weh! Tartüff, von oben bis unten war nackt.

Der Schmied

Den Arm auf einem Riesenhammer, schrecklich Bild
Von Trunkenheit und Größe, breit die Stirn und wild,
Gleich einem erznen Horne, lachend und den Dicken
Da vor ihm bannend fest in seinen rohen Blicken,
Zu Ludwig dem Sechzehnten eines Tages sprach
Der Schmied, als in dem goldgetäfelten Gemach

Et sur les lambris d'or traînant sa veste sale.
Or le bon roi, debout sur son ventre, était pâle,
Pâle comme un vaincu qu'on prend pour le gibet,
Et, soumis comme un chien, jamais ne regimbait:
Car ce maraud de forge aux énormes épaules
Lui disait de vieux mots et des choses si drôles,
Que cela l'empoignait au front, comme cela!

«Or, tu sais bien, Monsieur, nous chantions tra la la
Et nous piquions les bœufs vers les sillons des autres.
Le Chanoine au soleil filait des patenôtres
Sur des chapelets clairs grenés de pièces d'or;
Le Seigneur, à cheval, passait, sonnant du cor;
Et l'un, avec la hart, l'autre, avec la cravache,
Nous fouaillaient. Hébétés comme des yeux de vache,
Nos yeux ne pleuraient. Nous allions, nous allions;
Et quand nous avions mis le pays en sillons,
Quand nous avions laissé dans cette terre noire
Un peu de notre chair … nous avions un pourboire
On nous faisait flamber nos taudis dans la nuit,
Nos petits y faisaient un gâteau fort bien cuit.

«Oh! je ne me plains pas. Je te dis mes bêtises.
C'est entre nous. J'admets que tu me contredises.
Or, n'est-ce pas joyeux de voir, au mois de juin,
Dans les granges entrer des voitures de foin
Énormes; de sentir l'odeur de ce qui pousse,
Des vergers quand il pleut un peu, de l'herbe rousse;
De voir des blés, des blés, des épis pleins de grain,
De penser que cela prépare bien du pain? …
Oh! plus fort on irait, au fourneau qui s'allume,
Chanter joyeusement en martelant l'enclume,
Si l'on était certain de pouvoir prendre un peu,
Étant homme à la fin, de ce que donne Dieu!
Mais, voilà, c'est toujours la même vieille histoire …

Der Pöbel seine schmutzbefleckten Röcke zeigte.
Der gute König, aufrecht auf dem Bauch, erbleichte,
Bleich so wie ein Besiegter, dem der Galgen ragt,
Geduckt, so wie ein Hund, der nicht zu knurren wagt;
Denn dieser Lump von Schmied, mit dem enormen Nacken,
Gab ihm in altem Stil so drollig Zeug zu knacken,
Daß er ihn gleich beim Kragen packte, einfach da!

»Also, du weißt, mein Herr, wir sangen tra la la
Und trieben unsre Ochsen auf der andern Raine.
Der Pfaff sein Vaterunser spann im Sonnenscheine
Auf hellem Rosenkranz, von Golde jedes Korn;
Der Herr, zu Pferde, ritt vorbei und blies ins Horn;
Der schlug uns mit der Peitsche, der mit Hundeleinen.
Stumpf wie der Kühe Augen, konnten nicht mehr weinen
Auch unsre Augen. Wir, wir gingen unentwegt;
Und wenn das ganze Land in Furchen wir gelegt,
Wenn in die schwarze Erde wir ein Stück gegraben [haben:
Von unserm Fleisch …, dann durften wir ein Trinkgeld
Nachts ließ man unsre Löcher lohn in Flammenschein,
Dran buken schön zu Kuchen unsre Kinderlein.

»Oh! ich beklag mich nicht. Ich sag dir's, wie ich's meine,
Ganz dumm; 's bleibt unter uns. Sag du mir auch das deine.
Sag, macht es Freude nicht, im Junimond zu sehn,
Wie in das Scheunenhaus voll Heu die Wagen gehn,
Gewaltig hoch, den Duft zu spürn in all dem Sprießen
Der Gärten, wenn es rieselt, und der roten Wiesen;
Zu schauen Felder, Felder, Halme, körnervoll,
Zu denken, daß daraus viel Brot sich backen soll? …
Oh! lustig würde man zur Glut des Ofens singen
Und kräftig auf den Amboß seinen Hammer schwingen,
Wär's sicher, daß ein bißchen man sich nehmen könnte,
Endlich einmal ein Mensch, von dem, was Gott vergönnte!
Doch, sieh, es bleibt nun mal die alte Geschichte immer …

«Mais je sais, maintenant! Moi, je ne peux plus croire,
Quand j'ai deux bonnes mains, mon front et mon marteau,
Qu'un homme vienne là, dague sous le manteau,
Et me dise: «Mon gars, ensemence ma terre»;
Que l'on arrive encor, quand ce serait la guerre,
Me prendre mon garçon, comme cela, chez moi!
Moi, je serais un homme, et toi, tu serais roi?
Tu me dirais: «Je veux?» Tu vois bien, c'est stupide.
Tu crois que j'aime voir ta baraque splendide,
Tes officiers dorés, tes mille chenapans,
Tes palsambleu bâtards tournant comme des paons?
Ils ont rempli ton nid de l'odeur de nos filles
Et de petits billets pour nous mettre aux Bastilles,
Et nous dirons: «C'est bien; les pauvres, à genoux!»
Nous dorerons ton Louvre en donnant nos gros sous,
Et tu te soûleras, tu feras belle fête,
Et ces Messieurs riront, les reins sur notre tête?

«Non. Ces saletés-là datent de nos papas.
Oh! le Peuple n'est plus une putain. Trois pas,
Et, tous, nous avons mis ta Bastille en poussière.
Cette bête suait du sang par chaque pierre;
Et c'était dégoûtant, la Bastille debout
Avec ses murs lépreux qui nous racontaient tout
Et, toujours, nous tenaient enfermés dans leur ombre!
Citoyen, citoyen, c'était le passé sombre
Qui croulait, qui râlait, quand nous prîmes la tour!
Nous avions quelque chose, au cœur, comme l'amour:
Nous avions embrassé nos fils sur nos poitrines,
Et, comme des chevaux, en soufflant des narines,
Nous allions fiers et forts, et ça nous battait là!
Nous marchions au soleil, front haut, comme cela,
Dans Paris; on venait devant nos vestes sales;
Enfin, nous nous sentions! Nous étions pâles,
Sire; nous étions soûls de terribles espoirs.

»Doch heute weiß ich! Ich, ich kann's nicht glauben, nimmer,
Wenn ich zwei gute Hände, Hammer hab und Kopf,
Daß, Dolch im Mantel, kommt des Wegs daher ein Tropf
Und mir befiehlt: »He, Kerl, besä' mir meine Lande«;
Und daß man gar noch käme, wenn der Krieg entbrannte,
Mir meinen Sohn, daheim, zu nehmen, so im Nu!
Ich, ich wär nur ein Mensch, und du wärst König, du?
Du sagtest mir: »Ich will?« Nicht wahr, ein dumm Ge-
Du glaubst, ich möchte gerne deiner Bude Schätze, [schwätze.
Die gold'nen Offiziere, deine Schnapphähn' schaun
Und deine Bastardlümmel, die sich drehn wie Pfaun?
Sie füllen dir dein Nest mit unsrer Töchter Düften
Und Briefchen, uns zu sperrn in der Bastille Grüften,
Und unsre Antwort wär: »Gut; Arme auf die Knie!«
Vergolden dir, mit unsern Sous, den Louvre, wie?
Und du betränkest dich in schönen Lustbarkeiten,
Und diese Herrn auf unserm Kopf solln lachend reiten?

»Solch Schweinewirtschaft galt zur Zeit unsrer Papas.
O nein! Das Volk ist längst nicht mehr ein Hurenaas.
Drei Schritt – und die Bastille, durch uns, all im Vereine,
Ward Staub; dies Tier hat Blut geschwitzt aus jedem Steine.
Ein Ekel war's, mit ihrer hohen Mauern Pest
Hielt der Bastille Schatten uns für immer fest.
Was alles dort geschah, erzählten ihre Risse!
Das, Bürger, war das Einst und seine Finsternisse,
Das röchelnd niederbrach, als unser ward der Turm!
Uns stob durchs Herz so etwas wie ein Liebessturm.
Wir preßten unsre Söhne fest an unsern Brüsten,
Und Pferden gleich, schnob uns der Atem aus den Nüstern.
Wir gingen stolz und stark, und das schlug hier ans Herz!
Wir schritten durch Paris, Stirn hoch, so, sonnenwärts,
Vor unsern schmutzigen Röcken gab es kein Entweichen.
Wir fühlten endlich uns als Menschen, wir, die bleichen.
Wir waren trunken, Sire, in grauser Hoffnung Bann.

Et quand nous fûmes là, devant les donjons noirs,
Agitant nos clairons et nos feuilles de chêne,
Les piques à la main, nous n'eûmes pas de haine.
Nous nous sentions si forts: nous voulions être doux!
«Et, depuis ce jour-là, nous sommes comme fous! …
Le tas des ouvriers a monté dans la rue,
Et ces maudits s'en vont, foule toujours accrue
De sombres revenants, aux portes des richards.
Moi, je cours avec eux assommer les mouchards.
Et je vais dans Paris, noir, marteau sur l'épaule,
Farouche, à chaque coin balayant quelque drôle;
Et, si tu me riais au nez, je te tuerais!

«Puis, tu peux y compter, tu te feras des frais
Avec tes hommes noirs, qui prennent nos requêtes
Pour se les renvoyer comme sur des raquettes,
Et tout bas les malins se disent: «Qu'ils sont sots!»,
Pour mitonner des lois, coller de petits pots
Pleins de jolis décrets roses et de droguailles,
S'amuser à couper proprement quelques tailles,
Puis se boucher le nez quand nous marchons près d'eux,
– Nos doux représentants qui nous trouvent crasseux! –,
Pour ne rien redouter, rien, que les baïonnettes …
C'est très bien. Foin de leur tabatière à sornettes!
Nous en avons assez, là, de ces cerveaux plats
Et de ces ventres-dieux. Ah! ce sont là les plats
Que tu nous sers, bourgeois, quand nous sommes féroces,
Quand nous brisons déjà les sceptres et les crosses?…»

Il le prend par le bras, arrache le velours
Des rideaux et lui montre, en bas, les larges cours
Où fourmille, où fourmille, où se lève la foule,
La foule épouvantable avec des bruits de houle,
Hurlant comme une chienne, hurlant comme une mer,
Avec ses bâtons forts et ses piques de fer,

Und standen wir vor diesem schwarzen Bollwerk dann,
Mit unsern Hörnern, Picken, Eichenlaubgewinden,
Wir konnten keinen Haßgedanken in uns finden.
Wir fühlten uns so stark: wir wollten sanft sein, mild!
»Und doch, seit jenem Tag sind wir wie toll und wild! ...
Das Arbeitsvolk ist auf die Straße jetzt gestiegen,
Und die Verwünschten, in gespensterdunklen Zügen,
Sie stürzen auf der Reichen Türen sich, und fort
Lief ich mit ihrer Schar zu der Spione Mord.
Und durch Paris ich geh, den Hammer auf dem Rücken,
Wild, schwarz, an jeder Ecke in den Tod zu schicken
So einen Schuft; und, lachst du ins Gesicht mir, dich!

»Alsdann, es geht dir an den Kragen, zähl auf mich,
Mit deinem schwarzen Pack, das unsrer Bittschrift Fetzen,
Um sie sich zuzuwerfen, fängt mit ihren Netzen,
(Ganz leise flüstern sie, »wie dumm sind sie!«)
Gesetze auszukochen, Töpfchen leimen, die
Sie fülln mit Drogen, hübschen, rosigen Bescheiden,
Um – zum Vergnügen – ein paar Steuer zuzuschneiden,
Die Nase sich zu stopfen, gehen wir vorbei,
(Die lieben Volksvertreter finden, daß man schmierig sei),
Um nichts zu fürchten, nichts, als nur die Bajonette ...
Famos! Zum Henker geht ihr Tabaksschwatz, ich wette!
Ja, diese platten Hirne gehn uns übern Spaß,
Und diese Götterbräuche. Oh! ist das der Fraß,
Den du uns auftischst, Bürger, wenn voll wilder Kräfte,
Die Szepter wir schon brechen und die Flintenschäfte? ...«

Er packt ihn bei dem Arm, zerreißt des Vorhangs Samt
Und zeigt da unten ihm die weiten Höfe, samt
Dem Volk in Aufruhr. Wimmelnd, wimmelnd wogt der Menge,
Entsetzlich anzusehn, hohl lärmendes Gedränge,
Wie eine Hündin heulend, heulend wie das Meer,
Mit seiner Stöcke Wucht und seiner Picken Wehr,

Ses tambours, ses grands cris de halles et de bouges,
Tas sombre de haillons saignant de bonnets rouges.
L'Homme, par la fenêtre ouverte, montre tout
Au roi pâle et suant qui chancelle debout,
Malade à regarder cela.

«C'est la crapule

Sire. Ça bave aux murs, ça monte, ça pullule.
Puisqu'ils ne mangent pas, Sire, ce sont des gueux
Je suis un forgeron; ma femme est avec eux,
Folle: elle croit trouver du pain aux Tuileries.
On ne veut pas de nous dans les boulangeries.
J'ai trois petits. Je suis crapule. – Je connais
Des vieilles qui s'en vont pleurant sous leurs bonnets,
Parce qu'on leur a pris leur garçon ou leur fille.
C'est la crapule. – Un homme était à la Bastille,
Un autre était forçat, et, tous deux, citoyens
Honnêtes; libérés, ils sont comme des chiens:
On les insulte; alors ils ont là quelque chose
Qui leur fait mal, allez! C'est terrible et c'est cause
Que, se sentant brisés, que, se sentant damnés,
Ils sont là, maintenant, hurlant sous votre nez.
Crapule. – Là-dedans sont des filles, infâmes
Parce que vous saviez que c'est faible les femmes,
Messeigneurs de la cour, que ça veut toujours bien;
Vous [leur] avez craché sur l'âme, comme rien;
Vos belles, aujourd'hui, sont là. C'est la crapule.

«Oh, tous lès Malheureux, tous ceux dont le dos brûle
Sous le soleil féroce, et qui vont, et qui vont,
Qui dans ce travail-là sentent crever leur front:
Chapeau bas, mes bourgeois! oh! ceux-là sont les Hommes!
Nous sommes Ouvriers, Sire! Ouvriers! Nous sommes
Pour les grands temps nouveaux où l'on voudra savoir,
Où l'Homme forgera du matin jusqu'au soir,

Mit Trommeln, lauten Schrein der Halln und schmutzgen
Ein dunkler Lumpenhauf, draus rote Mützen bluten. [Buden,
Der Mann, durchs offne Fenster, zeigt ihm alles das,
Dem König, schwankend, bleich, von feuchtem Schweiße naß,
Den krank macht, was er sieht.
»Das, Herr, ist die Crapüle,
Dies mauerspuckende, aufsässige Gewühle.
Da sie nicht essen, Sire, sind sie nur Bettelleut!
Ich bin der Schmied. Mein Weib ist unter ihnen heut.
Die Närrin: Brot gäb's, glaubt sie, in den Tuilerien.
Doch aus den Bäckerläden läßt man leer uns ziehen.
Drei Kinder hab ich, bin Crapüle. – Ich kann sehn,
Wie alte Frauen in ihren Hauben weinend gehn,
Weil ihnen ihre Söhne oder Töchter man entrissen.
Crapüle. Der hat auf Galeeren schmachten müssen,
In der Bastille der, sie beide Bürger, und
Voll Biederkeit. Befreit, lebt jeder wie ein Hund:
Man schmäht sie, und so brennt im Herzen da die Wunde,
Die schmerzt. Furchtbar, nicht wahr? Aus keinem andren
Grunde
Fühln sie zerbrochen, fühln verdammt sie sich, und hier
Nun sind sie, heulend ins Gesicht dir ihr Gewieh'r.
Crapüle. – Dort kannst Dirnen du, ehrlose, schauen;
Denn allzu schwach ist das, du wußtest es, die Frauen.
Das will, ihr Herrn vom Hofe, immer gütig sein.
Ihr spucktet ihnen, als wär's nichts, ins Herz hinein;
Crapüle ist es. Eure Liebchen sind dort, heute.

Oh! Alle, deren Rücken brennt, des Unglücks Beute,
In dieser wilden Sonne, die dort gehn und gehn,
Sie fühlen, wie ihr Kopf zerspringt in solchen Wehn:
Hut ab, ihr Bürger, oh! die da sind Menschenkinder!
Arbeiter sind wir, Sire, Arbeiter, wir, die Künder
Der neuen großen Zeit, die Wissende uns macht,
Wo schmieden wird der Mensch vom Morgen bis zur Nacht,

Chasseur des grands effets, chasseur des grandes causes;
Où, lentement vainqueur, il domptera les choses
Et montera sur Tout, comme sur un cheval.
O splendides lueurs des forges! Plus de mal,
Plus! … Ce qu'on ne sait pas, c'est peut-être terrible!
Nous saurons! Nos marteaux en main, passons au crible
Tout ce que nous savons; puis, Frères, en avant!
Nous faisons quelquefois ce grand rêve émouvant
De vivre simplement, ardemment, sans rien dire
De mauvais; travaillant sous l'auguste sourire
D'une femme qu'on aime avec un noble amour.
Et l'on travaillerait fièrement tout le jour,
Écoutant le devoir comme un clairon qui sonne;
Et l'on se sentirait très heureux, et personne,
Oh! personne surtout, ne vous ferait ployer!
On aurait un fusil au-dessus du foyer …

«Oh! mais l'air est tout plein d'une odeur de bataille!
Que te disais-je donc? Je suis de la canaille.
Il reste des mouchards et des accapareurs.
Nous sommes libres, nous! Nous avons des terreurs
Où nous nous sentons grands, oh! si grands! Tout à l'heure,
Je parlais de devoir calme, d'une demeure …
Regarde donc le ciel! – C'est trop petit pour nous;
Nous crèverions de chaud, nous serions à genoux …
Regarde donc le ciel! – Je rentre dans la foule,
Dans la grande canaille effroyable qui roule,
Sire, tes vieux canons sur les sales pavés.
Oh! quand nous serons morts, nous les aurons lavés!
Et si, devant nos cris, devant notre vengeance,
Les pattes des vieux rois mordorés, sur la France
Poussent leurs régiments en habits de gala,
Eh bien, n'est-ce pas, vous tous: Merde à ces chiens-là!»

Ein Jäger großer Taten, auf Jagd nach letzten Dingen,
Wo, langsam Sieger er, die Dinge wird bezwingen
Und auf des Ganzen Thron wird steigen, wie aufs Pferd.
O glanzvoll Licht der Schmieden! Böses ist verkehrt [weisen!
Zu Gut! ... Was man nicht weiß, mag schrecklich sich er-
Man wird's erfahren. Fausthoch die Hämmer, laßt beweisen
Uns alles, was wir wissen! Brüder, los! gebt Raum!
Wir träumen manchmal diesen rührend großen Traum,
Einfach zu leben, glühend, ohne böse Worte,
Die Arbeit wirkend unter dem erhabnen Horte
Des Lächelns einer Frau, der unsres Herzens Schlag
Gehört. Stolz würden schaffen wir den ganzen Tag.
Dann hörten wir die Pflicht wie eines Hornes Klänge;
Man fühlte glücklich sich, und keinem es gelänge,
Uns in die Knie zu zwingen. Wahrlich, keinem mehr!
Man hätte über seinem Herde ein Gewehr ...

»Oh! aber in den Lüften riecht's nach Schlachtenrauche!
Was hab ich doch gesagt? Ich bin vom Volk der Gauche.
Es gibt Spione noch, es gibt auch Wuchrer noch.
Frei sind wir, frei! Und spüren jenen Schrecken doch,
In dem wir groß uns dünken, oh! so groß. Soeben
Sprach ich von stiller Pflicht, von häuslich-frohem Leben ...
Schau doch zum Himmel! – Viel zu eng wär's für uns dort,
Die Knie brächen uns, von Hitze ganz verdorrt ...
Schau doch zum Himmel auf! – Ich geh jetzt zu den Meinen,
Zur großen schrecklichen Canaille, die mit deinen
Alten Kanonen rollt auf schmutzigem Gestein.
Oh! Wenn wir tot sein werden, wuschen wir ihn rein!
Und wenn einmal vor unsren Racheschrein die Klauen
Der alten güldnen Könige auf Frankreichs Auen
Die Regimenter hetzten im Paradefrack,
Alsdann, nicht wahr: Scheiß diesem ganzen Hundepack!«

Il reprit son marteau sur l'épaule.

La foule

Près de cet homme-là se sentait l'âme soûle.
Et, dans la grande cour, dans les appartements
Où Paris haletait avec des hurlements,
Un frisson secoua l'immense populace …
– Alors, de sa main large et superbe de crasse,
Bien que le roi ventru suât, le forgeron,
Terrible, lui jeta le bonnet rouge au front.

Morts de Quatre-Vingt-Douze et de Quatre-Vingt-Treize

… Français de soixante-dix, bonapartistes, républicains, souvenez-vous de vos pères en 92. etc.…
Paul de Casagnac (Le Pays).

Morts de Quatre-vingt-douze et de Quatre-vingt-treize
Qui, pâles du baiser fort de la liberté,
Calmes, sous vos sabots brisiez le joug qui pèse
Sur l'âme et sur le front de toute humanité;

Hommes extasiés et grands dans la tourmente,
Vous dont les cœurs sautaient d'amour sous les haillons,
O soldats que la Mort a semés, noble Amante,
Pour les régénérer dans tous les vieux sillons;

Vous dont le sang lavait toute grandeur salie,
Morts de Valmy, morts de Fleurus, morts d'Italie,
O million de Christs aux yeux sombres et doux.

Nous vous laissions dormir avec la République,
Nous, courbés sous les rois comme sous une trique:
– Messieurs de Cassagnac nous reparlent de vous!

Er warf den Hammer auf die Schulter sich.

Die Menge,

Nah diesem Manne, war berauscht; und im Gedränge
Der Prunkgemächer, in des Hofes großem Feld,
Darin Paris mit keuchendem Geheule gellt,
Lief durch des Pöbels weite Reihn ein schauernd Beben …
– Dann sah man eine breite schmierige Hand sich heben;
Der Schmied, ihn stört des dicken Königs Schwitzen nicht,
Warf, schrecklich, ihm die rote Mütze ins Gesicht.

Von Zweiundneunzig und Dreiundneunzig, ihr Toten

Franzosen von 1870, Bonapartisten,
Republikaner, erinnert euch eurer
Väter von 92.
Paul de Cassagnac (Le Pays).

Von Zweiundneunzig und Dreiundneunzig, ihr Toten,
Ihr, die vom starken Kuß der Freiheit still und bleich,
Mit eurem Holzschuhtritt das Joch bracht der Gebote,
Das Stirn und Seele drückt im ganzen Menschenreich;

Ihr Männer, in Ekstase groß und Sturmgeläute,
Die Herzen unter Lumpen liebevoll geschwellt,
Soldaten, die der Tod, der edle Freund, hinstreute,
Um neu sie zu gebärn im alten Furchenfeld,

Die jeder Größe Schmutz ihr wuscht mit eurem Blut,
Die ihr in Valmy ruht, in Fleurus, in Italien ruht,
Millionen Christusse, mit düstern, sanften Augen,

Wir ließen mit der Republik euch euren Schlaf,
Wir, die geduckt der Keulenschlag der Könige traf:
– Was soll Herrn Cassagnacs Geschwätz von Euch uns taugen!

À la Musique

Place de la Gare, Charleville

Sur la place taillée en mesquines pelouses,
Square où tout est correct, les arbres et les fleurs,
Tous les bourgeois poussifs qu'étranglent les chaleurs
Portent, les jeudis soirs, leurs bêtises jalouses.

L'orchestre militaire, au mileu du jardin,
Balance ses schakos dans la *Valse des fifres:*
Autour, aux premiers rangs, parade le gandin,
Le notaire pend à ses breloques à chiffres.

Des rentiers à lorgnons soulignent tous les couacs,
Les gros bureaux bouffis traînent leurs grosses dames,
Auprès desquelles vont, officieux cornacs,
Celles dont les volants ont des airs de réclames.

Sur les bancs verts, des clubs d'épiciers retraités,
Qui tisonnent le sable avec leur canne à pomme,
Fort sérieusement discutent les taités,
Puis prisent en argent et reprennent: «En somme ...»

Épatant sur son banc les rondeurs de ses reins,
Un bourgeois à boutons clairs, bedaine flamande,
Savoure son onnaing d'où le tabac par brins
Déborde, – vous savez, c'est de la contrebande!

Le long des gazons verts ricanent les voyous,
Et, rendus amoureux par le chant des trombones,
Très naïfs et fumant des roses, les pioupious
Caressent les bébés pour enjôler les bonnes.

Platzkonzert

Bahnhofsplatz, Charleville

Auf diesen Platz, wo in dem magren Gras die Reihen
Der Bäume und der Blumen streng in Ordnung stehn,
Trägt donnerstags, erstickt vor Glut, im Abendwehn,
Der Bürger, schnaufend, seine dummen Eifersüchteleien.

Die Militärkapelle, in des Gartens Mitte,
Die Schakos zu der Pfeifen Walzerklängen schwenkt,
Um sie, ganz vorn, der Geck stapft im Paradeschritte,
Der Notar an seinem Uhrbehang mit Chiffren hängt.

Der Rentner mit dem Kneifer merkt die falschen Töne,
Die Dicken vom Büro ziehn ihre dicken Fraun,
Umringt von würdgen Schmeichlerinnen, deren schöne
Volants an dem Gewand wie nach Reklame schaun.

Klubs von verflossnen Krämern auf den grünen Bänken,
Mit knaufgeschmückten Stöcken wühlend in dem Sand,
Aus Silberdosen schnupfend, schwatzend sich versenken
In Politik, mit »Überhaupt« und viel Verstand.

Auf seiner Bank gespreizt die Rundung seiner Lenden,
Ein Spießer, Flamenwanst, mit Knöpfen hell bestellt,
Genießt sein Pfeifchen, draus der Tabaksfäden Enden
Hervorquelln, – selbstverständlich Schmugglerware, gelt!

Die Rangen, längs dem Gras, ziehn höhnisch ihre Schnuten,
Und, ganz verliebt gemacht durch der Posaunen Kunst,
Naiv die »Roten« rauchend, streicheln die Rekruten
Die Babys, lüstern schon nach ihrer Bonnen Gunst.

– Moi, je suis, débraillé comme un étudiant,
Sous les marronniers verts les alertes fillettes.
Elles le savent bien et tournent en riant
Vers moi leurs yeux tout pleins de choses indiscrètes.

Je ne dis pas un mot; je regarde toujours
La chair de leur cou blanc brodé de mèches folles;
Je suis, sous le corsage et les frêles atours,
Le dos divin après la courbe des épaules.

J'ai bientôt deniché la bottine, le bas …
Je reconstruis les corps, brûlé de belles fièvres.
Elles me trouvent drôle et se parlent tout bas.
Et mes désirs brutaux s'accrochent à leurs lèvres.

Vénus Anadyomène

Comme d'un cercueil vert en fer-blanc, une tête
de femme à cheveux bruns, fortement pommadés,
D'une vieille baignoire émerge, lente et bête,
Avec des déficits assez mal ravaudés,

Puis le col gras et gris, les larges omoplates
Qui saillent, le dos court qui rentre et qui ressort.
Puis les rondeurs des reins semblent prendre l'essor.
La graisse sous la peau paraît en feuilles plates,

L'échine est un peu rouge; et le tout sent un goût
Horrible étrangement. On remarque surtout
Des singularités, qu'il faut voir à la loupe.

Les reins portent deux mots gravés: *Clara Venus.*
– Et tout ce corps remue et tend sa large croupe,
Belle, hideusement, d'un ulcère à l'anus.

– Ich, keck wie ein Student, ich streich im Schutz der grünen
Kastanien hinter flinken kleinen Mädchen her,
Die wissen's wohl und wenden, Lachen in den Mienen,
Mir ihre Augen zu, von losen Dingen schwer.

Ich sage nicht ein Wort; ich schau nur immer wieder
Des weißen Halses Haut, der tollen Locken Schwall;
Ich folge, unterm leichten Putze ihrer Mieder,
Des Rückens Götterbau nach runder Schultern Fall.

Ich geh zu ihren Strümpfen, suche ihre Schuh;
Ich bau den Körper auf, in schönen Fiebergluten,
Sie finden komisch mich und flüstern leis sich zu …
Und meine wilden Wünsche auf ihre Lippen fluten.

Schaumgeborene Venus

Als ob in einem grünen Sarg aus Blech er läge,
Ein Frauenkopf, braunhaarig, stark pommadisiert,
Taucht auf aus alter Wanne, dumm und träge,
Geflickte Reste, die er zeigt, sind arg lädiert.

Dann fett und grau der Hals, die breiten Schulterblätter,
Vorspringend, kurzer Rücken in gekrümmtem Lauf.
Das Fett glänzt unterhalb der Haut wie platte Blätter,
Der Lenden Rundung bläht, so scheint's, sich mächtig auf.

Das Rückgrat etwas rot, und aus dem Ganzen zieht
Seltsam entsetzlicher Geruch. Vor allem sieht
Man sonderbares Zeug, doch braucht es eine Lupe.

Den Lenden sind graviert zwei Worte: Clara Venus.
– Der ganze Körper reckt und streckt die breite Kruppe,
Schön, schauderhaft durch ein Geschwür am Anus.

Première Soirée

Elle était fort déshabillée,
Et de grands arbres indiscrets
Aux vitres jetaient leur feuillée
Malinement, tout près, tout près.

Assise sur ma grande chaise,
Mi-nue, elle joignait les mains.
Sur le plancher frissonnaient d'aise
Ses petits pieds si fins, si fins.

Je regardai, couleur de cire,
Un petit rayon buissonnier
Papillonner dans son sourire
Et sur son sein: mouche au rosier!

Je baisai ses fines chevilles.
Elle eut un doux rire brutal,
Qui s'égrenait en claires trilles,
Un joli rire de cristal.

Les petits pieds sous la chemise
Se sauvèrent: «Veux-tu finir!»
La première audace permise,
Le rire feignait de punir.

Pauvrets palpitant sous ma lèvre,
Je baisai doucement ses yeux.
Elle jeta sa tête mièvre
En arrière: «Oh! c'est encor mieux!

Monsieur, j'ai deux mots à te dire …»
Je lui jetai le reste au sein,
Dans un baiser qui la fit rire
D'un bon rire qui voulait bien …

Erster Abend

Sie hatte nicht mehr viel am Leibe,
Und indiskrete, hohe Bäume da
Hinwarfen auf die Fensterscheibe
Ihr schelmisch Laub, ganz nah, ganz nah.

In meinem Armstuhl war sie gesessen,
Halbnackt, die Hände im Schoß gepaart,
Und auf dem Boden, lustvoll besessen
Flitzten die Füßlein, so zart, so zart.

Ich sah, wie gelbes Wachs der Kerzen,
Eines Fünkleins loses Gehusch
In ihrem Lächeln flatternd scherzen,
Auf ihrer Brust: Fliege im Rosenbusch!

Ich küßte die Knöchel, die zarten,
Sie lachte süß und brutal,
Drin Helle und Härte sich paarten,
Ein Lachen, klar wie Kristall.

Und unter dem Hemdchen verbargen
Die Füßchen sich: »Willst du wohl gleich!«
So strafte sie lächelnd den Argen
Und erlaubte die Keckheit zugleich.

Ihre armen zitternden Augen
Hat sanft meine Lippe geküßt,
Das wollt dem Trotzkopf nicht taugen:
»Oh, das ist doch allzu wüst!

Zwei Worte nur, Herr, will ich machen ...«
Der Rest war nicht mehr so schwer,
Ein Kuß auf die Brust ließ sie lachen,
Das Lachen war gute Gewähr ...

Elle était fort déshabillée,
Et de grands arbres indiscrets
Aux vitres penchaient leur feuillée
Malinement, tout près, tout près.

Les Réparties de Nina

Lui:
Ta poitrine sur ma poitrine,
Hein! nous irions,
Ayant de l'air plein la narine,
Aux frais rayons

Du bon matin bleu qui vous baigne
Du vin de jour? …
Quand tout le bois frissonnant saigne,
Muet d'amour,

De chaque branche, gouttes vertes,
Des bourgeons clairs,
On sent dans les choses ouvertes
Frémir des chairs.

Tu plongerais dans la luzerne
Ton blanc peignoir,
Rosant à l'air ce bleu qui cerne
Ton grand œil noir,

Amoureuse de la campagne,
Semant partout
Comme une mousse de champagne
Ton rire fou,

Sie hatte nicht mehr viel am Leibe,
Und indiskrete, hohe Bäume da
Hinwarfen auf die Fensterscheibe
Ihr schelmisch Laub, ganz nah, ganz nah.

Ninas Antwort

Er:
Deine Brust an meiner Brust,
Hei! laß uns einmal
Wandern, saugend den vollen Blust
Im kühlen Gestrahl

Des blauen Morgens, der dich wüsche
Mit Sonnenwein! …
Wenn in dem zitternden Gebüsche
– Verschwiegener Liebeshain –

Blutende Tropfen von Zweigen hingen
In heller Knospen Grün,
Dann sähn in den offenen Dingen
Wir schauernde Leiber glühn.

Dann würdest du tauchen in den Klee
Dein weißes Morgenkleid,
Rötlich mit jenem Blau, das ich seh
Um dein Auge, schwarz und weit.

Verliebt in der Felder Räume,
Verstreutest du überall,
Gleichwie Champagnerschäume,
Dein Lachen mit tollem Schall.

Riant à moi, brutal d'ivresse,
Qui te prendrais
Comme cela, – la belle tresse,
Oh! – qui boirais

Ton goût de framboise et de fraise,
O chair de fleur!
Riant au vent vif qui te baise
Comme un voleur!

Au rose églantier qui t'embête
Aimablement,
Riant surtout, ô folle tête,
A ton amant! …

[Dix-sept ans! Tu seras heureuse.
Oh! les grands prés,
La grande campagne amoureuse!
– Dis, viens plus près …]

Ta poitrine sur ma poitrine,
Mêlant nos voix,
Lents nous gagnerions la ravine
Puis les grands bois;

Puis, comme une petite morte,
Le cœur pâmé,
Tu me dirais que je te porte,
L'œil mi-fermé.

Je te porterais palpitante
Dans le sentier;
L'oiseau filerait son andante:
Au Noisetier …

Lachend mir, der sich trunken erfrechte,
  Dich nähme – so!
Bei deines Haares schöner Flechte
  Und tränke – oh!

Deine Himbeer- und Erdbeersüße,
  O leiblich Blumengebind,
Lachend dem Wind, dessen Küsse
  Dich suchten, wie Diebsgesind.

Lachend den Dornen der Rose,
  Die liebend dich bedrängt,
Mir selbst vor allem, du Lose,
  Der dir seine Liebe geschenkt! …

Du Glückskind, siebzehn Jahr nur,
  Die großen Wiesen da!
Die große, verliebte Felderflur!
  – Sag, komm näher, ganz nah …

Deine Brust auf meiner Brust,
  Wort in Wort verhallt,
Wir gingen zur Schlucht in träger Lust
  Dann zum großen Wald;

Dann, als stände das Herz dir still,
  Wie einem toten Kinde,
Bätest du, ob ich dich tragen will,
  Halb offnen Augs, und geschwinde

Trüge ich dein Erbeben
  Den Pfad entlang,
Und das Vöglein würde weben
  Im Nußstrauch seinen Gesang.

Je te parlerais dans ta bouche:
   J'irais pressant
Ton corps comme une enfant qu'on couche,
   Ivre du sang

Qui coule bleu sous ta peau blanche
   Aux tons rosés,
Et te parlant la langue franche
   – Tiens! – que tu sais.

Nos grands bois sentiraient la sève,
   Et le soleil
Sablerait d'or fin leur grand rêve
   vert et vermeil.

Le soir? … Nous reprendrons la route
   Blanche qui court,
Flânant comme un troupeau qui broute
   Tout à l'entour.

Les bons vergers à l'herbe bleue,
   Aux pommiers tors,
Comme on les sent toute une lieue,
   Leurs parfums forts!

Nous regagnerons le village
   Au ciel mi-noir,
Et ça sentira le laitage
   Dans l'air du soir;

Ça sentira l'étable pleine
   De fumiers chauds,
Pleine d'un lent rythme d'haleine
   Et de grands dos

Ich spräch dir in deinen Mund hinein,
Ich drückte gut
Deinen Leib, wie ein schläfriges Kindelein,
Trunken vom Blut,

Das blau dir fließt unter weißer Haut,
Mit rosigem Ton,
Und spräche die Sprache, kühn und vertraut,
– Gelt! – du kennst sie schon?

Unsre großen Wälder röchen nach Schaum,
Und der Sonne Gefunkel
Göß Körnchen von Gold ihrem großen Traum
Voll purpurnem Dunkel.

Des Abends? … Dann gehen wir wieder
Die weiße Straße dahin,
Wie Schafe, die auf und nieder
Weidend des Weges ziehn.

Die lieben Gärten mit blauem Gras
Und die krummen Apfelbäume,
Wie sendet die starken Düfte das
Durch meilenweite Räume!

Wir würden zur Dämmerstunde
Zurück durch's Dörfchen gehn,
Das röche nach Milch in der Runde
Im Abendwehn.

Das röch nach dem Stalle, dem vollen
Von warmem Mist,
Der voll von trägem Atemrollen
Und großen Rücken ist,

Blanchissant sous quelque lumière,
   Et, tout là-bas,
Une vache fientera, fière,
   A chaque pas.

Les lunettes de la grand'mère
   Et son nez long
Dans son missel, le pot de bière
   Cerclé de plomb,

Moussant entre les larges pipes
   Qui crânement
Fument: les effroyables lippes
   Qui, tout fumant,

Happent le jambon aux fourchettes
   Tant, tant et plus,
Le feu qui claire les couchettes
   Et les bahuts,

Les fesses luisantes et grasses
   Du gros enfant
Qui fourre, à genoux, dans les tasses
   Son museau blanc

Frôlé par un mufle qui gronde
   D'un ton gentil
Et pourlèche la face ronde
   Du cher petit,

Noire et rouge au bord de sa chaise
   – Affreux profil –
Une vieille devant la braise,
   Qui fait du fil:

Die weiß unter Lichtschein prallen;
  Und dort am Eck
Läßt eine Kuh im Schreiten fallen
  Stolz ihren Dreck.

Großmutter mit ihrer Brille,
  Auf langer Nase gespannt,
Wie sie liest in ihrer Postille.
  Der Krug mit bleiernem Rand,

Schäumend zwischen den breiten Pfeifen,
  Gequalmt mit forschem Zug
Von schrecklichen Lippen, die greifen,
  Stets qualmend, oft genug

Zu aufgegabeltem Schinken
  So viel und immer noch mehr;
Die Flammen, die hell auf Betten blinken
  Und auf Schränken umher;

Die leuchtenden Hintertrassen
  Von einem dicken Wicht,
Der, kniend, in die Tassen
  Sein weißes Schnäuzchen sticht,

Gestreift von knurrendem Munde,
  Der zärtlich und lind
Schmeichelnd beleckt das runde
  Antlitz dem lieben Kind.

Schwarz und barsch – Profil nicht geheuer –,
  Auf ihres Stuhles Rand,
Eine Alte vorm Kohlenfeuer,
  Am Spinnrad die Hand:

Que de choses verrons-nous, chère,
  Dans ces taudis,
Quand la flamme illumine claire
  Les carreaux gris!

Puis, petite et toute nichée
  Dans les lilas,
Noirs et frais: la vitre cachée
  Qui rit là-bas …

Tu viendras, tu viendras, je t'aime,
  Ce sera beau!
Tu viendras, n'est-ce pas? et même …

  Elle:
  Et mon bureau?

Les Effarés

Noirs dans la neige et dans la brume,
Au grand soupirail qui s'allume,
  Leurs culs en rond,

A genoux, cinq petits – misère! –
Regardent le Boulanger faire
  Le lourd pain blond.

Ils voient le fort bras blanc qui tourne
La pâte grise et qui l'enfourne
  Dans un trou clair.

Ils écoutent le bon pain cuire,
Le Boulanger au gras sourire
  Grogne un vieil air.

Was werden wir, Liebste, schauen
  In dieser armen Welt,
Wenn das helle Licht in die grauen
  Fensterscheiben fällt!

Kleine im Nest dann gefangen,
  Kühl in des Flieders Nacht,
Wer ist's, das Fenster verhangen,
  Der da hinten lacht …

Du kommst, du kommst, schön wird es werden!
  Ich liebe dich so!
Du kommst, nicht wahr, und nichts auf Erden …

  Sie:
  Und mein Büro?

Die Verzückten

Schwarz im Schnee und in Nebeldichte,
Vor des großen Kellerlochs Lichte,
  Die Hintern im Kreis,

Auf Knien, fünf Bübchen – schlimme Zeiten! –
Sehen den Bäckermeister bereiten
  Brot, schwer und weiß.

Sehen den starken weißen Arm rühren
Den grauen Teig und ins Loch ihn führen,
  Das hell erglüht.

Sie hörn des backenden Brotes Summen –
Der Bäcker, feist lächelnd, tut brummen
  Ein altes Lied.

Ils sont blottis, pas un ne bouge,
Au souffle du soupirail rouge
   Chaud comme un sein.

Quand, pour quelque médianoche,
Façonné comme une brioche
   On sort le pain,

Quand, sous les poutres enfumées,
Chantent les croûtes parfumées
   Et les grillons,

Que ce trou chaud souffle la vie,
Ils ont leur âme si ravie
   Sous leurs haillons,

Ils se ressentent si bien vivre,
Les pauvres Jésus pleins de givre,
   Qu'ils sont là tous

Collant leurs petits museaux roses
Au treillage, grognant des choses
   Entre les trous,

Tout bêtes, faisant leurs prières
Et repliés vers ces lumières
   Du ciel rouvert,

Si fort, qu'ils crèvent leur culotte
Et que leur chemise tremblote
   Au vent d'hiver.

Keines rührt sich, wie sie sich ducken
Zum Hauch der roten Kellerluken,
Warm wie ein Leib.

Wenn dann man zu Nachtfestbesuchen,
Geformt wie ein runder Kuchen
Herausholt den Laib,

Wenn unterm Gebälk, dem berußten,
Singen die duftenden Krusten
Und die Heimchen dabei,

Wenn dies warme Loch haucht das Leben,
Möcht ihre Seele zum Himmel sich heben
In ihrer Lumperei.

Die Armen fühlen so wohl sich leben,
Die Jesulein, die im Rauhreif beben,
Daß all in der Reih

Die rosigen Schnäuzchen ans Gitter drücken
Und knurrend durch die Löcher schicken
Tausenderlei.

Sie beten, die dummlichen Wichter,
Die gen des offnen Himmels Lichter
Gekauert sind,

So stark, daß ihre Höschen splittern,
Und daß ihre Hemdelein zittern
Im Winterwind.

Roman

I

On n'est pas sérieux quand on a dix-sept ans.
Un beau soir, – foin des bocks et de la limonade,
Des cafés tapageurs aux lustres éclatants! –
On va sous les tilleuls verts de la promenade.

Les tilleuls sentent bon dans les bons soirs de juin.
L'air est parfois si doux qu'on ferme la paupière.
Le vent chargé de bruits – la ville n'est pas loin –
A des parfums de vigne et des parfums de bière.

II

Voilà qu'on aperçoit un tout petit chiffon
D'azur sombre encadré d'une petite branche,
Piqué d'une mauvaise étoile qui se fond
Avec de doux frissons, petite et toute blanche.

Nuit de juin! Dix-sept ans! … On se laisse griser.
La sève est du champagne et vous monte à la tête.
On divague; on se sent aux lèvres un baiser
Qui palpite, là, comme une petite bête.

III

Le cœur fou Robinsonne à travers les romans,
Lorsque, dans la clarté d'un pâle réverbère,
Passe une demoiselle aux petits airs charmants
Sous l'ombre du faux-col effrayant de son père.

Ex comme elle vous trouve immensément naïf,
Tout en faisant trotter ses petites bottines,
Elle se tourne alerte et d'un mouvement vif.
Sur vos lèvres, alors, meurent les cavatines.

Roman

I

Man ist mit siebzehn Jahren wahrlich kein Pedant,
Drum, eines Abends, – weg mit Bocks und Limonade,
Mit dem Lärm der Cafés, voll Leuchterglanz und Tand! –
Geht's unter die grünen Linden der Promenade.

Die Linden duften schön in schöner Juninacht,
Die Luft ist oft so süß, man muß die Augen schließen.
Geräusch der nahen Stadt wird mit dem Wind gebracht,
Dem Rebendüfte und der Duft von Bier entfließen.

II

Da, eines kleinen Lappens azurdunklen Schein
Erblickt man plötzlich, den ein kleiner Zweig umwindet,
Durchbohrt von einem bösen Stern, ganz weiß und klein,
Der unter süßen Schauern hinschmilzt und verschwindet.

O Nacht des Juni! Siebzehn Jahre! … Rauschbefangen!
Champagner ist der Saft und steigt zu Kopfe dir.
Man phantasiert; man fühlt auf seinen Lippen hangen,
Dort, einen Kuß, der zittert, wie ein kleines Tier.

III

Das tolle Herz wie Robinson Romane sinnt,
Wenn in der bleichen Klarheit der Laterne schreitet
Vorbei mit reizendem Getu ein nettes Kind
In Vaters Kragenschatten, der sich schrecklich breitet,

Und da sie dich für furchtbar blöde hält und dumm,
Dreht sie, und läßt die kleinen Stiefel weiter wippen,
Mit munterer Bewegung hurtig sich herum.
Die Cavatinen sterben, dann, auf deinen Lippen.

IV
Vous êtes amoureux, loué jusqu'au mois d'août!
Vous êtes amoureux: vos sonnets La font rire.
Tous vos amis s'en vont, vous êtes mauvais goût.
– Puis l'adorée, un soir, a daigné vous écrire.

Ce soir-là, vous rentrez aux cafés éclatants,
Vous demandex des bocks ou de la limonade
On n'est pas sérieux quand on a dix-sept ans
Et qu'on a des tilleuls verts sur la promenade.

Le Mal

Tandis que les crachats rouges de la mitraille
Sifflent tout le jour par l'infini du ciel bleu,
Qu'écarlates ou verts, près du Roi qui les raille,
Croulent les bataillons en masse dans le feu;

Tandis qu'une folie épouvantable broie
Et fait de cent milliers d'hommes un tas fumant,
– Pauvres morts! dans l'été, dans l'herbe, dans ta joie
Nature! ô toi qui fis ces hommes saintement! –

Il est un Dieu qui rit aux nappes damassées
Des autels, à l'encens, aux grands calices d'or,
Qui dans le bercement des hosannas s'endort

Et se réveille, quand des mères, ramassées
Dans l'angoisse et pleurant sous leur vieux bonnet noir,
Lui donnent un gros sou lié dans leur mouchoir.

IV

Du bist verliebt, bis zum Augustmonat gebannt!
Verliebt: deine Sonette zum Lachen sie treiben.
Die Freunde all verziehn, geschmacklos man dich fand.
– Dann, eines Tags, geruht die Holde dir zu schreiben.

An diesem Abend kehrst zurück zum Lichtertand
Du der Cafés, bestellst dir Bocks und Limonade …
Man ist mit siebzehn wahrlich kein Pedant,
Und hat man grüne Linden auf der Promenade …

Das Böse

Mag zischen roter Wurf, gespien von der Kanone,
Den ganzen Tag durch endlos blauen Himmels Pracht,
Daß, scharlachrot und grün in Massen Bataillone
Hinbrechen vor dem König, der nur ihrer lacht;

Mag grauenvoller Wahnsinnstaumel auch zermalmen
Zu dampfendem Gehäuf der Hunderttausend Schar,
– Arm, tot in deiner Freude, deines Sommers Halmen,
Natur, die diese Männer heilig einst gebar! –

Es ist ein Gott, der des Altars damastne Decken,
Den Weihrauch anlacht, großer, goldner Kelche Pracht,
Den des Hosanna-Liedes Wiegen schlafen macht

Und der erwacht, wenn Mütter, tief gebückt voll Schrecken,
Ihm unter alter schwarzer Haube, tränenschwer,
Aus ihrem Schnupftuch bringen einen Groschen her.

Rages de Césars

L'Homme pâle, le long des pelouses fleuries,
Chemine en habit noir et le cigare aux dents.
L'Homme pâle repense aux fleurs des Tuileries,
Et parfois son œil terne a des regards ardents.

Car l'Empereur est soûl de ses vingt ans d'orgie.
Il s'était dit: «Je vais souffler la Liberté,
Bien délicatement, ainsi qu'une bougie.»
La Liberté revit: il se sent éreinté.

Il est pris. Oh! quel nom sur ses lèvres muettes
Tressaille? quel regret implacable le mord?
On ne le saura pas: l'Empereur a l'œil mort.

Il repense peut-être au Compère en lunettes.
– Et regarde filer de son cigare en feu,
Comme aux soirs de Saint-Cloud, un fin nuage bleu.

Rêvé pour l'hiver

À ... Elle

L'hiver nous irons dans un petit wagon rose
   Avec des coussins bleus.
Nous serons bien. Un nid de baisers fous repose
   Dans chaque coin moelleux.

Tu fermeras l'œil, pour ne point voir par la glace
   Grimacer les ombres des soirs,
Ces monstruosités hargneuses, populace
   De démons noirs et de loups noirs.

Cäsarengrimm

Der bleiche Mann, entlang der Rasenbeete Blühen,
Geht, schwarzen Rocks, Zigarre rauchend, hin und her.
Der Bleiche denkt der Blumen in den Tuilerien,
Und manchmal ist sein trübes Auge glutenschwer.

Satt ist der Kaiser seiner Orgien zwanzig Jahre.
Einst sagt' er sich: »Ich blase aus der Freiheit Licht,
Wie eine Kerze, sacht, daß keiner es gewahre!«
Die Freiheit lebt aufs neu: er fühlt, daß er zerbricht.

Gefangen. Auf den stummen Lippen welcher Namen
Zittert? Wie grausam beißt an ihm der Reue Not?
Man weiß es nie: Des Kaisers Auge, es ist tot.

Er denkt vielleicht des brilletragenden Kumpanen,
– Und schaut dem Rauch der brennenden Zigarre zu,
Der zart und blau sich wölkt, wie abends in Saint-Cloud.

Traum für den Winter

An . . . sie

Im Winter wolln wir uns in ein rosa Wäglein verstecken
   Mit blauen Polstern. Das wird ein Fest!
Es ruht allüberall in den samtweichen Ecken
   Von tollen Küssen ein Nest.

Du schließest die Augen, um nicht durch die Scheiben
   Der Abendschatten Gefratz zu verspürn,
Dies greulich gemeine, zänkische Treiben
   Das schwarze Geister und Wölfe vollführn.

Puis tu te sentiras la joue égratignée.
Un petit baiser, comme une folle araignée,
   Te courra par le cou.

Et tu me diras: «Cherche!» en inclinant la tête,
Et nous prendrons du temps à trouver cette bête
   – Qui voyage beaucoup.

Le Dormeur du Val

C'est un trou de verdure où chante une rivière
Accrochant follement aux herbes des haillons
D'argent, où le soleil, de la montagne fière,
Luit; c'est un petit val qui mousse de rayons.

Un soldat jeune, bouche ouverte, tête nue
Et la nuque baignant dans le frais cresson bleu,
Dort: il est étendu dans l'herbe, sous la nue,
Pâle dans son lit vert où la lumière pleut.

Les pieds dans les glaïeuls, il dort. Souriant comme
Sourirait un enfant malade, il fait un somme.
Nature, berce-le chaudement: il a froid.

Les parfums ne font pas frissonner sa narine;
Il dort dans le soleil, la main sur sa poitrine
Tranquille. Il a deux trous rouges au côté droit.

Dann fühlst du ein Kratzen an Bäckchen und Kinne.
Ein Küßlein, als wär's eine wilde Spinne,
  In das Hälschen dir lief.

Dann sagst du mir: »Suche!« und neigst mir dein Köpfchen,
Doch finden wir's gar nicht so rasch; denn das Geschöpfchen
  Es krabbelt schon tief.

Der Schläfer im Tal

Liegt eine grüne Lichtung, wo des Flusses Welle,
In tollem Singsang um die Gräser Fetzen säumt
Aus Silber, wo die Sonne stolz von Bergesschwelle
Leuchtet; ist ein kleines Tal, von Strahlen durchschäumt.

Ein Soldat, jung und mit nacktem Haupte, offnen Mundes,
Den Nacken badend, wo die zarte Kresse blaut,
Schläft: liegend unterm Wolkenzelt, im Wiesengrund,
Bleich in dem grünen Bett, drauf lichter Regen taut.

Die Füße in den Lilien schläft er. Lächelnd, leise,
Als lächelte ein krankes Kind, in seines Schlafes Weise.
Natur, ihn friert; dein warmes Wiegen tät ihm not.

Die Düfte lassen nicht erschauern seine Nase;
Er schläft, die Hände auf der Brust, im sonnigen Grase,
So still. Er hat, zur Seite, rechts, zwei Löcher, rot.

Au Cabaret-Vert

Cinq heures du soir

Depuis huit jours, j'avais déchiré mes bottines
Aux cailloux des chemins; j'entrais à Charleroi.
Au *Cabaret-Vert,* je demendai des tartines
De beurre et du jambon qui fût à moitié froid.

Bienheureux, j'allongeai les jambes sous la table
Verte; je contemplai les sujets très naïfs
De la tapisserie. Et ce fut adorable
Quand la fille aux tétons énormes, aux yeux vifs,

– Celle-là, ce n'est pas un baiser qui l'épeure! –
Rieuse, m'apporta des tartines de beurre,
Du jambon tiède dans un plat colorié,

Du jambon rose et blanc parfumé d'une gousse
D'ail, et m'emplit la chope immense avec sa mousse
Que dorait un rayon de soleil arriéré.

La Maline

Dans la salle à manger brune, que parfumait
Une odeur de vernis et de fruits, à mon aise
Je ramassais un plat de je ne sais quel met
Belge, et je m'épatais dans mon immense chaise.

En mangeant, j'écoutais l'horloge, heureux et coi.
La cuisine s'ouvrit avec une bouffée,
Et la servante vint, je ne sais pas pourquoi,
Fichu moitié défait, malinement coiffée.

Im grünen Cabaret

Fünf Uhr abends

Acht Tage lang ließ meine Stiefel ich zerreißen
Auf Straßenkieseln; Halt ward in Charleroi gemacht.
Im Grünen Cabaret bestellte ich halbheißen
Schinken und Schnitten Brot mit Butter gut bedacht.

Glücklich streckt ich die Beine unterm grünen Tische,
Sah auf die simplen Muster der Tapete hin
Und, andachtswürdig war's, auch auf die augenfrische,
Mit ungeheurem Busen fesche Kellnerin.

– Die da, sie hätte furchtlos einen Kuß gelitten,
Als auf bemaltem Teller sie die Butterschnitten,
Die Lachende, und warmen Schinken hingestellt,

Der Knoblauchduft verhauchend, rosig-weiß erglänzte,
Und als den Riesenkrug sie schäumend mir kredenzte,
Von später Abendsonne goldnem Strahl erhellt.

Die Schelmin

Im braunen Speisesaale, der so köstlich roch
Nach Firnis und nach Früchten, gönnt ich meinem Magen
Ein belgisches Gericht. Was gab es damals doch?
Ich spreizte mich im mächtigen Stuhle voll Behagen.

Beim Essen hört der Uhr ich zu, beglückt und stumm,
Da ging die Küchentür, warm kam mirs zugeflogen.
Ins Zimmer trat die Magd, ich weiß nicht recht, warum,
Schelmisch gekämmt das Haar, das Brusttuch halb verzogen

Et, tout en promenant son petit doigt tremblant
Sur sa joue, un velours de pêche rose et blanc,
En faisant, de sa lèvre enfantine, une moue,

Elle arrangeait les plats près de moi, pour m'aiser.
Puis, comme ça, – bien sûr pour avoir un baiser, –
Tout bas: «Sens donc, j'ai pris *une* froid sur la joue ...»

L'Éclatante Victoire de Sarrebruck

Remportée aux cris de «Vive l'Empereur!»
(Gravure belge brillamment coloriée, se vend à Charleroi: 35 centimes)

Au milieu l'Empereur, dans une apothéose
Bleue et jaune, s'en va, raide sur son dada
Flamboyant; très heureux – car il voit tout en rose, –
Féroce comme Zeus et doux comme un papa.

En bas, les bons Pioupious, qui faisaient la sieste
Près des tambours dorés et des rouges canons,
Se lèvent gentiment. Pitou remet sa veste
Et, tourné vers le Chef, s'étourdit de grands noms.

A droite, Dumanet, appuyé sur la crosse
De son chassepot, sent frémir sa nuque en brosse,
Et: «Vive l'Empereur!». Son voisin reste
coi.

Un schako surgit, comme un soleil noir! – Au centre,
Boquillon, rouge et bleu, très naïf, sur son ventre
Se dresse, et, présentant ses derrières: «De quoi? ...»

Und zittrig spielend mit den kleinen Fingerlein
Auf samtner Pfirsichwange rosig-weiß und fein,
Und gar ein kindlich Mäulchen ziehend noch, die Range,

Macht mit den Tellern sie, ganz nah, zu schaffen sich.
Und dann, nur so – ein Küßchen wollt sie sicherlich –
Ganz leis: »Fühl doch, hab eine Kälte auf der Wange.«

Der glänzende Sieg von Saarbrücken

Errungen zu dem Ruf: »Es lebe der Kaiser!«
(Grell kolorierter belgischer Stich, der in Charleroi für 35 Centimes verkauft wird)

In der Mitte der Kaiser, in Apotheose,
Blaugelb, trabt, hölzern, auf blitzendem Hottehott,
Sehr glücklich; – denn alles sieht er im Glanz der Rose –
So sanft wie ein Papa, so wild wie Zeus, der Gott.

Unten die Pioupious – sie schliefen grad, die Tröpfe,
Bei goldnen Trommeln und roter Kanonen Rohr –
Stehn höflich auf. Pitou schließt seines Rockes Knöpfe,
Schaut auf den Chef, von großen Namen dumm das Ohr.

Rechts, auf des Chassepots Schaft tut Dumanet sich stützen,
Er fühlt den glatt geriebnen Hals vor Ehrfurcht schwitzen
Und schreit: »Der Kaiser hoch!« Sein Nachbar bleibt ganz stumm.

Ein Schako steht wie schwarze Sonne! – In der Mitten,
Hebt, rot und blau, auf seinen Bauch sich – simple Sitten –
Und seinen Hintern zeigend, Boquillon: »Warum? …«

Le Buffet

C'est un large buffet sculpté: le chêne
 sombre,
Très vieux, a pris cet air si bon des vieilles gens.
Le buffet est ouvert et verse dans son ombre,
Comme un flot de vin vieux, des parfums engageants.

Tout plein: c'est un fouillis de vieilles vieilleries,
De linges odorants et jaunes, de chiffons
De femmes ou d'enfants, de dentelles flétries,
De fichus de grand'mère où sont peints des griffons.

C'est là qu'on trouverait les médaillons, les mèches
De cheveux blancs ou blonds, les portraits, les fleurs sèches
Dont le parfum se mêle à des parfums de fruits.

O buffet du vieux temps, tu sais bien des histoires!
Et tu voudrais conter tes contes, et tu bruis
Quand s'ouvrent lentement tes grandes portes noires.

Ma Bohême

Je m'en allais, les poings dans mes poches crevées.
Mon paletot aussi devenait idéal.
J'allais sous le ciel, Muse, et j'étais ton féal:
Oh là là, que d'amours splendides j'ai rêvées!

Mon unique culotte avait un large trou.
Petit-Poucet rêveur, j'égrenais dans ma course
Des rimes. Mon auberge était à la Grande-Ourse.
Mes étoiles au ciel avaient un doux frou-frou.

Der Schrank

Ein breiter Schrank, geschnitzt: das dunkle Holz der
Eichen,
Sehr alt, sieht wie die guten alten Leute drein,
Der Schrank ist offen, seinem Schattenreich entweichen
Verlockend starke Düfte, wie von altem Wein.

Ganz voll: Von alten Altertümern bis zum Rande,
Von duftiger, vergilbter Wäsche, Putz der Fraun
Und Kinder, von der Ahne welkem Spitzentande
Und Tüchern, drauf gemalte Greife sind zu schaun.

Dort ist's, wo Medaillons man fände, Bilder, Locken
Von weißem oder blondem Haar und Blumen, trocken,
In deren Düfte Früchte mischen ihren Duft.

O Schrank aus alter Zeit, du weißt viel Aventüren
Und willst sie künden uns. Aus dir rauscht Märchenluft,
Wenn langsam aufgehn deine großen schwarzen Türen.

Mein Zigeunerleben

Ich ging dahin, die Fäuste in zerplatzten Taschen.
Mein Mantel wurde auch bereits Ideegeflecht.
Ich ging unterm Himmel, Muse, und war dein Knecht:
Oh la la, welch prächtiger Liebesträume Erhaschen!

Meine einzige Hose hatte ein Loch, so groß!
Wandernd verstreut ich, Traumdäumling der alten Mären,
Die Reime. Meine Herberg war »Zum Großen Bären«.
Meine Sterne raschelten weich im Himmelsschoß.

Et je les écoutais, assis au bord des routes,
Ces bons soirs de septembre où je sentais des gouttes
De rosée à mon front, comme un vin de vigueur;

Où, rimant au milieu des ombres fantastiques,
Comme des lyres, je tirais les élastiques
De mes souliers blessés, un pied près de mon cœur!

Les Corbeaux

Seigneur, quand froide est la prairie,
Quand dans les hameaux abattus
Les longs angélus se sont tus
Sur la nature défleurie,
Faites s'abattre des grands cieux
Les chers corbeaux délicieux.

Armée étrange aux cris sévères,
Les vents froids attaquent vos nids!
Vous, le long des fleuves jaunis,
Sur les routes aux vieux calvaires,
Sur les fossés et sur les trous,
Dispersez-vous, ralliez-vous!

Par milliers, sur les champs de France
Où dorment des morts d'avant-hier,
Tournoyez, n'est-ce pas ? l'hiver,
Pour que chaque passant repense!
Sois donc le crieur du devoir,
O notre funèbre oiseau noir!

Mais, saints du ciel, en haut du chêne,
Mât perdu dans le soir charmé,
Laissez les fauvettes de mai

Und ich lauschte ihnen, sitzend am Rand der Straßen,
Den guten Septembernächten, als Tropfen saßen
Von Tau auf meiner Stirn, wie Wein voll Kraft und Lust;

Wo reimend in spukhafter Schatten Schweifen,
Wie Leiersaiten, ich zog an den Gummistreifen
Meiner wunden Schuhe, einen Fuß gegen die Brust.

Die Raben

Herr, da nun kalt die Wiesen brauen,
Da in der Weiler Tod verklang
Des langen Angelus Gesang,
Laß auf die abgeblühten Auen
Vom weiten Himmel fallen ein
Der Raben Volk, so lieb und fein.

Mit schrillem Schrei seltsame Schergen,
Kalt stürmt der Wind das Nest euch an!
Ihr, längs der gelben Flüsse Bahn,
Auf Straßen mit Kalvarienbergen,
Auf Löchern, an der Gräben Lauf,
Zerstreut euch, sammelt euch zu Hauf!

Zu Tausend, wo in Frankreichs Erde
Von vorgestern die Toten ruhn,
Kreist dort, nicht wahr? im Winter nun,
Daß jeder Wandrer achtsam werde!
Schrei drum das Pflichtgebot ihm zu,
O schwarzer Unheilvogel du!

Doch, Himmelsheilige, auf der Eiche,
Verlorenem Mast in Abendglut,
Verschont der Amseln Maienbrut

Pour ceux qu'au fond du bois enchaîne,
Dans l'herbe d'où l'on ne peut fuir,
La défaite sans avenir!

Les Assis

Noirs de loupes, grêlés, les yeux cerclés de bagues
Vertes, leurs doigts boulus crispés à leurs fémurs,
Le sinciput plaqué hargnosités vagues
Comme les floraisons lépreuses des vieux murs;

Ils ont greffé dans des amours épileptiques
Leur fantasque ossature aux grands squelettes noirs
De leurs chaises; leurs pieds aux barreaux rachitiques
S'entrelacent pour les matins et pour les soirs!

Ces vieillards ont toujours fait tresse avec leurs sièges,
Sentant les soleils vifs percaliser leur peau,
Ou, les yeux à la vitre où se fanent les neiges,
Tremblant du tremblement douloureux du crapaud.

Et les Sièges leur ont des bontés: culottée
De brun, la paille cède aux angles de leurs reins;
L'âme des vieux soleils s'allume emmaillotée
Dans ces tresses d'épis où fermentaient les grains.

Et les Assis, genoux aux dents, verts pianistes,
Les dix doigts sous leur siège aux rumeurs de tambour,
S'écoutent clapoter des barcarolles tristes,
Et leurs caboches vont dans des roulis d'amour.

Oh! ne les faites pas lever! C'est le
naufrage …
Ils surgissent, grondant comme des chats giflés,

Für sie, die bannt im waldigen Reiche,
Im Gras, das keinen mehr läßt los,
Die Niederlage, zukunftslos!

Die Sitzenden

Schwarz von Geschwülsten, pockig, um die Augen Ringe,
Grüne, die Finger, knotig, um die Knie gekrallt,
Die Stirn bedeckt mit vagem, mürrischem Geschlinge,
Wie aussatzkrankes Blühn auf Mauern, morsch und alt;

Sie haben in fallsüchtig liebendem Erdreisten,
Den großen, schwarzen Stuhlskeletten aufgepfropft
Ihr närrisch Knochenwerk. In den verschrumpften Leisten
Ist ihrer Füße Knäuel von früh bis spät gestopft.

Die Greise und die Stühle waren stets verflochten,
Ob sich die grelle Sonne sog in ihre Haut,
Ob sie wie schmerzdurchzuckte Kröten zittern mochten,
Zum Fenster blickend, dran des Schnees Geflocke taut.

Und gütig sind die Stühle ihnen: braun geschunden
Schmiegt sich das Stroh den Kanten ihrer Lenden an;
Der alten Sonne Seele loht, als wär sie eingebunden
Im Halmgeflecht, drin Saft des Korns einst gärend rann.

Knie an den Zähnen, sitzend, grüne Pianisten,
Mit den zehn Fingern trommelnd unter dem Gestühl,
Hörn ihre Barcarolen plätschern sie, die tristen,
Und schlingernd geht ihr Kopf, in liebendem Gefühl.

Oh! Heißt nicht aufstehn sie! Schiffbruch ist das … sie tauchen
Mit Knurren auf, geschlagnen Katern gleich, und wild,

Ouvrant lentement leurs omoplates, ô rage!
Tout leur pantalon bouffe à leurs reins boursouflés.

Et vous les écoutez cognant leurs têtes chauves
Aux murs sombres, plaquant et plaquant leurs pieds tors,
Et leurs boutons d'habit sont des prunelles fauves
Qui vous accrochent l'œil du fond des corridors!

Puis ils ont une main invisible qui tue ...
Au retour, leur regard filtre ce venin noir
Qui charge l'œil souffrant de la chienne battue,
Et vous suez, pris dans un atroce entonnoir.

Rassis, les poings noyés dans des manchettes sales,
Ils songent à ceux-là qui les ont fait lever
Et, de l'aurore au soir, des grappes d'amygdales
Sous leurs mentons chétifs s'agitent à crever.

Quand l'austère sommeil a baissé leurs visières,
Ils rêvent sur leur bras de sièges fécondés,
De vrais petits amours de chaises en lisière
Par lesquelles de fiers bureaux seront bordés;

Des fleurs d'encre crachant des pollens en virgules
Les bercent, le long des calices accroupis
Tels qu'au fil de glaïeuls le vol des libellules,
– Et leur membre s'agace à des barbes d'épis.

Tête de Faune

Dans la feuillée, écrin vert taché d'or,
Dans la feuillée incertaine et fleurie
De fleurs splendides où le baiser dort,
Vif et crevant l'exquise broderie,

Langsam die Schulterknochen öffnend, rast ihr Fauchen!
Die ganze Hose auf geblähten Lenden schwillt.

Ihr hört an dunkle Wände sie die kahlen Köpfe
Stoßen; krummfüßig schlürfend, schürfen sie bedacht,
Raubtierpupillen, rot, sind ihres Rockes Knöpfe,
Die euch ins Auge haken aus der Gänge Nacht!

Sie haben eine unsichtbare Hand, die tötet ...
Zurückgekehrt, ihr Blick in jenem Gifte schwimmt,
Das der geschlagnen Hündin Leidensauge rötet,
Ihr schwitzt, in einem bösen Trichter festgekrümmt.

Im Sitz aufs neu, die Faust in schmutzigen Manschetten
Ertränkt, sie denken derer, die sie aufgescheucht,
Und, von der Früh bis abends, reiben Drüsenketten
Sich unter ihrem dürren Kinn, zum Platzen feucht.

Ließ strenger Schlaf ihr Aug auf ihren Arm sich neigen,
Dann von befruchtetem Gestühle träumt ihr Traum,
Von wahren kleinen lieben Stühlen, deren Reigen
Um stolze Arbeitstische ziehn wird seinen Saum.

Und Tintenblumen, Samenstriche speiend, wiegen
Sie, längs der Kelche hingekauert. Also sieht
Entgegen den Gladiolen man Libellen fliegen.
– Und an der Ähren Spelzen schlägt gereizt ihr Glied.

Faunkopf

In des Gelaubes golddurchwirktem Schrein,
Im leise schwankenden Gelaub, wo hängend
In blühender Blumen Glanz der Kuß schlief ein,
Zeigt funkelnd und die feine Stickerei zersprengend,

Un faune effaré montre ses deux yeux
Et mord les fleurs rouges de ses dents blanches.
Brunie et sanglante ainsi qu'un vin vieux,
Sa lèvre éclate en rires sous les branches.

Et quand il a fui – tel qu'un écureuil, –
Son rire tremble encore à chaque feuille,
Et l'on voit épeuré par un bouvreuil
Le Baiser d'or du Bois, qui se recueille.

Les Douaniers

Ceux qui disent: Cré Nom, ceux qui disent: Macache,
Soldats, marins, débris d'Empire, retraités
Sont nuls, très nuls devant les Soldats des Traités
Qui tailladent l'azur frontière à grands coups d'hache.

Pipe aux dents, lame en main, profonds, pas embêtés,
Quand l'ombre bave aux bois comme un mufle de
vache,
Il s'en vont, amenant leurs dogues à l'attache,
Exercer nuitamment leurs terribles gaîtés!

Ils signalent aux lois modernes les faunesses.
Ils empoignent les Fausts et les Diavolos:
«Pas de ça, les anciens! Déposez les ballots!»

– Quand sa sérénité s'approche des jeunesses,
Le Douanier se tient aux appas contrôlés.
Enfer aux Délinquants que sa paume a frôlés!

Die beiden Augen ein verwirrter Faun
Und beißt die roten Blumen mit den weißen Zähnen:
Es glänzen ihm gleich altem Weine, blutig-braun,
Die Lippen im Gelächter durch der Äste Strähnen.

Und wenn – Eichhörnchen gleich – er sich davon gemacht,
Erzittert sein Gelächter noch an allen Zweigen.
Und man erblickt, schreckvoll durch einen Fink erwacht,
Den goldnen Kuß des Waldes, neu in Schweigen.

Die Zöllner

Die mit »Verdammt und Spucke« ihre Rede schmücken,
Soldaten, Matrosen, Reste vom Kaisertum,
Nichts, gar nichts gilt den Vertragssoldaten ihr Ruhm,
Die mit starker Äxte Hieb das Grenzblau zerstücken.

Pfeife im Mund, Klinge in Hand, gebückt, nicht dumm,
Wenn Schatten durch den Wald wie Schleim des Kuhmauls
rücken,
Dann schleichen sie, die Dogge am Strick, voller Tücken
Und Heiterkeiten, nächtlicher Weile, herum!

Sie weisen dem Gesetz von heut der Faune Weiber.
Faust und Diavolo packt ihres Griffes Knack:
»Nichts da, die Veteranen! Runter mit dem Sack!«

– Kommt Hoheit in die Näh der jungen Mädchenleiber,
Dann hält der Zöllner sich an ihre Reize bloß.
Die Sünder, die er streifte, in der Hölle Schoß!

Oraison du Soir

Je vis assis, tel qu'un ange aux mains d'un barbier,
Empoignant une chope à fortes cannelures,
L'hypogastre et le col cambrés, une Gambier
Aux dents, sous l'air gonflé d'impalpables voilures.

Tels que les excréments chauds d'un vieux colombier.
Mille Rêves en moi font de douces brûlures;
Puis, par instants, mon cœur triste est comme un aubier
Qu'ensanglante l'or jeune et sombre des coulures.

Puis, quand j'ai ravalé mes Rêves avec soin,
Je me tourne, ayant bu trente ou quarante chopes,
Et me recueille pour lâcher l'âcre besoin:

Doux comme le Seigneur du cèdre et des hysopes,
Je pisse vers les cieux bruns très haut et très loin,
– Avec l'assentiment des grands héliotropes.

Accroupissement

Bien tard, quand il se sent l'estomac écœuré,
Le frère Milotus, un œil à la lucarne
D'où le soleil clair comme un chaudron récuré
Lui darde une migraine et fait son regard darne,
Déplace dans les draps son ventre de curé.

Il se démène sous sa couverture grise
Et descend, ses genoux à son ventre tremblant,
Effaré comme un vieux qui mangerait sa prise;
Car il lui faut, le poing à l'anse d'un pot blanc,
A ses reins largement retrousser sa chemise!

Abendgebet

Sitzend leb ich, wie'n Engel bei einem Barbier,
Die Faust umklammert ein Seidel mit tiefen Streifen,
Prall Bauch und Kragen, im Mund steckt die Pfeife mir,
Unterm Himmel, von Segeln schwer, die nicht zu greifen.

So wie eines alten Taubenschlags warmer Mist,
Sprühn tausend Träume in mir, die süß mich versengen;
Oft auch mein traurig Herz wie ein Hollunder ist,
Drauf blutig dunkles Gold jungflüssige Erze sprengen.

Und wenn brav ich geschluckt meine Träume, beiseit
Dann tret ich, nach dreißig oder auch vierzig Schoppen,
Ganz still, zu lassen die bittre Notwendigkeit.

Sanft wie der Herrgott der Zedern und der Hysopen
Piß ich zum dunklen Himmel, sehr hoch und sehr weit,
– Mit der Erlaubnis der großen Heliotropen.

Gekauert

Sehr spät, wenn ihm vor Ekel fast der Magen bricht,
Äugt Bruder Milotus hinauf zur Fensterlücke,
Von wo, blank wie ein Kessel, hell die Sonne sticht,
Die weh den Kopf ihm brennt und dösig macht die Blicke,
Und wälzt im Bette seines Pfarrerbauchs Gewicht.

Er strampelt wie besessen in den grauen Decken,
Die Knie an seinen Zitterbauch verstört gespannt,
So wie ein Alter, der sein Priemchen möchte schlecken;
Denn an den Henkel eines weißen Topfs die Hand,
Muß zu den breiten Hüften er sein Hemd hochstrecken.

Or il s'est accroupi, frileux, les doigts de pied
Repliés, grelottant au clair soleil qui plaque
Des jaunes de brioche aux vitres de papier;
Et le nez du bonhomme où s'allume la laque
Renifle aux rayons, tel qu'un charnel polypier.

*

Le bonhomme mijote au feu, bras tordus, lippe
Au ventre; il sent glisser ses cuisses dans le feu,
Et ses chausses roussir, et s'éteindre sa pipe.
Quelque chose comme un oiseau remue un peu
A son ventre serein, comme un monceau de tripe!

Autour, dort un fouillis de meubles abrutis;
Dans des haillons de crasse et sur de sales ventres,
Des escabeaux, crapauds étranges, sont blottis
Aux coins noirs; des buffets ont des gueules de chantres
Qu'entr'ouvre un sommeil plein d'horribles appétits.

L'écœurante chaleur gorge la chambre étroite.
Le cerveau du bonhomme est bourré de chiffons;
Il écoute les poils pousser dans sa peau moite
Et, parfois, en hoquets fort gravement bouffons
S'échappe, secouant son escabeau qui boite …

*

Et le soir, aux rayons de lune qui lui font
Aux contours du cul des bavures de lumière,
Une ombre avec détails s'accroupit sur un fond
De neige rose, ainsi qu'une rose trémière …
Fantasque, un nez poursuit Vénus au ciel profond.

Gekauert, fröstelnd, krumm die Zehen, sitzt er hier
Und schüttelt sich vor Kälte, trotz der Sonne Strahlen,
Die butterkuchengelb, durch Scheiben aus Papier,
Dem alten Biedermann lackrot die Nase malen.
Die schnüffelt nach dem Licht, wie ein Polyp voll Gier.

*

Am Feuer schmorend, armverrenkt, dem biedren Gauche
Bäuchlings die Lippe hängt; er fühlt, wie sengend heiß
Ihm Hos' und Schenkel glühn, bei kaltem Pfeifenrauche.
Ein Ding, so etwas wie ein Vogel, zappelt leis,
Gleich 'nem Haufen Gedärm, an seinem heitren Bauche.

Ringsum schläft ein Gewühl von Möbeln, halb vertiert;
In schmierigen Lappen und auf schmutzigen Bäuchen
Hockt seltsam Krötenvolk – Fußbänke – im Geviert
Der schwarzen Winkel: Schränke, wie Kantore keuchen
Halb offnen Mauls im Schlaf, draus grauser Hunger giert.

Die ekle Hitze stopft randvoll des Zimmers Enge.
Des Biedermanns Gehirn von Lumpenzeug steckt voll;
Er hört in feuchter Haut wachsen des Haares Stränge,
Und oft entweicht in Rülpestößen würdig-toll,
Fast daß der lahme Schemel ihm dabei zerspränge …

*

Und zu der Abendstunde, wenn das Mondlicht fällt,
Das um den Hintern Kreise schleimt ihm auf die Hose,
Ein Schatten, treu umrissen, sich gekauert hält
Auf rosigen Schnees Grund, wie eine Gartenrose …
Toll eine Nase folgt Venus am Himmelsfeld.

Mes Petites Amoureuses

Un hydrolat lacrymal lave
  Les cieux vert-chou:
Sous l'arbre tendronnier qui bave
  Vos caoutchoucs,

Blancs de lunes particulières
  Aux pialats ronds,
Entrechoquez vos genouillères,
  Mes laiderons!

Nous nous aimions à cette époque.
  Bleu laideron.
On mangeait des œufs à la coque
  Et du mouron!

Un soir, tu me sacras poète,
  Blond laideron.
Descends ici que je te fouette
  En mon giron!

J'ai dégueulé ta bandoline.
  Noir laideron;
Tu couperais ma mandoline
  Au fil du front.

Pouah! mes salives desséchées
  Roux laideron,
Infectent encor'les tranchées
  De ton sein rond!

O mes petites amoureuses,
  Que je vous hais!
Plaquez de fouffes douloureuses
  Vos tétons laids!

Meine kleinen Geliebten

Larmoyante Hydrolaugen scheuern
  Die Himmel grün wie Kraut:
Unterm sprossenden Baum, der auf euere
  Gummischuhen sein Rieseln taut.

Darauf seltsame Monde scheinen
  Mit kreisrundem Licht,
Stoßt mit den Stiefeln euch an den Beinen,
  Mein garstiges Dirnengezücht!

Wir liebten uns dazumalen,
  Mein blaues Dirnlein, du:
Man speiste Eier in den Schalen
  Und Vogelmiere dazu!

Eines Abends salbtest zum Dichter
  Blondes Dirnchen, du, mich:
In meinen Schoß komm, ein bißchen dichter,
  Daß ich verprügele dich!

Ich hab' deine Schminke gespien,
  Schwarzhaarige Dirn;
Du möchtest die Laute mir ziehen
  Von meiner Stirn!

Puh! meinen vertrockneten, harten
  Speichel, fuchsrote Dirn,
Verseuchen laß heut noch die Schwarten,
  Die den runden Busen dir ziern!

O meine kleinen Hurchen,
  Wie haß ich euch voll Lust!
Bekleckert mit schmerzhaften Furchen
  Eure häßliche Brust!

Piétinez mes vieilles terrines
De sentiment;
Hop donc, – soyez-moi ballerines
Pour un moment! …

Vos omoplates se déboîtent,
O mes amours!
Une étoile à vos reins qui boitent,
Tournez vos tours!

Et c'est pourtant pour ces éclanches
Que j'ai rimé!
Je voudrais vous casser les hanches
D'avoir aimé!

Fade amas d'étoiles ratées,
Comblez les coins!
– Vous crèverez en Dieu, bâtées
D'ignobles soins!

Sous les lunes particulières
Aux pialats ronds,
Entrechoquez vos genouillères,
Mes laiderons!

Chant de guerre parisien

Le Printemps est évident, car
Du cœur des Propriétés vertes
Le vol de Thiers et de Picard
Tient ses splendeurs grandes ouvertes.

O Mai! Quels délirants culs nus!
Sèvres, Meudon, Bagneux, Asnières,

Hüpft auf den alten Terrinen
  Meiner Empfindsamkeit;
Hopp, hoppla, – seid mir Ballerinen,
  Für kurze Zeit! …

Eure Schulterblätter verrenken,
  O meine Liebsten, sich!
Einen Stern auf den hinkenden Lenden,
  Dreht euch im Kreise um mich!

Wirklich für diese Nacken
  Hab ich meine Lieder gereimt!
Ich möcht euch die Hüften zerknacken,
  Daß ich von Liebe geträumt!

Verpfuschter Sterne reizlose Scherben,
  In die Ecke hinein!
– In Gottes Namen mögt ihr verderben,
  So käuflich und gemein!

Unter den Monden, die seltsam scheinen,
  Mit kreisrundem Licht,
Stoßt mit den Stiefeln euch an den Beinen,
  Mein garstiges Dirnengezücht!

Pariser Kriegsgesang

Der Frühling kam, das ist sonnenklar;
Man sieht aus den grünen Gehegen
Den Flug von Thiers und Picard
Weit offenen Glanzes sich regen!

O Mai nackttoller Spielerein!!
Sèvres, Meudon, Bagneux, Asnières,

Écoutez donc les bienvenus
Semer les choses printanières!

Ils ont schako, sabre et tam-tam,
Non la vieille boîte à bougies;
Et des yoles qui n'ont jam, jam …
Fendent le lac aux eaux rougies.

Plus que jamais nous bambochons,
Quand viennent sur nos fourmilières
Crouler les jaunes cabochons
Dans des aubes particulières.

Thiers et Picard sont des Eros,
Des enleveurs d'héliotropes;
Au pétrole ils font des Corots.
Voici hannetonner leurs tropes …

Ils sont familiers du Grand Truc …
Et, couché dans les glaïeuls, Favre
Fait son cillement aqueduc
Et ses reniflements à poivre!

La Grand'Ville a le pavé chaud,
Malgré vos douches de pétrole;
Et, décidément, il nous faut
Vous secouer dans votre rôle …

Et les Ruraux, qui se prélassent
Dans de longs accroupissements,
Entendront des rameaux qui cassent
Parmi les rouges froissements.

Hört doch, wie Frühlingssamen streun
Der hochwillkommnen Gäste Heere!

Sie haben Schako, Säbel und tam-tam,
Die alte Kerzenbüchs wolln sie nicht leiden;
Und Jollen, ganz ohne jam, jam ...
Den See mit den roten Wassern durchschneiden.

Ludern schlimmer als je es war
Tun wir, wenn auf unsre Ameisenhaufen
kommt der gelben Schnecken Schar
in seltsamer Morgenröte gelaufen.

Dem Liebesgott gleichen Thiers und Picard,
Entführer von Heliotropen;
Aus Petroleum machen sie Corots fürwahr.
Verrückt sind, seht, ihre Tropen.

Sie sind vertraut mit dem Großen Trick ...
Und Favre, in Lilien verkrochen,
Läßt schweifen den wässrigen Blinzelblick
Und schnarcht, als hätt ihn der Haber gestochen!

Der Großstadt Pflaster ist heißes Revier,
Trotz euren Petroleumgüssen;
Und wahrlich, sicher ist, daß wir
In eurer Rolle euch schütteln müssen ...

Dann werden die Bauern, die frechen,
Gekauert in langen Reihn,
Hörn, wie die Äste zerbrechen
In der roten Quetschungen Pein.

L’Orgie parisienne
Paris se repeuple

O lâches, la voilà! Dégorgez dans les gares!
Le soleil essuya de ses poumons ardents
Les boulevards qu’un soir comblèrent les Barbares.
Voilà la Cité sainte, assise à l’occident!

Allez, on préviendra les reflux d’incendie!
Voilà les quais, voilà les boulevards, voilà
Les maisons sur l’azur léger qui s’irradie
Et qu’un soir la rougeur des bombes étoila!

Cachez les palais morts dans des niches de planches!
L’ancien jour effaré rafraîchit vos regards.
Voici le troupeau roux des tordeuses de hanches:
Soyez fous, vous serez drôles, étant hagards!

Tas de chiennes en rut mangeant des cataplasmes,
Le cri des maisons d’or vous réclame! Volez!
Mangez! Voici la nuit de joie aux profonds spasmes
Qui descend dans la rue: ô buveurs désolés,

Buvez! Quand la lumière arrive intense et folle,
Fouillant à vos côtés les luxes ruisselants,
Vous n’allez pas baver, sans geste, sans parole,
Dans vos verres, les yeux perdus aux lointains blancs?

Avalez, pour la Reine aux fesses cascadantes!
Écoutez l’action des stupides hoquets
Déchirants! Écoutez sauter aux nuits ardentes
Les idiots râleux, vieillards, pantins, laquais!

O cœurs de saleté, bouches épouvantables,
Fonctionnez plus fort, bouches de puanteurs!

Pariser Orgie
Die Pariser kehren zurück

Feiglinge, seht sie! Strömt in den Bahnhof zu Scharen!
Die Sonne trocknete mit heißer Lunge Glut
Die Straßen, die einst, abends, füllten die Barbaren,
Seht dort die heilige Stadt, wie sie im Westen ruht.

Nur los! Man wird des Brandes Wiederkehr verhüten!
Seht dort die Quais, die Boulevards dort, die Häuser dort
Die gen den leichten Himmel stehn, den bunt erglühten,
Den abends einst besternte roter Bombenmord.

Versteckt die toten Paläste in Brettergrüften!
Der alte Tag, erschreckt, macht eure Augen neu.
Dort kommt die rote Bande, schwenkend ihre Hüften:
Seid toll, man wird euch drollig finden, seid ihr scheu!

Hündisches Volk in Brunst, verschlingend breiige Pflaster!
Der Schrei der Häuser voll Golde verlangt euch! Stehlt,
Eßt! Auf die Straße, in Krämpfen, die Nacht der Laster
Steigt dort hinab, Trinker, denen die Tröstung fehlt,

Trinkt! wenn das Licht erscheint in starkem, tollem Feste,
Wühlend im Strom des Reichtums, dicht an eurer Hand,
Spuckt ihr ins Glas dann nicht, lautlos und ohne Geste,
Verlorenen Augs zu den weißen Fernen gewandt?

Schlürft, auf das Wohl der Königin mit dem geilen Steiße!
Hört des verrückten Rülpsens jammervolles Schrein!
Hört springen in der Nächte glutdurchlohter Weiße
Die röchelnden Blöden, Greise, Puppen, Lakain!

O Herzen voller Schmutz, o schauderhafte Münder,
Macht, Münder voller Stank, nur lustig weiter so!

Un vin pour ces torpeurs ignobles, sur ces tables!
Vos ventres sont fondus de hontes, ô Vainqueurs!

Ouvrez votre narine aux superbes nausées,
Trempez de poisons forts les cordes de vos cous!
Sur vos nuques d'enfants baissant ses mains croisées,
Le poète vous dit: O lâches, soyez fous!

Parce que vous fouillez le ventre de la Femme,
Vous craignez d'elle encore une convulsion
Qui crie, asphyxiant votre nichée infâme
Sur sa poitrine, en une horrible pression?

Syphilitiques, fous, rois, pantins, ventriloques,
Qu'est-ce que ça peut faire à la putain Paris,
Vos âmes et vos corps, vos poisons et vos loques?
Elle se secouera de vous, hargneux, pourris;

Et quand vous serez bas, geignant sur vos entrailles,
Les flancs morts, réclamant votre argent, éperdus,
La rouge courtisane aux seins gros de batailles
Loin de votre stupeur, tordra ses poings ardus! ...

Quand tes pieds ont dansé si fort dans les colères,
Paris! quand tu reçus tant de coups de couteau,
Quand tu gis, retenant dans tes prunelles claires
Un peu de la bonté du fauve renouveau,

O cité douloureuse, ô cité quasi morte,
La tète et les deux seins jetés vers l'Avenir
Ouvrant sur ta pâleur ses milliards de portes,
Cité que le Passé sombre pourrait bénir,

Corps remagnétisé pour les énormes peines,
Tu rebois donc la vie effroyable, tu sens

Wein auf die Tische hier für diese stumpfen Sünder!
Zerfetzt von Schmach sind eure Bäuche, Sieger, oh!

Bläht auf eure Nase den stolzen Eitelkeiten,
Tränkt euch mit starkem Gift der Hälse Sehnen voll,
Auf eure Kindernacken wird die Hände breiten
Kreuzweis der Dichter, der euch sagt: Seid, Feige, toll!

Weil ihr den Leib der Frau durchwühlet, müßt ihr fürchten,
Daß sie in Schreie neuer Zuckungen verfiel,
Die eure niederträchtige Brut zu Tode würgten
An ihrer Brust, in grausiger Umarmung Spiel?

Bauchredner, Narren, Könige, Puppen, Lustseuchknappen,
Was hat damit zu tun Paris, das Hurenweib,
Mit euren Seelen, Körpern, Giften, Lumpenlappen?
Sie schüttelt, faules Hundspack, euch von ihrem Leib;

Wenn ihr, auf euren Därmen winselnd, voll Gelüsten
Nach eurem Geld, zu Boden, toten Leibs, euch graust,
Die rote Dirne wird, mit schlachtenschwangren Brüsten,
Fern eurer Starrheit, ringen ihre jähe Faust! ...

Wenn du, nach deiner Füße zorndurchbebtem Tanze,
Paris! Wenn so viel Messerstöße dich versehrt,
Wenn du darniederliegst und in der Augen Glanze
Ein wenig Güte wahrst, wie roter Lenz gewährt,

O Stadt der Schmerzen, Stadt, schon fast dem Tod erkoren,
Das Haupt, die Brüst beid' der Zukunft stolz geweiht,
Die, Bleiche, dir sich auftut mit Milliarden Toren,
O Stadt, des Segens wert dunkler Vergangenheit,

Leib, neu mit Kraft belebt für ärgster Leiden Schwären,
So trinkst du wieder denn des Lebens Schreckensbrand,

Sourdre le flux des vers livides en tes veines
Et sur ton clair amour rôder les doigts glaçants!

Et ce n'est pas mauvais. Les vers, les vers livides,
Ne gêneront pas plus ton souffle de Progrès
Que les Stryx n'étaignaient l'œil des Cariatides
Où des pleurs d'or astral tombaient des bleus degrés.

Quoique ce soit affreux de te revoir couverte
Ainsi; quoiqu'on n'ait fait jamais d'une cité
Ulcère plus puant à la Nature verte,
Le poète te dit: Splendide est ta Beauté!

L'orage te sacra suprême poésie;
L'immense remuement des forces te secourt;
Ton œuvre bout, la mort gronde. Cité choisie!
Amasse les strideurs au cœur du clairon sourd.

Le poète prendra le sanglot des Infâmes,
La haine des Forçats, la clameur des Maudits,
Et ses rayons d'amour flagelleront les Femmes,
Ses strophes bondiront: Voilà! voilà! bandits!

– Société, tout est rétabli: les orgies
Pleurent leur ancien râle aux anciens lupanars,
Et les gaz en délire, aux murailles rougies,
Flambent sinistrement vers les azurs blafards!

Les Mains de Jeanne-Marie

Jeanne-Marie a des mains fortes,
Mains sombres que l'été tanna,
Mains pâles comme des mains mortes.
– Sont-ce des mains de Juana?

Du fühlst in deinem Blut die fahlen Würmer gären
Und deiner hellen Liebe drohn die eisige Hand!

Nicht schlimm! Den Würmern, fahlen Würmern nicht be-
Ist es, zu stören deines Vorwärtsstürmens Föhn, [schieden
So blendeten die Stryx auch nicht die Kariatiden,
Als Gold von Sternentränen fiel aus blauen Höhn.

Mag es auch schrecklich sein, dich wieder zu erschauen
Befleckt, so, ward auch nie aus einer Stadt gemacht
Ein stinkender Geschwür im Land der grünen Auen,
Der Dichter sagt dir: »Schön bist du in deiner Pracht!«

Der Sturm wird dich zu höchster Poesie verklären;
Der Kräfte ungeheurer Aufruhr steht dir bei;
Tod grollt, dein Werk, erwählte Stadt, wird währen!
In dumpfen Hornes Herz birg der Fanfare Schrei!

Der Dichter wird der Entehrten Geschluchze tragen,
Das Geschrei der Verwünschten, der Versklavten Haß,
Und seine Liebesstrahlen werden die Frauen schlagen,
Aufspringen seine Strophen: Das, ihr Banditen, das!

– Gesellschaft, alles stellt sich her: die Orgien weinen
Ihr altes Röcheln fort im alten Hurensaal,
Und das rasende Gas, an roter Wände Steinen,
Flammt unheilkündend auf zum Himmel, blau und fahl.

Die Hände der Jeanne-Marie

Jeanne-Marie hat starke Hände,
Dunkle Hände, vom Sommer gefärbt,
Hände, so bleich wie tote Hände,
– Sind's Hände, von Juana geerbt?

Ont-elles pris les crèmes brunes
Sur les mares des voluptés?
Ont-elles trempé dans les lunes
Aux étangs de sérénités?

Ont-elles bu des cieux barbares,
Calmes sur les genoux charmants?
Ont-elles roulé des cigares
Ou trafiqué des diamants?

Sur les pieds ardents des Madones
Ont-elles fané des fleurs d'or?
C'est le sang noir des belladones
Qui dans leur paume éclate et dort.

Mains chasseresses des diptères
Dont bombinent les bleuisons
Aurorales, vers les nectaires?
Mains décanteuses de poisons?

Oh! quel Rêve les a saisies
Dans les pandiculations?
Un rêve inouï des Asies,
Des Khenghavars ou des Sions?

Ces mains n'ont pas vendu d'oranges,
Ni bruni sur les pieds des dieux;
Ces mains n'ont pas lavé les langes
Des lourds petits enfants sans yeux.

Ce ne sont pas mains de cousine,
Ni d'ouvrières aux gros fronts
Que brûle, aux bois puant l'usine,
Un soleil ivre de goudrons.

Haben sie sich auf der Wollust Maren
Geholt ihren braunen Schaum?
Tauchten sie in der mondesklaren
Weihergründe heiteren Traum?

Tranken aus Himmeln sie der Barbaren,
Ruhig liegend auf reizendem Knie?
Rollten ihre Finger Zigarren,
Handelten mit Diamanten sie?

Ließen auf glühendem Fuß der Madonnen
Welken sie goldener Blumen Kranz?
Das schwarze Blut der Belladonnen
Schläft in ihrer Adern Glanz.

Jagt, Hände, ihr den Schwarm der Fliegen,
Die in der Morgendämmerung Blau
Sich über Honigkelchen wiegen?
Gießt, Hände ihr, der Gifte klaren Tau?

Oh! welcher Traum hat sie befallen,
Als sich die Glieder streckten? War
Ein Traum es, unerhört, aus Asiens Talen,
Aus Zion oder Khengavar?

– Nicht feilschten mit Orangen, auf den Füßen
Der Götter bräunten diese Hände nicht;
Sie haben niemals Windeln waschen müssen
Der schweren kleinen Kinder ohne Augenlicht.

Das sind nicht Hände von Dirnen,
Von Arbeiterinnen im Wald,
Wo Meiler stinken, mit groben Stirnen,
Drauf Sonne brennt, teerumwallt.

Ce sont des ployeuses d'échines,
Des mains qui ne font jamais mal,
Plus fatales que des machines,
Plus fortes que tout un cheval!

Remuant comme des fournaises,
Et secouant tous ses frissons
Leur chair chante des Marseillaises
Et jamais les Éleisons!

Ça serrerait vos cous, ô femmes
Mauvaises, ça broierait vos mains,
Femmes nobles, vos mains infâmes
Pleines de blancs et de carmins.

L'éclat de ces mains amoureuses
Tourne le crâne des brebis!
Dans leurs phalanges savoureuses
Le grand soleil met un rubis!

Une tache de populace
Les brunit comme un sein d'hier.
Le dos de ces Mains est la place
Qu'en baisa tout Révolté fier!

Elles ont pâli, merveilleuses,
Au grand soleil d'amour chargé,
Sur le bronze des mitrailleuses
A travers Paris insurgé!

Ah! quelquefois, ô Mains sacrées,
A vos poings, Mains où tremblent nos
Lèvres jamais désenivrées,
Crie une chaîne aux clairs anneaux!

Sind Hände, die dem Bösen niemals dienen,
Die jeden Willen beugen bis aufs Mark,
Verhängnisvoller als Maschinen,
Ein ganzes Pferd ist nicht so stark.

Wie glühend flackerndes Gebläse,
Und schüttelnd all ihr Fieberdrohn,
Es singt ihr Fleisch die Marseillaise,
Nie Kyrie Eleison.

Das würd den Hals euch würgen, o Fraun,
Euch schlechten; zerbrechen euch, Damen,
Euch edlen, die Hände, die infamen,
Voll Weiß und Karminrot zu schaun.

Der Glanz dieser Hände voll Wonne
Den Schädel der Schafe erschreckt!
Einen Rubin die große Sonne
An ihre süßen Finger steckt!

Von Pöbelart bräunt sie ein Flecken,
Wie eine Brust von gestern. Darum muß
Den Rücken dieser Hände stolz bedecken,
Wer immer sich empört, mit seinem Kuß!

Sie sind erbleicht, die wunderbaren,
Als in der Sonne Liebesbrand
Die bronzenen Kartätschen durch Paris gefahren
Und Aufruhr durch die Stadt sich wand.

Ah! manchmal, Hände, voll von heiligem Leben,
An euren Gelenken, Hände, drauf
Niemals ernüchtert unsre Lippen beben,
Schrein einer Kette helle Ringe auf!

Et c'est un soubresaut étrange
Dans nos êtres, quand quelquefois
On veut vous déhâler, Mains d'ange,
En vous faisant saigner les doigts.

Les Pauvres à l'église

Parqués entre des bancs de chêne, aux coins d'église
Qu'attiédit puamment leur souffle, tous leurs yeux
Vers le chœur ruisselant d'ortie et la maîtrise
Aux vingt gueules gueulant les cantiques pieux;

Comme un parfum de pain humant l'odeur de cire,
Heureux, humiliés comme des chiens battus,
Les Pauvres au bon Dieu, le patron et le sire,
Tendent leurs oremus risibles et têtus.

Aux femmes, c'est bien bon de faire des bancs lisses
Après les six jours noirs où Dieu les fait souffrir!
Elles bercent, tordus dans d'étranges pelisses,
Des espèces d'enfants qui pleurent à mourir.

Leurs seins crasseux dehors, ces mangeuses de soupe,
Une prière aux yeux et ne priant jamais,
Regardent parader mauvaisement un groupe
De gamines avec leurs chapeaux déformés.

Dehors, le froid, la faim, [et puis] l'homme en ribote,
C'est bon. Encore une heure; après, les maux sans nom!
– Cependant, alentour, geint, nasille, chuchotte
Une collection de vieilles à fanons.

Ces effarés y sont et ces épileptiques,
Dont on se détournait hier aux carrefours,

Das ist ein Ruck, der unser Sein entbände,
Seltsam, wenn man den Brand der Sonnenglut
Euch manchmal nehmen will, o Engelhände,
Weil eure Finger man verletzt mit Blut.

Die Armen in der Kirche

Gepfercht in Eichenbänke, in den Kirchenecken,
Die ihres Atems stinkiges Hauchen lau erwärmt,
Zum Prunkrausch der Empore sie die Augen strecken,
Wo frommer Chorgesang aus zwanzig Mäulern lärmt.

Im Wachsruch atmen sie das Brot, das duftig warme;
Demütig, wie geschlagne Hunde, glückumweht,
Des lieben Gottes, ihres Herrn und Meisters Arme,
Erheben sie ihr stures, lachhaftes Gebet.

Den Frauen tut es wohl, die Bänke glatt zu wälzen
Nach den sehr schwarzen Tagen gottgeschickter Pein!
Sie wiegen, eingewickelt in grotesken Pelzen,
So etwas wie von Kindern, die erbärmlich schrein.

Mit schmutziger, nackter Brust, dies Fresservolk von Suppe,
In Augen ein Gebet, das nie gesprochen wird;
So blickt es hin auf eine böse Mädchengruppe,
Die dort mit schiefgebognen Hüten paradiert.

Da draußen Kälte, Hunger und der Mann betrunken,
Schon gut. Ein Stündchen; dann das namenlose Graun!
– Indessen um sie her ein Wimmern, Näseln, Unken
Von einer Rotte alter zotteliger Fraun.

Verrückte auch, Veitstanzbesessne sind im Saale,
Vor denen auf dem Platz man gestern sich geniert,

Et, fringalant du nez dans des missels antiques,
Ces aveugles qu'un chien introduit dans les cours;

Et tous, bravant la foi mendiante et stupide,
Récitent la complainte infinie à Jésus
Qui rêve en haut, jauni par le vitrail livide,
Loin des maigres mauvais et des méchants pansus,

Loin des senteurs de viande et d'étoffes moisies,
Farce prostrée et sombre aux gestes repoussants;
Et l'oraison fleurit d'expressions choisies,
Et les mysticités prennent des tons pressants,

Quand, des nefs où périt le soleil, plis de soie
Banals, sourires verts, les Dames des quartiers
Distingués, – ô Jésus! – les malades du foie
Font baiser leurs longs doigts jaunes aux bénitiers.

Les Poètes de sept Ans

Et la Mère, fermant le livre du devoir,
S'en allait satisfaite et très fière, sans voir,
Dans les yeux bleus et sous le front plein d'éminences
L'âme de son enfant livrée aux répugnances.

Tout le jour, il suait d'obéissance; très
Intelligent; pourtant des tics noirs, quelques traits
Semblaient prouver en lui d'âcres hypocrisies.
Dans l'ombre des couloirs aux tentures moisies,
En passant il tirait la langue, les deux poings
A l'aine, et dans ses yeux fermés voyait des points.
Une porte s'ouvrait sur le soir: à la lampe
On le voyait, là-haut, qui râlait sur la rampe,
Sous un golfe de jour pendant du toit. L'été

Und mit der Nase Gier altehrwürdige Missale
Durchstöbernd, Blinde, die ein Hund im Hofe führt.

Und alle, geifernd ihren dummen Glauben, schicken
Zu Jesus bettelnd hin ihr ewiges Klagelied,
Ihm, fern den schlechten Magren und den bösen Dicken,
Den, gelb vom fahlen Fenster, hoch man träumen sieht.

Fern ihm die Fleisch- und Kleiderschimmeldünste ziehen,
Kraftlose, dunkle, widerliche Spottgeburt;
Doch von gewählten Worten die Gebete blühen,
Und heiße Melodie in den Mysterien surrt,

Wenn an den Schiffen, wo die Sonne stirbt, die reichen
Damen – banales, faltig-seidenes Gewand,
Grünliches Lächeln, leberkrank – dem Weihfaß reichen
Im Kuß, o Jesus, ihre lange, gelbe Hand.

Die siebenjährigen Dichter

Und die Mutter klappte endlich das Schulbuch zu,
Ging fort, sehr stolz, sah nicht, in zufriedener Ruh,
In den blauen Augen, unter der Stirn voll Pocken,
Ihres Kindes Seele in Ekel sich verstocken.

Er schwitzte vor Gehorsam den ganzen Tag, war sehr
Intelligent; doch schwarzes Zucken und anderes mehr
Schien auf bittere Heucheleien in ihm zu deuten.
Im Schatten der schimmligen Gänge streckte er den Leuten,
Die Fäuste in den Hüften, die Zunge heraus,
Und bei geschlossnen Augen sah er Funkenbraus.
Ging eine Tür des Abends auf, beim Schein der Lampe,
Dann sah man ihn, der stöhnte, oben auf der Rampe,
In einem Lichtgolf, der vom Dache hing. Und gar

Surtout, vaincu, stupide, il était entêté
A se renfermer dans la fraîcheur des latrines:
Il pensait là, tranquille et livrant ses narines.

Quand, lavé des odeurs du jour, le jardinet
Derrière la maison, en hiver, s'illunait,
Gisant au pied d'un mur, enterré dans la marne
Et pour des visions écrasant son œil darne,
Il écoutait grouiller les galeux espaliers.
Pitié! Ces enfants seuls étaient ses familiers
Qui, chétifs, fronts nus, œil déteignant sur la joue,
Cachant de maigres doigts jaunes et noirs de boue
Sous des habits puant la foire et tout vieillots,
Conversaient avec la douceur des idiots.
Et si, l'ayant surpris à des pitiés immondes,
Sa mère s'effrayait, les tendresses profondes
De l'enfant se jetaient sur cet étonnement:
C'était bon. Elle avait le bleu regard, – qui ment!

A sept ans, il faisait des romans sur la vie
Du grand désert où luit la Liberté ravie,
Forêts, soleils, rives, savanes! Il s'aidait
De journaux illustrés où, rouge, il regardait
Des Espagnoles rire et des Italiennes.
Quand venait, l'œil brun, folle, en robe d'indiennes,
– Huit ans, – la fille des ouvriers d'à côté,
La petite brutale, et qu'elle avait sauté,
Dans un coin, sur son dos, en secouant ses tresses,
Et qu'il était sous elle, il lui mordait les fesses,
Car elle ne portrait jamais de pantalons;
Et, par elle meurtri des poings et des talons,
Remportrait les saveurs de sa peau dans sa chambre.

Il craignait les blafards dimanches de décembre.
Où, pommadé, sur un guéridon d'acajou,

In Sommerhitze, schlapp, voll Trotz, ganz dumm fürwahr,
Schloß er sich ein im kühlen Häuschen der Latrine;
Dort sann er nach, die Nase voll, mit stiller Miene.

Wenn, vom Geruch des Tags gewaschen, winterrein,
Der Garten hinterm Haus erglomm im Mondenschein,
Lag er an einer Mauer, tief im Kies gekauert,
In wirren Augen wühlend, seherisch durchschauert.
Vom Krabbeln räudigen Spaliers hört' er den Laut,
Hilf Gott! Nur solche Kinder waren ihm vertraut,
Die elend, aus den Augen triefend, ohne Mütze,
Die magern gelben Finger schwarz vom Schlamm der Pfütze
In kolikstinkigen Kleidern bergend, schon bejahrt,
Sich unterhielten in der Blöden sanfter Art.
Und wenn, erschreckt, die Mutter es ertappt' zu Zeiten
Bei so unsaubrem Mitleid, warf die tiefen Zärtlichkeiten
Das Kind auf dies Erstaunen, das ihm – ach – genügt:
Ihr saß im Auge jener blaue Blick, – der lügt!

Mit sieben Jahren, von der Wüste weitem Plane,
Auf dem, verzückt, die Freiheit glänzt, schrieb er Romane,
Savannen, Wälder, Strand, von Sonnenglut umloht!
Er half mit Bilderheften sich, drin sah er, rot,
Italischer und spanischer Frauen lachende Laune.
Und wenn, im Kattunrock, die tolle, augenbraune,
– Acht Jahr alt – das Arbeiterkind von nebenan,
Die Kleine, Brutale, kam, in der Ecke dann
Ihm auf den Rücken sprang, daß die Zöpfe sich lösten
Und er unter ihr lag, biß er in die entblößten
Schenkel sie; denn Höschen hatte sie nie gekannt,
Und, arg zerschunden von ihr an Ferse und Hand,
Trug den Geschmack ihrer Haut er in seine Kammer.

Die fahlen Dezembersonntage, welcher Jammer!
Wo, haargesalbt, am Mahagonitisch gebannt,

Il lisait une Bible à la tranche vert-chou.
Des rêves l'oppressaient, chaque nuit, dans l'alcôve.
Il n'aimait pas Dieu, mais les hommes qu'au soir fauve,
Noirs, en blouse, il voyait rentrer dans le faubourg
Où les crieurs, en trois roulements de tambour,
Font autour des édits rire et gronder les foules.
Il rêvait la prairie amoureuse, où des houles
Lumineuses, parfums sains, pubescences d'or,
Font leur remuement calme et prennent leur essor.

Et comme il savourait surtout les sombres choses,
Quand, dans la chambre nue aux persiennes closes,
Haute et bleue, âcrement prise d'humidité,
Il lisait son roman sans cesse médité
Plein de lourds ciels ocreux et de forêts noyées,
De fleurs de chair aux bois sidérals déployées,
Vertige, écroulements, déroutes et pitié!
– Tandis que se faisait la rumeur du quartier
En bas, – seul et couché sur des pièces de toile
Écrue et pressentant violemment la voile! …

Le Cœur volé

Mon triste cœur bave à la poupe,
Mon cœur couvert de caporal:
Ils y lancent des jets de soupe,
Mon triste cœur bave à la poupe:
Sous les quolibets de la troupe
Qui pousse un rire général,
Mon triste cœur bave à la poupe,
Mon cœur couvert de caporal!

Ithyphalliques et pioupiesques,
Leurs quolibets l'ont dépravé!

Er eine Bibel las mit saftig-grünem Rand.
Des Nachts, im Bette, litt er schwerer Träume Qualen.
Gott liebt' er nicht, doch sie, die in des Abends Strahlen
Er, schwarz zur Vorstadt kehren sah im Arbeitskleid,
Dort, wo nach dreimal Trommelschlag der Büttel schreit
Und über die Edikte lacht und schimpft die Menge.
Er träumte die in Liebe wogende Prairie, Gedränge
Von lichtem Gras, wo starker Duft und goldner Flaum
Zur Höhe tragen, ruhig kreisend, ihren Traum.

Und wie er sich erlabte an den dunklen Dingen,
Wenn in dem kahlen Raum, vor dem die Läden hingen,
So hoch und blau, von bittrer Feuchtigkeit so naß,
Romane er sich immer neu ersann und las
Von schweren gelben Himmeln, überschwemmten Wäldern,
Fleischblumen, breit entfaltet in den Sternenfeldern,
– Rauschtaumel, Flucht, Erbarmen, Trümmerstatt! –
Und während draußen, unten, das Geräusch der Stadt
Erscholl, lag er allein auf ungebleichtem Linnen,
Das Segel ahnend in den heiß erregten Sinnen.

Das gestohlene Herz

Mein traurig Herz speit auf dem Hecke,
Mein Herz, bedeckt mit Caporal:
Sie spritzen's voll mit Suppendrecke,
Mein traurig Herz speit auf dem Hecke:
Zu der Soldaten roh' Genecke
Und ihres Chorgelächters Schall.
Mein traurig Herz speit auf dem Hecke,
Mein Herz, bedeckt mit Caporal!

Obszön, nach Art der Soldatesken,
Ihr Witzeln machte es gemein!

Au gouvernail on voit des fresques
Ithyphalliques et pioupiesques,
O flots abracadabrantesques,
Prenez mon cœur, qu'il soit lavé!
Ithyphalliques et pioupiesques,
Leurs quolibets l'ont dépravé!

Quand ils auront tari leurs chiques,
Comment agir, ô cœur volé?
Ce seront des hoquets bachiques,
Quand ils auront tari leurs chiques,
J'aurai des sursauts stomachiques,
Moi, si mon cœur est ravalé:
Quand ils auront tari leurs chiques,
Comment agir, ô cœur volé?

Les Sœurs de Charité

Le jeune homme dont l'œil est brillant, la peau brune,
Le beau corps de vingt ans qui devrait aller nu
Et qu'eût, le front cerclé de cuivre, sous la lune
Adoré, dans la Perse, un Génie inconnu,

Impétueux avec des douceurs virginales
Et noires, fier de ses premiers entêtements,
Pareil aux jeunes mers, pleurs de nuits estivales,
Qui se retournent sur des lits de diamants;

Le jeune homme, devant les laideurs de ce monde,
Tressaille dans son cœur largement irrité,
Et, plein d'une blessure éternelle et profonde,
Se prend à désirer sa sœur de charité.

Am Steuerrade sieht man Fresken,
Obszön, nach Art der Soldatesken,
O Wellen, ihr abracadabrantesken,
Nehmt hin mein Herz und wascht es rein:
Obszön, nach Art der Soldatesken,
Ihr Witzeln machte es gemein!

Wann mit den Priemchen auf sie hören
Was tun, o Herz, das man mir stahl?
Man wird ein bacchisch Rülpsen hören,
Wann mit dem Priemchen auf sie hören,
Der Magen wird sich mir verstören,
Mir, da mein Herz tat solchen Fall:
Wann mit den Priemchen auf sie hören,
Was tun, o Herz, das man mir stahl?

Die barmherzigen Schwestern

Der Jüngling, im Augenglanz seiner zwanzig Jahre,
Der braune, schöne Leib, der nackend sollte gehn,
Und den im Mondlicht Persiens, goldenen Reif im Haare,
Ein unbekannter Geist um Liebe würde flehn.

Stürmisch entflammt, bei dunkler, mädchenhafter Weiche,
Und stolz auf seinen ersten trotzigen Widerstand,
Als ob er Tränenfluten junger Meere gleiche,
In Sommernacht verströmt auf Betten von Demant;

Der Jüngling, gewaltigt erregt in seinem Herzen,
Erzittert vor den Häßlichkeiten dieser Welt,
Und sehnt sich, wund von ewigen und tiefen Schmerzen,
Nach der barmherzigen Schwester, die ihn aufrecht hält.

Mais, ô Femme, monceau d'entrailles, pitié douce,
Tu n'es jamais la Sœur de charité, jamais!
Ni regard noir, ni ventre où dort une ombre rousse,
Ni doigts légers, ni seins spendidement formés.

Aveugle irréveillée aux immenses prunelles,
Tout notre embrassement n'est qu'une question:
C'est toi qui pends à nous, porteuse de mamelles,
Nous te berçons, charmante et grave Passion.

Tes haines, tes torpeurs fixes, tes défaillances,
Et les brutalités souffertes autrefois,
Tu nous rends tout, ô Nuit pourtant sans malveillances,
Comme un excès de sang épanché tous les mois.

*

Quand la femme, portée un instant, l'épouvante,
Amour, appel de vie et chanson d'action,
Viennent la Muse verte et la Justice ardente
Le déchirer de leur auguste obsession!

Ah! sans cesse altéré des splendeurs et des calmes,
Délaissé des deux Sœurs implacables, geignant
Avec tendresse après la science aux bras almes,
Il porte à la nature en fleur son front saignant.

Mais la noire alchimie et les saintes études
Répugnent au blessé, sombre savant d'orgueil.
Il sent marcher sur lui d'atroces solitudes.
Alors, et toujours beau, sans dégoût du cercueil,

Qu'il croie aux vastes fins, Rêves ou Promenades
Immenses, à travers les nuits de Vérité,
Et t'appelle en son âme et ses membres malades,
O Mort mystérieuse, ô sœur de charité!

Doch, zum Erbarmen süß in deines Schoßes Fülle,
Nie bist barmherzige Schwester du, niemals, o Frau!
Nicht dunkler Blick, nicht Bauch, im Schlaf rotschattiger Hülle.
Nicht leichte Finger, nicht des Busens stolzer Bau.

Du blinde, nie erweckte, mit den großen Augen,
All unsre Umarmung ist Folter nur und Streit:
Du hängst an uns, o Brüsteträgerin, wir taugen
Als Wiege dir, du reizendes und ernstes Leid.

Dein Hassen, deine dumpfe Starrheit, deine Schwächen,
Und dein Leid, einst erlitten durch grausame Wut,
Gibst du zurück uns, Nacht, doch nicht, um dich zu rächen,
Wie, jeden Mond verströmt, ein Übermaß von Blut.

*

Wenn ihn erschreckt die Frau, als kurze Last ihm teuer,
Liebe, Aufruf des Lebens, hoher Taten Sang,
Nahen die grüne Muse und das Recht, voll Feuer,
Zerreißend ihn mit ihres Sturmes hehrem Drang.

Ach! Stets von Durst gequält nach Glanz und Ruh, verlassen
Von beiden harten Schwestern, seufzt voll Zärtlichkeit
Er nach der Wissenschaft und ihres Arms Umfassen
Und trägt ins blühende All der blutigen Stirne Leid.

Doch Schwarzkunst und die heiligen Studien sind zuwider
Dem wunden Geist; düster in seiner Weisheit Stolz,
Fühlt er, es steigen böse Wüsten auf ihn nieder.
Dann, immer schön noch, fürchtend nicht des Sarges Holz,

Mög glauben er an weite Ziele, Träume, Reisen,
Endlose, durch der Wahrheit Nächte, ohne Ruh,
Und rufen dich, krank an Seele und Leib, den leisen
Geheimnisvollen Tod, barmherziger Bruder, du!

Voyelles

A noir, E blanc, I rouge, U vert, O bleu, voyelles,
Je dirai quelque jour vos naissances latentes:
A, noir corset velu des mouches éclatantes
Qui bombinent autour des puanteurs cruelles,

Golfes d'ombre; E, candeurs des vapeurs et des tentes,
Lances des glaciers fiers, rois blancs, frissons d'ombelles;
I, pourpres, sang craché, rire des lèvres belles
Dans la colère ou les ivresses pénitentes;

U, cycles, vibrements divins des mers virides,
Paix des pâtis semés d'animaux, paix des rides
Que l'alchimie imprime aux grands fronts studieux;

O, suprême Clairon plein des strideurs étranges,
Silences traversés des Mondes et des Anges:
– O l'Oméga, rayon violet de Ses Yeux!

L'Étoile a pleuré Rose …

L'étoile a pleuré rose au cœur de tes oreilles,
L'infini roulé blanc de ta nuque à tes reins;
La mer a perlé rousse à tes mammes vermeilles,
Et l'Homme saigné noir à ton flanc
souverain.

L'Homme juste
(Fragment)

. . . .

Ah! qu'il s'en aille, lui, la gorge cravatée

Vokale

A schwarz, E weiß, I rot, Ü grün, O blau, Vokale,
Einst künd ich den verborgnen Grund, dem ihr entstiegen.
A, schwarzbehaartes Mieder glanzvoll prächtiger Fliegen,
Die summend schwärmen über stinkend grausem Mahle.

Der Schatten Golf. E, Weiß von Dämpfen und von Zelten,
Speer stolzer, weißer Gletscherkönige, Rausch von Dolden;
I, Purpur, Blutsturz, Lachen, wie's von Lippen, holden,
In trunkner Reue strömt und in des Zornes Schelten.

Ü, Kreise, grüngefurchter Meere göttlich Beben,
Der Almen Friede, wo die Herden weidend leben,
Friede, den Alchemie in Denkerstirnen gräbt.

O, wunderbares Horn, voll seltsam schrillen Weisen,
Stillschweigen, drin die Welten und die Engel kreisen:
– O, Omega, Strahl, der *ihr* Auge blau umwebt.

Der Stern in deiner Ohren Tiefe …

Der Stern in deiner Ohren Tiefe weinte rosige Tränen,
Unendlichkeit floß weiß vom Nacken dir zu deiner Lende,
Das Meer an deine Purpurbrust warf rote Perlensträhnen,
Der Mann goß, Herrin, deinem Schoß sein schwarzes Blut
als Spende!

Der Gerechte
(Fragment)

. . . .
Ah! laßt ihn laufen, ihn, den Hals hoch zugebunden

De honte, ruminant toujours mon ennui, doux
Comme le sucre sur la denture gâtée.
– Tel que la chienne après l'assaut des fiers toutous,
Léchant son flanc d'où part une entraille emportée.

. . . .

Le Juste restait droit sur ses hanches solides:
Un rayon lui dorait l'épaule; des sueurs
Me prirent: «Tu veux voir rutiler les bolides?
Et, debout, écouter bourdonner les flueurs
D'astres lactés, et les essaims d'astéroïdes?

«Par des farces de nuit ton front est épié,
O Juste! Il faut gagner un toit. Dis ta prière,
La bouche dans ton drap doucement expié;
Et si quelque égaré choque ton ostiaire,
Dis : Frère, va plus loin, je suis estropié!»

Et le Juste restait debout, dans l'épouvante
Bleuâtre des gazons après le soleil mort:
«Alors, mettrais-tu tes genouillères en vente,
O Vieillard? Pèlerin sacré! barde d'Armor!
Pleureur des Oliviers! main que la pitié gante!

«Barbe de la famille et poing de la cité,
Croyant très doux: ô cœur tombé dans les calices,
Majestés et vertus, amour et cécité,
Juste! plus bête et plus dégoûtant que les lices!
Je suis celui qui souffre et qui s'est révolté!

«Et ça me fait pleurer sur mon ventre, ô stupide,
Et bien rire, l'espoir fameux de ton pardon!
Je suis maudit, tu sais! je suis soûl, fou, livide,
Ce que tu veux! Mais va te coucher, voyons donc,
Juste! Je ne veux rien à ton cerveau torpide.

Vor Schmach, zerkauend meinen Gram, der süß
Wie Zucker liegt auf des Gebisses argen Wunden.
– Hündin, die freche Kläffer auf sich springen ließ
Und sich den Bauch leckt, draus Gedärm ihr ward entwunden.

. . . .

Der Gerechte blieb grad auf festen Hüften stehen:
Ein Strahl vergoldete ihm seine Schulter; Schweiß
Troff mir: »Willst du der Meteore Rotglut sehen?
Und, aufrecht, summen hörn der Sterne Fließen, weiß
Wie Milch, und Schnuppen, die in Schwärmen niederwehen?

Vom Possenspiel der Nacht wird deine Stirn umspäht,
Gerechter! Not tut dir, ein Dach zu finden. Bete,
Den Mund in deinem Pfühl, gesühnt, sanft dein Gebet;
Und wenn zu deiner Pforte ein Verirrter träte,
Sprich: Bruder, ich bin lahm, hier man vorüber geht!«

Und der Gerechte stand, im schreckhaft blauen Traufen
Des Rasens nach der Sonne Tod, noch aufrecht da:
– »He! Möchtest deine Stiefel du vielleicht verkaufen,
Greis? Heiliger Pilger, Barde aus Armorika!
Der Ölberg sah, Mitleidiger, deine Tränen laufen.

Des Staates Faust, Graubart, den die Familie hört,
Sehr sanfter Gläubiger: Herz, gefallen in die Becher,
Dem Hoheit, Tugend, Liebe, Blindheit zugehört,
Gerechter! Dirnen sind nicht dümmer und nicht frecher!
Ich bin der Mensch, der leidet und sich hat empört.

Und das läßt auf den Bauch, o Tor, mir Tränen rinnen,
Mich lachen, stolzer Hoffnung, daß du mir verzeihst!
Ich bin verflucht, du weißt's, bin trunken, fahl von Sinnen,
Was du nur willst! Geh doch zu Bett! An deinem Geist,
Gerechter du! dem starren, will ich nichts gewinnen.

«C'est toi le Juste, enfin, le Juste! C'est assez!
C'est vrai que ta tendresse et ta raison sereines
Reniflent dans la nuit comme des cétacés,
Que tu te fais proscrire et dégoises des thrènes
Sur d'effroyables becs-de-cane fracassés!

«Et c'est toi l'œil de Dieu! le lâche! Quand les plantes
Froides des pieds divins passeraient sur mon cou,
Tu es lâche! O ton front qui fourmille de lentes!
Socrates et Jésus, saints et justes, dégoût!
Respectez le Maudit suprême aux nuits sanglantes.»

J'avais crié cela sur la terre, et la nuit
Calme et blanche occupait les cieux pendant ma fièvre.
Je relevai mon front: le fantôme avait fui,
Emportant l'ironie atroce de ma lèvre …
– Vents nocturnes, venez au maudit! Parlez-lui,

Cependant que silencieux sous les pilastres
D'azur, allongeant les comètes et les nœuds
D'univers, remuement énorme sans désastres,
L'Ordre, éternel veilleur, rame aux cieux lumineux
Et de sa drague en feu laisse filer les astres!

Ce qu'on dit au Poète à propos de fleurs

À M. Théodore de Banville

I
Ainsi, toujours, vers l'azur noir
Où tremble la mer des topazes,
Fonctionneront dans ton soir
Les Lys, ces clystères d'extases!

Und du bist der Gerechte, bist gerecht! Genug!
Wahr ist es, deine heitren, weisen Zärtlichkeiten,
Sie schnauben wie in Meeresnacht der Wale Zug.
Wohl läßt du ächten dich und zwitscherst deine Leiden
Auf bösen Entenschnäbeln, die man dir zerschlug.

Aug Gottes du! Wenn, Feiger! auch die Sohlen ruhten
Auf meinem Halse von eines Gottes kaltem Fuß,
Feig bis du! O dein Haupt, verfilzt von Läusebruten!
Gerechte, Heil'ge, Jesus, Sokrates, Verdruß!
Ehrt des Verfluchten Hoheit in der Nächte Bluten.«

Das schrie ich übers Land, und still und weiß der Dom
Des mächtigen Himmels spann sich über meinem Toben;
Ich hob die Stirn empor: entflohn war das Phantom
Und mit ihm meiner Lippen grauser Spott zerstoben …
– Komm, sprich zu dem Verfluchten! Nächtiger Winde Strom.

Indessen dort, wo Azursäulen schweigend streben,
Ausdehnend die Kometen auf der Welt Geknot,
In ungeheuern Aufruhrs unglücksbarem Beben
Die Ordnung, ewige Hütrin, kreist im Himmelsrot
Und läßt aus ihrem Feuerschiff die Sterne schweben.

Was man dem Dichter über Blumen sagt

An Herrn Théodore de Banville

I
So also immer am schwarzen Azur,
Wo zittert das Meer der Topase,
Üben in deinem Abend die Kur
Die Lilien, Klystiere von Ekstase!

A notre époque de sagous,
Quand les Plantes sont travailleuses,
Le Lys boira les bleus dégoûts,
Dans tes Proses religieuses!

– Les Lys de Monsieur de Kerdrel,
Le Sonnet de mil huit cent trente,
Le Lys qu'on donne au Ménestrel
Avec l'œillet et l'amarante!

Des Lys! Des Lys! On n'en voit pas!
Et dans ton Vers, tels que les manches
Des Pécheresses aux doux pas,
Toujours frissonnent ces fleurs blanches!

Toujours, Cher, quand tu prends un bain,
Ta Chemise aux aisselles blondes
Se gonfle aux brises du matin
Sur les myosotis immondes!

L'amour ne passe à tes octrois
Que les Lilas – o balançoires!
Et les Violettes du Bois!
Crachats sucrés des Nymphes noires! …

II
O Poètes, quand vous auriez
Les Roses, les Roses soufflées,
Rouges sur tiges de lauriers,
Et de mille octaves enflées!

Quand Banville en ferait neiger,
Sanguinolentes, tournoyantes,
Pochant l'œil fou de l'étranger
Aux lectures mal bienveillantes!

In unsrer Epoche von Sago-Mus,
Wenn die Pflanzen arbeiten müssen,
Die Lilie trinkt all den blauen Verdruß
In deinen frommen Prosaergüssen.

Die Lilie des Herrn Baron von Kerdrel,
Das Sonett aus den Dreißiger Tagen,
Die Lilie, geschenkt dem Menestrel,
Zu Nelke und Tulpe zu tragen!

Lilien! Lilien! Keine man sieht!
In deinem Vers, wie die Ärmel sich heben
Der Sünderinnen mit sanftem Schritt,
Stets diese weißen Blumen beben.

Stets, Lieber, wenn ein Bad dir rauscht,
Dein Hemd in brisigen Morgens Lichte
Um deine blonden Achseln sich bauscht
Über die schmutzigen Vergißmeinnichte!

Durch deinen Zoll bringt die Liebe bloß
Den Flieder – o schaukelndes Zucken!
Dazu die Veilchen im Waldesschoß!
Der schwarzen Nymphen gesüßte Spucken!

II
O Dichter, wenn ihr besäßet auch
Die Rosen, die Rosen, die vollen,
Rote auf Stielen vom Lorbeerstrauch
Und von tausend Oktaven geschwollen!

Wenn Banville welche schneien ließ,
Wirbelnde, bunt von Blute,
Und ins tolle Auge des Fremdlings stieß,
Der Bücher liest, bösartig-gute!

De vos forêts et de vos prés,
O très paisibles photographes!
La Flore est diverse à peu près
Comme des bouchons de carafes!

Toujours les végétaux Français,
Hargneux, phtisiques, ridicules,
Où le ventre des chiens bassets
Navigue en paix, aux crépuscules;

Toujours après d'affreux desseins
De Lotos bleus ou d'Hélianthes,
Estampes roses, sujets saints
Pour de jeunes communiantes!

L'Ode Açoka cadre avec la
Strophe en fenêtre de lorette:
Et de lourds papillons d'éclat
Fientent sur la Pâquerette.

Vieilles verdures, vieux galons!
O croquignoles végétales!
Fleurs fantasques des vieux Salons!
– Aux hannetons, pas aux crotales

Ces poupards végétaux en pleurs
Que Grandville eût mis aux lisières,
Et qu'allaitèrent de couleurs
De méchants astres à visières!

Oui, vos bavures de pipeaux
Font de précieuses glucoses!
– Tas d'œufs frits dans de vieux chapeaux,
Lys, Açokas, Lilas et Roses! ...

Von eurer Wälder und Wiesen Grund,
O sehr friedfertige Photographen!
Die Flora ist ungefähr so bunt,
Wie die Stöpsel von Karaffen!

Immer Frankreichs Gemüse nur,
Die mürrischen, komischen, matten,
Wo friedlich segelt durch die Flur
Des Dachshunds Bauch im Dämmerschatten;

Immer nach scheußlichen Plänen das Blau
Der Lotusblumen und Helianthen,
Rosige Drucke, fromme Schau
Für junge Kommunikanten!

Die Ode Açoka verträgt sich ganz
Mit der Lorettenfenster-Strophe:
Und schwere Schmetterlinge voll Glanz
Gehn auf dem Gänseblümchen zum Hofe.

Altes Grünzeug, alter Plunder!
O Pfeffernüsse aus Gras!
Der alten Prunksäle Blumenwunder!
– Maikäfern, nicht Klapperschlangen zum Fraß

Diese Pflanzenbälge, von Tränen feucht,
Die Banville am Rand könnt skizzieren.
Und die mit Farben haben gesäugt
Böse Sterne in Helmvisieren!

Ja, euer Hirtenflöten Gespei
Ergibt kostbare Glykosen!
– In alten Hüten Haufen von Spiegelei,
Lilien, Açokas, Flieder und Rosen!

III
O blanc Chasseur, qui cours sans bas
A travers le Pâtis panique,
Ne peux-tu pas, ne dois-tu pas
Connaître un peu ta botanique?

Tu ferais succéder, je crains,
Aus Grillons roux les Cantharides,
L'or des Rios au bleu des Rhins,
Bref, aux Norwèges les Florides!

Mais, Cher, l'Art n'est plus, maintenant,
– C'est la vérité, – de permettre
A l'Eucalyptus étonnant
Des constrictors d'un hexamètre;

Là! ... Comme si les Acajous
Ne servaient, même en nos Guyanes,
Qu'aux cascades des sapajous
Au lourd délire des lianes!

– En somme, une Fleur, Romarin
Ou Lys, vive ou morte, vaut-elle
Un excrément d'oiseau marin?
Vaut-elle un seul pleur de chandelle?

– Et j'ai dit ce que je voulais!
Toi, même assis là-bas, dans une
Cabane de bambous, – volets
Clos, tentures de perse brune, –

Tu torcherais des floraisons,
Dignes d'Oises extravagantes! ...
– Poète! ce sont des raisons
Non moins risibles qu'arrogantes! ...

III

O weißer Jäger, ohn' Strümpfe und Schuh
Der über die panische Weide du rennest,
Ist es nicht möglich, nicht nötig, daß du
Ein wenig deine Botanik kennest?

Du ließest folgen, ich fürchte fein,
Den rotgelben Grillen die Canthariden,
Das Gold der Rios dem Blau vom Rhein,
Kurz, Norwegens Ländern die Floriden!

Doch Freund, die Kunst jetzt, – das ist wahr –
Erlaubt nicht mehr, daß umfangen
Den Eukalyptus, so wunderbar,
Eines Hexameters Riesenschlangen;

Dort! … Als ob's Mahagonigeäst
Nur diente, selbst in unsren Guyanen,
Für kleiner Äffchen Kaskadenfest,
Zur schweren Verzückung der Lianen!

– Überhaupt, eine Blume, lebend oder tot,
Rosmarin oder Lilie, mehr gilt sie nicht,
Als eines Meeresvogels Kot,
Eine einzige Träne am Kerzenlicht!

– Ich habe gesagt was ich wollte! Und du,
Selbst wenn zu sitzen dort dir gelänge
In einer Bambushütte, die Läden zu,
Aus braunen Persern die Behänge, –

Du scheuertest die Flora rein,
Würdig Oisen, extravaganter! …
– Dichter! Das mögen Gründe sein
Zum Lachen, wenn nicht arroganter! …

IV

Dis non les pampres printaniers
Noirs d'épouvantables révoltes,
Mais les tabacs, les cotonniers!
Dis les exotiques récoltes!

Dis, front blanc que Phébus tanna,
De combien de dollars se rente
Pedro Velasquez, Habana;
Incaque la mer de Sorrente

Où vont les Cygnes par milliers;
Que tes Strophes soient des réclames
Pour l'abattis des mangliers
Fouillés des hydres et des lames!

Ton quatrain plonge aux bois sanglants,
Et revient proposer aux Hommes
Divers sujets du sucres blancs
De pectoraires et de gommes!

Sachons par Toi si les blondeurs
Des Pics neigeux, vers les Tropiques,
Sont ou des insectes pondeurs
Ou des lichens microscopiques!

Trouve, ô Chasseur, nous le voulons,
Quelques garances parfumées
Que la Nature en pantalons
Fasse éclore – pour nos Armées!

Trouve, aux abords du Bois qui dort
Les fleurs, pareilles à des mufles,
D'où bavent des pommades d'or
Sur les cheveux sombres des Buffles!

IV

Sag nicht die Reben im Frühlingshag,
Schwarz von Empörungsbrande,
Die Tabak-, die Baumwollpflanzen sag!
Die Ernten exotischer Lande!

Sag, weiße Stirn, die Phoebus verbrannte,
Wieviel Dollar sein eigen nennt
Pedro Velasquez von Habanas Strande;
Kack auf das Meer von Sorrent,

Wo tausendfach schwimmt der Schwäne Stolz;
Laß deine Strophen Reklame künden
Für der Manglienbäume zerhacktes Holz,
Drin Schlangen und Wellen sich winden!

Dein Viervers in Wälder taucht blutig-heiß,
Kehrt wieder, den Menschen zu stellen
Verschiedene Themen von Zuckerweiß,
Von Säften und Gummi in Hustenfällen!

Lehr Du uns, ob das gelbe Gewolk
Im Gipfelschnee der Tropenberge
Ist eierlegend Käfervolk,
Oder winzige Flechtenzwerge!

Finde, o Jäger, wir wollen's, die Spur,
Wo duftende Waldkräuter stehen,
Wie sie erblühen läßt die Natur
Zu Hosen – für unsre Armeen!

Finde am schlafenden Waldessaum
Die Blumen, wie Mäuler zu schauen,
Draus goldene Salben triefen, die Schaum
Auf Büffel mit dunklen Haaren tauen!

Trouve, aux prés fous, où sur le Bleu
Tremble l'argent des pubescences,
Des Calices pleins d'Œufs de feu
Qui cuisent parmi les essences!

Trouve des Chardons cotonneux
Dont dix ânes aux yeux de braises
Travaillent à filer les nœuds!
Trouve des Fleurs qui soient des chaises!

Oui, trouve au cœur des noirs filons
Des fleurs presque pierres, – fameuses! –
Qui vers leurs durs ovaires blonds
Aient des amygdales gemmeuses!

Sers-nous, o Farceur, tu le peux,
Sur un plat de vermeil splendide
Des ragoûts de Lys sirupeux
Mordant nos cuillers Alfénide!

V

Quelqu'un dira le grand Amour,
Voleur des sombres Indulgences:
Mais ni Renan, ni le chat Murr
N'ont vu les Bleus Thyrses immenses!

Toi, fais jouer dans nos torpeurs,
Par les parfums les hystéries;
Exalte-nous vers des candeurs
Plus candides que les Maries …

Commerçant! colon! médium!
Ta Rime sourdra, rose ou blanche,
Comme un rayon de sodium,
Comme un caoutchouc qui s'épanche!

Find in den blauen Wiesen, wo toll
Der Flaum erzittert in silbernem Blühen,
Kelche, von feurigen Eimern voll,
Die zwischen ätherischen Säften glühen!

Finde uns wollige Disteln heraus,
Dran glutroten Auges zehn Esel zerren,
Mühsam zu lösen der Knoten Gekraus!
Finde Blumen, die Stühle wären!

Ja, find in der schwarzen Gänge Herz
Blumen, fast Steine, – hoch zu preisen! –
Die auf ihrer gelben Rogen Erz
Edelsteindrüsen weisen!

Bring uns, du kannst es, o Schäker du,
Auf vergoldeter Silberplatte servieret,
Ein dick verzuckertes Lilienragout,
Das unsre vernickelten Löffel laidieret!

V

Von großer Liebe einst einer spricht,
Der wird uns um dunkle Verzeihungen bringen:
Doch Kater Murr sah und Renan nicht
Der blauen Tyrsen gewaltiges Schwingen!

Du, da in tiefer Betäubung wir stehn,
Laß spielen in Düften die Hysterien;
Heb hoch uns auf zu reinen Höhn,
Reiner als die Marien …

Kaufmann! Pflanzer! Medium!
Dein Reim wird, von weiß oder roter Farbe,
Aufspringen wie Gummielasticum,
Wie flüssigen Natrons Garbe!

De tes noirs Poèmes, – Jongleur!
Blancs, verts, et rouges dioptriques,
Que s'évadent d'étranges fleurs
Et des papillons électriques!

Voilà! c'est le Siècle d'enfer!
Et les poteaux télégraphiques
Vont orner, – lyre aux chants de fer,
Tes omoplates magnifiques!

Surtout, rime une version
Sur le mal des pommes de terre!
– Et, pour la composition
Des Poèmes pleins de mystère

Qu'on doive lire de Tréguier
A Paramaribo, rachète
Des Tomes de Monsieur Figuier,
– Illustrés! – chez Monsieur Hachette!

Alcide Bava
A. R.

Les Premières Communions

I
Vraiment c'est bête, ces églises de villages.
Où quinze laids marmots encrassant les piliers
Écoutent, grasseyant les divins babillages,
Un noir grotesque dont fermentent les souliers:
Mais le soleil éveille à travers des feuillages
Les vieilles couleurs des vitraux irréguliers.

La pierre sent toujours la terre maternelle.
Vous verrez des monceaux de ces cailloux terreux

Aus deinen schwarzen Gedichten – Jongleur!
Weiße, grüne und rote Spiegel,
Laß weichen seltsamer Blumen Heer
Und elektrische Schmetterlingsflügel!

Die Zeit der Hölle erschien auf einmal.
Und die Telegraphenstangen schmücken,
Wie eine Leier zu Liedern aus Stahl,
Einst deinen prächtigen Rücken!

Vor allem, reim eine Version
Über die Pest der Kartoffelknollen!
– Und für die Komposition
Von Gedichten, geheimnisvollen,

Die man lesen muß von Tréguier
Bis Paramaribos ferner Stätte,
Kauf Bände dir von Herrn Figuier
– Illustrierte! – bei Herrn Hachette.

Alcide Bava
A. R.

Die erste Kommunion

I
Wahrhaftig, dumm ist's, diese Kirchen auf dem Lande,
Wo fünfzehn Gören, an beschmierter Pfeiler Rund,
Zuhörn dem göttlichen Geschwätz, geplärrt vor dieser Bande
Aus eines plumpen, fußschweißfeuchten Schwarzrocks Mund:
Doch weckt der Sonne Flimmern durch die Laubgewande
Der Fenster altes Glaswerk auf, so wirr und bunt.

Der Stein riecht noch nach Heimaterde. Ihr könnt sehen
Solch erdenfarbnen Kiesel haufenweis im Land,

Dans la campagne en rut qui frémit solennelle,
Portant près des blés lourds, dans les sentiers ocreux,
Ces arbrisseaux brûlés où bleuit la prunelle,
Des nœuds de mûriers noirs et de rosiers fuireux.

Tous les cent ans on rend ces granges respectables
Par un badigeon d'eau bleue et de lait caillé:
Si des mysticités grotesques sont notables
Près de la Notre-Dame ou du Saint empaillé,
Des mouches sentant bon l'auberge et les étables
Se gorgent de cire au plancher ensoleillé.

L'enfant se doit surtout à la maison, famille
Des soins naïfs, des bons travaux abrutissants:
Ils sortent, oubliant que la peau leur fourmille
Où le Prêtre du Christ plaqua ses doigts puissants.
On paie au Prêtre un toit ombré d'une charmille
Pour qu'il laisse au soleil tous ces fronts brunissants.

Le premier habit noir, le plus beau jour de tartes,
Sous le Napoléon ou le Petit Tambour
Quelque enluminure où les Josephs et les Marthes
Tirent la langue avec un excessif amour
Et que joindront, aux jours de science, deux cartes,
Ces seuls doux souvenirs leur restent du grand Jour.

Les filles vont toujours à l'église, contentes
De s'entendre appeler garces par les garçons
Qui font du genre après messe ou vêpres chantantes;
Eux qui sont destinés au chic des garnisons,
Ils narguent au café les maisons importantes,
Blousés neuf, et gueulant d'effroyables chansons.

Cependant le Curé choisit pour les enfances
Des dessins; dans son clos, les vêpres dites, quand

Um das in brünstiger Feier heiße Strahlen wehen,
Wo an der schweren Weizenäcker gelbem Rand
Die dürren Büsche wachsen mit den blauen Schlehen,
Der schwarze Maulbeerbaum und wilder Rosen Brand.

In hundert Jahren einmal ehrt man diese Scheunen
Und streicht mit saurer Milch und Wasser schön sie blau:
Wenn mystische Grotesken achtungswert erscheinen,
Nah einem heiligen Tropf und unsrer lieben Frau,
So schmeckt den Stall- und Wirtshausfliegen, die dort streunen,
Des Bodens Wachs nicht schlecht im hellbesonnten Bau.

Das Kind ist der Familie und dem Haus verpflichtet,
Einfältigem Dienst in stumpfer Arbeit eingespannt:
Sie gehn hinaus, noch zuckt die Haut, auf der gewichtet,
Vergessen ist es schon, die mächtige Priesterhand.
Dem Priester hat ein Haus im Schatten man errichtet,
Daß ihre Stirn er bräunen ließ im Sonnenbrand.

Das erste schwarze Kleid, die schönsten Kuchenarten,
Napoleons oder auch des kleinen Tambours Bild,
Ein bunter Druck, drauf sich die Josephs und die Marthen,
Mit ausgestreckten Zungen necken, lieb und wild,
Vermehrt zur Zeit der Schule um zwei Länderkarten,
Ist alles, was man von dem Großen Tag behielt.

Die Mädchen gehn zur Kirche noch und hören gerne,
Wenn »dummes Luder« sie das junge Mannsvolk schilt,
Das, schon bestimmt zum Schick und Schliff in der Kaserne,
Nach Mess' und Vespersang die großen Herren spielt.
Für jetzt, im neuen Rock, sitzt man in der Taverne,
Verhöhnt die bessren Leut', gröhlt Lieder derb und wild.

Der Pfarrer, unterdessen, sucht nach Bilderpreisen,
Im Garten, nach der Vesper, für die Kinderlein.

L'air s'emplit du lointain nasillement des danses,
Il se sent, en dépit des célestes défenses,
Les doigts de pied ravis et le mollet marquant …
– La Nuit vient, noir pirate aux cieux d'or débarquant.

II
Le Prêtre a distingué parmi les catéchistes,
Congrégés des Faubourgs ou des Riches Quartiers,
Cette petite fille inconnue, aux yeux tristes,
Front jaune. Les parents semblent de doux portiers.
«Au grand Jour, le marquant parmi les Catéchistes,
Dieu fera sur ce front neiger ses bénitiers.»

III
La veille du grand Jour, l'enfant se fait malade.
Mieux qu'à l'Église haute aux funèbres rumeurs,
D'abord le frisson vient, – le lit n'étant pas fade, –
Un frisson surhumain qui retourne: «Je meurs …»

Et, comme un vol d'amour fait à ses sœurs stupides,
Elle compte, abattue et les mains sur son cœur,
Les Anges, les Jésus et ses Vierges nitides,
Et, calmement, son âme a bu tout son vainqueur.

Adonaï! … – Dans les terminaisons latines,
Des cieux moirés de vert baignent les Fronts vermeils
Et, tachés du sang pur des célestes poitrines,
De grands linges neigeux tombent sur les soleils! –

Pour ses virginités présentes et futures
Elle mord aux fraîcheurs de ta Rémission,
Mais plus que les lys d'eau, plus que les confitures,
Tes pardons sont glacés, ô Reine de Sion!

Doch wenn von fernher tönt Geschnarr von Tanzesweisen,
Dann fühlt er gleich, mag auch der Himmel es verweisen,
Wie ihm die Zehen kribbeln und im Tanz das Bein …
– Die Nacht steigt, dunkler Dieb, aus goldnem Himmel ein.

II

Der Priester wählte unter seinen Katechisten,
Aus Vorstadtfrommen oder reicher Bürger Reihn,
Die unbekannte Kleine mit dem Blick, dem tristen,
Der gelben Stirn. Die Eltern könnten Pförtner sein.
»Am Großen Tag läßt Gott, vor allen Katechisten,
Auf ihre Stirn sie zeichnend, schneien seine Weihn.«

III

Nachts vor dem großen Tag fühlt sich das Kind zerrissen
Von Fieber, stärker als im düstren Raunen je
Der hohen Kirche. – Seltsam heiß des Bettes Kissen. –
Ein übermenschlich Schaudern packt's: »Ich sterbe, weh …«

Als ob die dummen Schwestern liebend sie bestehle,
Zählt sie die Engel, matt, die Hände auf der Brust,
Jesus und seine reinen Jungfraun, und die Seele
Trinkt ihren Sieger, ganz, in stiller, tiefer Lust.

Adonaï! … Im Reim der lateinischen Laute
Samtgrüner Himmel sich um Purpurstirnen spinnt,
Und großer Linnen Schnee, drauf Blut herniedertaute
Aus himmlisch reinen Brüsten, auf die Sonnen rinnt.

Weil ihre keusche Reinheit nie sie will verlieren,
Fleht sie, du möchtest, kühle Frau, ihr gnädig sein.
Doch mehr als Wasserlilien, mehr als Confitüren,
Ist eisig, Königin von Zion, dein Verzeihn!

IV

Puis la Vierge n'est plus que la vierge du livre:
Les mystiques élans se cassent quelquefois …
Et vient la pauvreté des images, que cuivre
L'ennui, l'enluminure atroce et les vieux bois;

Des curiosités vaguement impudiques
Épouvantent le rêve aux chastes bleuités,
Qui s'est surpris autour des célestes tuniques,
Du linge dont Jésus voile ses nudités.

Elle veut, elle veut, pourtant, l'âme en détresse,
Le front dans l'oreiller creusé par les cris sourds,
Prolonger les éclairs suprêmes de tendresse,
Et bave … – L'ombre emplit les maisons et les cours.

Et l'enfant ne peut plus. Elle s'agite, cambre
Les reins et d'une main ouvre le rideau bleu
Pour amener un peu la fraîcheur de la chambre
Sous le drap, vers son ventre et sa poitrine en feu …

V

A son réveil, – minuit, – la fenêtre était blanche
Devant le sommeil bleu des rideaux illunés,
La vision la prit des candeurs du dimanche;
Elle avait rêvé rouge. Elle saigna du nez.

Et se sentant bien chaste et pleine de faiblesse
Pour savourer en Dieu son amour revenant
Elle eut soif de la nuit où s'exalte et s'abaisse
Le cœur, sous l'œil des cieux doux, en les devinant;

De la nuit, Vierge-Mère impalpable, qui baigne
Tous les jeunes émois de ses silences gris;
Elle eut soif de la nuit forte où le cœur qui saigne
Écoule sans témoin sa révolte sans cris.

IV

Dann ist Maria nur die Jungfrau noch im Buche.
Der schwärmerische Seelenflug wird manchmal matt …
Der Bilder Armut kommt, mit öder Stunden Fluche,
Der gräßlich bunte Druck, das alte Kupferblatt.

Von wißbegierigen Träumen, unerklärlich geilen,
Wird sie in ihres Schlafes keuschem Blau erschreckt.
Sie fühlt bestürzt sich auf dem Himmelstuch verweilen,
Mit welchem Jesus seinen nackten Leib bedeckt.

Und dennoch will sie, will, die Seele voller Schauern,
Erstickend im zerwühlten Pfühl die dumpfe Pein,
Daß ihrer Zärtlichkeit wollüstige Flammen dauern,
Sie schäumt … Es hüllt der Schatten Haus und Höfe ein.

Es kann nicht mehr, das Kind. Sie bäumt sich auf und windet
Den Leib und zieht zurück des Vorhangs blaue Wand,
Daß unterm Bettuch sie ein wenig Kühlung findet
Für ihrer Brust und ihres Schoßes Feuerbrand …

V

Als sie erwachte – Mitternacht – im Mondenscheine,
Der in den blauen Schlaf des Vorhangs sich ergoß
Durchs Fenster, sah im Geiste sie des Sonntags Reine.
Sie hatte rot geträumt. Blut aus der Nase floß.

Und weil in ihrer Keuschheit sie zu schwach sich dünket,
Um neuen Liebesglückes sich in Gott zu freun,
Spürt Durst sie nach der Nacht, in der sich hebt und sinket
Ihr ahnend Herz, das Himmelsaugen sanft betreun;

Nach Nacht, o Jungfraumutter, die gefühllos badet
In grauem Schweigen all das junge Seelenleid;
Durst nach der starken Nacht, in der das Herz entladet,
Verblutend, seinen Groll in stummer Einsamkeit.

Et faisant la Victime et la petite épouse,
Son étoile la vit, une chandelle aux doigts,
Descendre dans la cour où séchait une blouse,
Spectre blanc, et lever les spectres noirs des toits.

VI
Elle passa sa nuit sainte dans des latrines.
Vers la chandelle, aux trous du toit coulait l'air blanc,
Et quelque vigne folle aux noirceurs purpurines,
En deçà d'une cour voisine, s'écroulant.

La lucarne faisait un cœur de lueur vive
Dans la cour où les cieux bas plaquaient d'ors vermeils
Les vitres; les pavés puant l'eau de lessive
Soufraient l'ombre des murs bondés de noirs sommeils ...

VII
Qui dira ces langueurs et ces pitiés immondes,
Et ce qui lui viendra de haine, ô sales fous
Dont le travail divin déforme encor les mondes,
Quand la lèpre à la fin mangera ce corps doux? ...

VIII
Et quand, ayant rentré tous ces nœuds d'hystéries,
Elle verra, sous les tristesses du bonheur,
L'amant rêver au blanc million des Maries,
Au matin de la nuit d'amour, avec douleur:

«Sais-tu que je t'ai fait mourir? J'ai pris ta bouche,
Ton cœur, tout ce qu'on a, tout ce que vous avez;
Et moi, je suis malade: oh! je veux qu'on me couche
Parmi les Morts des eaux nocturnes abreuvés!

«J'étais bien jeune, et Christ a souillé mes haleines;
Il me bonda jusqu'à la gorge de dégoûts!

Ein Opfer will sie, eine kleine Gattin scheinen.
So sah ihr Stern sie, als, ein Kerzlein in der Hand,
Zum Hof sie stieg, wo eine Bluse hing an Leinen,
Ein weiß Gespenst, vor dem der schwarze Dachspuk schwand.

VI
Sie saß die heilge Nacht in des Aborts Verstecke,
Auf ihre Kerze floß die weiße Luft durchs Dach,
Ein wilder Weinstock, schwarz, mit rötlichem Geflecke,
In eines Nachbars Garten jäh zusammenbrach.

Die Luke schuf ein Herz, in hellem Lichte blinkend,
Im Hofe, wo der Himmel, tief, die Scheiben traf
Mit rotem Gold; die Pflaster, Wäschewasser stinkend,
Erduldeten der Mauern schwarzen Schattenschlaf.

VII
Wer wird dies schmutzge Elend, diese Sehnsucht schelten,
Und was an Haß ihr kommt, o Narrn, die ihr verkehrt
Mit heiligem Tun, unsaubre, immer noch die Welten,
Wenn einst der Aussatz diesen süßen Leib verzehrt? …

VIII
Wenn einst, von allen Fesseln dieser Hysterien
Bedrängt, den Liebsten, glücklich, doch voll Traurigkeit
Sieht träumen sie von weißen Millionen Marien,
Am Morgen nach der Liebesnacht, dann, voller Leid:

»Weißt du, daß ich dich sterben ließ? Ich hab gestohlen
Dir Mund und Herz, all was man hat, all was du hast.
Und ich, krank bin ich; ach, ich will, man soll mich holen
Zu der von Nachtgewässern feuchten Totenrast!

Ich war sehr jung, da war voll Ekel schon geschwollen
Durch Christus, Schänder meines Atems, mir die Brust!

Tu baisais mes cheveux profonds comme les laines.
Et je me laissais faire … Ah! va, c'est bon pour vous,

«Hommes! qui songez peu la plus amoureuse
Est, sous sa conscience aux ignobles terreurs,
La plus prostituée et la plus douloureuse,
Et que tous nos élans vers Vous sont des erreurs!

«Car ma Communion première est bien passée.
Tes baisers, je ne puis jamais les avoir sus:
Et mon cœur et ma chair par ta chair embrassée
Fourmillent du baiser putride de Jésus!»

IX
Alors, l'âme pourrie et l'âme désolée
Sentiront ruisseler tes malédictions:
– Ils avaient couché sur ta Haine inviolée,
Échappés, pour la mort, des justes passions,

Christ! ô Christ, éternel voleur des énergies,
Dieu qui pour deux mille ans vouas à ta pâleur,
Cloués au sol, de honte et de céphalalgies,
Ou renversés, les fronts des femmes de douleur.

Les Chercheuses de poux

Quand le front de l'enfant, plein de rouges tourmentes,
Implore l'essaim blanc des rêves indistincts,
Il vient près de son lit deux grandes sœurs charmantes
Avec de frêles doigts aux ongles argentins.

Elles assoient l'enfant devant d'une croisée
Grande ouverte où l'air bleu baigne un fouillis de fleurs,

Du küßtest meine Haare, tief und weich wie Wollen,
Und ich ließ es geschehn: ... ach, geh, für euch ist's Lust.

Ihr Männer wißt es kaum, daß sie, die euch verfallen
In tiefster Liebe, nie die Schmach der Angst vergißt,
Daß sie die schändlichste und traurigste von allen,
Und unser Sehnsuchtsschwung zu euch nur Irrtum ist!

Denn meine erste Kommunion ist längst vergangen.
Nie wußte ich von deinen Küssen mir Genuß: [fangen,
Und mein Herz und mein Fleisch, von deinem Fleisch um-
Sind wimmelnd voll von Jesu moderigem Kuß!«

IX
Dann werden spüren deiner Flüche Schmähn und Triefen,
Die faule Seele und die Seele voller Not:
Sie, die auf deinem unverletzten Hasse schliefen,
Entrückt den wahren Leidenschaften für den Tod.

O Christus! Christus, ewiger Dieb der Energien,
Gott, der du deinem bleichen Antlitz hast geweiht,
Zweitausend Jahr, die Stirn der Frau, in Fieberglühen
Und Scham, genagelt auf den Grund, gestürzt in Leid.

Die Läusesucherinnen

Wenn, heiß die junge Stirn voll roter Qualen Bissen,
Das Kind erfleht der vagen Träume weißen Tanz,
Dann nahn zwei große Zauberschwestern seinen Kissen,
Mit zarten Fingern in der Silbernägel Glanz.

Ans offne Fenster setzen sie das Kind hernieder,
Wo blaues Luftbad weit durch Blumenwirrnis weht,

Et, dans ses lourds cheveux où tombe la rosée,
Promènent leurs doigts fins, terribles et charmeurs.

Il écoute chanter leurs haleines craintives
Qui fleurent de longs miels végétaux et rosés
Et qu'interrompt parfois un sifflement, salives
Reprises sur la lèvre ou désirs de baisers.

Il entend leurs cils noirs battant sous les silences
Parfumés, et leurs doigts électriques et doux
Font crépiter, parmi ses grises indolences,
Sous leurs ongles royaux la mort des petits poux.

Voilà que monte en lui le vin de la Paresse,
Soupir d'harmonica qui pourrait délirer:
L'enfant se sent, selon la lenteur des caresses,
Sourdre et mourir sans cesse un désir de pleurer.

Le Bateau ivre

Comme je descendais des Fleuves impassibles,
Je ne me sentis plus guidé par les haleurs:
Des Peaux-Rouges criards les avaient pris pour cibles,
Les ayant cloués nus aux poteaux de couleurs.

J'étais insoucieux de tous les équipages,
Porteur de blés flamands ou de cotons anglais.
Quand avec mes haleurs ont fini ces tapages,
Les fleuves m'ont laissé descendre où je voulais.

Dans les clapotements furieux des marées,
Moi, l'autre hiver, plus sourd que les cerveaux d'enfants,
Je courus! et les Péninsules démarrées
N'ont pas subi tohu-bohus plus triomphants.

Und durch sein schweres Haar, drin Tau fällt, hin und wieder,
Der Zauber ihrer feinen Finger schrecklich geht.

Es horcht dem Singen ihrer bangen Atemzüge,
Die lang nach Rosen duften und nach Honigseim,
Und die ein Zischen manchmal unterbricht, als trüge
Ihr Mund nach Küssen Gier, in feuchter Lippen Feim.

Es hört die schwarzen Wimpern schlagen in der Stille,
Duftschwer; und ihre sanften Finger, funkenumloht,
Zerknistern, während grau und lässig wird sein Wille,
Mit Nägeln, königlich, die kleinen Läuse tot.

Da will empor in ihm der Wein der Schlaffheit steigen,
Harmonikageseufze, voll von wirrem Klang:
Das Kind, in ihrer Zärtlichkeiten trägem Neigen,
Fühlt quellen und vergehn endloser Tränen Drang.

Das trunkene Schiff

Wie ich hinunterglitt die unbewegten Flüsse,
Ward mir zu Mut, als würd meiner Treidler ich los:
Rothäute, schreiend, hatten sie, Ziel ihrer Schüsse,
An farbige Pfähle genagelt, nackt und bloß.

Ich sorgte um all die Mannschaft mich nicht, befrachtet
Mit flämschem Korn oder Kattun aus Britenland.
All dieses Gelärm die Treidler mir hingeschlachtet,
Ließ ich den Fluß mich treiben, wie der Sinn mir stand.

In der furchtbaren Wut der plätschernden Gezeiten,
Ich, tauber als der Kinder Hirn, den Winter lang,
Flog ich, und losgerissener Halbinseln Weiten
Umtobte wilder nie Orkan-Triumphgesang.

La tempête a béni mes éveils maritimes.
Plus léger qu'un bouchon j'ai dansé sur les flots
Qu'on appelle rouleurs éternels de victimes,
Dix nuits, sans regretter l'œil niais des falots.

Plus douce qu'aux enfants la chair des pommes sures,
L'eau verte pénétra ma coque de sapin
Et des taches de vins bleus et des vomissures
Me lava, dispersant gouvernail et grappin.

Et, dès lors, je me suis baigné dans le Poème
De la Mer infusé d'astres et lactescent,
Dévorant les azurs verts; où, flottaison blême
Et ravie, un noyé pensif, parfois, descend;

Où, teignant tout à coup les bleuités, délires
Et rhythmes lents sous les rutilements du jour,
Plus fortes que l'alcool, plus vastes que vos lyres,
Fermentent les rousseurs amères de l'amour!

Je sais les cieux crevant en éclairs, et les trombes
Et les ressacs et les courants; je sais le soir,
L'Aube exaltée ainsi qu'un peuple de colombes,
Et j'ai vu quelquefois ce que l'homme a cru voir.

J'ai vu le soleil bas taché d'horreurs mystiques
Illuminant de longs figements violets,
Pareils à des acteurs de drames très-antiques,
Les flots roulant au loin leurs frissons de volets.

J'ai rêvé la nuit verte aux neiges éblouies,
Baisers montant aux yeux des mers avec lenteur,
La circulation des sèves inouïes
Et l'éveil jaune et bleu des phosphores chanteurs.

Meinem Erwachen im Meer gab der Sturm den Segen,
Behender als Kork tanzte ich hin auf der Flut
Der ewigen Todeswiegen, wie wir zu sagen pflegen,
Zehn Nächte, ohne Gram um blöder Lampen Glut.

Viel süßer als der herben Äpfel Fleisch dem Kinde,
Durchdrang mich grünes Naß, wusch blauen Wein und Dreck
Hinab von des bespienen Schiffes Tannenrinde
Und riß mir das Steuer mitsamt dem Anker weg.

Und seitdem hab ich gebadet im Meergedichte,
Wo milchig schäumend der Sterne Gewimmel blinkt,
Sausend durch Azurgrün, wo mit sel'gem Gesichte
Ein Toter, manchmal, bleich, gedankenvoll versinkt.

Wo plötzlich, unter des Mittags brünstigen Feiern
Langsam trunkene Glut die blauen Räume verklärt
Und stärker als Wein, weiter als euere Leiern
Die bittere Röte der Liebe wallet und gärt.

Ich weiß die Himmel, platzend von Blitzen, das Schnauben
Der windgepeitschten Brandung, weiß des Abends Wehn,
Die Morgenröte, schwärmen wie ein Volk von Tauben,
Und was der Mensch zu sehn gewähnt, hab ich gesehn.

Ich sah die Sonne tief voll mystisch grauser Flecken,
Wie sie mit langen starren Strahlen violett
Festlich erleuchtete, gleich alter Dramen Recken,
Die Fluten, rollend weit ihr schauerndes Rosenbett.

Ich hab geträumt die grüne Nacht: Schnees Grelle,
Langsame Meeresküsse auf der Augen Lid,
Das Kreisen unerhörter Säfte auf der Welle
Und das Erwachen, gelb und blau, im Phosphorlied.

J'ai suivi, des mois pleins, pareille aux vacheries
Hystériques, la houle à l'assaut des récifs,
Sans songer que les pieds lumineux des Maries
Pussent forcer le mufle aux Océans poussifs.

J'ai heurté, savez-vous? d'incroyables Florides
Mêlant aux fleurs des yeux de panthères à peaux
D'hommes, des arcs-en-ciel tendus comme des brides
Sous l'horizon des mers, à de glauques troupeaux.

J'ai vu fermenter les marais énormes, nasses
Où pourrit dans les joncs tout un Léviathan,
Des écroulements d'eaux au milieu des bonaces
Et les lointains vers les gouffres cataractant!

Glaciers, soleils d'argent, flots nacreux, cieux de braises,
Échouages hideux au fond des golfes bruns
Où les serpents géants dévorés des punaises
Choient des arbres tordus avec de noirs parfums!

J'aurais voulu montrer aux enfants ces dorades
Du flot bleu, ces poissons d'or, ces poissons chantants.
Des écumes de fleurs ont béni mes dérades,
Et d'ineffables vents m'ont ailé par instants.

Parfois, martyr lassé des pôles et des zones,
La mer, dont le sanglot faisait mon roulis doux,
Montait vers moi ses fleurs d'ombre aux ventouses jaunes
Et je restais ainsi qu'une femme à genoux,

Presque île, ballottant sur mes bords les querelles
Et les fientes d'oiseaux clabaudeurs aux yeux blonds.
Et je voguais, lorsqu'à travers mes liens frêles
Des noyés descendaient dormir à reculons …

Ich folgte Monde lang den Wogen, wie sie spien,
Hysterischer Stierwut gleich, die an die Klippen sprang,
Nicht ahnend, daß der leuchtende Fuß der Marien
Der atemlosen Meere Rachen stets bezwang.

Ich stieß, wißt ihr's? an Floridas seltsame Räume,
Wo sich den Blumen das Auge des Panthers mischt,
Den Menschenhaut deckt, und wo Regenbogenzäume
Auf grünen Herden liegen unterm Meeresgischt.

Die Sümpfe sah ich gären, große Netze, Gründe,
Wo verfault im Geröhr ein ganzer Leviathan,
Die Ferne, donnernd in Katarakte der Schlünde,
Und wirbelnden Wassertanz auf windstillem Plan.

Gletscher, Silbersonnen, Perlfluten, Himmelsessen,
Scheußliche Trümmer tief in dunkler Golfe Nest,
Wo Riesenschlangen fallen, von Wanzen zerfressen,
Mit schwarzen Düften aus krummer Bäume Geäst.

Gern wollt ich den Kindern diese Doraden weisen
Im Meerblau, die goldnen Fische, den Fischgesang.
Schaumströme von Blumen segneten meine Reisen,
Unsagbarer Winde Flügel mich oft umschwang.

Zu Zeiten, märtyrmüd der Pole und der Zonen,
Erhob das Meer, das sanften Seufzerschlags mich trieb,
Mir Schattenblumen, drauf die gelben Sauger wohnen,
Und still, wie eine Frau auf Knien, ich verblieb …

Fast Insel, die ich schaukelte auf meinem Strande
Von augengelben Vögeln Kot und schrillen Zank.
So trieb ich hin, indess' durch meine lecken Bande
Ertrunkner Menschen Schlaf rücklings zum Abgrund sank …

Or, moi, bateau perdu sous les cheveux des anses,
Jeté par l'ouragan dans l'éther sans oiseau,
Moi dont les Monitors et les voiliers des Hanses
N'auraient pas repêché la carcasse ivre d'eau,

Libre, fumant, monté de brumes violettes,
Moi qui trouais le ciel rougeoyant comme un mur
Qui porte, confiture exquise aux bons poètes,
Des lichens de soleil et des morves d'azur,

Qui courais taché de lunules électriques,
Planche folle, escorté des hippocampes noirs,
Quand les juillets faisaient crouler à coups de triques
Les cieux ultramarins aux ardents entonnoirs,

Moi qui tremblais, sentant geindre à cinquante lieues
Le rut des Béhémots et les Maelstroms épais,
Fileur éternel des immobilités bleues,
Je regrette l'Europe aux anciens parapets.

J'ai vu des archipels sidéraux! et des îles
Dont les cieux délirants sont ouverts au vogueur:
Est-ce en ces nuits sans fonds que tu dors et t'exiles,
Million d'oiseaux d'or, ô future Vigueur?

Mais, vrai, j'ai trop pleuré. Les aubes sont navrantes,
Toute lune est atroce et toul soleil amer.
L'âcre amour m'a gonflé de torpeurs enivrantes.
Oh! que ma quille éclate! Oh! que j'aille à la mer!

Si je désire une eau d'Europe, c'est la flache
Noire et froide où vers le crépuscule embaumé
Un entfant accroupi, plein de tristesse, lâche
Un bateau frêle comme un papillon de mai.

Jetzt, ich, verlornes Schiff im Haargeflecht der Riffe,
Vom Sturm geschleudert hoch in vogelleere Luft,
Ich, wassertrunkenes Skelett, das keine Panzerschiffe
Und Hansa Segler nicht fischten aus seiner Kluft,

Frei, rauchend, aus veilchenblauen Nebeln entstiegen,
Der ich den Himmel, rot wie eine Wand, durchfuhr,
Drauf, wie ein köstlich Mus für gute Dichter, liegen
Moosige Sonnenflechten und Schleim des Azur,

Ich, der ich lief, befleckt von elektrischen Schollen,
Tolles Brett, umschwärmt von schwarzer Meerpferde Zug.
Wenn Juli, wie mit Keulenschlag und Donnerrollen
Die blauen Himmel, trichterheiß, zusammenschlug,

Ich, der ich zitterte, hört ich ächzen vom Weiten
Der Behemote Brunst, den Maelstrom, dicht und schwer,
Ich, ewiger Segler blauer Unbeweglichkeiten,
Ich sehn mich nach Europas alter, enger Wehr.

Ich durfte Sternenarchipele, Inseln schauen,
Wo offner Himmel Glut dem Wandrer sich erhellt:
Schläfst du, verbannt, in dieser Nächte tiefem Grauen,
Goldner Vögel Million, o Zukunftskraft der Welt?

Ich hab zuviel geweint. Weh tun die Morgenhellen,
Wahr, jeder Mond ist bös und jede Sonne Leid.
Die bittre Liebe ließ zu starrem Rausch mich schwellen.
Oh! bräche doch mein Kiel! O Meer, ich bin bereit!

Wenn in Europa ich ein Wasser noch begehre,
Ist es das kalte, schwarze Loch, in das hinein
Ein Kind, in der Dämmerung, gebückt, voll Leid und Schwere,
Ein Schifflein setzt, zart, wie ein Schmetterling im Mai'n!

Je ne puis plus, baigné de vos langueurs, ô lames,
Enlever leur sillage aux porteurs de cotons,
Ni traverser l'orgueil des drapeaux et des flammes,
Ni nager sous les yeux horribles des pontons!

Ich kann in eurer Mattigkeiten Bad, o Wellen,
Entreißen ihre Spur den Baumwollträgern nicht, [schwellen,
Nicht ziehn mehr durch den Stolz, drin Fahnenflammen
Nicht schwimmen in der Brückenkähne bösem Licht!

Les Déserts de l'Amour

Avertissement

Ces écritures-ci sont d'un jeune, tout jeune *homme,* dont la vie s'est développée n'importe où; sans mère, sans pays, insoucieux de tout ce qu'on connaît, fuyant toute force morale, comme furent déjà plusieurs pitoyables jeunes hommes. Mais, lui, si ennuyé et si troublé, qu'il ne fit que s'amener à la mort comme à une pudeur terrible et fatale. N'ayant pas aimé de femmes, – quoique plein de sang! – il eut son âme et son cœur, toute sa force, élevés en des erreurs étranges et tristes. Des rêves suivants, – ses amours! – qui lui vinrent dans ses lits ou dans les rues, et de leur suite et de leur fin, de douces considérations religieuses se dégagent peut-être. Se rappellera-t-on le sommeil continu des Mahométans légendaires, – braves pourtant et circoncis! Mais, cette bizarre souffrance possédant une autorité inquiétante, il faut sincèrement désirer que cette Ame, égarée parmi nous tous, et qui veut la mort, ce semble, rencontre en cet instant-là des consolations sérieuses, et soit digne.

I

Cette fois, c'est la Femme que j'ai vue dans la Ville, et à qui j'ai parlé at qui me parle.

J'étais dans une chambre, sans lumière. On vint me dire qu'elle était chez moi: et je la vis dans mon lit, toute à moi, sans lumière! Je fus très ému, et beaucoup parce que c'était la maison de famille: aussi une détresse me prit! J'étais en haillons, moi, et elle, mondaine qui se donnait: il lui fallait s'en aller! Une détresse sans nom: je la pris, et la laissai tomber hors du lit, presque nue; et,

Wüsten der Liebe

Vorbemerkung

Das folgende Geschreibsel stammt von einem jungen, ganz jungen *Manne,* dessen Leben sich gleichgültig wo entwickelt hat; ohne Mutter, ohne Heimat, unbekümmert um alles, was die Menschen wissen, auf der Flucht vor jedem moralischen Zwang, wie es schon mehreren beklagenswerten jungen Leuten ergangen ist. Er jedoch, so abgestoßen und so verstört, daß er nichts anderes tat, als sich zum Tode hinzuschleppen, wie zu einer schrecklichen und verhängnisvollen Scham. Da er – obwohl strotzend von Blut! – keine Frauen geliebt hatte, geschah es, daß seine Seele und sein Herz, all seine Kraft sich zu seltsamen und traurigen Irrtümern aufschwangen. Aus den folgenden Träumen – seinen Liebeserfahrungen –, die ihm in seinen Betten oder auf den Straßen kamen, und aus ihrem Verlauf und aus ihrem Abschluß lösen sich vielleicht einige sanfte religiöse Betrachtungen. Man mag sich doch erinnern an den ununterbrochenen Schlaf der legendarischen Anhänger Mohamets, – so tapfer sie auch waren und beschnitten! Aber, da dieses wunderliche Leiden eine beunruhigende Gewalt besitzt, muß man aufrichtig wünschen, daß diese Seele, verirrt unter uns allen und auf den Tod erpicht, so scheint es, jetzt, in diesem Augenblick noch, ernsten Tröstungen begegne und Würde bewahre.

I

Diesmal ist es die Frau, die ich in der Stadt gesehen habe und mit der ich gesprochen habe und die zu mir spricht.

Ich war in einer Kammer ohne Licht. Man sagte mir, daß sie in meinem Zimmer wäre: und ich sah sie in meinem Bett, ganz mein, ohne Licht! Ich war sehr erregt, vor allem, weil es mein Elternhaus war: und also überfiel mich Angst! Ich war in Lumpen, ich, und sie, die elegante Dame, die sich hingab, sie mußte fortgehen! Namenlose Angst: ich ergriff sie und ließ sie aus dem Bett

dans ma faiblesse indicible, je tombai sur elle et me traînai avec elle parmi les tapis, sans lumière! La lampe de la famille rougissait l'une après l'autre les chambres voisines. Alors, la femme disparut. Je versai plus de larmes que Dieu n'en a pu jamais demander.

Je sortis dans la ville sans fin. O fatigue! Noyé dans la nuit sourde et dans la fuite du bonheur. C'était comme une nuit d'hiver, avec une neige pour étouffer le monde décidément. Les amis, auxquels je criais: où reste-t-elle, répondaient faussement. Je fus devant les vitrages de là où elle va tous les soirs: je courais dans un jardin enseveli. On m'a repoussé. Je pleurais énormément, à tout cela. Enfin, je suis descendu dans un lieu plein de poussière, et, assis sur des charpentes, j'ai laissé finir toutes les larmes de mon corps avec cette nuit. – Et mon épuisement me revenait pourtant toujours.

J'ai compris qu'Elle était à sa vie de tous les jours; et que le tour de bonté serait plus long à se reproduire qu'une étoile. Elle n'est pas revenue, et ne reviendra jamais, l'Adorable qui s'était rendue chez moi, – ce que je n'aurais jamais présumé. Vrai, cette fois j'ai pleuré plus que tous les enfants du monde.

II

C'est, certes, la même campagne. La même maison rustique de mes parents: la salle même où les dessus de porte sont des bergeries roussies, avec des armes et des lions. Au dîner, il y a un salon avec des bougies et des vins et des boiseries antiques. La table à manger est très grande. Les servantes! elles étaient plusieurs, autant que je m'en suis souvenu. – Il y avait là un de mes jeunes amis anciens, prêtre et vêtu en prêtre; maintenant: c'était pour être

fallen, fast nackt; und in meiner unsagbaren Schwäche fiel ich auf sie und wälzte mich mit ihr über die Teppiche, ohne Licht! Die Familienlampe erfüllte mit ihrem roten Schein, eines nach dem andern, die Nachbarzimmer. Und dann verschwand die Frau. Ich vergoß mehr Tränen als Gott je hat verlangen können.

Ich ging in die endlose Stadt hinaus. Ach, wie müde war ich! Ertrunken in der dumpfen Nacht und im hinfliehenden Strom des Glücks. Es war wie eine Winternacht, mit Schnee so dicht, um die Welt zu ersticken, ein für alle Mal. Die Freunde, denen ich entgegenschrie: Wo ist sie geblieben? gaben falsche Auskunft. Ich stand vor den Schaufenstern des Viertels, durch das sie jeden Abend geht. Ich lief in einen grabtiefen Garten. Man hat mich vertrieben. Ich weinte entsetzlich über all diese Dinge. Zuletzt bin ich zu einem ganz mit Staub bedeckten Platz hinabgestiegen und hab mir, auf Balken sitzend, die Augen aus dem Kopf geweint, mit dieser Nacht. – Und trotzdem überfiel mich immer von neuem die Erschöpfung.

Ich habe begriffen, daß sie ihrem alltäglichen Leben gehörte und daß der Liebesbeweis, den sie mir gegeben hatte, länger brauchen würde, um sich zu wiederholen, als ein Komet, um wieder zu erscheinen. Sie ist nicht wiedergekommen und wird niemals wiederkommen, die Anbetungswürdige, die bei mir eingekehrt war, – was ich niemals für möglich gehalten hätte. Wahrhaftig, diesmal habe ich mehr geweint als alle Kinder der Welt.

II

Das ist, ganz sicher, die gleiche Landschaft. Das gleiche ländliche Haus meiner Eltern: der gleiche Saal mit den rotgelben Schäferszenen, den Türgesimsen, den Wappen und Löwen. Zu Mittag wird gegessen in einem Salon mit Kerzen, mit Wein und altertümlichem Getäfel. Der Eßtisch ist sehr groß. Die Mägde? Wir hatten mehrere, soviel mir in Erinnerung geblieben ist. – Es kam dorthin auch einer meiner jungen Freunde von damals, ein Prie-

plus libre. Je me souviens de sa chambre de pourpre, à vitres de papier jaune; et ses livres, cachés, qui avaient trempé dans l'océan!

Moi, j'étais abandonné, dans cette maison de campagne sans fin: lisant dans la cuisine, séchant la boue de mes habits devant les hôtes, aux conversations du salon; ému jusqu'à la mort par le murmure du lait du matin et de la nuit du siècle dernier.

J'étais dans une chambre très sombre: que faisais-je? Une servante vint près de moi: je puis dire que c'était un petit chien: quoiqu'elle fût belle, et d'une noblesse maternelle inexprimable pour moi: pure, connue, toute charmante! Elle me pinça le bras.

Je ne me rappelle même plus bien sa figure: ce n'est pas pour me rappeler son bras, dont je roulai la peau dans mes deux doigts; ni sa bouche, que la mienne saisit comme une petite vague désespérée, minant sans fin quelque chose. Je la renversai dans une corbeille de coussins et de toiles de navire, en un coin noir. Je ne me rappelle plus que son pantalon à dentelles blanches.

Puis, ô désespoir! la cloison devint vaguement l'ombre des arbres, et je me suis abîmé sous la tristesse amoureuse de la nuit.

. . . .

ster und als Priester gekleidet; jetzt weiß ich den Grund: um freier zu sein. Ich erinnere mich an sein purpurrot tapeziertes Zimmer, mit Scheiben aus gelbem Papier; und seine Bücher, versteckt, die das Meer durchtränkt hatte!

Ich war in diesem endlos weiten Landhaus mir selbst überlassen: lesend in der Küche, den Schmutz meiner Kleider trocknend vor den Gästen, zu der Unterhaltung im Salon: traurig bis auf den Tod über das Geriesel der Morgenmilch und über die Nacht des vergangenen Jahrhunderts.

Ich war in einer sehr düsteren Kammer: Was tat ich? Eine Magd kam zu mir: ich kann sagen, daß sie ein kleines Hündchen war: obwohl sie schön war und von einer mütterlichen Vornehmheit, die ich nicht in Worte fassen kann; rein, mir ganz zu eigen, entzückend in allem! Sie kniff mich in den Arm.
Ich erinnere mich nicht einmal mehr deutlich an ihr Gesicht: ebensowenig wie ich mich an ihren Arm erinnere, dessen Haut ich zwischen meinen beiden Fingern rollte; auch nicht an ihren Mund, den der meine ergriff wie eine kleine, verzweifelte Welle, die irgend etwas unaufhörlich unterwühlt. Ich warf sie rücklings in einen Korb voll von Kissen und Segeltuch, in einer schwarzen Ecke. Ich erinnere mich nur noch an ihre Höschen mit weißem Spitzenbesatz.
Dann, o Verzweiflung, verwandelte sich die Wand unmerklich in den Schatten der Bäume, und ich habe mich versenkt unter die zärtliche Traurigkeit der Nacht.

. . . .

II
1872–1873
Les Illuminations · Farbstiche

Larme

Loin des oiseaux, des troupeaux, des villageoises,
Je buvais accroupi dans quelque bruyère
Entourée de tendres bois de noisetiers,
Par un brouillard d'après-midi tiède et vert.

Que pouvais-je boire dans cette jeune Oise,
Ormeaux sans voix, gazon sans fleurs, ciel couvert.
Que tirais-je à la gourde de colocase?
Quelque liqueur d'or, fade et qui fait suer.

Tel, j'eusse été mauvaise enseigne d'auberge.
Puis l'orage changea le ciel, jusqu'au soir.
Ce furent des pays noirs, des lacs, des perches,
Des colonnades sous la nuit bleue, des gares.

L'eau des bois se perdait sur des sables vierges,
Le vent, du ciel, jetait des glaçons aux mares …
Or! tel qu'un pêcheur d'or ou de coquillages,
Dire que je n'ai pas eu souci de boire!

La Rivière de Cassis

La Rivière de Cassis roule ignorée
   En des vaux étranges;
La voix de cent corbeaux l'accompagne, vraie
   Et bonne voix d'anges:
Avec les grands mouvements des sapinaies
   Quand plusieurs vents plongent.

Tout roule avec des mystères révoltants
   De campagnes d'anciens temps,
De donjons visités, de parcs importants:

Träne

Die Vögel, Herden, Bauernmädchen verschwunden,
Ich trank, gekauert wo im Heidegrase,
Umrankt von zarter Haselnußsträucher Schaft,
In einem Nachmittagsnebel, grün und lau.

Was konnt ich trinken in dieser jungen Oise,
Stille Ulmen, Himmel bedeckt, verblühte Au?
Was konnte aus der Kürbisflasche mir munden?
Was schwitzen nur macht, nur faden, goldnen Saft.

So, würd als schlechtes Wirtshausschild ich prangen.
Dann in den Himmel ist das Wetter eingefallen,
Bis abends. Seen wurden, schwarze Länder, Stangen,
Säulenreihen in blauer Nacht und Bahnhofshallen.

Der Wälder Naß zerfloß im jungfräulichen Sande,
Des Himmels Wind ließ Eis in die Tümpel fallen ...
Gold! Wie ein Fischer Goldes oder Muscheln,
Das Trinken, ich sag's, wollte mir nicht gefallen!

Der Schwarzbeerstrom

Des Schwarzbeerstromes unbekannte Fluten
  In fremdem Tal sich drängen:
Zum Schrei von hundert Raben, gleich den guten
  Und wahren Engelsklängen:
Der Tann, gepeitscht von vieler Winde Ruten,
  Rauscht auf von Sturmgesängen.

Das alles rollt mit dem geheimnisvollen Streit
  Des Aufruhrs wie in alter Zeit,
Behexter Burgen, Gärten stolz und weit:

C'est en ces bords qu'on entend
Les passions mortes de chevaliers errants;
Mais que salubre est le vent!

Que le piéton regarde à ces claires-voies:
Il ira plus courageux.
Soldats des forêts que le Seigneur envoie,
Chers corbeaux délicieux!
Faites fuir d'ici le paysan matois
Qui trinque d'un moignon vieux.

Comédie de la soif

I – *Les parents*
Nous sommes tes Grands-Parents
Les Grands!
Couverts des froides sueurs
De la lune et des verdures.
Nos vins secs avaient du cœur!
Au soleil sans imposture
Que faut-il à l'homme? boire.

MOI. – Mourir aux fleuves barbares.
Nous sommes tes Grands-Parents,
Des champs,
L'eau est au fond des osiers:
Vois le courant du fossé
Autour du château mouillé.
Descendons en nos celliers;
Après, le cidre et le lait.

MOI. – Aller où boivent les vaches.
Nous sommes tes Grands-Parents;
Tiens, prends

Man hört wie an den Ufern schreit
Der fahrenden Ritter toter Kampfesneid:
Wie doch der Wind die Brust befreit!

Betrachte, Wandrer, diese lichten Schläge,
Damit der Mut dir höher schwillt.
Vom Herrn geschickt, Soldaten dieser Waldgehege,
Ihr Raben, wonnig-wild!
Treibt mir den listigen Bauer aus dem Wege,
Der Durst aus altem Stumpf sich stillt.

Komödie des Durstes

I – *Die Ahnen*
Wir sind Deiner Ahnen Chor,
Die von zuvor!
Bedeckt mit dem kalten Schweiß
Der Wiesen im Mondenscheine.
Unser trockner Wein war heiß!
Scheint die Sonne, die fleckenreine,
Was frommt dem Menschen? Trinken.

Ich: In wilden Strömen tot versinken.
Wir sind deiner Ahnen Chor
Aus Ried und Rohr.
Der Weiden Wurzeln im Wasser stehn:
Der Graben, sieh hin, er floß
Seit alters ums feuchte Schloß.
Laß uns in unsre Keller gehn;
Dann, Apfelwein und Milch.

Ich: Gehn, wo die Kühe trinken.
Wir sind deiner Ahnen Chor;
Schnell, hol hervor

Les liqueurs dans nos armoires;
Le Thé, le Café, si rares,
Frémissent dans les bouilloires.
– Vois les images, les fleurs.
Nous rentrons du cimetière.

MOI. – Ah! tarir toutes les urnes!

II – *L'esprit*
Eternelles Ondines,
Divisez l'eau fine.
Vénus, sœur de l'azur,
Émeus le flot pur.

Juifs errants de Norwège,
Dites-moi la neige.
Anciens exilés chers,
Dites-moi la mer.

MOI. – Non, plus ces boissons pures,
Ces fleurs d'eau pour verres;
Légendes ni figures
Ne me désaltèrent.
Chansonnier, ta filleule
C'est ma soif si folle,
Hydre intime sans gueules
Qui mine et désole.

III – *Les amis*
Viens, les Vins vont aux plages,
Et les flots par millions!
Vois le Bitter sauvage
Rouler du haut des monts!
Gagnons, pèlerins sages,
L'Absinthe aux verts piliers …

Die Schnäpse in unseren Schränken.
Von Tee, Kaffee, so seltnen Getränken,
Laß aus den siedenden Töpfen schenken.
Die Bilder sieh, den Blumenstrauß,
Wir kehrn aus dem Grabe zurück ins Haus.

Ich: Ah! Austrocknen alle Urnen!

II – *Der Geist*
Ewige Undinen der Quellen,
  Zerteilet die leichten Wellen.
Venus, Schwester des Himmelsblau,
  Tauch aus der Fluten reiner Au.

Ewige Juden vom Norwegfjord,
  Sagt vom Schnee mir ein Wort.
Landverbannte, lieb und hehr,
  Sagt mir das Meer.

Ich: Nein, nicht mehr dieser Tränke Milde,
  Wasserblumen, die Gläser füllen,
Weder Legenden, noch Gebilde
  Können den Durst mir stillen.
Sänger, du bist Pate gestanden
  Meinem Durst so toll und stark,
Der als Drache frißt zuschanden
  Ohne Maul mich, bis aufs Mark.

III – *Die Freunde*
Komm, die Weine und Wellen fließen
Millionenfach hin zum Strand!
Sieh, hoch von den Bergverließen
Rollt wilder Bitter ins Land!
Laßt, fromme Pilger, uns grüßen
Den Absynth mit den grünen Pfeilern …

MOI. – Plus ces paysages.
Qu'est l'ivresse, Amis?

J'aime autant, mieux même.
Pourrir dans l'étang,
Sous l'affreuse crème,
Près des bois flottants.

IV – *Le pauvre songe*
Peut-être un Soir m'attend
Où je boirai tranquille
En quelque vieille Ville,
Et mourrai plus content:
Puisque je suis patient!

Si mon mal se résigne,
Si j'ai jamais quelque or,
Choisirai-je le Nord
Ou le Pays des Vignes? ...
– Ah! songer est indigne,

Puisque c'est pure perte!
Et si je redeviens
Le voyageur ancien,
Jamais l'auberge verte
Ne peut bien m'être ouverte.

V – *Conclusion*
Les pigeons qui tremblent dans la prairie,
Le gibier qui court et qui voit la nuit,
Les bêtes des eaux, la bête asservie,
Les derniers papillons! ... ont soif aussi.

Mais fondre où fond ce nuage sans guide,
– Oh! favorisé de ce qui est frais!

Ich: – Nicht mehr diese Länder wissen.
Was ist Trunkenheit, o Freunde?

Gern, ja lieber, sogleich
Möcht ich faulen im Teich.
Unter den schrecklichen Schäumen,
Nah bei den treibenden Bäumen.

IV – *Der Arme träumt*
Vielleicht führt ein Abend mich hin,
Wo still ich mein Gläschen tränke
In alten Städtchens Schenke,
Und stürbe mit froherem Sinn,
Weil dann ich geduldig bin.

Wenn einst meine Schmerzen schwinden,
Wenn je ich ein Gold gewinn,
Zieh dann zum Norden ich hin,
Oder wo Reben sich winden? …
– Ach, Träume sind Sünden,

Sind eitel, gleich purem Staube!
Und muß ich dann wieder werden
Der alte Wandrer auf Erden,
Nie wird mir geöffnet, ich glaube,
Die Herberg zur grünen Laube.

V – *Beschluß*
Die zitternden Tauben im Wiesenklee,
Die Nacht in den Augen das flüchtige Reh,
Die Fische im Wasser, die Kühe im Stall,
Die kleinsten Falter! … sie dürsten all.

Doch schmelzen, wo irrend die Wolke zergeht,
– Von kühlen Winden gütig umwallt!

Expirer en ces violettes humides
Dont les aurores chargent ces forêts!

Bonne pensée du matin

A quatre heures du matin, l'été,
le sommeil d'amour dure encore;
sous les bosquets, l'aube évapore
l'odeur du soir fêté.

Mais là-bas dans l'immense chantier,
vers le soleil des Hespérides,
en bras de chemise les charpentiers
déjà s'agitent.

Dans leur désert de mousse, tranquilles,
ils préparent les lambris précieux
où la richesse de la ville
rira sous de faux cieux.

Ah pour ces Ouvriers charmants
sujets d'un roi de Babylone,
Vénus! laisse un peu les Amants
dont l'âme est en couronne.

O Reine des Bergers!
porte aux travailleurs l'eau-de-vie,
pour que leurs forces soient en paix
en attendant le bain dans la mer, à midi.

Oh! sterben auf taufeuchtem Veilchenbeet,
Das die Morgenröte lädt auf den Wald.

Lieber Morgengedanke

Die vierte Stunde im Sommer läßt
im Schlaf noch die Liebenden liegen;
im morgenroten Gebüsch verfliegen
die Düfte vom Abendfest.

Im weiten Zimmerhof dahint,
gen die Sonne der Hesperiden,
hemdärmlig schon bei der Arbeit sind
die Tischler, die voll Frieden

In ihrer moosigen Wüste machen
zurecht das kostbare Tafelblatt,
wo unter falschem Himmel lachen
dann die Reichen in der Stadt.

Für diese reizenden Arbeitsleute,
eines Königs von Babylon Dienern gleich,
laß, Venus, ein wenig die Liebenden heute
selig in ihrem Himmelreich.

O Königin der Hirten, trag
den Werkelmännern den Branntewein,
daß ihre Kraft zu Frieden kommen mag,
bis sie im Meeresbad zu Mittag sich erfreun.

Fêtes de la patience

Bannières de Mai

Aux branches claires des tilleuls
Meurt un maladif hallali.
Mais des chansons spirituelles
Voltigent parmi les groseilles.
Que notre sang rie en nos veines,
Voici s'enchevêtrer les vignes.
Le ciel est joli comme un ange,
L'azur et l'onde communient.
Je sors! Si un rayon me blesse,
Je succomberai sur la mousse.

Qu'on patiente et qu'on s'ennuie,
C'est trop simple! … Fi de mes peines.
Je veux que l'été dramatique
Me lie à son char de fortune,
Que par toi beaucoup, ô Nature,
– Ah moins seul et moins nul! je meure.
Au lieu que les bergers, c'est drôle,
Meurent à peu près par le monde.

Je veux bien que les saisons m'usent.
A toi, Nature! je me rends,
Et ma faim et toute ma soif;
Et s'il te plaît, nourris, abreuve.
Rien de rien ne m'illusionne:
C'est rire aux parents qu'au soleil;
Mais moi je ne veux rire à rien
Et libre soit cette infortune.

Feste der Geduld

Banner des Mai

In den hellen Zweigen der Linden
Stirbt ein kränkliches Hallali.
Doch überall Geistergesänge
Durchflattern die Beerengebüsche.
Laßt unser Blut in den Adern lachen!
Seht, wie die Reben sich in sich verschlingen.
Der Himmel ist hübsch wie ein Engel,
Äther und Welle ruhen in eins.
Hinaus! Wenn ein Strahl mich verwundet,
Sinke ich hin auf dem Moose.

Sich gedulden und sich verdrießen
Ist zu bequem! … Pfui meiner Qualen.
Ich will, daß der tragische Sommer
Mich spanne an seinen Schicksalswagen.
Daß durch dich, o Natur, tausend Male
– Ah, weniger nichtig und weniger allein! ich sterbe.
Während die Schäfer, drolliger Weise,
Sterben von ungefähr, aller Orten.

Ich will, daß mich die Zeiten verzehren.
Dir, Natur, dir geb ich mich hin,
Und meinen Hunger und all meinen Durst;
Und wenn dir's gefällt, so nähr' und erquick mich.
Nichts, gar nichts kann je mich enttäuschen:
Den Vätern lacht, wer der Sonne lacht;
Ich aber, ich, will nichts verlachen.
Und frei soll dieses Unglück bleiben.

Chanson de la plus haute tour

Oisive jeunesse
A tout asservie,
Par délicatesse
J'ai perdu ma vie.
Ah! que le temps vienne
Où les cœurs s'éprennent!

Je me suis dit: Laisse,
Et qu'on ne te voie,
Et sans la promesse
De plus hautes joies
Que rien ne t'arrête,
Auguste retraite.

J'ai tant fait patience
Qu'à jamais j'oublie;
Craintes et souffrances
Aux cieux sont parties.
Et la soif malsaine
Obscurcit mes veines.

Ainsi la prairie
A l'oubli livrée;
Grandie et fleurie
D'encens et d'ivraies;
Au bourdon farouche
De cent sales mouches.

Ah! mille veuvages
De la si pauvre âme
Qui n'a que l'image
De la Notre-Dame:
Est-ce que l'on prie
La Vierge Marie?

Lied vom höchsten Turm

O müßige Jugend,
Jeder Fron verschworen,
Aus zartester Tugend
Hab ich mein Leben verloren.
Ah, daß die Zeiten entstünden,
Da sich die Herzen entzünden!

Ich sprach zu mir: Entsage,
Und daß dich niemand erblicke.
Nach keinem Versprechen frage
Von höherem Glücke.
Nichts halte zurück dich, Zeit
Erhabner Verborgenheit.

So viel mußt ich leiden
Das längst ist verwunden.
Furcht ist und Leiden
Zum Himmel entschwunden.
Und der Durst, der ungute,
Dunkelt in meinem Blute.

So wuchern die Triften,
Die man vergessen,
Von Weihrauch und Giften
Beblüht und zerfressen;
Umschwärmt in wilden Zügen
Von hundert schmutzigen Fliegen.

O tausend Schmerzen
So armer Herzen,
Die einsam nur schauen
Das Bild unsrer lieben Frauen:
Gibt es noch Menschen, die
Beten zur Jungfrau Marie?

Oisive jeunesse
A tout asservie,
Par délicatesse
J'ai perdu ma vie.
Ah! que le temps vienne
Où les cœurs s'éprennent!

L'Éternité

Elle est retrouvée.
Quoi? L'éternité.
C'est la mer allée
Avec le soleil.

Ame sentinelle,
Murmurons l'aveu
De la nuit si nulle
Et du jour en feu.

Des humains suffrages,
Des communs élans,
Donc tu te dégages:
Et voles selon …

Puisque de vous seules,
Braises de satin,
Le Devoir s'exhale
Sans qu'on dise: enfin.

Là pas d'espérance;
Nul *orietur.*
Science avec patience …
Le supplice est sûr.

O müßige Jugend,
Jeder Fron verschworen,
Aus zartester Tugend
Hab ich mein Leben verloren.
Ah, daß die Zeiten entstünden,
Wo sich die Herzen entzünden!

Ewigkeit

Sie ist wiedergefunden.
Was? Die Ewigkeit.
Es ist das Meer verbunden
Mit der Sonne in eins.

Du wachsame Seele,
Gesteh es dir leis,
Wie die Nacht so nichtig
Und der Tag so heiß.

Vom menschlichen Entscheiden
Vom allgemeinen Wahn
Willst du dich also scheiden:
Und fliegst deine Bahn:

Einzig aus deinem Brande,
Samtne Kohlenglut,
Dampft hoch mein Müssen,
Niemand sagt: Endlich gut!

Kein Hoffen mehr geblieben;
Kein Sonnenaufgangsstrahl,
Geduld und Weisheit üben …
Gewiß ist die Qual.

Elle est retrouvée.
Quoi? L'éternité.
C'est la mer allée
Avec le soleil.

Age d'or

Quelqu'une des voix,
– Toujours angélique! –
Il s'agit de moi,
Vertement s'explique:

Ces mille questions
Qui se ramifient
N'amènent, au fond,
Qu'ivresse et folie.

Reconnais ce tour
Si gai, si facile;
Ce n'est qu'onde, flore:
Et c'est ta famille!

Puis elle chante. O
Si gai, si facile,
Et visible à l'œil nu …
– Je chante avec elle, –

Reconnais ce tour
Si gai, si facile;
Ce n'est qu'onde, flore:
Et c'est ta famille! … etc. …

Et puis une voix,
– Est-elle angélique! –

Sie ist wiedergefunden.
Was? Die Ewigkeit.
Es ist das Meer verbunden
Mit der Sonne in eins.

Goldenes Zeitalter

Eine Stimme fiel,
– O Engelsklänge! –
Um mich geht das Spiel.
Sie kündet sich, strenge:

Der tausend Fragen
Verästelter Bausch,
Nichts wird er dir tragen
Als Narrheit und Rausch.

Erkenn dieses Spiel,
So froh, voll Gefallen;
Ganz Blühen und Wallen:
Und deines Geschlechtes!

Eine Stimme unnennbar,
So froh, voll Gefallen,
Dem Auge erkennbar …
Ich singe mit ihr, –

Erkenn dieses Spiel,
So froh, voll Gefallen;
Ganz Blühen und Wallen:
Und deines Geschlechtes! …

Eine Stimme sodann
– O Engelsklänge! –

Il s'agit de moi,
Vertement s'explique;

Et chante à l'instant,
En sœur des haleines;
D'un ton Allemand,
Mais ardente et pleine:

Le monde est vicieux,
Si cela t'étonnes?
Vis! et laisse au feu
L'obscure infortune ...

O joli château,
Que ta vie est claire!
De quel Age es-tu,
Nature princière
De notre grand frère? etc ...

Je chante aussi, moi!
Multiples sœurs; Voix
Pas du tout publiques,
Environnez-moi
De gloire pudique, etc ...

Jeune ménage

La chambre est ouverte au ciel bleu-turquin;
Pas de place: des coffrets et des huches!
Dehors le mur est plein d'aristoloches
Où vibrent les gencives des lutins.

Que ce sont bien intrigues de génies,
Cette dépense et ces désordres vains!

Mich geht es an.
Sie kündet sich strenge:

Und singt auch schon
Als des Atems Schwester,
Deutsch klingt der Ton,
Doch glühend und fester:

Die Welt ist nicht gut.
Wie? Willst du's nicht sehen?
Lebe! und laß in des Feuers Glut
Das dunkele Unglück vergehen.

O liebliches Schloß!
Dein Leben, wie klar!
Sag, welche Zeit es war,
Die unsres großen Bruders
Fürstliches Wesen gebar? …

Ich singe auch, auch ich!
O Chor der Schwestern, Laute,
Dem Markte nicht vertraute,
Mit keuschen Ruhmes Raute
Umkränzet mich …

Junge Ehe

In das Zimmer der Himmel türkisch blaut;
Kein Platz: nur Kisten und Kasten im Raume!
Draußen die Mauer voll vom Pfeifenbaume,
Wo's von zähnefletschenden Kobolden graut.

Das sind mir wahrhaftig doch Geisterränke,
Dies Verschwenden und eitle Durcheinand'!

C'est la fée africaine qui fournit
La mûre, et les résilles dans les coins.

Plusieurs entrent, marraines mécontentes,
En pans de lumière dans les buffets,
Puis y restent! le ménage s'absente
Peu sérieusement, et rien ne se fait.

Le marié a le vent qui le floue
Pendant son absence, ici, tout le temps.
Même des esprits des eaux, malfaisants,
Entrent vaguer aux sphères de l'alcôve.

La nuit, l'amie, oh! la lune de miel
Cueillera leur sourire et remplira
De mille bandeaux de cuivre le ciel.
Puis ils auront affaire au malin rat.

– S'il n'arrive pas un feu follet blême,
Comme un coup de fusil, après des vêpres.
– O Spectres saints et blancs de Bethléem,
Charmez plutôt le bleu de leur fenêtre!

Bruxelles

Juillet, Boulevard du Régent

Plates-bandes d'amarantes jusqu'à
L'agréable palais de Jupiter.
– Je sais que c'est Toi qui dans ces lierres
Mêles ton Bleu presque de Sahara!

Puis, comme rose et sapin du soleil
Et liane ont ici leurs jeux enclos,
Cage de la petite veuve! …

Die Fee aus Afrika bringt da Geschenke:
Brombeere und Haarnetz im Eck der Wand.

Wer tritt dort ein: Patinnen unzufrieden,
Ihr lichtes Kleid sie in die Schränke zieht,
Dann sitzen sie dort fest! In heitrem Frieden
Das Paar macht sich davon, und nichts geschieht.

Dem Ehmann wittert's, daß man ihn betrüge,
Ist nicht zu Haus er, hier, zu jeder Stund,
Selbst Wassergeister treten ein dort und
Durchwesen böse des Alkovens Sphäre.

Nachts kommt der Freund, der Honigmond, heran,
Pflückt sich ihr Lächeln und füllt kupferrot
Mit Bändern tausendfach den Himmel an,
Dann mit der schlauen Ratte hat's die Not.

– Wenn nicht vielleicht ein bleiches Irrlicht käme,
Wie einer Flinte Schuß nach Vesperläuten.
– O heilge, weiße Schemen Bethlehems,
Verzaubert lieber ihrer Fenster Bläue.

Brüssel

Juli. Boulevard du Régent

Von Tausendschön zieht sich der Beete Band
Hin zum anmutgen Jupiterpalast.
– Du webst, ich weiß, in dieses Epheus Last
Dein Blau, so dunkel fast, wie der Sahara Land.

Dann, da Liane, Rose, Tannenbusch
Verschloßnen Spielplatz bieten, sonnenfroh,
Der kleinen Witwe Käfig! …

Quelles
Troupes d'oiseaux, o ia io, ia io! …

– Calmes maisons, anciennes passions!
Kiosque de la Folle par affection.
Après les fesses des rosiers, balcon
Ombreux et très bas de la Juliette.

– La Juliette, ça rappelle l'Henriette,
Charmante station du chemin de fer,
Au cœur d'un mont, comme au fond d'un verger
Où mille diables bleus dansent dans l'air!

Banc vert où chante au paradis d'orage,
Sur la guitare, la blanche Irlandaise.
Puis, de la salle à manger guyanaise,
Bavardage des enfants et des cages.

Fenêtre du duc qui fais que je pense
Au poison des escargots et du buis
Qui dort ici-bas au soleil.
Et puis
C'est trop beau! trop! Gardons notre silence.

*

– Boulevard sans mouvement ni commerce,
Muet, tout drame et toute comédie,
Réunion des scènes infinie,
Je te connais et t'admire en silence.

Est-elle almée?

Est-elle almée? … Aux premières heures bleues
Se détruira-t-elle comme les fleurs feues …

Welch ein Husch
Von Vogelscharen, o ja jo, ja jo! …

– Stille Häuser, alte Leidenschaften!
Kiosk der Frau, verstört aus Liebesqual.
Nach üppiger Rosensträucher runden Schaften
Der niedrigschattige Balkon der Juliette.

– Die Juliette, die mir die Henriette,
Reizenden Bahnhof, ins Gedächtnis ruft,
Der wie in einem Garten liegt, im Bergversteck,
Wo tausend blaue Teufel tanzen in der Luft!

Grün ist die Bank, auf der im Blitzgeschimmer
Die blasse Irin zur Gitarre singt,
Wo aus exotisch buntem Speisezimmer
Der Kinder und des Käfigs Schwatzen dringt.

Du Fenster, das dem Herzog war zu eigen,
Machst, daß ich denke an das Gift der Schnecken,
Dort in dem Sonnenschlaf der Buchsbaumhecken!
Und dann,
Zu schön! zu schön! O laßt mich schweigen.

*

– Allee, so ohne Leben und Bewegung,
Stumm, doch beseelt, wie ein Theatersaal,
Von Dramen und Komödien ohne Zahl,
Ich kenn dich und bewundre dich in Schweigen.

Ist sie Almea?

Ist sie Almea? … In den ersten blauen Stunden
Zerstört sie sich wie tote Blumen; ist entschwunden …

Devant la splendide étendue où l'on sente
Souffler la ville énormément florissante!
C'est trop beau! c'est trop beau! mais c'est nécessaire
– Pour la Pêcheuse et la chanson du Corsaire,
Et aussi puisque les derniers masques crurent
Encore aux fêtes de nuit sur la mer pure!

Fêtes de la faim

Ma faim, Anne, Anne,
   Fuis sur ton âne.

Si j'ai du goût, ce n'est guères
Que pour la terre et les pierres.
Dinn! dinn! dinn! dinn! Mangeons l'air,
Le roc, les charbons, le fer.

Mes faims, tournez. Paissez, faims,
   Le pré des sons!
Attirez le gai venin
   Des liserons;

Mangez les cailloux qu'un pauvre brise,
   Les vieilles pierres d'églises,
   Les galets, fils des déluges,
   Pains couchés aux vallées grises!

   Mes faims, c'est les bouts d'air noir,
      L'azur sonneur;
   – C'est l'estomac qui me tire,
      C'est le malheur.

   Sur terre ont paru les feuilles:
   Je vais aux chairs de fruit blettes.

Vor diesem glänzend weiten Raum, in dem man spüret,
Wie sich der Stadt, der reich erblühten, Atem rühret!
Zu schön ist es! zu schön! Doch ist's Notwendigkeit
– Für des Korsaren Lied und für die Fischermaid.
Und auch, weil noch die letzten Masken gläubig träumten
Von Festen, die zur Nacht auf reinem Meere schäumten!

Feste des Hungers

Mein Hunger, Anne, Anne,
  Flieh auf deinem Esel von danne.

Andre Begier hab ich keine,
Als für die Erde und die Steine.
Dinn! Dinn! Dinn! Dinn! Ich will speisen
Luft, Felsen, Kohle und Eisen.

Mein Hunger, lauf; gras, Hunger, die Trift
  Zum Klang der Schalmein!
Sauge das heitere Gift
  Der Winden ein;

Die Kiesel iß, die ein Bettler zerspellt,
Die alten Steine der Kathedralen,
Gerölle, Kinder der Sintflutwelt,
Brote, gelagert in grauen Talen.

Mein Hunger ist schwarzer Lüfte Dampf,
  Der Bläue Glockenruf;
Mein Magen gekrümmt in Schmerzenskrampf.
  Das Unglück, das sich mir schuf.

Zur Erde kehrten die Blätter zurücke:
Die reifste Frucht will ich essen.

Au sein du sillon je cueille
La doucette et la violette.

Ma faim, Anne, Anne,
Fuis sur ton âne.

Qu'est-ce pour nous, mon Cœur

Qu'est-ce pour nous, mon cœur, que les nappes de sang
Et de braise, et mille meurtres, et les longs cris
De rage, sanglots de tout enfer renversant
Tout ordre; et l'Aquilon encor sur les débris;

Et toute vengeance? – Rien! … Mais si, toute encore,
Nous la voulons! Industriels, princes, sénats:
Périssez! Puissance, justice, histoire: à bas!
Ça nous est dû. Le sang! le sang! la flamme d'or.

Tout à la guerre, à la vengeance, à la terreur.
Mon esprit! tournons dans la morsure: Ah! passez,
Républiques de ce monde! Des empereurs,
Des régiments, des colons, des peuples: assez!

Qui remuerait les tourbillons de feu furieux,
Que nous et ceux que nous nous imaginons frères?
A nous, romanesques amis: ça va nous plaire;
Jamais nous ne travaillerons, ô flots de feux!

Europe, Asie, Amérique, disparaissez.
Notre marche vengeresse a tout occupé,
Cités et campagnes! – Nous serons écrasés!
Les volcans sauteront! Et l'Océan frappé …

Im Schoße der Furche pflücke
Das Veilchen ich und die Kressen.

Mein Hunger, Anne, Anne,
Flieh auf deinem Esel von danne …

Was macht uns das, mein Herz

Was macht uns das, mein Herz, die Lachen rot von Blut
Und Glut und tausend Morde und das lange Schrein,
Das jede Ordnung umstürzt, seufzend mit der Wut
Der Hölle; und der Nordwind noch auf Wüstenein;

Und jegliche Rache? – Nichts! … Doch ja, noch immer,
Wir wollen sie! Fürsten, Senate, Industrie:
Verschwindet! Gewalt, Geschichte, Recht: auf die Knie!
Das steht uns zu. Blut! Blut! Der goldenen Flamme Schimmer!

Alles dem Kriege, dem Schrecken, der Rachegier.
Mein Geist! Laßt in der Wunde uns wühlen: entweicht!
Ha! Republiken dieser Welt und Kaiser, ihr,
Regimenter, Kolonisten, Völker: es reicht!

Wer sollte schüren wohl des Feuers wirbelnde Wut,
Wer sonst als wir und sie, die wir uns Brüder dünken?
Zu uns, schwärmende Freunde: Was für Freuden winken!
Nie gehn an die Arbeit wir mehr, o Feuerflut!

Europa, Asien, Amerika, fort mit euch!
In alle Welt ward unser Rachezug getragen,
In Städte und aufs Land! – Uns alle trifft's zugleich!
Auf springen die Vulkane! Und das Meer, geschlagen …

Oh! mes amis! – Mon cœur, c'est sûr, ils sont des frères!
Noirs inconnus, si nous allions! Allons! allons!
O malheur! je me sens frémir, la vieille terre,
Sur moi de plus en plus à vous! la terre fond.

(Ce n'est rien: j'y suis; j'y suis toujours.)

Entends comme Brame

Entends comme brame
près des acacias
en avril, la rame
viride du pois!

Dans sa vapeur nette,
vers Phœbé! tu vois
s'agiter la tête
de saints d'autrefois …

Loin des claires meules
des caps, des beaux toits,
ces chers Anciens veulent
ce philtre sournois …

Or, ni fériale
ni astrale n'est
la brume qu'exhale
ce nocturne effect.

Néanmaoins ils restent,
– Sicile, Allemagne, –
dans ce brouillard triste
et blêmi, justement!

O Freunde! – Mein Herz, wahrhaftig, will Brüder nennen
Euch, schwarze Unbekannte. Könnt ich bei euch sein!
Zu euch! Weh! Alte Erde! Meine Sinne brennen.
Auf mich, euch immer näher! stürzt die Erde ein.

Nichts ist's: hier bin ich; bin noch hier.

Seid stille und höret

Seid stille und höret
Im Akazienthal,
Im April, wie röhret
Der grüne Erbsenpfahl.

In seinem reinen Lichte
Siehst du gegen den Mond
Schwanken die Gesichte
Der Heiligen, die hier gewohnt …

Den hellen Schobern ferne
Am Berghang, der Dächer Prunk,
Die lieben Ahnen gerne
Tränken so bösen Trunk.

Doch! Weder aus Erdenschwüle
Noch von den Sternen ist
Das dunstige Gewühle
Dieser nächtlichen Frist.

Trotzdem, sie bleiben
– Sizilien, Deutschland, –
In diesem traurigen bleichen
Nebel erst recht!

Michel et Christine

Zut alors, si le soleil quitte ces bords!
Fuis, clair déluge! Voici l'ombre des routes.
Dans les saules, dans la vieille cour d'honneur,
L'orage d'abord jette ses larges gouttes.

O cent agneaux, de l'idylle soldats blonds,
Des aqueducs, des bruyères amaigries,
Fuyez! Plaine, déserts, prairies, horizons
Sont à la toilette rouge de l'orage!

Chien noir, brun pasteur dont le manteau s'engouffre,
Fuyez l'heure des éclairs supérieurs;
Blond troupeau, quand voici nager ombre et soufre,
Tâchez de descendre à des retraits meilleurs.

Mais moi, Seigneur! voici que mon esprit vole
Après les cieux glacés de rouge, sous les
Nuages célestes qui courent et volent
Sur cent Solognes longues comme un railway.

Voilà mille loups, mille graines sauvages
Qu'emporte, non sans aimer les liserons,
Cette religieuse après-midi d'orage
Sur l'Europe ancienne où cent hordes iront!

Après, le clair de lune! Partout la lande,
Rougis et leurs fronts aux cieux noirs, les guerriers
Chevauchent lentement leurs pâles coursiers!
Les cailloux sonnent sous cette fière bande!

– Et verrai-je le bois jaune et le val clair,
L'Épouse aux yeux bleus, l'homme au front rouge, ô Gaule,
Et le blanc Agneau Pascal, à leurs pieds chers,
– Michel et Christine, – et Christ! – fin de l'Idylle.

Michel und Christine

Verdufte, da die Sonne dies Gestad verläßt!
Flieh, helle Sintflut! Sieh den Schatten der Straßen.
Gleich in die Weiden, in den alten Ehrenhof
Die großen Tropfen wirft des Gewitters Rasen.

O hundert Lämmer, des Idylls Soldaten, blond,
Von den Kanälen, der ausgedörrten Heide
Flieht, Ebene, Wüsten, Prairien, Horizont
Sind in dem roten Putzgewande des Gewitters.

Hund, schwarzer; brauner Hirt, des Mantel jäh sich bauscht,
Die Stunde flieht mit ihren höheren Blitzen.
Steigt, blonde Herde, da von Schatten schon es rauscht
Und Schwefel, niederwärts, besser euch zu schützen.

Ich aber, Herr! sieh meinen Geist, wie er entflieht
Hinweg zu des Himmels rotglasierten Fluren,
Die himmlisches Gewölk bedeckt, das stürmt und flieht
Ob hundert Solognen, lang wie Schienenspuren.

Dort tausend Wölfe, wilde Samen zu tausend,
Die, während in Liebe sie für die Winden lohn,
Des heilgen Nachmittags Gewitter sausend
Auf Alt-Europa trägt, wo hundert Horden drohn!

Danach der Mondschein! Überall durch die Lande,
Am schwarzen Himmel hoch die Stirnen, rotgeschmückt,
Langsam der Krieger Schar auf bleichen Rennern rückt!
Die Kiesel klingen unter dieser stolzen Bande!

– Und werd den gelben Wald, das helle Tal ich grüßen,
Die Gattin blauen Augs, stirnrot den Mann, o Gallien,
Das weiße Osterlamm zu ihren teuren Füßen,
– Michel und Christine; – Christus! – Schluß der Idylle.

Honte

Tant que la lame n'aura
Pas coupé cette cervelle,
Ce paquet blanc, vert et gras,
A vapeur jamais nouvelle …

(Ah! Lui, devrait couper son
Nez, sa lèvre, ses oreilles,
Son ventre! et faire abandon
De ses jambes! ô merveille!)

Mais, non; vrai, je crois que tant
Que pour sa tête la lame,
Que les cailloux pour son flanc,
Que pour ses boyaux la flamme

N'auront pas agi, l'enfant
Gêneur, la si sotte bête,
Ne doit cesser un instant
De ruser et d'être traître,

Comme un chat des Monts-Rocheux,
D'empuantir toutes sphères!
– Qu'à sa mort pourtant, ô mon Dieu!
S'élève quelque prière!

Mémoire

I
L'eau claire: comme le sel des larmes d'enfance;
l'assaut au soleil des blancheurs des corps de femme;
la soie, en foule et de lys pur, des oriflammes
sous les murs dont quelque pucelle eut la défense;

Schande

So lange als die Klinge nicht
Dies Hirn ihm wird zerspalten,
Dies weiße, grüne, fette Gewicht,
Drin neue Dünste nie walten …

(Er sollte selbst abschneiden sein
Nasen, sein Lippen, sein Ohren,
Den Bauch, und abtun sein Gebein,
O Wunder! Was wär verloren!)

Doch wahrlich, nein, wenn seinem Haupt
Die Klinge nichts tut zu Leide,
Kein Stein des Leibes ihn beraubt,
Kein Feuer die Eingeweide

Ihm ausbrennt, glaub ich, wird das Kind,
Das lästge, so dumm geraten,
Zu jeder Stunde, die verrinnt,
Betrügen nur und verraten.

Wie Katzenstank im Bergfels weht,
Wird alle Luft es verderben!
– Stieg auf, mein Gott, doch ein Gebet,
Wenn einmal es muß sterben….

Gedenken

I
Das Wasser; wie Tränensalz klar aus Kinderzeiten;
Zur Sonne weiße Leiber von Frauen sich schnellen;
Seidenfülle, lilienrein, Banner untern Wällen,
Zu deren Schutze eine Jungfrau mußte streiten;

l'ébat des anges; non … le courant d'or en marche
meut ses bras, noirs et lourds et frais surtout, d'herbe. Elle,
sombre, ayant le Ciel bleu pour ciel-de-lit appelle
pour rideaux l'ombre de la colline et de l'arche.

II

Eh! l'humide carreau tend ses bouillons limpides!
l'eau meuble d'or pâle et sans fond les couches prêtes.
Les robes vertes et déteintes des fillettes
font les saules, d'où sautent les oiseaux sans brides.

Plus pure qu'un louis, jaune et chaude paupière,
le souci d'eau – ta foi conjugale, ô l'Épouse! –
au midi prompt, de son terne miroir, jalouse
au ciel gris de chaleur la Sphère rose et chère.

III

Madame se tient trop debout dans la prairie
prochaine où neigent les fils du travail; l'ombrelle
aux doigts; foulant l'ombelle, trop fière pour elle;
des enfants lisant dans la verdure fleurie

leur livre de maroquin rouge! Hélas, Lui, comme
mille anges blancs qui se séparent sur la route,
s'éloigne par delà la montagne! Elle, toute
froide, et noire, court! après le départ de l'homme!

IV

Regret des bras épais et jeunes d'herbe pure!
Or des lunes d'avril au cœur du saint lit! Joie
des chantiers riverains à l'abandon, en proie
aux soirs d'août qui faisaient germer ces pourritures!

Qu'Elle pleure à présent sous les remparts! l'haleine
des peupliers d'en haut est pour la seule brise.

Das Spiel der Engel; – nein, der Goldstrom durch die Matten
Rührt seine Arme, schwarz, schwer, jung, von Gras durch-
Sie, düster, vor des blauen Himmels Himmelbogen, [zogen.
Als Vorhang ruft des Hügels und der Brücke Schatten.

II

Je! das feuchte Geviert wirft seine klaren Blasen!
Die Flut läßt tief von Gold das willige Bett erbleichen.
Der kleinen Mädchen grünverschossne Kleider gleichen
Den Weiden, daraus die Vögel zügellos rasen.

Reines und warmes Lid, gelb, wie ein Goldstück nicht wäre.
Die Dotterblume – Gattin, oh, dein Eheversprechen! –
Aus mattem Spiegel neidet, in des Mittags Stechen,
Dem Himmel, grau von Glut, die teure, rosige Sphäre.

III

Madame hält sich zu grad im nahen Wiesengrunde,
Wo Sommerfäden schnein, den Sonnenschirm in Händen;
Das Gras zertretend, zu stolz, ihm Blicke zu spenden;
Kinder sind da, lesend im Blühn der grünen Runde

Ihr Buch in rotem Lederband! Ach, ER, – so meiden
Sich tausend von weißen Engeln auf ihrem Wege –
Wandert jenseits des Bergs dahin auf fernem Stege! [den!
Sie, ganz kalt und schwarz, enteilt nach des Mannes Schei-

IV

Sehnsucht nach vollen, jungen Armen reinen Grases!
Gold des Aprilmonds in heilgen Bettes Herz! Freude
Der leeren Arbeitsplätze den Fluß entlang, Beute
Den Abenden des August, Keimen dieses Aases!

So möge denn weinen sie jetzt unter den Wällen!
Der Pappeln Atem von oben als einzige Brise.

Puis, c'est la nappe, sans reflets, sans source, grise:
un vieux, dragueur, dans sa barque immobile, peine.

V

Jouet de cet œil d'eau morne, je n'y puis prendre,
ô canot immobile! oh! bras trop courts! ni l'une
ni l'autre fleur: ni la jaune qui m'importune,
là; ni la bleue, amie, à l'eau couleur de cendre.

Ah! la poudre des saules qu'une aile secoue!
les roses des roseaux dès longtemps dévorées!
Mon canot, toujours fixe; et sa chaîne tirée
au fond de cet œil d'eau sans bords, – à quelle boue?

Ô saisons, ô châteaux

Ô saisons, ô châteaux,
Quelle âme est sans défauts?

Ô saisons, ô châteaux,

J'ai fait la magique étude
Du bonheur, que nul n'élude.

Ô vive lui, chaque fois
Que chante le coq gaulois.

Mais je n'aurai plus d'envie,
Il s'est chargé de ma vie.

Ce charme! il prit âme et corps,
Et dispersa tous efforts.

Dann, glanzlos, quellenlos, die graue Wasserwiese:
Ein Alter, Baggrer, muß in fester Barke sich quälen.

V
Spiel dieses finstren Wasseraugs, kann ich nicht haschen
– O regungsloser Kahn! Oh! Arme zu kurz! – beide,
Die gelbe Blume nicht, die Schuld ist, daß ich leide,
Und nicht die blaue, Freundin, im Wasser, grau wie Aschen.

Oh! Staub, den ein Flügel schüttelt am Weidenstamme!
Die Rosen des Schilfs sind längst von der Zeit verschlungen!
Mein Kahn immer noch fest; und seine Kette gezwungen
Tief ins endlose Wasseraug – zu welchem Schlamme?

O Zeiten, o Paläste

O Zeiten, o Paläste,
Welche Seele ist ohne Gebreste?

O Zeiten, o Paläste,

Ich hab die magische Kunst erreicht
Des Glückes, dem keiner entweicht.

Oh, er mög leben, wenn früh und spät
Der gallische Hahn sein Liedchen kräht.

Doch ich entsage allem Streben,
Er hat sich beladen mit meinem Leben.

Der Zauber! Hat Seele und Leib geraubt
Und alle Kraft in den Wind zerstaubt.

Que comprendre à ma parole?
Il fait qu'elle fuit et vole!

Ô saisons, ô châteaux!

I
Après le Déluge

Aussitôt que l'idée du Déluge se fut rassise,
Un lièvre s'arrêta dans les sainfoins et les clochettes mouvantes, et dit sa prière à l'arc-en-ciel, à travers la toile de l'araignée.

Oh! les pierres précieuses qui se cachaient, – les fleurs qui regardaient déjà.

Dans la grande rue sale, les étals se dressèrent, et l'on tira les barques vers la mer étagée là-haut comme sur les gravures.

Le sang coula, chez Barbe-Bleue, – aux abattoirs, dans les cirques, où le sceau de Dieu blêmit les fenêtres. Le sang et le lait coulèrent.
Les castors bâtirent. Les «mazagrans» fumèrent dans les estaminets.
Dans la grande maison de vitres encore ruisselante, les enfants à deuil regardèrent les merveilleuses images.

Une porte claqua; et, sur la place du hameau, l'enfant tourna ses bras, compris des girouettes et des coqs des clochers de partout, sous l'éclatante giboulée.

Madame*** établit un piano dans les Alpes. La messe et les premières communions se célébrèrent aux cent mille autels de la cathédrale.

Versteht ihr was von meinem Wort?
Es flieht und fliegt und ist schon fort.

O Zeiten, o Paläste!

I
Nach der Sintflut

Sobald die Erinnerung an die Sintflut sich beruhigt hatte, blieb ein Hase im Klee und in den schwankenden Glockenblumen sitzen und sagte dem Regenbogen sein Gebet, durch das Netz der Spinne hindurch.
Oh! die Edelsteine, die sich versteckten, – die Blumen, die schon wieder umherschauten!

In der schmutzigen Hauptstraße wurden die Fleischbänke aufgeschlagen, und man schob die Barken ans Meer, das abgestuft dort oben lag, wie auf den Kupferstichen.
Das Blut floß, beim Blaubart, – im Schlachthof, in den Zirkussen, wo das Siegel Gottes die Fenster erbleichen ließ. Das Blut und die Milch flossen.
Die Biber bauten. Die Gläser mit Kaffee dampften in den Schenken.
In dem großen Glashause, von dem das Wasser noch herabtroff, betrachteten die Kinder in ihren Trauerkleidern die wunderbaren Bilder.
Eine Tür schlug zu; und, auf dem Dorfplatz, warf das Kind seine Arme im Kreis – die Wetterfahnen und Kirchturmhähne weit und breit verstanden das Spiel –, unterm klatschenden Regenschauer.
Frau*** stellte ein Klavier in den Alpen auf. Die Messe und die Feiern der ersten Kommunion wurden abgehalten an den hunderttausend Altären der Kathedrale.
Die Karawanen zogen aus. Und das Splendid-Hotel wurde ge-

Les caravanes partirent. Et le Splendide-Hôtel fut bâti dans le chaos de glaces et de nuit du pôle.
Depuis lors, la Lune entendit les chacals piaulant par les déserts de thym, – et les églogues en sabots grognant dans le verger. Puis, dans la futaie violette, bourgeonnante, Eucharis me dit que c'était le printemps.
Sourds, étang; – écume, roule sur le pont et passe pardessus les bois; – draps noirs et orgues, éclairs et tonnerre, montez et roulez; – Eaux et tristesses, montez et relevez les Déluges.

Car depuis qu'ils se sont dissipés, – oh, les pierres précieuses s'enfouissant, et les fleurs ouvertes! – c'est un ennui! Et la Reine, la Sorcière qui allume sa braise dans le pot de terre, ne voudra jamais nous raconter ce que'lle sait, et que nous ignorons.

II
Enfance

I

Cette idole, yeux noirs et crin jaune, sans parents ni cour, plus noble que la fable, mexicaine et flamande; son domaine, azur et verdure insolents, courts sur des plages nommées, par des vagues sans vaisseaux, de noms férocement grecs, slaves, celtiques.

A la lisière de la forêt, – les fleurs de rêve tintent, éclatent, éclairent, – la fille à lèvre d'orange, les genoux croisés dans le clair déluge qui sourd des prés, nudité qu'ombrent, traversent et habillent les arcs-en-ciel, la flore, la mer.

Dames qui tournoient sur les terrasses voisines de la mer; enfantes et géantes, superbes noires dans la mousse vert-de-gris, bijoux debout sur le sol gras des bosquets et des jardinets dégelés, – jeunes mères et grandes sœurs aux regards pleins de pèlerinages,

baut in der Urwelt des Eises und der Nacht des Nordpols. Von da an hörte der Mond, wie die Schakale in den Thymianwiesen winselten, – und wie die Hirtengedichte, Holzschuhe an den Füßen, im Obstgarten knurrten. Dann, im veilchenblauen, knospenden Hochwald, sagte mir Eucharis, daß es Frühling sei.

Quell hoch, Teich; – schäume, rolle über die Brücke und überschwemme die Wälder; – und ihr, schwarze Orgeln, Blitze und Donner, steigt auf und rollt; – Gewässer und Traurigkeiten, steigt auf und laßt die Sintfluten sich wieder erheben.

Denn seitdem sie sich verlaufen haben, – oh, die Edelsteine, wie sie sich verbergen, und die Blumen, weit geöffnet! – ein Verdruß ist's! Und die Königin, die Hexe, die ihr Glühfeuer anfacht im irdenen Topf, sie wird uns niemals erzählen wollen, was sie weiß und was wir nicht wissen.

II
Kindheit

I

Dieses Götzenbild, mit schwarzen Augen und gelbem Haargesträhn, ohn Eltern, ohne Haus und Hof, adeliger als das Märchen, das mexikanische und flämische; sein Gebiet, grelles Himmelsblau und Grün, erstreckt sich über Küsten, denen Wogen, von keinen Schiffen befahren, wildklingende griechische, slawische, keltische Namen gegeben haben.

Am Saum des Waldes – die Traumblumen läuten, brechen auf, leuchten – das Mädchen mit den orangefarbenen Lippen, die Knie übereinandergeschlagen in der hellen Sintflut, die aus den Wiesen quillt, nackter Leib, den die Regenbogen, die blumige Natur, das Meer beschatten, durchstrahlen und bekleiden.

Damen, die sich im Tanze drehen auf den Terrassen am Meer; Infantinnen und Riesenfräulein, herrliche Negerinnen im graugrünen Moos, Schmuckstücke, aufrecht auf dem fetten Grund der Boskette und aufgetauten Gärtchen, – junge Mütter und große

sultanes, princesses de démarche et de costume tyranniques, petites étrangères et personnes doucement malheureuses.

Quel ennui, l'heure du «cher corps» et «cher cœur»!

II

C'est elle, la petite morte, derrière les rosiers – La jeune maman trépassée descend le perron. – La calèche du cousin crie sur le sable. – Le petit frère (il est aux Indes!) là, devant le couchant, sur le pré d'œillets. – Les vieux qu'on a enterrés tout droits dans le rempart aux giroflées.

L'essaim des feuilles d'or entoure la maison du général. Ils sont dans le midi. – On suit la route rouge pour arriver à l'auberge vide. Le château est à vendre; les persiennes sont détachées. – Le curé aura emporté la clef de l'église. – Autour du parc, les loges des gardes sont inhabitées. Les palissades sont si hautes qu'on ne voit que les cimes bruissantes. D'ailleurs, il n'y a rien à voir là-dedans.

Les prés remontent aux hameaux sans coqs, sans enclumes. L'écluse est levée. O les calvaires et les moulins du désert, les îles et les meules!

Des fleurs magiques bourdonnaient. Les talus le berçaient. Des bêtes d'une élégance fabuleuse circulaient. Les nuées s'amassaient sur la haute mer faite d'une éternité de chaudes larmes.

III

Au bois il y a un oiseau, son chant vous arrête et vous fait rougir.

Schwestern mit Augen, die voll sind von Pilgerfahrten, Sultaninnen, Prinzessinnen in herrischer Haltung und Tracht, kleine fremdartige Wesen und Frauen in der Süße ihres Unglücks.
Wie unerträglich, die Stunde des »lieber Leib« und »liebes Herz«!

II
Da liegt es, das kleine tote Mädchen, hinter den Rosengebüschen. – Die junge, abgeschiedene Mama steigt die Stufen hinab. – Die Kalesche des Vetters knirscht auf dem Sand. – Der kleine Bruder (er ist in Indien!), dort, vor der untergehenden Sonne auf der Nelkenwiese. – Die Großeltern, die man längst begraben hat, ganz steif im Wall der Levkojen.

Der Schwarm der goldenen Blätter umrankt das Haus des Generals. Sie sind in den Süden gereist. Man folgt der roten Straße, die zur leeren Herberge führt. Das Schloß ist zu verkaufen; Fensterläden hängen lose in den Angeln. – Der Pfarrer wird wohl den Kirchenschlüssel mitgenommen haben. – Um den Park herum, die Wärterhäuser, sind unbewohnt. Der Zaun ist so hoch, daß man nur die rauschenden Wipfel sieht. Übrigens gibt es drinnen gar nichts zu sehen.

Die Wiesen steigen hinan zu den Weilern ohne Hähne und Ambosse. Die Schleuse ist aufgezogen. O die Kalvarienberge und die einsamen Mühlen, die Inseln und die Heuschober!

Magische Blumen summten. Die Böschungen wiegten ihn. Tiere von märchenhafter Anmut liefen umher. Die Wetterwolken sammelten sich überm hohen Meer, entstanden aus einer Ewigkeit heißer Tränen.

III
Im Wald lebt ein Vogel, sein Lied macht, daß du den Schritt anhältst und errötest.

Il y a une horloge qui ne sonne pas.

Il y a une fondrière avec un nid de bêtes blanches.

Il y a une cathédrale qui descend et un lac qui monte.

Il y a une petite voiture abandonnée dans le taillis ou qui descend le sentier en courant, enrubannée.

Il y a une troupe de petits comédiens en costumes, aperçus sur la route à travers la lisière du bois.

Il y a enfin, quand l'on a faim et soif, quelqu'un qui vous chasse.

IV

Je suis le saint, en prière sur la terrasse, – comme les bêtes pacifiques paissent jusqu'à la mer de Palestine.

Je suis le savant au fauteuil sombre. Les branches et la pluie se jettent à la croisée de la bibliothèque.

Je suis le piéton de la grand'route par les bois nains; la rumeur des écluses couvre mes pas. Je vois longtemps la mélancolique lessive d'or du couchant.

Je serais bien l'enfant abandonné sur la jetée partie à la haute mer le petit valet suivant l'allée dont le front touche le ciel.

Les sentiers sont âpres. Les monticules se couvrent de genêts. L'air est immobile. Que les oiseaux et les sources sont loin! Ce ne peut être que la fin du monde, en avançant.

Es gibt eine Uhr, die nicht schlägt.

Es gibt eine Schlucht mit einem Nest voll weißer Tiere.

Es gibt eine Kathedrale, die versinkt, und einen See, der aufsteigt.

Es gibt einen kleinen Wagen, der verlassen im Buschholz steht oder im Lauf den Pfad hinabrollt, ganz mit bunten Bändern geschmückt.

Es gibt eine Gesellschaft von kleinen Schauspielern in ihren Theaterkostümen, erschaut auf der Straße, die durch den Saum des Waldes hindurch führt.

Es gibt zuletzt, wenn man Hunger und Durst hat, einen Menschen, der dich fortjagt.

IV

Ich bin der Heilige, im Gebet auf der Terrasse, wie die friedlichen Tiere weiden bis an das Meer Palästinas.

Ich bin der Gelehrte im dunklen Lehnstuhl. Die Zweige und der Regen schlagen an das Fensterkreuz des Büchersaals.

Ich bin der Fußgänger auf der Landstraße durchs Zwergholz; der Lärm der Schleusen übertönt meine Schritte. Ich blicke lange in die schwermütige Goldlauge der untergehenden Sonne.

Ich könnte wohl das Kind sein, das auf der ins hohe Meer getriebenen Mole ausgesetzt ward, der kleine Bube, der die Allee dahingeht, deren Stirn an den Himmel rührt.

Die Pfade sind holprig. Die Hügel bedecken sich mit Ginster. Die Luft ist regungslos. Wie fern sind die Vögel und die Quellen! Ich könnte nur an das Ende der Welt gelangen, wenn ich immer so weiter ginge.

V

Qu'on me loue enfin ce tombeau, blanchi à la chaux avec les lignes du ciment en relief, – très loin sous terre.

Je m'accoude à la table, la lampe éclaire très vivement ces journaux que je suis idiot de relire, ces livres sans intérêt.

À une distance énorme au-dessus de mon salon souterrain, les maisons s'implantent, les brumes s'assemblent. La boue est rouge ou noire. Ville monstrueuse, nuit sans fin!

Moins haut, sont des égouts. Aux côtés, rien que l'épaisseur du globe. Peut-être des gouffres d'azur, des puits de feu? C'est peut-être sur ces plans que se rencontrent lunes et comètes, mers et fables.

Aux heures d'amertume je m'imagine des boules de saphir, de métal. Je suis maître du silence. Pourquoi une apparence de soupirail blêmirait-elle au coin de la voûte?

III
Conte

Un Prince était vexé de ne s'être employé jamais qu'à la perfection des générosités vulgaires. Il prévoyait d'étonnantes révolutions de l'amour, et soupçonnait ses femmes de pouvoir mieux que cette complaisance agrémentée de ciel et de luxe. Il voulait voir la vérité, l'heure du désir et de la satisfaction essentiels. Que ce fût ou non une aberration de piété, il voulut. Il possédait au moins un assez large pouvoir humain.

V

Wenn man mir doch endlich dies Grab mieten wollte, kalkgetüncht, mit den Relieflinien aus Zement, – sehr tief in der Erde.

Ich stütze mich mit den Ellbogen auf den Tisch, die Lampe beleuchtet grell die Zeitungen da, die ich einfältig genug bin immer wieder zu lesen, die Bücher da, die mir nichts sagen.

In ungeheurer Entfernung, oberhalb meines unterirdischen Gemachs, wurzeln die Häuser in der Erde, ziehen sich die Nebelschwaden zusammen. Der Schlamm ist rot oder schwarz. Riesenhafte Stadt, Nacht ohne Ende!

Weniger hoch, da sind die Kloaken. Zu beiden Seiten nichts als die Dichte des Erdballs. Vielleicht die himmelblauen Abgründe, die feurigen Schächte? Vielleicht ist es so, daß in diesen Regionen Monde und Kometen, Meere und Märchen sich begegnen.

In den Stunden der Bitternis erfinde ich mir Kugeln aus Saphir, aus Metall. Ich bin Herr des Schweigens. Warum sollte der bleiche Schimmer eines Kellerlochs in der Ecke des Gewölbes erscheinen?

III
Märchen

Es war einmal ein Fürst, der ärgerte sich darüber, daß er sich immer nur um die Vervollkommnung der vulgären Wohltaten gekümmert hatte. Er sah erstaunliche Umwälzungen in der Liebe voraus und ahnte, daß seine Frauen sich noch auf Besseres verstünden, als auf diese mit Himmel und Luxus versüßte Willfährigkeit. Er wollte die Wahrheit sehen, die Stunde der wesentlichen Sehnsucht und Befriedigung. Ob es nun eine Verirrung der

Toutes les femmes qui l'avaient connu furent assassinées. Quel saccage du jardin de la beauté! Sous le sabre, elles le bénirent. Il n'en commanda point de nouvelles. – Les femmes réapparurent.

Il tua tous ceux qui le suivaient, après la chasse ou les libations. – Tous le suivaient.
Il s'amusa à égorger les bêtes de luxe. Il fit flamber les palais. Il se ruait sur les gens et les taillait en pièces. – La foule, les toits d'or, les belles bêtes existaient encore.

Peut-on s'extasier dans la destruction, se rajeunir par la cruauté! Le peuple ne murmura pas. Personne n'offrit le concours de ses vues.

Un soir, il galopait fièrement. Un Génie apparut, d'une beauté ineffable, inavouable même. De sa physionomie et de son maintien ressortait la promesse d'un amour multiple et complexe! d'un bonheur indicible, insupportable même! Le Prince et le Génie s'anéantirent probablement dans la santé essentielle. Comment n'auraient-ils pas pu en mourir? Ensemble donc ils moururent.

Mais ce Prince décéda, dans son palais, à un âge ordinaire. Le Prince était le Génie. Le Génie était le Prince. – La musique savante manque à notre désir.

IV
Parade

Des drôles très solides. Plusieurs ont exploité vos mondes. Sans besoins, et peu pressés de mettre en œuvre leurs brillantes facultés et leur expérience de vos consciences. Quels hommes mûrs! Des yeux hébétés à la façon de la nuit d'été, rouges et noirs, trico-

Frömmigkeit war oder nicht, er wollte es. Er besaß jedenfalls eine recht gewaltige Macht über die Menschen.

Alle Frauen, die ihm zu Willen gewesen waren, wurden ermordet: welche Verwüstung im Garten der Schönheit! Unter dem Schwert noch segneten sie ihn. Er befahl keine neuen zu sich. – Die Frauen kamen wieder.

Er tötete alle Herren seines Gefolges, nach der Jagd oder den Gelagen. – Alle folgten ihm weiter.

Er belustigte sich damit, die edelsten Tiere abzuschlachten. Er ließ die Paläste in Flammen aufgehen. Er stürzte sich auf die Menschen und hieb sie in Stücke. – Die Menge, die goldenen Dächer, die schönen Tiere lebten immer noch.

Wie kann man sich doch berauschen in der Zerstörung, sich verjüngen durch die Grausamkeit! Das Volk murrte nicht. Niemand erbot sich ihm mit seiner Einsicht zu helfen.

Eines Abends galoppierte er stolz dahin. Ein Genius erschien, von unsagbarer, geradezu unerlaubter Schönheit. Aus seinen Zügen und aus seiner Haltung strahlte die Verheißung einer vervielfachten und allumfassenden Liebe! Eines unaussprechlichen, ja unerträglichen Glücks! Der König und der Genius verzehrten sich wahrscheinlich in der wesentlichen Gesundheit. Wie hätten sie nicht daran sterben können? Gemeinsam also starben sie.

Aber dieser Fürst verschied in seinem Palast in normalem Alter. Der Fürst war der Genius. Der Genius war der Fürst. – Die gelehrte Musik fehlt unserer Sehnsucht.

IV
Possenspiel vor dem Vorhang

Sehr handfeste Burschen. Mehrere haben eure Dämonen schon unsicher gemacht. Bedürfnislos und wenig darauf erpicht, ihre glänzenden Fähigkeiten und die Erfahrungen, die sie mit eurem Gewissen gemacht haben, zu verwerten. Was für reife Men-

lores, d'acier piqué d'étoiles d'or; des facies déformés, plombés, blêmis, incendiés; des enrouements folâtres! La démarche cruelle des oripeaux! – Il y a quelques jeunes, – comment regarderaient-ils Chérubin? – pourvus de voix effrayantes et de quelques ressources dangereuses. On les envoie prendre du dos en ville, affublés d'un *luxe* dégoûtant.

O le plus violent Paradis de la grimace enragée! Pas de comparaison avec vos Fakirs et les autres bouffonneries scéniques. Dans des costumes improvisés, avec le goût du mauvais rêve, ils jouent des complaintes, des tragédies de malandrins et de demi-dieux spirituels comme l'histoire ou les religions ne l'ont jamais été. Chinois, Hottentots, Bohémiens, niais, hyènes, Molochs, vieilles démences, démons, sinistres, ils mêlent les tours populaires, maternels, avec les poses et les tendresses bestiales. Ils interpréteraient des pièces nouvelles et des chansons «bonnes filles». Maîtres jongleurs, ils transforment le lieu et les personnes et usent de la comédie magnétique. Les yeux flambent, le sang chante, les os s'élargissent, les larmes et des filets rouges ruissellent. Leur raillerie ou leur terreur dure une minute, ou des mois entiers.

J'ai seul la clef de cette parade sauvage.

V
Antique

Gracieux fils de Pan! Autour de ton front couronné de fleurettes et de baies, tes yeux, des boules précieuses, remuent. Tachées de lies brunes, tes joues se creusent. Tes crocs luisent. Ta poitrine

schen! Augen, stumpf wie die Sommernacht, rot und schwarz, dreifarbig, von Stahl, der mit goldenen Sternen beschlagen ist; verzerrte Visagen, bleigrau, fahl, verbrannt, närrische Heiserkeiten! Der grausame Gang der prunkvollen Nichtigkeiten! – Unter ihnen einige junge Leute – wie würden sie Cherubin betrachten? – die mit schreckenerregenden Stimmen und mit einigen gefährlichen Kniffen begabt sind. Man schickt sie, ausstaffiert mit widerlichem *Luxus* in die Städte, damit sie dort den Rücken voll kriegen.

Oh, das ärgste Paradies der tollen Grimasse! Kein Vergleich mit euren Fakirn und den anderen theatralischen Possenreißereien. In eiligst zusammengestoppelten Kostümen, im Geschmack schlechter Träume, spielen sie Bänkelsängermoritaten, Tragödien von Landstreichern und witzigen Halbgöttern, etwas, was die Geschichte und die Religionen niemals gewesen sind. Chinesen, Hottentotten, Zigeuner, Idioten, Hyänen, Moloche, greisenhafte Besessene, umheimliche Dämonen, mischen sie die volkstümlichen, von der Mutter her vertrauten Kunststückchen mit den bestialischen Gespreiztheiten und Zärtlichkeiten. Sie würden auch ganz neue Stücke und Lieder von »gefälligen Mädchen« zum Vortrag bringen. Meisterhafte Taschenspieler, wie sie sind, verwandeln sie den Ort und die Personen und bedienen sich der Tricks des Magnetismus. Die Augen flackern, das Blut singt, die Knochen dehnen sich, die Tränen und rote Fäden rinnen nur so. Ihre spaßhaften oder schreckenerregenden Verführungen dauern eine Minute oder ganze Monate.

Ich allein besitze den Schlüssel zu diesem wilden Possenspiel.

V
Antik

Anmutiger Sohn des Pan! Um deine Stirn, bekränzt mit Blümchen und Beeren, gehen deine Augen, kostbare Kugeln, hin und her. Bespritzt von braunen Weintropfen, höhlen sich deine Wan-

ressemble à une cithare, des tintements circulent dans tes bras blonds. Ton cœur bat dans ce ventre où dort le double sexe. Promène-toi, la nuit, en mouvant doucement cette cuisse, cette seconde cuisse et cette jambe de gauche.

VI
Being Beauteous

Devant une neige, un Être de Beauté de haute taille. Des sifflements de mort et des cercles de musique sourde font monter, s'élargir et trembler comme un spectre ce corps adoré; des blessures écarlates et noires éclatent dans les chairs superbes. – Les couleurs propres de la vie se foncent, dansent, et se dégagent autour de la Vision, sur le chantier. – Et les frissons s'élèvent et grondent, et la saveur forcenée de ces effets se chargeant avec les sifflements mortels et les rauques musiques que le monde, loin derrière nous, lance sur notre mère de beauté, – elle recule, elle se dresse. Oh! nos os sont revêtus d'un nouveau corps amoureux.

***

O la face cendrée, l'écusson de crin, les bras de cristal! le canon sur lequel je dois m'abattre à travers la mêlée des arbres et de l'air léger!

VII
Vies

I

O les énormes avenues du pays saint, les terrasses du temple! Qu'a-t-on fait du brahmane qui m'expliqua les Proverbes? D'alors, de là-bas, je vois encore même les vieilles! Je me souviens

gen. Deine Eckzähne leuchten. Deine Brust gleicht einer Zither, leise Glockentöne kreisen in deinen blonden Armen. Dein Herz schlägt in diesem Leib, in dem das zwiefache Geschlecht im Schlaf liegt. Wandle einher in der Nacht, leise deinen Schenkel bewegend, den anderen Schenkel und dieses Bein zur Linken.

VI
Being Beauteous

Vor einem Schneefeld, ein Wesen vollkommener Schönheit, von hohem Wuchs. Todesgezisch und das Kreisen dumpfer Musik machen, daß wie ein Gespenst dieser anbetungswürdige Leib sich erhebt, sich dehnt und erzittert; purpurrote und schwarze Wunden brechen auf in dem herrlichen Fleisch. – Die blühenden Farben des Lebens werden dunkel, tanzen und zerfließen rings um die Erscheinung, auf dem Platz. – Und die Schauer steigen auf und grollen, und wie die wütende Gärung dieses Geschehens sich beladet mit dem tödlichen Gezisch und den rauhen Klängen, welche die Welt, weit hinter uns, auf unsere Mutter der Schönheit wirft, – da weicht sie zurück, bäumt sich auf. Oh! unser Gebein bekleidet sich mit einem neuen Leib der Liebe.

***

O das aschenfarbene Antlitz, der Schild aus Haargesträhn, die kristallenen Arme! Das Ideal, auf das ich mich niederwerfen muß durch das Gewirr der Bäume und der leichten Luft.

VII
Lebensweisen

I

O die ungeheuren Alleen des heiligen Landes, die Terrassen des Tempels! Was hat man aus dem Brahmanen gemacht, der mir die Sprüche Salomonis erklärte? Von damals, von dort her sehe ich

des heures d'argent et de soleil vers les fleuves, la main de la compagne sur mon épaule, et de nos caresses debout dans les plaines poivrées. – Un envol de pigeons écarlates tonne autour de ma pensée. – Exilé ici, j'ai eu une scène où jouer les chefs-d'œuvre dramatiques de toutes les littératures. Je vous indiquerais les richesses inouïes. J'observe l'histoire des trésors que vous trouvâtes. Je vois la suite! Ma sagesse est aussi dédaignée que le chaos. Qu'est mon néant, auprès de la stupeur qui vous attend?

II

Je suis un inventeur bien autrement méritant que tous ceux qui m'ont précédé; un musicien même, qui ai trouvé quelque chose comme la clef de l'amour. A présent, gentilhomme d'une campagne aigre au ciel sobre, j'essaye de m'émouvoir au souvenir de l'enfance mendiante, de l'apprentissage ou de l'arrivée en sabots, des polémiques, des cinq ou six veuvages, et quelques noces où ma forte tête m'empêcha de monter au diapason des camarades. Je ne regrette pas ma vieille part de gaieté divine: l'air sobre de cette aigre campagne alimente fort activement mon atroce scepticisme. Mais comme ce scepticisme ne peut désormais être mis en œuvre, et que, d'ailleurs, je suis dévoué à un trouble nouveau, – j'attends de devenir un très méchant fou.

III

Dans un grenier, où je fus enfermé à douze ans, j'ai connu le monde, j'ai illustré la comédie humaine. Dans un cellier j'ai appris l'histoire. A quelque fête de nuit, dans une cité du Nord, j'ai rencontré toutes les femmes des anciens peintres. Dans un vieux passage à Paris on m'a enseigné les sciences classiques. Dans une

sogar noch die alten Frauen! Ich erinnere mich der Silber- und Sonnenstunden zu den Flüssen hin, die Hand der Gefährtin auf meiner Schulter, und unserer Zärtlichkeiten, wie wir in der pfefferheißen Ebene standen. – Ein Schwarm von scharlachroten Tauben dröhnt um meinen Gedanken. – Hierher verbannt, hab ich mir eine Bühne geschaffen, auf der ich die dramatischen Meisterwerke aller Literaturen spielen könnte. Ich würde euch die unerhörten Reichtümer weisen. Ich erforsche die Geschichte der Schätze, die ihr fandet. Ich sehe, wie eins aus dem anderen folgt! Meine Weisheit wird ebenso verschmäht wie das Chaos. Was ist mein Nichts, gegenüber der Erstarrung, die euch erwartet?

II

Ich bin ein Erfinder, in ganz anderem Sinne verdienstvoll als alle meine Vorgänger; ein Musiker sogar, der ich so etwas wie den Schlüssel der Liebe gefunden habe. Zur Zeit Edelmann auf rauhem Grund, unter kargem Himmel, versuche ich mich rühren zu lassen in Erinnerung an die bettelhafte Kindheit, an die Lehrzeit oder die Ankunft in Holzschuhen, an die Balgereien, an die fünf oder sechs Witwenschaften und an einige Ausschweifungen, bei denen mein starker Kopf mich davor bewahrte, mich ebenso toll zu gebärden wie die Kameraden. Ich traure meinem alten Anteil an der göttlichen Heiterkeit nicht nach: die karge Luft dieses rauhen Landes nährt mit sehr guter Wirkung meinen fürchterlichen Skeptizismus. Aber da ich diesen Skeptizismus künftig nicht mehr betätigen kann, und da ich übrigens auch zu einer neuen Verwirrung bestimmt bin, – so warte ich darauf, ein bösartiger Narr zu werden.

III

In einem Speicher, in dem ich mit zwölf Jahren eingesperrt war, habe ich die Welt kennen gelernt, habe ich die menschliche Komödie verbildlicht. In einem Keller habe ich die Geschichte gelernt. Bei irgend einem nächtlichen Fest, in einer Stadt des Nordens, habe ich alle Frauen der alten Maler getroffen. In einer alten

magnifique demeure cernée par l'Orient entier, j'ai accompli mon immense œuvre et passé mon illustre retraite. J'ai brassé mon sang. Mon devoir m'est remis. Il ne faut même plus songer à cela. Je suis réellement d'outre-tombe, et pas de commissions.

VIII
Départ

Assez vu. La vision s'est rencontrée à tous les airs.

Assez eu. Rumeurs des villes, le soir, et au soleil, et toujours.

Assez connu. Les arrêts de la vie. – O Rumeurs et Visions!

Départ dans l'affection et le bruit neufs.

IX
Royauté

Un beau matin, chez un peuple fort doux, un homme et une femme superbes criaient sur la place publique: «Mes amis, je veux qu'elle soit reine!» «Je veux être reine!» Elle riait et tremblait. Il parlait aux amis de révélation, d'épreuve terminée. Ils se pâmaient l'un contre l'autre.

Passage in Paris hat man mir die klassischen Wissenschaften beigebracht. In einer prächtigen Wohnung, eingekreist vom ganzen Orient, habe ich mein gewaltiges Werk vollendet und meine erhabene Zurückgezogenheit verbracht. Ich habe mein Blut in Gärung versetzt. Meine Pflicht ist mir erlassen. Ich darf gar nicht mehr daran denken. Ich bin wirklich jenseits des Grabes, und keine Aufträge!

VIII
Aufbruch

Genug geschaut. Die Vision ist mir begegnet unter allen Himmelsstrichen.

Genug besessen. Getöse der Städte, am Abend, und in der Sonne, und immer.

Genug gekannt. Die Augenblicke, in denen das Leben still steht. – O Getöse und Visionen!

Aufbruch in neuer Liebe und neuem Geräusch.

IX
Königtum

An einem sehr schönen Morgen, bei einem sehr sanften Volke, ein Mann und eine Frau, herrlich anzusehen, schrien auf dem Marktplatz: »Ihr lieben Freunde, ich will, daß sie Königin werde!« »Ich will Königin sein!« Sie lachte und zitterte. Er sprach zu den Freunden von Offenbarung, überstandener Prüfung. Sie fielen einander, wie ohnmächtig, in die Arme.

En effet, ils furent rois toute une matinée, où les tentures carminées se relevèrent sur les maisons, et toute l'après-midi, où ils s'avancèrent du côté des jardins de palmes.

X
À une Raison

Un coup de ton doigt sur le tambour décharge tous les sons et commence la nouvelle harmonie.

Un pas de toi, c'est la levée des nouveaux hommes et leur en-marche.

Ta tête se détourne: le nouvel amour! Ta tête se retourne: le nouvel amour!

«Change nos lots, crible les fléaux, à commencer par le temps», te chantent ces enfants. «Élève n'importe où la substance de nos fortunes et de nos vœux», on t'en prie.

Arrivée de toujours, qui t'en iras partout.

XI
Matinée d'Ivresse

O mon Bien! *O mon* Beau! Fanfare atroce où je ne trébuche point! Chevalet féerique! Hourra pour l'œuvre inouïe et pour le corps merveilleux, pour la première fois! Cela commença sous les rires des enfants, cela finira par eux. Ce poison va rester dans toutes nos veines même quand, la fanfare tournant, nous serons rendu à l'ancienne inharmonie. O maintenant, nous si digne de

Und wirklich, sie waren König und Königin einen ganzen Vormittag lang, während dem die purpurnen Behänge an den Häusern von neuem erstanden, und den ganzen Nachmittag lang, an dem sie ihre Schritte lenkten in Richtung der Palmengärten.

X
An eine Vernunft

Ein Schlag deines Fingers auf die Trommel löst alle Töne aus und läßt die neue Harmonie beginnen.

Ein Schritt von dir, das ist die Erhebung des neuen Menschen und ihr Aufbruch.

Dein Haupt wendet sich ab: die neue Liebe! Dein Haupt wendet sich uns wieder zu: die neue Liebe!

»Ändere unser Los, durchsiebe die Plagen, zu allererst die Zeit«, singen die Kinder dir entgegen. »Richte auf, wo immer du magst, das, was den Inhalt unseres Glücks und unserer Sehnsucht ausmacht«, das ist unser Gebet.

Gekommen zu allen Zeiten, die du gehst von dannen in alle Welt.

XI
Trunkener Morgen

O *mein* Gutes! O *mein* Schönes! Schreckliche Fanfare, über die ich nicht strauchele! Staffelei für ein Zauberstück! Ein Hurra dem unerhörten Werk und dem wunderbaren Leib, zum ersten Mal! Das begann unter dem Gelächter der Kinder, das wird enden mit ihm. Dieses Gift bleibt in allen meinen Adern, selbst wenn die Fanfare verklungen ist und ich den alten Mißtönen zu-

ces tortures! rassemblons fervemment cette promesse surhumaine faite à notre corps et à notre âme créés: cette promesse, cette démence! L'élégance, la science, la violence! On nous a promis d'enterrer dans l'ombre l'arbre du bien et du mal, de déporter les honnêtetés tyranniques, afin que nous amenions notre très pur amour. Cela commença par quelques dégoûts et cela finit, – ne pouvant nous saisir sur-le-champ de cette éternité, – cela finit par une débandade de parfums.

Rire des enfants, discrétion des esclaves, austérité des vierges, horreur des figures et des objets d'ici, sacrés soyez-vous par le souvenir de cette veille. Cella commençait par toute la rustrerie, voici que cela finit par des anges de flamme et de glace.

Petite veille d'ivresse, sainte! quand ce ne serait que pour le masque dont tu nous as gratifié. Nous t'affirmons, méthode! Nous n'oublions pas que tu as glorifié hier chacun de nos âges. Nous avons foi au poison. Nous savons donner notre vie tout entière tous les jours.

Voici le temps des ASSASSINS.

XII
Phrases

Quand le monde sera réduit en un seul bois noir pour nos quatre yeux étonnés, – en une plage pour deux enfants fidèles, – en une maison musicale pour notre claire sympathie, – je vous trouverai.

rückgegeben bin. O jetzt, ich, der ich dieser Quälereien so würdig bin! Inbrünstig will ich dieses übermenschliche Versprechen wieder aufraffen, das man meinem Körper und meiner Seele gemacht hat, als sie erschaffen wurden: dieses Versprechen, diesen Wahnsinn! Die leichte Anmut, die Wissenschaft, die Gewalt! Man hat mir versprochen den Baum der Erkenntnis des Guten und Bösen im Schatten zu begraben, die tyrannischen Wohlanständigkeiten in die Verbannung zu schicken, damit ich meine sehr reine Liebe verwirklichen könnte. Das begann mit dem Abscheu vor diesem und jenem, und das endet, – da ich mich dieser Ewigkeit nicht so gleich bemächtigen kann, – das endet in einem Wirbel von Düften.

Lachen der Kinder, Zurückhaltung der Sklaven, Keuschheit der Jungfrauen, Scheußlichkeit der Gestalten und Dinge um mich herum, geheiligt seid ihr durch die Erinnerung an das Wachen dieser Nacht. Es fing an mit all dem groben Unfug und, sieh da, es endet mit der Erscheinung der Engel in Flamme und Eis.

Kurze Nachtwache der Trunkenheit, heilige! Und wäre es nur wegen der Maske, mit der du mich beschenkt hast. Ich bejahe dich, Methode! Ich vergesse nicht, daß du gestern mein ganzes Leben verklärt hast. Ich setze mein Vertrauen auf das Gift. Ich bin imstande mein Leben hinzugeben bis zum letzten Blutstropfen, alle Tage.

Und jetzt kommt die Zeit der Haschischjünger!

XII
Sätze

Wenn die Welt einmal nichts anderes mehr ist als ein einziges schwarzes Gehölz für unsere erstaunten Augen, – ein Strand am Meer für zwei treu sich liebende Kinder, – ein Haus voll Wohl-

Qu'il n'y ait ici-bas qu'un vieillard seul, calme et beau, entouré d'un «luxe inouï», et je suis à vos genoux.

Que j'aie réalise tous vos souvenirs, – que je sois celle qui sait vous garotter, – je vous étoufferai.

*

Quand nous sommes très-forts, – qui recule? très gais, – qui tombe de ridicule? Quand nous sommes très-méchants, – que ferait-on de nous?
Parez-vous, dansez, riez. Je ne pourrai jamais envoyer l'Amour par la fenêtre.

*

Ma camarade, mendiante, enfant monstre! comme ça t'est égal, ces malheureuses et ces manœuvres, et mes embarras. Attache-toi à nous avec ta voix impossible, ta voix! unique flatteur de ce vil désespoir.

Une matinée couverte, en juillet. Un goût de cendres vole dans l'air; – une odeur de bois suant dans litre, – les fleurs rouies, – le saccage des promenades, – la bruine des canaux par les champs, – pourquoi pas déjà les joujoux et l'encens?

*

J'ai tendu des cordes de clocher à clocher; des guirlandes de fenêtre à fenêtre; des chaînes d'or d'étoile à étoile, et je danse.

*

klang für die klare Harmonie unserer Seelen, – dann werde ich dich finden.
Wenn es hier unten nur noch einen einzigen alten Mann gäbe, friedlich und schön, umgeben von unerhörtem Prunk, dann liege ich zu deinen Knien.
Wenn ich alle deine Erinnerungen verwirklicht hätte, – wenn ich die geworden wäre, die dich in Fesseln zu schlagen vermag, dann werde ich dich ersticken.

*

Wenn ich sehr stark bin, – wer weicht dann noch zurück? Sehr heiter, – wer verfällt dann noch der Lächerlichkeit? Wenn ich sehr böse bin, – was könnte man mir dann noch anhaben?
Putzt euch, tanzt, lacht. Ich werde es niemals über mich bringen, die Liebe aus dem Fenster zu werfen.

*

Du, meine Gefährtin, Bettlerin, Riesenkind! Was machst du dir aus diesen unglücklichen Geschöpfen und diesen Handlangern und aus meinen Verlegenheiten. Schließ dich an mich an mit deiner unmöglichen Stimme, deiner Stimme! einziger Schmeichler dieser elenden Verzweiflung.

Ein trüber Vormittag im Juli. Ein Geschmack von Asche fliegt in der Luft; – ein Geruch von schwitzendem Holz im Herd, – die verbrannten Blumen, – die Verwüstung der Spazierwege, – der rieselnde Nebel über den Kanälen rings durchs Land, – warum nicht schon die Spielsachen und der Weihrauch?

*

Ich habe Seile gespannt von Kirchturm zu Kirchturm; Blumengewinde von Fenster zu Fenster; goldene Ketten von Stern zu Stern, und ich tanze.

*

Le haut étang fume continuellement. Quelle sorcière va se dresser sur le couchant blanc? Quelles violettes frondaisons vont descendre?

*

Pendant que les fonds publics s'écoulent en fêtes de fraternité, il sonne une cloche de feu rose dans les nuages.

*

Avivant un agréable goût d'encre de Chine, une poudre noire pleut doucement sur ma veillée. – Je baisse les feux du lustre, je me jette sur le lit, et, tourné du côte de l'ombre, je vous vois, mes filles! mes reines!

XIII
Ouvriers

O cette chaude matinée de février! Le Sud inopportun vint relever nos souvenirs d'indigents absurdes, notre jeune misère.

Henrika avait une jupe de coton à carreau blanc et brun, qui a dû être portée au siècle dernier, un bonnet à rubans et un foulard de soie. C'était bien plus triste qu'un deuil. Nous faisions un tour dans la banlieue. Le temps était couvert, et ce vent du Sud excitait toutes les vilaines odeurs des jardins ravagés et des prés desséchés.

Cela ne devait pas fatiguer ma femme au même point que moi. Dans une flache laissée par l'inondation du mois précédent à un sentier assez haut, elle me fit remarquer de très-petits poissons.

La ville, avec sa fumée et ses bruits de métiers, nous suivait très loin dans les chemins. O l'autre monde, l'habitation bénie par le

Der hohe Teich dampft ohn' Unterlaß. Was für eine Hexe wird sich gegen den weißen Sonnenuntergang abheben? Was für veilchenblaue Blätter werden niederfallen?

*

Während die Staatsgelder zerrinnen in Festen der Brüderlichkeit, läutet eine rosafarbene Feuerglocke in den Wolken.

*

Aufrührend einen angenehmen Geschmack von chinesischer Tusche, regnet ein schwarzes Pulver leise in meine schlaflose Nacht. – Ich drehe die Flamme der Hängelampe ganz niedrig, ich werfe mich aufs Bett und, die Augen gegen den Schatten der Wand, sehe ich euch, ihr lieben Dirnchen, meine Königinnen!

XIII
Arbeiter

O dieser warme Februar-Morgen! Der ganz unzeitgemäße Südwind kam, um unsere, alberner armer Leute Erinnerungen, unser junges Elend neu zu beleben.
Henrika trug einen baumwollenen, weiß und braun karierten Rock, wie man ihn wohl schon im vergangenen Jahrhundert getragen hat, eine Haube mit Schleifen und ein seidenes Halstuch. Das war noch viel trauriger als eine Trauerkleidung. Wir gingen im Vorstadtgelände spazieren. Der Himmel war bedeckt, und dieser Südwind entfachte alle häßlichen Düfte der verwüsteten Gärten und der ausgetrockneten Wiesen.
Meine Frau schien das nicht in gleichem Maße zu ermüden wie mich. In einer Lache, die von der Überschwemmung des letzten Monats in einem ziemlich hochgelegenen Fußweg übrig geblieben war, zeigte sie mir ganz kleine Fische.
Die Stadt, mit ihrem Rauch und dem Lärm ihrer Webstühle, folgte uns sehr weit auf unseren Wegen. O die andere Welt, die

ciel, et les ombrages! Le Sud me rappelait les misérables incidents de mon enfance, mes désespoirs d'été, l'horrible quantité de force et de science que le sort a toujours éloignée de moi. Non! nous ne passerons pas l'été dans cet avare pays où nous ne serons jamais que des orphelins fiancés. Je veux que ce bras durci ne traîne plus une *chére image.*

XIV
Les Ponts

Des ciels gris de cristal. Un bizarre dessin de ponts, ceux-ci droits, ceux-là bombés, d'autres descendant en obliquant en angles sur les premiers; et ces figures se renouvelant dans les autres circuits éclairés du canal, mais tous tellement longs et légers que les rives, chargées de dômes, s'abaissent et s'amoindrissent. Quelques-uns de ces ponts sont encore chargés de masures. D'autres soutiennent des mâts, des signaux, de frêles parapets. Des accords mineurs se croisent, et filent; des cordes montent des berges. On distingue une veste rouge, peut-être d'autres costumes et des instruments de musique. Sont-ce des airs populaires, des bouts de concerts seigneuriaux, des restants d'hymnes publics? L'eau est grise et bleue, large comme un bras de mer.

Un rayon blanc, tombant du haut du ciel, anéantit cette comédie.

vom Himmel gesegnete Behausung und die schattigen Gründe! Der Südwind erinnerte mich an die jammervollen Begebenheiten meiner Kindheit, an meine Sommerverzweiflungen, an die schreckliche Menge von Kraft und Wissen, die das Schicksal mir allezeit vorenthalten hat. Nein! Wir werden den Sommer nicht in diesem geizigen Lande verleben, wo wir immer nur miteinander verlobte Waisenkinder sein werden. Ich will, daß dieser verhärtete Arm nicht mehr ein teures Bild hinter sich herschleppt.

XIV
Brücken

Graue Kristallhimmel. Ein wunderliches Liniengewebe von Brücken, die einen gerade, die anderen gewölbt, wieder andere in schiefen Winkeln auf die ersten hinabsteigend, wobei diese Figuren sich widerspiegeln in den anderen erleuchteten Krümmungen des Kanals, aber alle derartig lang und leicht, daß die Ufer, beladen mit Domen, sich senken und verschwinden. Einige dieser Brücken sind noch beladen mit altem Gemäuer. Andere tragen Maste, Signalstangen, zerbrechliche Geländer. Mollakkorde kreuzen sich und schweben. Saiten steigen aus den Böschungen auf. Man unterscheidet ein rotes Wams, vielleicht andere Kostüme und Musikinstrumente. Sind es volkstümliche Weisen, Bruchstücke herrschaftlicher Konzerte, Überbleibsel völkischer Hymnen? Das Wasser ist grau und blau, breit wie ein Meeresarm.

Ein weißer Strahl, der aus der Höhe des Himmels fällt, vernichtet diese Komödie.

XV
Ville

Je suis un éphémère et point trop mécontent citoyen d'une métropole crue moderne, parce que tout goût connu a été éludé dans les ameublements et l'extérieur des maisons aussi bien que dans le plan de la ville. Ici vous ne signaleriez les traces d'aucun monument de superstition. La morale et la langue sont réduites à leur plus simple expression, enfin! Ces millions de gens qui n'ont pas besoin de se connaître amènent si pareillement l'éducation, le métier et la vieillesse, que ce cours de vie doit être plusieurs fois moins long que ce qu'une statistique folle trouve pour les peuples du continent. Aussi comme, de ma fenêtre, je vois des spectres nouveaux roulant à travers l'épaisse et éternelle fumée de charbon – notre ombre des bois, notre nuit d'été! – des Érinnyes nouvelles, devant mon cottage qui est ma patrie et tout mon cœur puisque tout ici ressemble à ceci, – la Mort sans pleurs, notre active fille et servante, un Amour désespéré et un joli Crime piaulant dans la boue de la rue.

XVI
Ornières

A droite l'aube d'été éveille les feuilles et les vapeurs et les bruits de ce coin du parc, et les talus de gauche tiennent dans leur ombre violette les mille rapides ornières de la route humide. Défilé de féeries. En effet: des chars chargés d'animaux de bois doré, de mâts et de toiles bariolées, au grand galop de vingt chevaux de cirque tachetés, et les enfants, et les hommes, sur leurs bêtes les plus étonnantes; – vingt véhicules, bossés, pavoisés et fleuris comme des carrosses anciens ou de contes, pleins d'enfants, attifés pour une pastorale suburbaine; – même des cercueils sous leur

XV
Stadt

Ich bin ein nicht allzu unzufriedener Eintagsbewohner einer Hauptstadt, die man für modern hält, weil jeder bekannte Geschmack in der inneren und äußeren Ausstattung der Häuser, ebenso wie in der Anlage der Stadt ausgeschaltet worden ist. Hier könntet ihr nicht die Spuren eines einzigen Denkmals des Aberglaubens aufweisen. Die Moral und die Sprache sind auf ihren einfachsten Ausdruck zurückgeführt, endlich! Diese Millionen Menschen, die nicht nötig haben einander zu kennen, betreiben Erziehung, Beruf und das Altern so gleichartig, daß ihr Lebenslauf um ein Mehrfaches weniger lang sein dürfte, als eine verrückte Statistik für die Völker des Festlandes herausfindet. Und so, wie ich, von meinem Fenster aus, neue Gespenster durch den dicken und ewigen Kohlenrauch kreisen sehe, – unser Waldesschatten, unsere Sommernacht! – neue Rachegöttinnen, vor meinem Cottage, das mein Vaterland und mein ganzes Herz ist, da alles hier diesem gleicht, – winseln der Tod ohne Tränen, unser vielbeschäftigter Diener und Knecht, ein verzweifelter Amor und ein hübsches Verbrechen im Schlamm der Straße.

XVI
Wagenspuren

Zur Rechten weckt die Sommermorgenröte die Blätter auf und die Nebelschwaden und die Geräusche dieses Winkels im Park, und die Böschungen zur Linken bewahren in ihrem veilchenblauen Schatten die tausend hurtig glitzernden Wagenspuren der nassen Straße. Feenhafter Aufzug. Wahrhaftig: Wagen, beladen mit Tieren aus vergoldetem Holz, mit Masten und bunten linnenen Tüchern, in raschem Galopp vorübergezogen von zwanzig scheckigen Zirkuspferden und die Kinder und die Männer auf ihren erstaunlichsten Tieren; – zwanzig Fahrzeuge, gewölbt, be-

dais de nuit dressant les panaches d'ébène, filant au trot des grandes juments bleues et noires.

XVII
Villes

Ce sont des villes! C'est un peuple pour qui se sont montés ces Alleghanys et ces Libans de rêve! Des chalets de cristal et de bois qui se meuvent sur des rails et des poulies invisibles. Les vieux cratères ceints de colosses et de palmiers de cuivre rugissent mélodieusement dans les feux. Des fêtes amoureuses sonnent sur les canaux pendus derrière les chalets. La chasse des carillons crie dans les gorges. Des corporations de chanteurs géants accourent dans des vêtements et des oriflammes éclatants comme la lumière des cimes. Sur les plates-formes au milieu des gouffres les Rolands sonnent leur bravoure. Sur les passerelles de l'abîme et les toits des auberges, l'ardeur du ciel pavoise les mats. L'écroulement des apothéoses rejoint les champs des hauteurs où les centauresses séraphiques évoluent parmi les avalanches. Au-dessus du niveau des plus hautes crêtes, une mer troublée par la naissance éternelle de Vénus, chargée de flottes orphéoniques et de la rumeur des perles et des conques précieuses; – la mer s'assombrit parfois avec des éclats mortels. Sur les versants, des moissons de fleurs grandes comme nos armes et nos coupes mugissent. Des cortèges de Mabs en robes rousses, opalines, montent des ravines. Là-haut, les pieds dans la cascade et les ronces, les cerfs tettent Diane. Les Bacchantes des banlieues sanglotent et la lune brûle et hurle. Vénus entre dans les cavernes des forgerons et des ermites. Des groupes de beffrois chantent les idées des peuples. Des châteaux bâtis en os sort la musique inconnue. Toutes les légendes évoluent et les élans se ruent dans les bourgs. Le paradis

wimpelt und beblümt wie altertümliche Kutschen oder Märchenkarossen, voll von Kindern, geputzt für ein Schäferspiel in der Vorstadt. – Sogar Särge unter ihrem nachtdunklen Baldachin, mit den hochragenden ebenholzschwarzen Federbüschen ziehen vorüber, im Trab der großen blauen und schwarzen Stuten.

XVII
Städte

Das sind Städte! Das ist ein Volk, für das diese Traum-Alleghanys und Libanone sich aufgerichtet haben. Sennhütten aus Kristall und Holz bewegen sich auf unsichtbaren Schienen und Rollen. Die alten Krater, umgürtet von riesigen Säulen und kupfernen Palmen, brüllen melodisch in den Feuern. Liebesfeste erklingen auf den Kanälen, die hinter den Hütten hängen. Die Jagd der Glockenspiele lärmt in den Schluchten. Gilden von riesenhaften Sängern eilen herbei in Gewändern und mit Fahnen, die wie das Licht der Gipfel strahlen. Auf den Terrassen, inmitten der Schlünde, lassen die Rolande ihre Tapferkeit ertönen. Auf den Brücken des Abgrundes und den Dächern der Herbergen beflaggt die Glut des Himmels die Maste. Der Zusammenbruch der Vergöttlichungen erreicht die Gefilde der Höhen, auf denen sich die seraphischen Kentaurinnen zwischen den Lawinen tummeln. Über dem Spiegel der höchsten Grate, ein Meer, aufgewühlt durch die ewige Geburt der Venus, beladen mit Flotten von Orpheusjüngern und mit dem Rauschen von kostbaren Perlen und Muscheln; – das Meer, verdunkelt sich manchmal mit todbringendem Getöse. Auf den Hängen brüllen Ernten von Blumen, groß wie unsere Wappen und unsere Pokale, Schwärme von Feen in roten, opalschillernden Gewändern, steigen aus den Abgründen. Da oben, die Füße im Wasserfall und in den Dornen, saugen die Hirsche an den Brüsten der Diana. Die Bacchantinnen der Vorstädte schluchzen, und der Mond brennt und heult. Venus tritt in die Höhlen der Schmiede und der Einsiedler. Haufen

des orages s'effondre. Les sauvages dansent sans cesse la fête de la nuit. Et, une heure, je suis descendu dans le mouvement d'un boulevard de Bagdad où des compagnies ont chanté la joie du travail nouveau, sous une brise épaisse, circulant sans pouvoir éluder des fabuleux fantômes des monts où l'on a dû se retrouver.

Quels bons bras, quelle belle heure me rendront cette région d'où viennent mes sommeils et mes moindres mouvements?

XVIII
Vagabonds

Pitoyable frère! que d'atroces veillées je lui dus! «Je ne me saisissais pas fervemment de cette entreprise. Je m'étais joué de son infirmité. Par ma faute nous retournerions en exil, en esclavage.» Il me supposait un guignon et une innocence très bizarres, et il ajoutait des raisons inquiétantes. Je répondais en ricanant à ce satanique docteur, et finissais par gagner la fenêtre. Je créais, par delà la campagne traversée par des bandes de musique rare, les fantômes du futur luxe nocturne.
Après cette distraction vaguement hygiénique, je m'étendais sur une paillasse. Et, presque chaque nuit, aussitôt endormi, le pauvre frère se levait, la bouche pourrie, les yeux arrachés – tel qu'il se rêvait! – et me tirait dans la salle en hurlant son songe de chagrin idiot.

von Sturmglocken singen die Sehnsucht der Völker. Aus den Schlössern, aus Knochen erbaut, dringt die unbekannte Musik. Alle Legenden kreisen, und die Begeisterungen stürzen sich in die Märkte. Das Paradies der Gewitter bricht zusammen. Die Wilden tanzen ohn' Unterlaß das Fest der Nacht. Und eine Stunde lang bin ich hinunter gestiegen in das Getümmel eines bagdadischen Boulevards, auf dem Genossenschaften die Freude der neuen Arbeit sangen, unter dicker, bewegter Luft. Da streifte ich hin und her, ohne den gespenstigen Fabelwesen der Berge, in denen man sich wieder zurecht finden mußte, ausweichen zu können.

Welche lieben Arme, welche schöne Stunde werden mir diese Städte wieder geben, aus der mir der Schlaf meiner Nächte und meine leisesten Regungen kommen?

XVIII
Landstreicher

Bejammernswerter Bruder! Was für schreckliche Nachtwachen ich ihm verdankte! »Ich gäbe mich diesem Abenteuer nicht gerade mit Inbrunst hin. Ich hätte mit seiner Schwäche mein Spiel getrieben. Durch meine Schuld würden wir in die Verbannung, in die Sklaverei zurückkehren.« Er vermutete in mir einen höchst wunderlichen Pechvogel und Unschuldsknaben, und er gab obendrein beunruhigende Gründe dafür an.
Ich antwortete diesem satanischen Pedanten mit Hohngelächter und verduftete schließlich durchs Fenster. Jenseits des Gefildes, durchstreift von Musikanten, die eine seltsame Musik aufspielten, schuf ich die Gespenster des zukünftigen nächtlichen Luxus. Nach dieser nur in vagem Sinne gesundheitsfördernden Zerstreuung streckte ich mich auf einem Strohsack aus. Und fast in jeder Nacht, kaum daß ich eingeschlafen war, stand der arme Bruder auf, mit verfaultem Munde, mit herausgequollenen Au-

J'avais en effet, en toute sincérité d'esprit, pris l'engagement de le rendre à son état primitif de fils du soleil, – et nous errions, nourris du vin des cavernes et du biscuit de la route, moi pressé de trouver le lieu et la formule.

XIX
Villes

L'acropole officielle outre les conceptions de la barbarie moderne les plus colossales: impossible d'exprimer le jour mat produit par le ciel, immuablement gris, l'éclat impérial des bâtisses, et la neige éternelle du sol. On a reproduit, dans un goût d'énormité singulier toutes les merveilles classiques de l'architecture. J'assiste à des expositions de peinture dans les locaux vingt fois plus vastes qu'Hampton-Court. Quelle peinture! Un Nabuchodonosor norvégien a fait construire les escaliers des ministeres; les subalternes que j'ai pu voir sont déjà plus fiers que des brahmanes; et j'ai tremblé à l'aspect des gardiens de colosses et officiers de constructions. Par le groupement des bâtiments en squares, cours et terrasses fermées, on a évincé les cochers. Les parcs représentent la nature primitive travaillée par un art superbe, le haut quartier a des parties inexplicables: un bras de mer, sans bateaux, roule sa nappe de grésil bleu entre des quais chargés de candélabres géants. Un pont court conduit à une poterne immédiatement sous le dôme de la Sainte-Chapelle. Ce dôme est une armature d'acier artistique de quinze mille pieds de diamètre environ.

gen – so wie er sich träumte! und zog mich in den Saal, heulend den Traum seines blöden Kummers.

Ich hatte in der Tat, in voller Aufrichtigkeit des Geistes, die Verpflichtung übernommen, ihn seinem ursprünglichen Zustand eines Sohnes der Sonne zurückzugeben, – und wir irrten dahin, uns nährend vom Wein der Spelunken und vom Zwieback der Straße, ich, gedrängt von dem Verlangen, die Stätte und die Formel zu finden.

XIX
Städte

Die Regierungshochburg zwischen den kolossalsten Schöpfungen der modernen Barbarei: unmöglich, das matte Licht zu beschreiben, das der Himmel, unveränderlich grau, erzeugt, die kaiserliche Pracht der Gebäude und den ewigen Schnee des Bodens. Man hat, aus merkwürdigem Geschmack für das Ungeheuere, alle klassischen Wunder der Baukunst wieder aufgeführt, und ich bin zugegen bei Gemäldeausstellungen in Räumen, die zwanzigmal weiträumiger sind als Hampton-Court. Was für eine Malerei! Ein norwegischer Nebukadnezar hat die Treppen der Ministerien erbauen lassen; die Unterbeamten, die ich sehen konnte, sind bereits stolzer als Brahmanen, und ich zittere beim Anblick der Wächter der Riesenbauten und der Baumeister. Durch die Anordnung der Gebäude in geschlossenen Plätzen, Höfen und Terrassen hat man die Kutscher vertrieben. Die Parks geben, bearbeitet mit hervorragender Kunst, die ursprüngliche Natur wieder, die Oberstadt hat unerklärbare Teile: ein Meeresarm, ohne Schiffe, rollt seine blau gesprenkelte Fläche zwischen Quaimauern, die mit riesigen Kandelabern bestellt sind. Eine kurze Brücke führt zu einem Ausfallstor, unmittelbar unter der Kuppel der Heiligen Kapelle. Diese Kuppel besteht aus einem kunstvollen Stahlgerüst von ungefähr 15 000 Fuß Durchmesser.

Sur quelques points des passerelles de cuivre, des plates- formes, des escaliers qui contournent les halles et les piliers, j'ai cru pouvoir juger la profondeur de la ville! C'est le prodige dont je n'ai pu me rendre compte: quels sont les niveaux des autres quartiers sur ou sous l'acropole? Pour l'étranger de notre temps, la reconnaissance est impossible. Le quartier commerçant est un circus d'un seul style, avec galeries à arcades. On ne voit pas de boutiques, mais la neige de la chaussée est écrasée; quelques nababs, aussi rares que les promeneurs d'un matin de dimanche à Londres, se dirigent vers une diligence de diamants. Quelques divans de velours rouge: on sert des boissons polaires dont le prix varie de huit cents à huit mille roupies. À l'idée de chercher des théâtres sur ce circus, je me réponds que les boutiques doivent contenir des drames assez sombres? Je pense qu'il y a une police; mais la loi doit être tellement étrange, que je renonce à me faire une idée des aventuriers d'ici.

Le faubourg, aussi élégant qu'une belle rue de Paris, est favorisé d'un air de lumière, l'élément démocratique compte quelque cents âmes. Là encore, les maisons ne se suivent pas; le faubourg se perd bizarrement dans la campagne, le «Comté» qui remplit l'occident éternel des forêts et des plantations prodigieuses où les gentilshommes sauvages chassent leurs chroniques sous la lumière qu'on a créée.

XX
Veillées

C'est le repos éclairé, ni fièvre, ni langueur, sur le lit ou sur le pré.

C'est l'ami ni ardent ni faible. L'ami.

Auf einigen Stellen der kupfernen Brücken, der Terrassen, der Treppen, die um die Hallen und Säulen herumführen, glaubte ich die Tiefe der Stadt schätzen zu können! Das ist das Wunder, über das ich mir nicht Rechenschaft abzulegen vermochte: Wo liegt die Sohle der anderen Stadtviertel über oder unter der Hochburg? Ein Mensch, dem unsere Zeit fremd ist, kann das unmöglich herausfinden. Das Kaufmannsviertel ist ein Rundplatz in ganz einheitlichem Stil, mit Bogengängen versehen. Man sieht keine Läden, aber der Schnee der Chaussee ist zusammengetreten; einige Nabobs, eben so vereinzelt wie die Sonntagsvormittags-Spaziergänger in London, lenken ihre Schritte zu einem Diamanten-Eilpostwagen. Einige Divans aus rotem Samt: man serviert Eisgetränke, deren Preis zwischen 800 bis 8000 Rupien schwankt. Auf den Einfall, Schauspielhäuser auf diesem Rundplatz zu suchen, antwortete ich mir, daß in den Läden sich wohl ziemlich düstere Dramen abspielen müssen. Ich glaube, daß Polizei vorhanden ist, aber die Gesetze müssen derartig seltsam sein, daß ich darauf verzichte, mir eine Vorstellung von den Abenteurern hier zu machen.
Die Vorstadt, ebenso elegant wie eine schöne Straße in Paris, genießt den Vorzug einer Luft, die aus Licht besteht, das demokratische Element zählt etwa hundert Seelen. Auch dort stehen die Häuser nicht in Reihen beieinander; die Vorstadt verliert sich auf wunderliche Art im Gelände, der »Grafschaft«, die den unabsehbaren westlichen Horizont der Wälder und der ungeheueren Anpflanzungen erfüllt, wo die wilden Edelleute ihren Chroniken nachjagen in der Beleuchtung, die man eigens geschaffen hat.

XX
Nächtliche Feierstunden

Das ist die lichte Ruhe, weder Fieber, noch Ermattung, im Bett oder auf der Wiese.
Das ist der Freund, weder glühend, noch schwach. Der Freund.

C'est l'aimée ni tourmentante ni tourmentée. L'aimée.
L'air et le monde point cherchés. La vie.
– Était-ce donc ceci?
– Et le rêve fraîchit.

II
L'éclairage revient à l'arbre de bâtisse. Des deux extrémités de la salle, décors quelconques, des élévations harmoniques se joignent. La muraille en face du veilleur est une succession psychologique de coupes de frises, de bandes atmosphériques et d'accidences géologiques. – Rêve intense et rapide de groupes sentimentaux avec des êtres de tous les caractères parmi toutes les apparences.

III
Les lampes et les tapis de la veillée font le bruit des vagues, la nuit, le long de la coque et autour du steerage.

La mer de la veillée, telle que les seins d'Amélie.
Les tapisseries, jusqu'à mi-hauteur, des taillis de dentelle teinte d'émeraude, où se jettent les tourterelles de la veillée …

La plaque du foyer noir, de réels soleils des grèves: ah! puits des magies; seule vue d'aurore, cette fois.

XXI
Mystique

Sur la pente du talus, les anges tournent leurs robes de laine, dans les herbages d'acier et d'émeraude.
Des prés de flammes bondissent jusqu'au sommet du mamelon.

Das ist die Geliebte, weder quälend noch gequält. Die Geliebte. Die Luft und die Welt, die ich nicht suchte. Das Leben.
– War es also das?
– Und der Traum wird von neuem lebendig.

II

Das Licht wird zurückgeworfen auf die Tragbalken. Von den beiden äußersten Enden des Saales her – Allerweltsdekorationen – fügen sich aufsteigende Strebungen harmonisch ineinander. Die Wand gegenüber dem Nachtschwärmer ist ein beseeltes Band von Schalen, Frisen, atmosphärischen Streifen und geologischen Ausbrüchen. – Lebhafter und rasch vorüberhuschender Traum empfindsamer Gruppen, voll von Wesen jeglicher Art unter all den Erscheinungen.

III

Die Lampen und die Teppiche der nächtlichen Feier summen wie das Geplätscher der Wellen, in der Nacht, längs der Schiffswand und um die Planken.
Das Meer der nächtlichen Feier, gleich den Brüsten Amelias.
Die Wandteppiche, bis zur halben Höhe, Gebüsche aus Spitzen, smaragdfarben getönt, in die hinein die Turteltauben der nächtlichen Feier sich stürzen …

Die Platte des schwarzen Herdes ganz wie die Sonnenlichter auf dem Strand: Oh! magische Brunnen; einziger Anblick der Morgenröte für dieses Mal.

XXI
Mystik

Auf dem Abhang der Böschung tanzen die Engel in ihren wollenen Gewändern, zwischen den Gräsern aus Stahl und Smaragd. Flammende Wiesen springen bis an die Kuppe des Hügels hinan.

À gauche, le terreau de l'arête est piétiné par tous les homicides et toutes les batailles, et tous les bruits désastreux filent leur courbe. Derrière l'arête de droite, la ligne des orients, des progrès.

Et, tandis que la bande, en haut du tableau, est formée de la rumeur tournante et bondissante des conques des mers et des nuits humaines,
La douceur fleurie des étoiles, et du ciel, et du reste descend en face du talus, comme un panier, contre notre face, et fait l'abîme fleurant et bleu là-dessous.

XXII
Aube

J'ai embrassé l'aube d'été.
Rien ne bougeait encore au front des palais. L'eau était morte. Les camps d'ombres ne quittaient pas la route du bois. J'ai marché, réveillant les haleines vives et tièdes; et les pierreries regardèrent, et les ailes se levèrent sans bruit.
La première entreprise fut, dans le sentier déjà empli de frais et blêmes, éclats, une fleur qui me dit son nom.
Je ris au wasserfall blond qui s'échevela à travers les sapins: à la cime argenteé je reconnus la déesse.

Alors je levai un à un les voiles. Dans l'allée, en agitant les bras. Par la plaine, où je l'ai dénoncée au coq. À la grand'ville, elle fuyait parmi les clochers et les dômes; et, courant comme un mendiant sur les quais de marbre, je la chassais.

En haut de la route, près d'un bois de lauriers, je l'ai entourée avec ses voiles amassés, et j'ai senti un peu son immense corps.

Zur Linken ist das Erdreich des Kammes zerstampft von den Tritten aller Mörder und von allen Schlachten, und alle Geräusche der Vernichtung spinnen hier ihren Bogen. Hinter dem Grat zur Rechten, die Linie der Sonnenaufgänge, des ewigen Fortschritts.
Und während der Streifen, oben im Bild, seine Gestalt gewinnt im wirbelnden und schäumenden Lärm der Muscheln der Meere und der menschlichen Nächte,
Steigt die blühende Süße der Sterne und des Himmels und der übrigen Welt gegenüber der Böschung hernieder wie ein Korb, ganz nah gegen mein Gesicht und macht den Abgrund duftig und blau, da unten.

XXII
Morgenröte

Ich habe die Sommermorgenröte umarmt.
Noch rührte sich nichts an den Palästen. Das Wasser war tot. Die Schattenfelder verließen die Waldstraße noch nicht. Ich ging dahin und weckte den regen Atem der lauen Winde auf, und die Edelsteine lugten hervor und die Flügel hoben sich, ohne Laut.
Das erste Abenteuer war, auf dem Pfad, schon voll von neuem blassen Glanz, eine Blume, die mir ihren Namen sagte.
Ich lachte dem blonden Wasserfall zu, der von Stufe zu Stufe durch die Tannen herniederplätscherte: auf dem silbrigen Gipfel erkannte ich die Göttin.
Da hob ich die Schleier auf, einen nach dem anderen. Im Baumgang, mit schwingenden Armen. Hier und dort in der Ebene, wo ich sie dem Hahn verriet. In der großen Stadt, da floh sie zwischen den Türmen und Kuppeln der Kirchen hindurch; und laufend wie ein Bettler auf den marmornen Dämmen, jagte ich sie.
Hoch oben auf der Straße, nah bei einem Lorbeerhain, hab ich sie umwunden mit ihren zusammengerafften Schleiern, und ich hab

L'aube et l'enfant tombèrent au bas du bois.

Au réveil, il était midi.

XXIII
Fleurs

D'un gradin d'or, – parmi les cordons de soie, les gazes grises, les velours verts et les disques de cristal qui noircissent comme du bronze au soleil, – je vois la digitale s'ouvrir sur un tapis de filigranes d'argent, d'yeux et de chevelures.

Des pièces d'or jaune semées sur l'agate, des piliers d'acajou supportant un dôme d'émeraudes, des bouquets de satin blanc et de fines verges de rubis entourent la rose d'eau.
Tels qu'un dieu aux énormes yeux bleus et aux formes de neige, la mer et le ciel attirent aux terrasses de marbre la foule des jeunes et fortes roses.

XXIV
Nocturne Vulgaire

Un souffle ouvre des brèches opéradiques dans les cloisons, – brouille le pivotement des toits rongés, – disperse les limites des foyers, – éclipse les croisées.
Le long de la vigne, m'étant appuyé du pied à une gargouille, – je suis descendu dans ce carrosse dont l'époque est assez indiquée par les glaces convexes, les panneaux bombés et les sophas contournés. Corbillard de mon sommeil, isolé, maison de berger de ma niaiserie, le véhicule vire sur le gazon de la grande route effacée: et dans un défaut en haut de la glace de droite tournoient les blêmes figures lunaires, feuilles, seins.

ihren unendlichen Leib leise gefühlt. Die Morgenröte und das Kind fielen hin auf den Boden des Waldes.
Als ich erwachte, war es Mittag.

XXIII
Blumen

Von einem goldenen Stufensitz, – zwischen den seidenen Schnüren, den grauen Schleiern, den grünen Samtflecken und den kristallenen Scheiben, die schwarz anlaufen, wie Bronze in der Sonne, – sehe ich, wie der Fingerhut sich öffnet auf einem Teppich von silbernem Netzwerk, von Augen und Haaren.
Flecken von gelbem Golde, gesät übern Achat, Mahagonipfeiler, die eine smaragdene Domkuppel tragen, Sträuße aus weißem Atlas und schlanke Gerten aus Rubinen umrahmen die Wasserrose.
Gleich einem Gott mit ungeheuren blauen Augen und schneeigen Gliedern, locken das Meer und der Himmel zu den marmornen Terrassen die Fülle der jungen und starken Rosen.

XXIV
Gewöhnliches Nachtstück

Ein Windstoß öffnet opernhafte Breschen in den Wänden, – rüttelt an dem First der zernagten Dächer, – löst die Umrisse der Behausungen auf, – verdunkelt die Fenster. Längs des Weinbergs – mit dem Fuß hatte ich mich auf eine Wasserröhre gestützt –, bin ich in jener Kutsche heruntergefahren, deren gewölbte Scheiben, bauchige Wände und runde Polstersitze leicht erkennen lassen, aus welcher Zeit sie stammt. Totenwagen meines Schlafes, einsam dahinrollend, Schäferhütte meiner Einfalt, windet sich das Fahrzeug auf dem Gras der ausgefahrenen Landstraße: und an einer schadhaften Stelle oben im rechten Fenster tanzten die bleichen Mondgestalten, Blätter, Brüste.

– Un vert et un bleu très foncés envahissent l'image.
Dételage aux environs d'une tache de gravier.

– Ici va-t-on siffler pour l'orage, et les Sodomes et les Solymes, et les bêtes féroces et les armées,
(Postillon et bêtes de songe reprendront-ils sous les plus suffocantes futaies, pour m'enfoncer jusqu'aux yeux dans la source de soie?)
Et nous envoyer, fouettés à travers les eaux clapotantes et les boissons répandues, rouler sur l'aboi des dogues …

– Un souffle disperse les limites du foyer.

XXV
Marine

Les chars d'argent et de cuivre,
Les proues d'acier et d'argent,
Battent l'écume,
Soulèvent les souches des ronces.
Les courants de la lande,
Et les ornières immenses du reflux,
Filent circulairement vers l'est,
Vers les piliers de la forêt,
Vers les fûts de la jetée,
Dont l'angle est heurté par des tourbillons de lumière.

XXVI
Fête d'hiver

La cascade sonne derrière les huttes d'opéra-comique. Des girandoles se prolongent dans les vergers et les allées voisins du méandre, – les verts et les rouges du couchant. Nymphes d'Horace

– Tiefdunkles Grün und Blau überwuchern das Bild.
Der Wagen wird ausgespannt in der Nähe eines kleinen Kieshaufens.
– Hier wird man das Gepfeife beginnen für den Sturm und Sodom und Jerusalem und die wilden Tiere und die Heerzüge,
(Postillon und Traumtiere, werden sie die Fahrt wieder aufnehmen unterm erstickenden Hochwald, um mich bis über die Augen in die seidige Quelle zu tauchen?)
Und uns, gepeitscht durch die plätschernden Regenschauer und die ausgegossenen Getränke hindurch, hinrollen lassen auf dem Gebell der Doggen …
– Ein Windstoß löst die Umrisse der Behausungen auf.

XXV
Seestück

Die silbernen und kupfernen Wagen,
Die stählernen und silbernen Buge
Schlagen den Schaum,
Wühlen die Stöcke der Dornen auf.
Die Strömungen der Heide,
Und die ungeheuern Rillen der Ebbe
Fliehen in Kreisen gegen Osten,
Gegen die Pfeiler des Waldes,
Gegen die Stämme der Mole,
An deren Kante sich stoßen die Wirbel des Lichtes.

XXVI
Winterfest

Der Wasserfall rauscht hinter den Operettenhütten. Feuerkränze schweben längs der Obstgärten und der Laubgänge am Ufer des sich hinschlängelnden Flusses, – die grünen und roten Töne der

coiffées au Premier Empire. – Rondes sibériennes, Chinoises de Boucher.

XXVII
Angoisse

Se peut-il qu'Elle me fasse pardonner les ambitions continuellement écrasées, – qu'une fin aisée répare les âges d'indigence, – qu'un jour de succès nous endorme sur la honte de notre inhabileté fatale?

(O palmes! diamant! – Amour, force! – plus haut que toutes joies et gloires! – de toute façon, partout. – Démon, dieu, – jeunesse de cet être-ci: moi!)
Que les accidents de féerie scientifique et des mouvements de fraternité sociale soient chéris comme restitution progressive de la franchise première? …

Mais la Vampire qui nous rend gentils commande que nous nous amusions avec ce qu'elle nous laisse, ou qu'autrement nous soyons plus drôles.

Rouler aux blessures, par l'air lassant et la mer; aux supplices, par le silence des eaux et de l'air meurtriers; aux tortures qui rient, dans leur silence atrocement houleux.

untergehenden Sonne. Nymphen des Horaz in der Haartracht des ersten Kaiserreichs. – Sibirische Reigentänze, Chinesinnen, wie sie Boucher gemalt hat.

XXVII
Angst

Wäre es möglich, daß SIE mich Verzeihung finden ließe für die beständig zerschmetterten Regungen meines Ehrgeizes, – daß ein behagliches Ende die Zeiten der Entbehrung wieder gut machen, – daß ein Tag des Erfolgs mich einschlafen lassen könnte auf der Schmach der über mich verhängten Ungeschicklichkeit?
(O Palmen! Diamant! – Liebe, Kraft! – Höher als alle Freuden und jeglicher Ruhm! – in jeder Gestalt, – überall, Dämon, Gott, – Jugend dieses Wesens hier: ich!)
Wäre es möglich, daß die Begebenheiten des wissenschaftlichen Märchenspiels und die Regungen sozialer Verbrüderung geliebt würden als die stufenweise Wiederherstellung der ursprünglichen Freiheit? ...

Aber die Blutsaugerin, die mich lieb und brav macht, befiehlt mir mit den Überbleibseln, die sie mir läßt, mich zu vergnügen, oder, wenn nicht, nur noch drolliger zu werden.

Sich wälzen in seinen Wunden, in der ermattenden Luft und im Meer; in den Marterungen, im Schweigen der mörderischen Gewässer und Lüfte; in den Qualen, die lachen im fürchterlich hohlen Wellenschlag ihres Schweigens.

XXVIII
Métropolitain

Du détroit d'indigo aux mers d'Ossian, sur le sable rose et orange qu'a lavé le ciel vineux viennent de monter et de se croiser des boulevards de cristal habités incontinent par de jeunes familles pauvres qui s'alimentent chez les fruitiers. Rien de riche. – La ville.

Du désert de bitume fuient droit, en déroute avec les nappes de brumes échelonnées en bandes affreuses au ciel qui se recourbe, se recule et descend formé de la plus sinistre fumée noire que puisse faire l'Océan en deuil, les casques, les roues, les barques, les croupes. – La bataille.

Lève la tête: ce pont de bois, arqué; les derniers potagers de Samarie; ces masques enluminés sous la lanterne fouettée par la nuit froide; l'ondine niaise à la robe bruyante, au bas de la rivière; les crânes lumineux dans les plants de pois, – et les autres fantasmagories. – La campagne.

Des routes bordées de grilles et de murs, contenant à peine leurs bosquets, et les atroces fleurs qu'on appellerait cœurs et sœurs, Damas damnant de longueur, – possessions de féeriques aristocraties ultra-Rhénanes, Japonaises, Guaranies, propres encore à recevoir la musique des anciens, – et il y a des auberges qui pour toujours n'ouvrent déjà plus; – il y a des princesses, et, sie tu n'es pas trop accablé, l'étude des astres. – Le ciel.

Le matin où, avec Elle, vous vous débattîtes parmi les éclats de neige, les lèvres vertes, les glaces, les drapeaux noirs et les rayons bleus, et les parfums pourpres du soleil des pôles. – Ta force.

XXVIII
Stadtbahn

Aus der dunkelblauen Meerenge bis zu den Meeren Ossians, auf dem rosa- und orangefarbenen Sand, den der weinrote Himmel gewaschen hat, sind eben aufgestiegen und kreuzen sich Boulevards aus Kristall, besiedelt von jungen armen Familien, die ihre Lebensmittel bei den Obsthändlern einkaufen. Keine Spur von reichen Leuten. – Die Stadt.

Aus der Wüste von Asphalt flüchten geradeaus, in wilder Flucht mit den Nebelschwaden, gestaffelt in schrecklichen Streifen am Himmel, der sich aufbäumt, zurückweicht und herabsteigt, gebildet aus dem unheimlichsten schwarzen Rauch, den der Ozean in Trauer aufsteigen lassen kann, die Helme, die Räder, die Barken, die Kruppen der Pferde. – Die Schlacht.

Hebe dein Antlitz auf: diese hölzerne, gewölbte Brücke; die letzten Gemüsegärten von Samaria; diese Masken, beleuchtet unter der von der kalten Nacht gepeitschten Laterne; die einfältige Undine in ihrem geräuschvollen Gewande, unten am Fluß; die leuchtenden Schädel in den Erbsenfeldern, – und all das andere Blendwerk. – Das flache Land.

Straßen, eingerahmt von Gittern und Mauern, die nur mit Mühe ihre Gebüsche zusammenhalten, und die grauenhaften Blumen, die man Herzen und Schwestern nennen könnte, Damast, der einen rasend machen könnte vor Sehnsucht, – Besitzungen von zauberhaften Adelsgeschlechtern jenseits des Rheins, Japanerinnen, Guaraninnen, noch fähig, die Musik der Alten aufzunehmen, – und es gibt Herbergen, die für immer, schon längst nicht mehr offen halten; – es gibt Prinzessinnen, und, wenn du nicht zu niedergeschlagen bist, das Studium der Sterne. – Der Himmel.

Jener Morgen, an dem du dich mit *ihr* herumstrittest in der schneeigen Pracht, die grünen Lippen, die Spiegel, die schwarzen Fahnen und die blauen Strahlen, und die purpurnen Düfte der Sonne des Nord- und Südpols. – Deine Kraft.

XXIX
Barbare

Bien après les jours et les saisons, et les êtres et les pays,

Le pavillon en viande saignante sur la soie des mers et des fleurs arctiques; (elles n'existent pas)
Remis des vieilles fanfares d'héroïsme, – qui nous attaquent encore le cœur et la tête, – loin des anciens assassins,

– Oh! le pavillon en viande saignante sur la soie des mers et des fleurs arctiques; (elles n'existent pas) –
Douceurs!

Les brasiers, pleuvant aux rafales de givre. – Douceurs! Ces feux à la pluie du vent de diamants jetée par le cœur terrestre éternellement carbonisé pour nous. – O monde! (Loin des vieilles retraites et des vieilles flammes qu'on entend, qu'on sent.)

Les brasiers et les écumes. La musique, virement des gouffres et choc des glaçons aux astres.

O douceurs, ô monde, musique! Et là, les formes, les sueurs, les chevelures et les yeux, flottant. Et les larmes blanches, bouillantes, – ô douceurs! – et la voix féminine arrivée au fond des volcans et des grottes arctiques … – Le pavillon …

XXIX
Barbarisch

Lange nach den Tagen und den Zeiten und den Wesen und den Ländern,
Die Flagge von blutigem Fleisch über der Seide der Meere und den Blumen des Nordpols; (es gibt sie nicht)
Erholt von den alten Fanfaren des Heroismus, – die noch immer uns Herz und Kopf bestürmen, – weit weg von den alten Mördern,
– Oh! die Flagge von blutigem Fleisch über der Seide der Meere und den Blumen des Nordpols; (es gibt sie nicht) –
Süße Lust!

Die Gluten, regnend in den eisigen Böen. – Süße Lust! – Diese Feuerbrände im Regen des Diamantenwindes, geworfen aus dem Herzen der Erde, das ewig zu Kohle verbrannt wird für uns. – O Welt!
(Weit weg von alten Zapfenstreichen und den alten Flammen, die man hört, die man riecht.)

Die Gluten und die Schäume. Die Musik, Kreisen der Abgründe und Anprall der Eisschollen gegen die Sterne.

O süße Lust, o Welt, o Musik! Und dort, die Gestalten, die Schweißtropfen, das lange Haar und die Augen, wie das dahintreibt. Und die weißen Tränen, siedend heiß, – o süße Lust! – und die Stimme der Frau, eingedrungen in die Tiefe der Vulkane und der Grotten des Nordpols ... – Die Flagge ...

XXX
Promontoire

L'aube d'or et la soirée frissonnante trouvent notre brick en large en face de cette villa et de ses dépendances, qui forment un promontoire aussi étendu que l'Épire et le Péloponnèse, ou que la grande île du Japon, ou que l'Arabie! Des fanums qu'éclaire la rentrée des théories; d'immenses vues de la défense des côtes modernes; des dunes illustrées de chaudes fleurs et de bacchanales; de grands canaux de Carthage et des embankments d'une Venise louche; de molles éruptions d'Etnas et des crevasses de fleurs et d'eaux des glaciers; des lavoirs entourés de peupliers d'Allemagne, des talus de parcs singuliers penchant des têtes d'Arbre du Japon; et les façades circulaires des «Royal» ou des «Grand» de Scarborough ou de Brooklyn; et leurs railways flanquent, creusent, surplombent les dispositions de cet hôtel, choisies dans l'histoire des plus élégantes et des plus colossales constructions de l'Italie, de l'Amérique et de l'Asie, dont les fenêtres et les terrasses, à présent pleines d'éclairages, de boissons et de brises riches, sont ouvertes à l'esprit des voyageurs et des nobles, – qui permettent, aux heures du jour, à toutes les tarentelles des côtes, – et mêmes aux ritournelles des vallées illustres de l'art, de décorer merveilleusement les façades du Palais Promontoire.

XXXI
Scènes

L'ancienne Comédie poursuit ses accords et divise ses idylles:

Des boulevards de tréteaux.

XXX
Vorgebirge

Die goldene Morgenröte und der erschauernde Abend finden unsere Brigg auf hoher See, gegenüber jenem Landhaus mit seinen Nebengebäuden, die ein Vorgebirge bilden, ebenso ausgedehnt wie der Epirus und der Peloponnes oder die große japanische Insel oder Arabien! Tempel, welche die Rückkehr der Prozessionen beleuchtet; unermeßlich weite Ausblicke auf die Verteidigungsanlagen der modernen Küsten; Dünen, strahlend von warmen Blumen und Bacchanalien; breite Kanäle Karthagos und Landungsbänke eines verdächtigen Venedig; schwache Ausbrüche von Ätnakratern und Spalten von Blumen und Gewässern von Gletschern; Teiche, umgeben von Pappeln Deutschlands, Böschungen von merkwürdigen Parks mit hängenden Kronen von Japanbäumen und die kreisförmigen Fassaden der »Royal« oder der »Grands-Hôtels« von Scarborough oder Brooklyn; und ihre Eisenbahnen begleiten, durchhöhlen, überwölben diese Hotelanlagen, ausgewählt in der Geschichte der elegantesten und gewaltigsten Bauten Italiens, Amerikas und Asiens. Ihre Fenster und Terrassen, jetzt voll von Lichtglanz, Getränken und duftreichen Brisen, sind geöffnet dem Geist der Reisenden und Aristokraten, – die, in den Tagesstunden, allen berühmten Tarantellen der Küsten, – und selbst den Ritornellen der kunstberühmten Täler erlauben, die Fassaden des Vorgebirge-Palasthotels wunderbar auszuschmücken.

XXXI
Szenen

Die alte Komödie setzt ihre Klänge fort und verteilt ihre Idyllen:

Ganze Boulevards von Schaugerüsten.

Un long pier en bois d'un bout à l'autre d'un champ rocailleux où la foule barbare évolue sous les arbres dépouillés.

Dans des corridors de gaze noire, suivant le pas des promeneurs aux lanternes et aux feuilles,

Des oiseaux comédiens s'abattent sur un ponton de maçonnerie mû par l'archipel couvert des embarcations des spectateurs.

Des scènes lyriques, accompagnées de flûte et de tambour, s'inclinent dans des réduits ménagés sur les plafonds autour des salons de clubs modernes ou des salles de l'Orient ancien.

La féerie manœuvre au sommet d'un amphithéâtre couronné de taillis, – ou s'agite et module pour les Béotiens, dans l'ombre des futaies mouvantes, sur l'arête des cultures.

L'opéra-comique se divise sur notre scène à l'arête d'intersection de dix cloisons dressées de la galerie aux feux.

XXXII
Soir historique

En quelque soir, par exemple, que se trouve le touriste naïf, retiré de nos horreurs économiques, la main d'un maître anime le clavecin des prés; on joue aux cartes au fond de l'étang, miroir évocateur des reines et des mignonnes; on a les saintes, les voiles, et les fils d'harmonie, et les chromatismes légendaires, sur le couchant.

Ein langer hölzerner Pfeiler von einem Ende zum andern eines steinbesäten Feldes, auf dem die barbarische Menge hin und her wandelt unter den entblätterten Bäumen.

In den mit schwarzen Schleiern ausgeschlagenen Gängen, folgend den Schritten der Spaziergänger im Licht der Laternen und zwischen dem Laubwerk,

Flattern Komödiantenvögel hernieder auf ein gemauertes Brükkenboot, geschaukelt von dem Inselmeer, das von den Barken der Zuschauer wimmelt.

Lyrische Szenen unter Begleitung von Flöte und Trommel neigen sich in den an den Decken eingebauten Verstecken rings um die modernen Klubräume oder die Säle des alten Orients.

Das Zauberstück spielt sich ab oben auf der Höhe eines mit Buschwerk bekrönten Amphitheaters – oder es bewegt sich in gleitendem Auf und Ab für die Böotier im Schatten des schwankenden Hochwaldes, auf dem Grat des Ackerlandes.

Die Operette verteilt sich auf unsere Bühne, an der Kante der Kreuzung von zehn auf der Lichtgalerie errichteten Verschlägen.

XXXII
Historischer Abend

Wo immer sich an irgendeinem Abend, zum Beispiel, der unverdorbene Reisende, entronnen unseren wirtschaftlichen Scheußlichkeiten, befinden mag, da läßt die Hand eines Meisters das Wiesenklavier ertönen, spielt man Karten auf dem Grund des Teiches, dessen Spiegel Königinnen und Feinsliebchen heraufbeschwört; hat man die heiligen Frauen, die Schleier und die Äols-

Il frissonne au passage des chasses et des hordes. La comédie goutte sur les tréteaux de gazon. Et l'embarras des pauvres et des faibles sur ces plans stupides!

À sa vision esclave, l'Allemagne s'échafaude vers des lunes; les déserts tartares s'éclairent; les révoltes anciennes grouillent dans le centre du Céleste Empire; par les escaliers et les fauteuils de rocs, un petit monde blême et plat, Afrique et Occidents, va s'édifier. Puis un ballet de mers et de nuits connues, une chimie sans valeur, et des mélodies impossibles.

La même magie bourgeoise à tous les points où la malle nous déposera! Le plus élémentaire physicien sent qu'il n'est plus possible de se soumettre à cette atmosphère personnelle, brume de remords physiques, dont la constatation est déjà une affliction.

Non! Le moment de l'étuve, des mers enlevées, des embrasements souterrains, de la planète emportée, et des exterminations conséquentes, certitudes si peu malignement indiquées dans la Bible et par les Nornes et qu'il sera donné à l'être sérieux de surveiller. – Cependant ce ne sera point un effet de légende!

XXXIII
Mouvement

Le mouvement de lacet sur la berge des chutes du fleuve,
Le gouffre à l'étambot,
La célérité de la rampe,
L'énorme passade du courant
Mènent par les lumières inouïes
Et la nouveauté chimique

harfen und die Farbenspiele der Legenden zur Verfügung, vor dem Sonnenuntergang.
Er erschauert, wenn er sieht, wie die Horden der wilden Jagd vorüberziehen. Die Komödie sickert auf die Brettergerüste des Rasens. Und die Verlegenheit der Armen und Schwachen auf so albernem Plan!
Sklave seiner Vision, arbeitet sich Deutschland mühsam zu den Regionen der Monde hinauf; die Wüsten der Tartarei erhellen sich; die Revolutionen alter Zeiten krabbeln im Mittelpunkt des Himmlischen Reiches; auf den Stufen und Sesseln von Felsen will sich eine kleine, blasse und platte Welt, Afrika und Abendländer, aufbauen. Dann ein Ballett von bekannten Meeren und Nächten, eine wertlose Chemie und unmögliche Melodien.
Die gleiche bürgerliche Magie aller Orten, wo immer uns die Post absetzt! Der simpelste Physikschüler fühlt, daß es nicht mehr möglich ist, sich diese persönliche Atmosphäre gefallen zu lassen, Nebeldunst von körperlichen Gewissensbissen, die festzustellen allein schon eine Pein ist.
Nein! Der Augenblick der dumpfen Schwüle, der entrückten Meere, der unterirdischen Feuersbrünste, des weggerissenen Planeten und der zielbewußten Ausrottungen, Gewißheiten, die durch die Bibel und die Nornen so wenig schlau verkündigt worden sind und auf die ein wachsames Auge zu haben dem ersten Menschen vorbehalten ist. – Indessen, das wird nicht wie eine Legende sein!

XXXIII
Bewegung

Die Schleifenwindung längs des Steilufers der Fälle des Flusses,
Der Strudel am Hintersteven,
Die Schnelligkeit des Absturzes,
Das ungeheure Gefälle der Strömung
Führen durch die unerhörten Lichtfluten
Und die chemische Neuheit

Les voyageurs entourés des trombes du val
Et du strom.
Ce sont les conquérants du monde
Cherchant la fortune chimique personnelle;
Le sport et le confort voyagent avec eux;
Ils emmènent l'éducation
Des races, des classes et des bêtes, sur ce vaisseau:
Repos et vertige
A la lumière diluvienne,
Aux terribles soirs d'étude.

Car de la causerie parmi les appareils, le lang, les fleurs, le feu,
 les bijoux,
Des comptes agités à ce bord fuyard,
On voit, – roulant comme une digue au delà de la route
 hydraulique motrice,
Monstrueux, s'éclairant sans fin, –
 leur stock d'études;
Eux chassés dans l'extase harmonique
Et l'héroïsme de la découverte.

Aux accidents atmosphériques les plus surprenants,
Un couple de jeunesse s'isole sur l'arche,
– Est-ce ancienne sauvagerie qu'on pardonne? –
Et chante et se poste.

XXXIV
Bottom

La réalité étant trop épineuse pour mon grand caractère, – je me trouvai néanmoins chez ma dame, en gros oiseau gris-bleu s'essorant vers les moulures du plafond et traînant l'aile dans les ombres de la soirée.

Die Reisenden, umgeben von den Windhosen des Tales
Und des Stromes.
Das sind die Eroberer der Welt,
Sie, die das persönliche chemische Abenteuer suchen;
Der Sport und die Bequemlichkeit reisen mit ihnen;
Sie führen mit sich die Erziehung
Der Völker, der Klassen und der Tiere, auf diesem Schiff:
Ruhe und Taumel
In der Sintflut des Lichtes,
An den schrecklichen Abenden der Forschung.

Denn aus der Unterhaltung inmitten der Instrumente,
des Blutes, der Blumen, des Feuers, der Schmuckstücke,
Aus den lebhaften Berechnungen auf dieser fliehenden Planke,
Sieht man – rollend wie ein Deich jenseits der
Treibkraft-Wasserstraße,
Ungeheuerlich, ununterbrochen sich aufhellend –
ihren Bestand an Wissen;
Sie selbst gejagt in der harmonischen Ekstase
Und dem Heroismus des Entdeckens.

Unter den erstaunlichsten atmosphärischen Erscheinungen
Sondert sich auf der Brücke ein junges Paar ab
– Ist es Scheu alter Wildheit, die man verzeiht? –
Und singt und setzt sich nieder.

XXXIV
Bottom

Obgleich die Wirklichkeit zu stachelig ist für meinen großen Charakter, – fand ich mich nichtsdestoweniger bei meiner Herrin, als großer, grau-blauer Vogel, der sich zu den Gesimsen der Decke aufschwang und den Flügel schleppen ließ in den Schatten des Abends.

Je fus, au pied du baldaquin supportant ses bijoux adorés et ses chefs-d'œuvre physiques, un gros ours aux gencives violettes et au poil chenu de chagrin, les yeux aux cristaux et aux argents des consoles.

Tout se fit ombre et aquarium ardent.
Au matin, – aube de juin batailleuse, – je courus aux champs, âne, claironnant et brandissant mon grief, jusqu'à ce que les Sabines de la banlieue vinrent se jeter à mon poitrail.

XXXV
H.

Toutes les monstruosités violent les gestes atroces d'Hortense. Sa solitude est la mécanique érotique; sa lassitude, la dynamique amoureuse. Sous la surveillance d'une enfance, elle a été, à des époques nombreuses, l'ardente hygiène des races. Sa porte est ouverte à la misère. Là, la moralité des êtres actuels se décorpore en sa passion ou en son action. – O terrible frisson des amours novices sur le sol sanglant et par l'hydrogène clarteux! – trouvez Hortense.

XXXVI
Dévotion

À ma sœur Louise Vanaen de Voringhem: – Sa cornette bleue tournée à la mer du Nord. – Pour les naufragés.

À ma sœur Léonie Aubois d'Ashby. Baou! – l'herbe d'été bourdonnante et puante. – Pour la fièvre des mères et des enfants.

Ich war, am Fuße des Himmelsbettes, das ihren angebeteten Schoß und die Herrlichkeiten ihres Körpers trug, ein grober Bär mit violettem Zahnfleisch und einem vor Kummer gebleichten Fell, die Augen geheftet auf die kristallenen und silbernen Geräte der Konsolen.
Alles wurde Schatten und glühendes Aquarium.
Am Morgen, – kämpferische Juni-Morgenröte – lief ich auf die Felder, Esel, meinen Ärger trompetend und schwingend, bis die Sabinerinnen der Vorstadt sich an meine zottige Brust warfen.

XXXV
H.

Alle Ungeheuerlichkeiten vergewaltigen die grausigen Bewegungen Hortenses. Ihre Einsamkeit ist die erotische Mechanik; ihre Mattigkeit die Dynamik der Liebe. In der Zucht einer Kindheit ist sie, zahlreiche Jahrhunderte lang, das heiße Gesundbad der Völker gewesen. Ihre Tür ist dem Elend geöffnet. Bei ihr löst sich die Sittlichkeit des Menschen von heute auf, in ihrer Leidenschaft oder in ihrem Tun. – O schrecklicher Schauer der Liebe der Neulinge auf dem blutigen Boden und im hellen Leuchten der Gasflammen. – Geht und besucht Hortense.

XXXVI
Andächtige Verehrung

Meiner Schwester Louise Vanaen de Voringhem: – Ihre blaue Haube, die der Nordsee zugewendet ist. – Für die Schiffbrüchigen.

Meiner Schwester Leonie Aubois d'Ashby, Bum! – Das summende und stinkende Sommergras. – Für das Fieber der Mütter und der Kinder.

À Lulu, – démon – qui a conservé un goût pour les oratoires du temps des Amies et de son éducation incomplète. – Pour les hommes.

À madame***

À l'adolescent que je fus. À ce saint vieillard, ermitage ou mission.

À l'esprit des pauvres. Et à un très haut clergé.

Aussi bien, à tout culte en telle place de culte mémoriale et parmi tels événements qu'il faille se rendre, suivant les aspirations du moment ou bien notre propre vice sérieux.

Ce soir, à Circeto des hautes glaces, grasse comme le poisson, et enluminée comme les dix mois de la nuit rouge – (son cœur ambre et spunk). – Pour ma seule prière muette comme ces régions de nuit, et précédant des bravoures plus violentes que ce chaos polaire.

À tout prix et avec tous les airs, même dans des voyages métaphysiques. – Mais plus *alors*.

XXXVII
Démocratie

«Le drapeau va au paysage immonde, et notre patois étouffe le tambour.
«Aux centres nous alimenterons la plus cynique prostitution. Nous massacrerons les révoltes logiques.

Lulu, – der Teufelin – die eine Vorliebe bewahrt hat für die Gebetskapellen aus der Zeit der Freundinnen und ihrer unvollständigen Erziehung. – Für die Männer.

Der Frau***

Dem Jüngling, der ich war. Diesem heiligen Greis, Einsiedelei oder Heidenmission.

Dem Geist der Armen und einer sehr hohen Geistlichkeit.

Ebenso, jedem Kult an solcher erinnerungsgeweihten Kultstätte und unter solchen Begebenheiten, daß ich mich hingeben muß, je nach den Erhebungen des Augenblicks oder sogar meinem eigenen schweren Laster.

Heute Abend, der Circeto mit den hohen Spiegelscheiben, fett wie der Fisch, und festlich beleuchtet wie die zehn Monate der roten Nacht – (ihr Bernstein- und Zunderherz). – Für mein einziges Gebet, das stumm ist wie diese nächtlichen Gefilde und Heldentaten vorangeht, die gewaltiger sind als dieses Chaos des Nordpols.

Um jeden Preis und mit allen Melodien, selbst auf den Fahrten ins Übersinnliche. – Aber noch mehr *alsdann.*

XXXVII
Demokratie

»Die Fahne marschiert in die unreine Landschaft, und unser Kauderwelsch erstickt die Trommel.
In den Hauptstädten werden wir die schamloseste Hurerei hochbringen. Wir werden die vernünftigen Empörungen niedermetzeln.

«Aux pays poivrés et détrempés! – au service des plus monstrueuses exploitations industrielles ou militaires.

«Au revoir ici, n'importe où. Conscrits du bon vouloir nous aurons la philosophie féroce; ignorants pour la science roués pour le confort; la crevaison pour le monde qui va. C'est la vraie marche. En avant, route!»

XXXVIII
Fairy

Pour Hélène se conjurèrent les sèves ornementales dans les ombres vierges et les clartés impassibles dans le silence astral. L'ardeur de l'été fut confiée à des oiseaux muets et l'indolence requise à une barque de deuils sans prix par des anses d'amours morts et de parfums affaissés.

– Après le moment de l'air des bûcheronnes à la rumeur du torrent sous la ruine des bois, de la sonnerie des bestiaux à l'écho des vals, et des cris des steppes. –

Pour l'enfance d'Hélène frissonnèrent les fourrés et les ombres, et le sein des pauvres, et les légendes du ciel,

Et ses yeux et sa danse supérieurs encore aux éclats précieux, aux influences froides, au plaisir du décor et de l'heure uniques.

Hin in die gepfefferten und erschlafften Länder! – im Dienst der ungeheuerlichsten industriellen oder militärischen Ausbeutungen.

Auf Wiedersehen hier, ganz gleich wo. Rekruten des guten Willens, werden wir uns an die Philosophie der Barbarei halten; Stümper in der Wissenschaft, Wüstlinge im Genuß des behaglichen Lebens; krepieren muß die Welt, wie sie heute läuft. Das ist der wahre Fortschritt. Vorwärts los!«

XXXVIII
Fairy

Für Helena verschworen sich die Schönheitssäfte in den jungfräulichen Schatten und die unbewegten Klarheiten im Schweigen der Sternenwelt. Die Glut des Sommers wurde stummen Vögeln anvertraut und die erbetene Lässigkeit einer Trauerbarke von unschätzbarem Wert, treibend in den Buchten toter Liebesfreuden und verwelkter Düfte.

Nach der Stunde des Liedes der Holzhackerinnen hin zum Getöse des Wildbachs unterm Trümmerfeld der Wälder, von dem Glockengeläut der Herden zum Widerhall der Täler und der Schreie der Steppen. –

Für die Kindheit Helenas erschauerten die Dickichte und die Schattengründe und die Brust der Armen und die Legenden des Himmels.

Und ihre Augen und ihr Tanz: herrlicher noch als die glänzenden Kostbarkeiten, als das kalte Walten der Gestirne, als die Lust an dem Schmuck und der Stunde, die es nur einmal gibt.

XXXIX
Guerre

Enfant, certains ciels ont affiné mon optique: tous les caractères nuancèrent ma physionomie. Les Phénomènes s'émurent. – A présent, l'inflexion éternelle des moments et l'infini des mathématiques me chassent par ce monde où je subis tous les succès civils, respecté de l'enfance étrange et des affections énormes. – Je songe à une guerre, de droit ou de force, de logique bien imprévue.
C'est aussi simple qu'une phrase musicale.

XL
Génie

Il est l'affection et le présent puisqu'il a fait la maison ouverte à l'hiver écumeux et à la rumeur de l'été – lui qui a purifié les boissons et les aliments – lui qui est le charme des lieux fuyants et le délice surhumain des stations. – Il est l'affection et l'avenir, la force et l'amour que nous, debout dans les rages et les ennuis, nous voyons passer dans le ciel de tempête et les drapeaux d'extase.

Il est l'amour, mesure parfaite et réinventée, raison merveilleuse et imprévue, et l'éternité: machine aimée des qualités fatales. Nous avons tous eu l'épouvante de sa concession et de la nôtre: ô jouissance de notre santé, élan de nos facultés, affection égoïste et passion pour lui, – lui qui nous aime pour sa vie infinie …

Et nous nous le rappelons et il voyage … Et si l'Adoration s'en va, sonne, sa promesse sonne: «Arrière ces superstitions, ces anciens corps, ces ménages et ces âges. C'est cette époque-ci qui a sombré!»

XXXIX
Krieg

Als ich ein Kind war, haben gewisse Himmel meine Sehkraft geschärft: alle Charaktere gaben meinen Zügen ihre feinen Schattierungen. Die Phänomene standen auf. – Jetzt jagen mich die ewigen Ablenkungen der Stunden und die Unendlichkeit der mathematischen Möglichkeiten durch diese Welt, in der ich alle bürgerlichen Erfolge erleide, geachtet von der sonderbaren Kindheit und den gewaltigen Neigungen. – Ich denke an einen Krieg, von Recht oder Gewalt, von sehr unvorhergesehener Logik. Das ist ebenso einfach wie ein musikalischer Satz.

XL
Genius

Er ist die Zuneigung und die Gegenwart, da er das Haus geöffnet hat dem schaumigen Winter und der Gärung des Sommers – er, der die Getränke und die Speisen gereinigt hat – er, der der Zauber der vorüberfliehenden Ortschaften und das übermenschliche Entzücken der Haltestellen ist. – Er ist die Zuneigung und die Zukunft, die Kraft und die Liebe, die wir, aufrecht in den Rasereien und Widerwärtigkeiten, vorüberziehen sehen am sturmdurchtobten Himmel und in den Fahnen der Verzückung.
Er ist die Liebe, vollkommenes und wiedererfundenes Maß, wunderbare und unverhoffte Vernunft, und die Ewigkeit: geliebte Wirkungskraft der verhängnisvollen Gaben. Wir haben alle Schrecken gekannt über das Recht, das ihm und uns verliehen ist: o Wollust unserer Gesundheit, Aufschwung unserer Fähigkeiten, selbstsüchtige Zuneigung und Leidenschaft für ihn, – für ihn, der uns liebt um seines unendlichen Lebens willen …
Und wir rufen ihn uns zurück, und er ist auf der Wanderung …
Und wenn die Anbetung dahin geht, dann erklingt, erklingt sein Versprechen: »Weg mit all diesem Aberglauben, diesen alten Lei-

Il ne s'en ira pas, il ne redescendra pas d'un ciel, il n'accomplira pas la rédemption des colères de femmes et des gaietés des hommes et de tout ce péché: car c'est fait, lui étant, et étant aimé.

O ses souffles, ses têtes, ses courses: la terrible célérité de la perfection des formes et de l'action.
O fécondité de l'esprit et immensité de l'univers!
Son corps! le dégagement rêvé, le brisement de la grâce croisée de violence nouvelle!

Sa vue, sa vue! tous les agenouillages anciens et les peines *relevés* à sa suite.
Son jour! l'abolition de toutes souffrances sonores et mouvantes dans la musique plus intense.
Son pas! les migrations plus énormes que les anciennes invasions.
O Lui et nous! l'orgueil plus bienveillant que les charités perdues.
O monde! et le chant clair des malheurs nouveaux!

Il nous a connus tous et nous a tous aimés: sachons, cette nuit d'hiver, de cap en cap, du pôle tumultueux au château, de la foule à la plage, de regards en regards, forces et sentiments las, le héler et le voir, et le renvoyer, et, sous les marées et au haut des déserts de neige, suivre ses vues, – ses souffles, – son corps, – son jour.

bern, diesen Hausgemeinschaften und diesen überlebten Zeiten. Diese Welt ist untergegangen!«

Er wird nicht davongehen, er wird nicht von neuem aus einem Himmel herniedersteigen; er wird nicht die Erlösung vom Zorn der Frauen und den Lustigkeiten der Männer und von all dieser Sündhaftigkeit vollbringen; denn es ist vollbracht, weil er ist und geliebt wird.

O sein Brausen, seine Häupter, seine Bahnen: die furchtbar rasche Vollkommenheit der Gestalten und der Tat.
O Fruchtbarkeit des Geistes und Unermeßlichkeit des Alls! Sein Leib! Die erträumte Befreiung, das Zerbrechen der Gnade, durchkreuzt von neuer Gewalt!

Sein Anblick, sein Anblick! All die alten Kniefälle und die Strafen, *aufgehoben* in seiner Nachfolge.
Sein Tag! Die Abschaffung aller tönenden und unsteten Leiden in der stärkeren Musik.
Sein Schritt! Die Wanderungen, ungeheurer als die Einbrüche des Altertums.
O Er und wir! Der Stolz, freundlicher als die verlorenen Barmherzigkeiten.
O Welt! Und der helle Gesang all des neuen Unglücks!

Er hat uns alle gekannt und hat uns alle geliebt: lernen wir, in dieser Winternacht, von Kap zu Kap, vom stürmischen Pol bis zum Schloß, von der Menge bis hin zum Gestade, von Auge zu Auge, müde an Kräften und Gefühlen, ihn anzurufen und ihn zu sehen und ihn fort zu schicken und, unter den Fluten der Gezeiten und hoch oben in den Wüsten ewigen Schnees, seinen Gesichten zu folgen, – seinem Brausen, – seinem Leib, – seinem Tag.

XLI
Jeunesse

I
Dimanche

Les calculs de côté, l'inévitable descente du ciel et la visite des souvenirs et la séance des rhythmes occupent la demeure, la tête et le monde de l'esprit.

– Un cheval détale sur le turf suburbain et le long des cultures et des boisements, percé par la peste carbonique. Une misérable femme de drame, quelque part dans le monde, soupire après des abandons improbables. Les desperadoes languissent après l'orage, l'ivresse et les blessures. De petits enfants étouffent des malédictions le long des rivières.

Reprenons l'étude au bruit de l'œuvre dévorante qui se rassemble et remonte dans les masses.

II
Sonnet

Homme de constitution ordinaire, la chair n'était-elle pas un fruit pendu dans le verger; – ô journées enfantes! – le corps un trésor à prodiguer; – ô aimer, le péril ou la force de Psyché? La terre avait des versants fertiles en princes et en artistes, et la descendance et la race nous poussaient aux crimes et aux deuils: le monde, votre fortune et votre péril. Mais à présent, ce labeur comblé, toi, tes calculs, – toi, tes impatiences – ne sont plus que votre danse et votre voix, non fixées et point forcées, quoique d'un double événement d'invention et de succés une raison, – en l'humanité fraternelle et discrète par l'univers sans images; – la force et le droit réfléchissent la danse et la voix à présent seulement appréciées.

XLI
Jugend

I
Sonntag

Nun, da die Mathematikaufgabe beiseite gelegt ist, treten die unvermeidliche Herabkunft des Himmels und der Besuch der Erinnerungen und die Versammlung der Rhythmen in die Wohnung, den Kopf und die Welt des Geistes ein.

– Ein Pferd rennt auf dem Vorstadtrasen und längs der Äcker und der Jungholz-Anpflanzungen, die von der Kohlenpest durchbohrt sind. Eine elende Komödiantin, irgendwo in der Welt, schmachtet nach unwahrscheinlichen Szenen der Hingabe. Die Desperados lechzen nach Gewitter, Rausch und Wunden. Kleine Kinder ersticken Verwünschungen längs der Flüsse.

Zurück zur Schularbeit im Lärm des Vernichtungswerkes, das sich in den Massen vorbereitet und aufsteigt.

II
Sonett

War für mich, einen *Mann* von ganz gewöhnlicher Beschaffenheit, das Fleisch nicht eine im Obstgarten hängende Frucht; – o Tage der Kindheit! – der Leib ein Schatz, verschwendet zu werden; – o Lieben, die Gefahr oder die Kraft der Psyche? Die Erde besaß Abhänge, fruchtbar an Fürsten und Künstlern, und Abstammung und Rasse trieben uns zu den Verbrechen und Traurigkeiten. Aber jetzt, da diese Aufgabe vollbracht ist, sind du, deine Pläne, – du, deine ungeduldigen Wünsche – nichts weiter als dein Tanz und deine Stimme, nicht festgenagelt und nicht vergewaltigt, obwohl Ursache eines Doppelereignisses von Erfindung und Erfolg, – in der brüderlichen und verschwiegenen Menschheit überall in der Welt ohne Bilder; – die Macht und das Recht spiegeln den Tanz und die Stimme wider, die jetzt erst gewürdigt werden.

III
Vingt ans
Les voix instructives exilées … L'ingénuité physique amèrement rassise … – Adagio. – Ah! l'égoïsme infini de l'adolescence, l'optimisme studieux: que le monde était plein de fleurs cet été! Les airs et les formes mourant … Un chœur, pour calmer l'impuissance et l'absence! Un chœur de verres, de mélodies nocturnes … En effet, les nerfs vont vite chasser.

IV
Tu en es encore à la tentation d'Antoine. L'ébat du zèle écourté, les tics d'orgueil puéril, l'affaissement et l'effroi. Mais tu te mettras à ce travail: toutes les possibilités harmoniques et architecturales s'émouvront autour de ton siège. Des êtres parfaits, imprévus, s'offriront à tes expériences. Dans tes environs affluera rêveusement la curiosité d'anciennes foules et de luxes oisifs. Ta mémoire et tes sens ne seront que la nourriture de ton impulsion créatrice. Quant au monde, quand tu sortiras, que sera-t-il devenu? En tout cas, rien des apparences actuelles.

XLII
Solde

À vendre ce que les Juifs n'ont pas vendu, ce que noblesse ni crime n'ont goûté, ce qu'ignore l'amour maudit et la probité infernale des masses; ce que le temps ni la science n'ont pas à reconnaître:

III

Zwanzig Jahre

Die Stimmen der Lehrer verbannt ... Die geschlechtliche Unschuld in Bitternis beruhigt ... – Adagio. – Oh! die unendliche Selbstsucht der Jugend, der beflissene Optimismus: wie war die Welt voll von Blumen in diesem Sommer! Die sterbenden Lieder und Gestalten ... Ein Chorgesang, um die Ohnmacht und die Trennung zu beruhigen! Ein Chorgesang von Gläsern, von nächtlichen Melodien ... Wahrhaftig, die Nerven haben es eilig zu jagen.

IV

Du bist noch hei der Versuchung des heiligen Antonius. Die Lust des gehemmten Triebes, die Zuckungen knabenhaften Stolzes, die Erschlaffung und das Erschrecken.
Aber du wirst dich an dieses Werk machen: Alle Möglichkeiten der Harmonie und Baukunst werden sich um deinen Sessel drängen. Vollkommene, ungeahnte Wesen werden sich deinen Versuchen darbieten. In deine Bezirke wird die Wißbegierde alter Völkerscharen und genußsüchtiger Müßiggänger sich träumerisch ergießen. Dein Gedächtnis und deine Sinne werden nichts anderes sein als die Nahrung deines Schöpferdrangs. Und die Welt, was mag aus ihr geworden sein, wenn du hervortrittst? Eins ist sicher, nichts mehr von den trügerischen Erscheinungen der Gegenwart.

XLII
Ausverkauf

Zu verkaufen, was die Juden nicht verkauft haben, was weder Adel noch Verbrechen gekostet haben, wovon die verwünschte Liebe und die höllische Rechtschaffenheit der Massen nichts wissen! Was weder die Zeit noch die Wissenschaft anzuerkennen haben:

Les Voix reconstituées; l'éveil fraternel de toutes les énergies chorales et orchestrales et leurs applications instantanées; l'occasion, unique, de dégager nos sens!

À vendre les corps sans prix, hors de toute race, de tout monde, de tout sexe, de toute descendance! Les richesses jaillissant à chaque démarche! Solde de diamants sans contrôle!

A vendre l'anarchie pour les masses; la satisfaction irrépressible pour les amateurs supérieurs; la mort atroce pour les fidèles et les amants!

À vendre les habitations et les migrations, sports, féeries et conforts parfaits, et le bruit, le mouvement et l'avenir qu'ils font!

À vendre les applications de calcul et les sauts d'harmonie inouïs. Les trouvailles et les termes non soupçonnés, – possession immédiate.

Élan insensé et infini aux splendeurs invisibles, aux délices insensibles, et ses secrets affolants pour chaque vice, et sa gaieté effrayante pour la foule.

À vendre les corps, les voix, l'immense opulence inquestionable, ce qu'on ne vendra jamais. Les vendeurs ne sont pas à bout de solde! Les voyageurs n'ont pas à rendre leur commission de sitôt.

Die wieder vernehmbaren Stimmen; das brüderliche Erwachen aller Kräfte der Chöre und Orchester und ihre augenblicklichen Verwirklichungen, die Gelegenheit, die einzigartige, unsere Sinne zu befreien!

Zu verkaufen die unbezahlbaren Körper, außerhalb jedes Volkes, jeder Welt, jedes Geschlechts, jeder Herkunft! Die Reichtümer, die bei jedem Handeln herausspringen! Ausverkauf von Diamanten ohne jede Nachprüfung!

Zu verkaufen die Gesetzlosigkeit für die Massen; die nicht zu unterdrückende Befriedigung für die Elite der Kunstfreunde; der furchtbare Tod für die Gläubigen und die Liebenden!

Zu verkaufen die Wohnstätten und die Wanderungen, Wettkämpfe, Zauberspiele und vollkommene Bequemlichkeiten, und das Geräusch, die Bewegung und die Zukunft, die sie gestalten!

Zu verkaufen die mathematischen Anwendungen und die unerhörten harmonischen Sprünge. Die nicht geahnten Funde und Ausdrucksweisen, – als unmittelbarer Besitz.

Sinnloser und unendlicher Aufschwung zu den unsichtbaren Herrlichkeiten, den nicht zu verspürenden Entzückungen, – und seine betörenden Geheimnisse für jedes Laster – und seine für die Menge erschreckliche Lustigkeit.

Zu verkaufen die Körper, die Stimmen, der unermeßliche und unbestreitbare Überfluß, das, was niemals verkauft werden wird. Die Verkäufer sind noch nicht zu Ende mit dem Ausverkauf! Die Reisenden haben ihren Auftrag noch nicht so bald erledigt.

III
Printemps 1873 à Octobre 1873
Frühjahr 1873 – Oktober 1873

Beth-Saïda
Une Saison en Enfer / Eine Zeit in der Hölle

Beth-Saïda

Cette saison, la piscine des cinq galeries était un point d'ennui. Il semblait que ce fût un sinistre lavoir, toujours accablé de la pluie et noir; et les mendiants s'agitant sur les marches intérieures blêmies par ces lueurs d'orages précurseurs des éclairs d'enfer, tu plaisantais sur leurs yeux bleus aveugles, sur les linges blancs ou bleus dont s'entouraient leurs moignons. O buanderie militaire, ô bain populaire! L'eau était toujours noire, et nul infirme n'y tombait même en songe.

C'est là que Jésus fit la première action grave; avec les infâmes infirmes. Il y avait un jour, de février, mars ou avril, où le soleil de deux heures après midi laissait s'étaler une grande faux de lumière sur l'eau ensevelie; et comme, là-bas, loin derrière les infirmes, j'aurais pu voir tout ce que ce rayon seul éveillait de bourgeons et de cristaux et de vers, dans ce lavoir, pareil à un ange blanc couché sur le côté, tous les reflets infiniment pâles remuaient.

L'eau de Mort. Tous les péchés, fils légers et tenaces du démon, qui pour les cœurs un peu sensibles rendaient ces hommes plus effrayants que des monstres, voulaient se jeter à cette eau. Les infirmes descendaient, ne raillant plus; mais avec envie.

Les premiers entrés sortaient guéris, disait-on. Non. Les péchés les rejetaient sur les marches, et les forçaient de chercher d'autres postes: car leur Démon ne peut rester qu'aux lieux où l'aumône est sûre.

Jésus entra aussitôt après l'heure de midi. Personne ne lavait ni ne descendait de bêtes. La lumière dans la piscine était jaune comme les dernières feuilles des vignes. Le divin Maître se tenait contre une colonne; il regardait les fils du Péché: le démon tirait sa langue en leur langue, et riait.

Beth-Saïda

Beth-Saïda, der Teich mit den fünf Hallen, war eine Stätte voll Ärgernis. Es sah aus, als wäre es ein unheimlicher Waschplatz, immer heimgesucht von Regen und schwarz; und wie die Bettler sich herumtrieben auf den inneren Stufen, die fahl aufleuchteten in jenem Gewitterlicht, das die Blitze der Hölle ankündigt, da machtest du dich lustig über ihre blauen blinden Augen, über die weißen oder blauen Lappen um ihre verkrüppelten Glieder. O Soldatenschwemme, o Massenbad! Das Wasser war immer schwarz, und kein Krüppel fiel hinein, nicht einmal im Traum. Dort war es, wo Jesus sein erstes bedeutendes Wunder tat, an den elenden Krüppeln. Es war ein Tag im Februar, März oder April. Die Zwei-Uhr-Nachmittagssonne ließ eine große Sichel von Licht sich auf das schlammige Wasser hinlegen, und gerade als ich dort, weit hinter den Krüppeln, all die Knospen, Kristalle, Würmer hätte sehen können, die dieser einzige Strahl in dem Tümpel aufweckte, gleich einem weißen, auf der Seite liegenden Engel, gerieten alle die unendlich blassen Spiegelungen in Bewegung.

Das Wasser des Todes. Alle Sünden, die hurtigen und zähen Kinder Satans, die für etwas empfindsame Seelen diese Menschen schrecklicher als Ungeheuer erscheinen ließen, liefen herbei, um sich ins Wasser zu stürzen. Die Krüppel stiegen hinein, nicht mehr spottend, aber voll heftiger Begier.

Die zuerst hineingestiegen waren, kamen gesund heraus, sagte man. Doch nein. Die Sünden warfen sie zurück auf die Stufen und zwangen sie, sich andere Plätze zu suchen; denn ihr satanischer Gebieter kann sich nur an Orten aufhalten, wo das Almosen sicher ist.

Jesus erschien gleich nach der Mittagsstunde. Niemand war da, der wusch oder Tiere herbeiführte. Das Licht auf dem Teich war gelb, wie die letzten Blätter des Weinstocks. Der göttliche Meister lehnte an einer Säule; er schaute hin zu den Kindern der Sünde: Satan streckte in ihren Zungen seine Zunge heraus und lachte.

Le Paralytique se leva, qui était couché sur le flanc. Et ce fut d'un pas singulièrement assuré qu'ils le virent franchir la galerie et disparaîte dans la ville, les Damnés.

Der Gichtbrüchige, der auf der Seite lag, stand auf. Und es sahen ihn, wie er mit eigentümlich sicherem Schritt durch die Halle ging und in der Stadt verschwand, die Verdammten.

Jadis, si je me souviens bien, ma vie était un festin où s'ouvraient tous les cœurs, où tous les vins coulaient.
Un soir, j'ai assis la Beauté sur mes genoux. – Et je l'ai trouvée amère. – Et je l'ai injuriée.
Je me suis armé contre la justice.
Je me suis enfui. O sorcières, ô misère, ô haine, c'est à vous que mon trésor a été confié!
Je parvins à faire s'évanouir dans mon esprit toute l'espérance humaine. Sur toute joie, pour l'étrangler, j'ai fait le bond sourd de la bête féroce.
J'ai appelé les bourreaux pour, en périssant, mordre la crosse de leurs fusils. J'ai appelé les fléaux, pour m'étouffer avec le sable, le sang. Le malheur a été mon dieu. Je me suis allongé dans la boue. Je me suis séché à l'air du crime. Et j'ai joué de bons tours à la folie.

Et le printemps m'a apporté l'affreux rire de l'idiot.

Or, tout dernièrement, m'étant trouvé sur le point de faire le dernier *couac*, j'ai songé à rechercher la clef du festin ancien, où je reprendrais peut-être appétit.

La charité est cette clef. – Cette inspiration prouve que j'ai rêvé!

«Tu resteras hyène ...» etc., se récrie le démon qui me couronna de si aimables pavots. «Gagne la mort avec tous tes appétits, et ton égoïsme et tous les péchés capitaux.»
Ah! j'en ai trop pris: – Mais, cher Satan, je vous en conjure, une prunelle moins irritée! et en attendant les quelques petites lâchetés en retard, vous qui aimez dans l'écrivain l'absence des facultés descriptives ou instructives, je vous détache ces quelques hideux feuillets de mon carnet de damné.

Eine Zeit in der Hölle

Einst, wenn ich mich recht erinnere, war mein Leben ein Fest, wo alle Herzen sich öffneten, wo alle Weine flossen.
Eines Abends hab ich mir die Schönheit aufs Knie gesetzt. – Und ich hab sie bitter gefunden. – Und ich habe sie beschimpft.
Ich habe mich bewaffnet gegen die Gerechtigkeit.
Ich bin geflohen. O ihr Hexen, o Leid, o Haß, ihr seid es, denen mein Schatz anvertraut worden ist!
Ich brachte es fertig, in meiner Seele jede menschliche Hoffnung schwinden zu lassen. Auf jede Freude, um sie zu erdrosseln, habe ich den dumpfen Sprung des Raubtiers gemacht.
Ich habe die Henker gerufen, nur, weil ich im Tode in die Kolben ihrer Gewehre beißen wollte. Ich habe die Geißeln herbeigerufen, um mich zu ersticken mit dem Sand, dem Blut. Das Unglück ist mein Gott gewesen. Ich habe mich ausgestreckt in den Schlamm. Ich habe mich getrocknet in der Luft des Verbrechens. Und ich habe dem Wahnsinn schöne Streiche gespielt.
Und der Frühling hat mir das schreckliche Lachen des Blöden gebracht.
Doch, ganz kürzlich noch, als es mir vorkam, daß ich aus dem letzten Loch pfiffe, nahm ich mir vor, den Schlüssel zum alten Festsaal wieder zu suchen, vielleicht daß ich wieder Hunger verspüren könnte.
Die barmherzige Liebe ist dieser Schlüssel. – Diese Eingebung beweist, daß ich geträumt habe.
»Du sollst Hyäne bleiben!« usw., schreit der Teufel, der mich mit so freundlichen Mohnblumen bekränzte. »Verdiene dir den Tod mit all deinem Hunger, deiner Selbstsucht und allen Todsünden.«
Ach! Ich habe zu viel davon genommen: – Doch, lieber Satan, ich beschwöre dich, blick weniger grimmig! und, in Erwartung der paar kleinen verspäteten Feigheiten, Dir, der du den Dichter liebst, der weder beschreiben noch belehren will, Dir verabreiche ich diese wenigen scheußlichen Blätter des Tagebuchs eines Verdammten.

Mauvais Sang

J'ai des mes ancêtres gaulois l'œil bleu blanc, la cervelle étroite, et la maladresse dans la lutte. Je trouve mon habillement aussi barbare que le leur. Mais je ne beurre pas ma chevelure.

Les Gaulois étaient les écorcheurs de bêtes, les brûleurs d'herbes les plus ineptes de leur temps.
D'eux, j'ai: l'idolâtrie et l'amour du sacrilège; – oh! tous les vices, colère, luxure, – magnifique, la luxure; – surtout mensonge et paresse.
J'ai horreur de tous les métiers. Maîtres et ouvriers, tous paysans, ignobles. La main à plume vaut la main à charrue. – Quel siècle à mains! – Je n'aurai jamais ma main. Après, la domesticité mène trop loin. L'honnêteté de la mendicité me navre. Les criminels dégoûtent comme des châtrés: moi, je suis intact, et ça m'est égal.

Mais! qui a fait ma langue perfide tellement, qu'elle ait guidé et sauvegardé jusqu'ici ma paresse? Sans me servir pour vivre même de mon corps, et plus oisif que la crapaud, j'ai vécu partout. Pas une famille d'Europe que je ne connaisse. – J'entends des familles comme la mienne, qui tiennent tout de la déclaration des Droits de l'Homme. – J'ai connu chaque fils de famille!

*

Si j'avais des antécédents à un point quelconque de l'histoire de France!
Mais non, rien.
Il m'est bien évident que j'ai toujours été race inférieure. Je ne puis comprendre la révolte. Ma race ne se souleva jamais que pour piller: tels les loups à la bête qu'ils n'ont pas tuée.

Böses Blut

Ich habe von meinen gallischen Ahnen das blau-weiße Auge, das enge Gehirn und die Ungeschicklichkeit im Kampfe. Ich finde meine Bekleidung ebenso barbarisch wie die ihrige. Aber ich reibe mir das Haar nicht mit Butter ein.

Die Gallier waren die dümmsten Tierschinder und Kräuterbrenner ihrer Zeit.

Von ihnen habe ich die Anbetung falscher Götter und die Liebe zur Lästerung geerbt; – Oh! Alle Laster, Zorn, Wollust, – herrlich, die Wollust – vor allem, Lügenhaftigkeit und Faulheit.

Ich verabscheue jegliches Handwerk. Meister und Gesellen alle, gemeines Bauernpack. Die Hand, die die Feder führt, ist nicht besser als die Hand am Pfluge. – Was für ein Jahrhundert von Handlangern! Nie wird meine Hand zu etwas taugen. Überhaupt, die Dienstbarkeit führt zu weit. Die Ehrlichkeit der Bettelei zerreißt mir das Herz. Die Verbrecher ekeln mich an, wie Eunuchen: Ich, ich bin unberührt, und das ist mir ganz gleich.

Doch! Wer hat meine Zunge falsch gemacht, derart, daß sie meine Faulheit bis hierher geführt und unversehrt bewahrt hat? Ohne daß ich mich meines Körpers bedient hätte zu leben und träger als die Kröte, habe ich überall gelebt. Keine Familie Europas, die ich nicht kenne. – Ich meine Familien wie die meinige, deren ganzer Besitz sich von der Erklärung der Menschenrechte ableitet. – Ich habe alle Söhne aus guter Familie kennen gelernt.

*

Wenn ich mich nur an frühere Lebensumstände aus irgend einer Zeit der Geschichte Frankreichs erinnern könnte!

Aber nein, an nichts.

Es ist mir ganz klar, daß ich stets minderwertiger Rasse gewesen bin. Ich kann die Empörung nicht begreifen. Die Leute meiner Rasse erhoben sich immer nur, um zu plündern: So wie die Wölfe das Tier zerreißen, das sie nicht getötet haben.

Je me rappelle l'histoire de la France, fille aînée de l'Église. J'aurais fait, manant, le voyage de terre sainte; j'ai dans la tête des routes dans les plaines souabes, des vues de Byzance, des remparts de Solyme: le culte de Marie, l'attendrissement sur le Crucifié s'éveillent en moi parmi mille féeries profanes. – Je suis assis, lépreux, sur les pots cassés et les orties, au pied d'un mur rongé par le soleil. – Plus tard, reître, j'aurais bivaqué sous les nuits d'Allemagne.

Ah! encore: je danse le sabbat dans une rouge clairière, avec des vieilles et des enfants.
Je ne me souviens pas plus loin que cette terre-ci et le christianisme. Je n'en finirais pas de me revoir dans ce passé. Mais toujours seul; sans famille; même, quelle langue parlais-je? Je ne me vois jamais dans les conseils du Christ; ni dans les conseils des Seigneurs, – représentants du Christ.

Qu'étais-je au siècle dernier: je ne me retrouve qu'aujourd'hui. Plus de vagabonds, plus de guerres vagues. La race inférieure a tout couvert – le peuple, comme on dit, la raison, la nation et la science.

Oh! la science! On a tout repris. Pour le corps et pour l'âme, – le viatique, – on a la médecine et la philosophie, – les remèdes de bonnes femmes et les chansons populaires arrangées. Et les divertissements des princes et les jeux qu'ils interdisaient! Géographie, cosmographie, mécanique, chimie! ...

La science, la nouvelle noblesse! Le progrès. Le monde marche! Pourquoi ne tournerait-il pas?
C'est la vision des nombres. Nous allons à l'*Esprit.* C'est très certain, c'est oracle, ce que je dis. Je comprends, et ne sachant m'expliquer sans paroles païennes, je voudrais me taire.

Ich rufe mir die Geschichte Frankreichs, der ältesten Tochter der Kirche, ins Gedächtnis zurück. Ich hätte, als Leibeigener, die Fahrt zum heiligen Lande gemacht; ich habe Straßen auf den Ebenen Schwabens im Kopf, Ansichten von Byzanz, Wälle um Jerusalem. Der Marienkult, die zärtliche Klage um den Gekreuzigten wachen in mir auf, unter tausendfältigem weltlichem Zauberspiel. – Ich sitze, aussätzig, auf den zerbrochenen Töpfen und in den Disteln am Fuß einer sonnenverbrannten Mauer. – Später, als Landsknecht, hätte ich unter den nächtlichen Himmeln Deutschlands auf dem Feld geschlafen.

Ah! Auch das noch: Ich tanze den Hexentanz in einer feurigen Waldlichtung mit alten Weibern und Kindern.

Ich kann nicht weiter zurück denken als diese meine Heimat und das Christentum. Unaufhörlich könnte ich mich in dieser Vergangenheit sehen. Aber immer allein, ohne Familie; ja, sogar, welche Sprache sprach ich? Ich sehe mich niemals im Rate Christi; und auch nie im Rate der Herren, – der Stellvertreter Christi auf Erden.

Was war ich im vergangenen Jahrhundert? ich finde mich erst im Heute wieder. Keine Landstreicher mehr. Keine Kriege irgendwelcher Art. Die minderwertige Rasse hat alles bedeckt – das Volk, wie man sagt, die Vernunft, die Nation und die Wissenschaft.

Oh! Die Wissenschaft! Man hat alles wiedergenommen. Für den Körper und für die Seele – als Wegzehrung, – hat man die Medizin und die Philosophie, – die Hausmittel der alten Mütterchen und die bearbeiteten Volkslieder. Und die Lustbarkeit der Fürsten und die Spiele, die sie untersagten! Geographie, Kosmographie, Mechanik, Chemie! ...

Die Wissenschaft, der neue Adel! Der Fortschritt. Die Welt geht vorwärts! Warum sollte sie sich nicht im Kreise drehen?

Die Vision der Zahlen erhebt sich. Wir nähern uns dem *Geist.* Das ist ganz sicher, das ist ein Orakelspruch, was ich da sage. Mir ist das alles ganz klar, aber da ich nicht weiß, wie ich mich ohne heidnische Worte ausdrücken soll, möchte ich lieber schweigen.

Le sang païen revient! L'Esprit est proche; pourquoi Christ ne m'aide-t-il pas, en donnant à mon âme noblesse et liberté? Hélas, l'Évangile a passé! l'Évangile! l'Évangile.

J'attends Dieu avec gourmandise. Je suis de race inférieure de toute éternité.
Me voici sur la plage armoricaine. Que les villes s'allument; dans le soir. Ma journée est faite; je quitte l'Europe. L'air marin brûlera mes poumons; les climats perdus me tanneront. Nager, broyer l'herbe, chasser, fumer sourtout; boire des liqueurs fortes comme du métal bouillant, – comme faisaient ces chers ancêtres autour des feux.

Je reviendrai, avec des membres de fer, la peau sombre, l'œil furieux: sur mon masque, on me jugera d'une race forte. J'aurai de l'or: je serai oisif et brutal. Les femmes soignent ces féroces infirmes retour des pays chauds. Je serai mêlé aux affaires politiques. Sauvé.

Maintenant je suis maudit, j'ai horreur de la patrie. Le meilleur, c'est un sommeil bien ivre sur la grève.

*

On ne part pas. – Reprenons les chemins d'ici, chargé de mon vice, le vice qui a poussé ses racines de souffrance à mon côté, dès l'âge de raison, – qui monte au ciel, me bat, me renverse, me traîne.

La dernière innocence et la dernière timidité. C'est dit. Ne pas porter au monde mes dégoûts et mes trahisons.

Allons! La marche, le fardeau, le désert, l'ennui et la colère.

À qui me louer? Quelle bête faut-il adorer? Quelle sainte image attaque-t-on? Quels cœurs briserai-je? Quel mensonge dois-je tenir? – Dans quel sang marcher?

Das heidnische Blut kehrt wieder! Der Geist ist nah; warum hilft Christus mir nicht und gibt meiner Seele Adel und Freiheit? Ach, die Zeit des Evangeliums ist vorbei! Das Evangelium! Das Evangelium.

Ich warte auf Gott mit leckerhafter Begierde. Ich bin von minderwertiger Rasse, von aller Ewigkeit her.

Und nun finde ich mich an der armorikanischen Küste. Wie die Städte sich im Abend entzünden! Mein Tagewerk ist vollbracht. Ich verlasse Europa. Die Luft des Meeres wird mir die Lunge verbrennen; die einsamen Himmelsstriche werden mir die Haut beizen. Schwimmen, das Gras brechen, jagen, vor allem rauchen, Säfte trinken, stark wie kochendes Metall, – so wie es die teuren Ahnen taten, wenn sie um ihre Feuer gelagert waren.

Ich werde zurückkehren, mit Gliedern von Eisen, mit dunkler Haut, mit wilden Augen: Beim Anblick meiner Fratze wird man glauben, ich gehörte zur Rasse der Starken. Ich werde Gold haben: Ich werde nichts tun und brutal sein. Die Frauen pflegen solche wilde Kranke, die aus den Tropen zurückkehren. Ich werde mich in die Politik mischen. Gerettet.

Jetzt bin ich verwünscht, mir graut vor dem Vaterlande. Das Beste wäre, in tiefem Rausch am Meeresstrand zu schlafen.

*

Es geht nicht fort. – So kehre ich denn hierher zurück, beladen mit meinem Laster, dem Laster, das seine Wurzeln, Wurzeln des Leides, neben mir hat aufsprießen lassen, seit der Zeit, da mir der Verstand gekommen ist, – das zum Himmel wächst, mich schlägt, mich umwirft, mich fortschleppt.

Die letzte Unschuld und die letzte Schüchternheit. Es ist entschieden. Ich werde meinen Ekel und meine Verrätereien nicht in die Welt tragen.

Vorwärts denn! Der Marsch, die Last, die Wüste, der Überdruß und der Zorn.

Wem soll ich mich verdingen? Welches Tier soll ich anbeten? An welchem Heiligenbilde mich vergreifen? Welche Herzen soll ich

Plutôt, se garder de la justice. – La vie dure, l'abrutissement simple, – soulever, le poing desséché, le couvercle du cercueil, s'asseoir, s'étouffer. Ainsi point de vieillesse, ni de dangers: la terreur n'est pas française.

– Ah! je suis tellement délaissé que j'offre à n'importe quelle divine image des élans vers la perfection.
O mon abnégation, ô ma charité merveilleuse! ici-bas, pourtant!

De profundis, Domine, suis-je bête!

*

Encore tout enfant, j'admirais le forçat intraitable sur qui se referme toujours le bagne; je visitais les auberges et les garnis qu'il aurait sacrés par son séjour; je voyais *avec son idée* le ciel bleu et le travail fleuri de la campagne; je flairais sa fatalité dans les villes. Il avait plus de force qu'un saint, plus de bon sens qu'un voyageur, – et lui, lui seul! pour témoin de sa gloire et de sa raison.

Sur les routes, par des nuits d'hiver, sans gîte, sans habits, sans pain, une voix étreignait mon cœur gelé: «Faiblesse ou force: te voilà, c'est la force. Tu ne sais ni où tu vas, ni pourquoi tu vas; entre partout, réponds à tout. On ne te tuera pas plus que si tu étais cadavre.» Au matin j'avais le regard si perdu et la contenance si morte, que ceux que j'ai rencontrés *ne m'ont peut-être pas vu.*

Dans les villes la boue m'apparaissait soudainement rouge et noire, comme une glace quand la lampe circule dans la chambre

zerbrechen? An welche Lüge soll ich mich halten? – In welchem Blute waten?
Die Hauptsache: sich vor der Justiz hüten. – Das harte Leben, die einfache Vertierung, – aufheben, mit der verdorrten Faust, den Deckel des Sarges, sich hinsetzen, ersticken. So wird es kein Altern geben, und keine Gefahren: Der Schrecken ist unfranzösisch.
– Ah! ich bin so verlassen, daß ich dem ersten besten Götterbilde meine Sehnsucht nach Vollkommenheit darbiete.
O du, mein Entsagen, o du, wunderbare barmherzige Liebe, die mich erfüllt! Hier unten, trotz allem!
De profundis, Domine, wie dumm bin ich doch!

*

Als ganz kleines Kind schon bewunderte ich den unverbesserlichen Sträfling, hinter dem sich immer wieder das Zuchthaus schließt; ich suchte die Herberge und die Kammern auf, die er durch seine Gegenwart geheiligt hätte, ich sah, mit *seinem Gedanken* den blauen Himmel und das blühende Drängen der Felder; ich witterte das Verhängnis, das ihn verfolgt, in den Städten. Er besaß mehr Kraft als ein Heiliger, mehr gesunden Menschenverstand als ein Wanderer, – und er, er allein! als Zeuge seines Ruhmes und seiner Vernunft.
Auf den Straßen, in den Winternächten, wenn ich kein Lager, keine Kleider, kein Brot hatte, schnürte eine Stimme mein eisiges Herz zusammen. »Schwäche oder Kraft: du bist da, das ist die Kraft. Du weißt weder, wohin du gehst, noch warum du gehst. Tritt überall ein, gib Antwort auf jede Frage. Man wird dich nicht töten, nicht mehr, als wenn du schon ein toter Leib wärest.« Wenn der Morgen kam, war mein Blick so verloren und meine Haltung so tot, daß die Menschen, denen ich begegnet bin, *mich vielleicht nicht gesehen haben.*
In den Städten erschien mir der Schlamm plötzlich rot und schwarz, wie ein Spiegel, wenn im Nachbarzimmer die Lampe

voisine, comme un trésor dans la forêt! Bonne chance, criai-je, et je voyais une mer de flammes et de fumée au ciel; et, à gauche, à droite, toutes les richesses flambant comme un milliard de tonnerres.

Mais l'orgie et la camaraderie des femmes m'étaient interdites. Pas même un compagnon. Je me voyais devant une foule exaspérée, en face du peloton d'exécution, pleurant du malheur qu'ils n'aient pu comprendre, et pardonnant! – Comme Jeanne d'Arc! – «Prêtres, professeurs, maîtres, vous vous trompez en me livrant à la justice. Je n'ai jamais été de ce peuple-ci; je n'ai jamais été chrétien; je suis de la race qui chantait dans le supplice; je ne comprends pas les lois; je n'ai pas le sens moral, je suis une brute: vous vous trompez.»

Oui, j'ai les yeux fermés à votre lumière. Je suis une bête, un nègre. Mais je puis être sauvé. Vous êtes de faux nègres, vous, maniaques, féroces, avares. Marchand, tu es nègre; magistrat, tu es nègre; général, tu es nègre; empereur, vieille démangeaison, tu es nègre: tu as bu d'une liqueur non taxée, de la fabrique de Satan. – Ce peuple est inspiré par la fièvre et le cancer. Infirmes et vieillards sont tellement respectables qu'ils demandent à être bouillis. – Le plus malin est de quitter ce continent, où la folie rôde pour pourvoir d'otages ces misérables. J'entre au vrai royaume des enfants de Cham.

Connais-je encore la nature? me connais-je? – *Plus de mots.* J'ensevelis les morts dans mon ventre. Cris, tambour, danse, danse, danse, danse! Je ne vois même pas l'heure où, les blancs débarquant, je tomberai au néant.

Faim, soif, cris, danse, danse, danse, danse!

*

hin und her getragen wird; wie ein Schatz im Walde! Glückauf! schrie ich, und ich sah ein Meer von Flammen und Rauch am Himmel und, links und rechts, alle Reichtümer lodern wie Milliarden von krachenden Blitzen.

Aber die Prasserei und die Vertrautheit mit den Frauen war mir untersagt. Nicht einmal ein Kamerad. Ich sah mich vor einer wütenden Menge, angesichts des Kommandos, das mich erschießen sollte, weinend über das Unglück, das sie nicht begreifen konnten, und verzeihend! – Wie Jeanne d'Arc! – »Priester, Professoren, Advokaten, ihr seid im Irrtum, wenn ihr mich der Justiz überliefert. Ich habe niemals zu diesem Volke gehört; ich bin niemals ein Christ gewesen; ich gehöre zu der Rasse derer, die sangen, wenn sie gemartert wurden. Ich habe kein Verständnis für die Gesetze; ich weiß nichts von Moral, ich bin ein Vieh, ihr täuscht euch!«

Ja, meine Augen sind eurem Lichte verschlossen. Ich bin ein Tier, ein Neger. Aber ich kann gerettet werden. Ihr seid falsche Neger, ihr, Verrückte, Rohlinge, Geizhälse. Kaufmann, du bist Neger; Richter, du bist Neger; General, du bist Neger; Kaiser, räudiger alter Mann, du bist Neger: du hast von einem schwarz gebrannten Saft getrunken, aus der Kelter Satans. – Diesem Volke kommen seine Eingebungen aus Fieberschauern und Krebsgeschwür. Kranke und Greise sind derart verehrungswürdig, daß sie darum bitten, gesotten zu werden. – Das Klügste ist, diesen Kontinent zu verlassen, auf dem der Wahnsinn umherschleicht, um diese Elenden mit Geiseln zu versorgen. Ich gehe in das wahre Königreich der Kinder Hams ein.

Kenne ich noch die Natur? Kenne ich mich selbst? – *Keine Worte mehr.* Ich begrabe die Toten in meinem Bauche. Geschrei, Trommelschlag, Tanz, Tanz, Tanz, Tanz! Ich sehe nicht einmal die Stunde, in der die Weißen an Land gehen und ich ins Nichts stürzen werde.

Hunger, Durst, Geschrei, Tanz, Tanz, Tanz, Tanz!

*

Les blancs débarquent. Le canon! Il faut se soumettre au baptême, s'habiller, travailler.
J'ai reçu au cœur le coup de la grâce. Ah! je ne l'avais pas prévu!

Je n'ai point fait le mal. Les jours vont m'être légers, le repentir me sera épargné. Je n'aurai pas eu les tourments de l'âme presque morte au bien, où remonte la lumière sévère comme les cierges funéraires. Le sort du fils de famille, cercueil prématuré couvert de limpides larmes. Sans doute la débauche est bête, le vice est bête; il faut jeter la pourriture à l'écart. Mais l'horloge ne sera pas arrivée à ne plus sonner que l'heure de la pure douleur! Vais-je être enlevé comme un enfant, pour jouer au paradis dans l'oubli de tout le malheur?

Vite! est-il d'autres vies? – Le sommeil dans la richesse est impossible. La richesse a toujours été bien public. L'amour divin seul octroie les clefs de la science. Je vois que la nature n'est qu'un spectacle de bonté. Adieu chimères, idéals, erreurs!

Le chant raisonnable des anges s'élève du navire sauveur: c'est l'amour divin. – Deux amours! je puis mourir de l'amour terrestre, mourir de dévouement. J'ai laissé des âmes dont la peine s'accroîtra de mon départ! Vous me choisissez parmi les naufragés; ceux qui restent sont-ils pas mes amis?

Sauvez-les!
La raison m'est née. Le monde est bon. Je bénirai la vie. J'aimerai mes frères. Ce ne sont plus des promesses d'enfance. Ni l'espoir d'échapper à la vieillesse et à la mort. Dieu fait ma force et je loue Dieu.

*

Die Weißen gehen an Land. Die Kanone! Man muß sich der Taufe unterwerfen, Kleider anlegen, arbeiten.
Ich habe den Stoß der Gnade im Herzen empfangen. Ah! ich war auf ihn nicht vorbereitet.
Ich habe nichts Böses getan. Die Tage werden mir leicht sein, die Reue wird mir erspart bleiben. Ich werde die Qualen der dem Guten fast abgestorbenen Seele nicht gekannt haben, Qualen, in die das Licht aufsteigt, ernst wie die Totenkerzen. Das Schicksal des Sohnes aus guter Familie, allzufrüher Sarg, bedeckt mit klaren Tränen. Kein Zweifel, die Ausschweifung ist dumm, das Laster ist dumm; man muß das faule Zeug in die Gosse werfen. Aber die Uhr wird niemals dahin kommen, nur die Stunde des reinen Schmerzes zu schlagen! Werde ich entrückt werden wie ein Kind, um im Paradiese zu spielen, ohne Erinnerung an all das Unglück?
Rasch! Gibt es andere Leben? – Der Schlaf im Reichtum ist unmöglich. Der Reichtum ist immer Allgemeingut gewesen. Die göttliche Liebe allein verleiht die Schlüssel des Wissens. Ich sehe, daß die Natur nichts anderes ist als ein Schauspiel der Güte. Lebt wohl, ihr Trugbilder, Ideale, Irrtümer!
Der vernünftige Gesang der Engel erhebt sich aus dem Schiff der Erlösung: das ist die göttliche Liebe. – Zwei Arten von Liebe! Ich kann sterben aus irdischer Liebe, sterben aus Hingabe. Ich habe Seelen zurückgelassen, deren Schmerz heftiger wird, wenn ich davongehe! Ihr erwählt mich aus der Zahl der Schiffbrüchigen; sie, die zurückbleiben, sind nicht auch sie meine Freunde?
Rettet sie!
Der Verstand ist mir gekommen. Die Welt ist gut. Ich will das Leben segnen. Ich will meine Brüder lieben. Das sind nicht mehr Versprechen nach Kinderart. Auch nicht die Hoffnung, dem Alter und dem Tode zu entgehen. Gott ist meine Stärke und ich lobe Gott.

*

L'ennui n'est plus mon amour. Les rages, les débauches, la folie, – dont je sais tous les élans et les désastres, – tout mon fardeau est déposé. Apprécions sans vertige l'étendue de mon innocence.

Je ne serais plus capable de demander le réconfort d'une bastonnade. Je ne me crois pas embarqué pour une noce avec Jésus-Christ pour beau-père.

Je ne suis pas prisonnier de ma raison. J'ai dit Dieu. Je veux la liberté dans le salut: comment la poursuivre? Les goûts frivoles m'ont quitté. Plus besoin de dévouement ni d'amour divin. Je ne regrette pas le siècle des cœurs sensibles. Chacun a sa raison, mépris et charité: je retiens ma place au sommet de cette angélique échelle de bon sens.

Quant au bonheur établi, domestique ou non … non, je ne peux pas. Je suis trop dissipé, trop faible. La vie fleurit par le travail, vieille vérité: moi, ma vie n'est pas assez pesante, elle s'envole et flotte loin au-dessus de l'action, ce cher point du monde.

Comme je deviens vieille fille, à manquer du courage d'aimer la mort!
Si Dieu m'accordait le calme céleste, aérien, la prière, – comme les anciens saints. – Les saints, des forts! les anachorètes, des artistes comme il n'en faut plus!

Farce continuelle? Mon innocence me ferait pleurer. La vie est la farce à mener par tous.

*

Assez! voici la punition. – *En marche!*
Ah! les poumons brûlent, les tempes grondent! La nuit roule dans mes yeux, par ce soleil! Le cœur … les membres …

Dem Überdruß gehört meine Liebe nicht länger. Die Raserei, die Ausschweifungen, der Wahnsinn, – ich weiß, wie hoch sie uns heben und wie tief sie uns stürzen können, – meine ganze Last habe ich abgelegt. Ich will ohne Verblendung ermessen, wie groß und weit meine Unschuld ist.
Ich würde es nicht mehr über mich bringen, um die Tröstung einer Auspeitschung zu bitten. Ich glaube nicht, daß ich mich aufgemacht habe zu einer Hochzeit mit Jesus Christus als Schwiegervater.
Ich bin kein Gefangener meiner Vernunft. Ich habe gesagt: Gott. Ich will die Freiheit im ewigen Heil: wie soll ich ihr nachstreben? Die Lust zu den nichtigen Dingen hat mich verlassen. Kein Bedürfnis mehr nach Hingabe, noch nach göttlicher Liebe. Ich sehne mich nicht nach dem Jahrhundert der empfindsamen Herzen. Ein jeder hat seine Vernunft, seine Verachtung, seine Barmherzigkeit: ich belege meinen Platz auf der obersten Sprosse jener Engelsleiter des gesunden Menschenverstandes.
Was das gesicherte Glück angeht, das häusliche oder ein anderes ... nein, ich kann nicht. Ich bin zu liederlich, zu schwach. Das Leben blüht durch die Arbeit, alte Wahrheit: ich, mein Leben ist nicht schwer genug, es fliegt davon und schwebt fern, hoch über der Tat, diesem teuren Schlüsselpunkt der Welt.
Wie altjüngferlich ich doch werde, da ich den Mut verliere, den Tod zu lieben!
Wenn Gott mir nur die himmlische, ätherische Ruhe verliehe, das Gebet, – wie die alten Heiligen. – Die Heiligen, das waren Starke! Die Eremiten, das waren Künstler, wie wir keine mehr brauchen können!
Ewiges Possenspiel? Meine Unschuld könnte mich weinen machen. Das Leben ist die Posse, die alle spielen müssen.

*

Genug! Nun kommt die Strafe. – Vorwärts!
Ah! die Lunge brennt, die Schläfen sausen! Die Nacht rollt in meinen Augen, trotz dieser Sonne! Das Herz, ... die Glieder ...

Où va-t-on? au combat? Je suis faible! les autres avancent. Les outils, les armes … le temps! …
Feu! feu sur moi! Là! ou je me rends. – Lâches! – Je me tue! Je me jette aux pieds des chevaux!
Ah! …
– Je m'y habituerai.
Ce serait la vie française, le sentier de l'honneur!

Wohin der Weg? In den Kampf? Ich bin schwach! Die anderen rücken vor. Die Werkzeuge, die Waffen … die Zeit! –

Feuer! Feuer auf mich! Hierher! oder ich ergebe mich. – Feiglinge! – Ich töte mich! Ich werfe mich vor die Hufe der Pferde!

Ah!

Ich werde mich schon daran gewöhnen.

Das wäre das französische Leben, der Pfad der Ehre!

Nuit de l'Enfer

J'ai avalé une fameuse gorgée de poison. – Trois fois béni soit le conseil qui m'est arrivé! – Les entrailles me brûlent. La violence du venin tord mes membres, me rend difforme, me terrasse. Je meurs de soif, j'étouffe, je ne puis crier. C'est l'enfer, l'éternelle peine! Voyez comme le feu se relève! Je brûle comme il faut. Va, démon!

J'avais entrevu la conversion au bien et au bonheur, le salut. Puis-je décrire la vision? l'air de l'enfer ne souffre pas les hymnes! C'était des millions de créatures charmantes, un suave concert spirituel, la force et la paix, les nobles ambitions, que sais-je?

Les nobles ambitions!

Et c'est encore la vie! – Si la damnation est éternelle! Un homme qui veut se mutiler est bien damné, n'est-ce pas? Je me crois en enfer, donc j'y suis. C'est l'exécution du catéchisme. Je suis esclave de mon baptême. Parents, vous avez fait mon malheur et vous avez fait le vôtre. Pauvre innocent! – L'enfer ne peut attaquer les païens.

– C'est la vie encore! Plus tard, les délices de la damnation seront plus profondes. Un crime, vite, que je tombe au néant, de par la loi humaine.

Tais-toi, mais tais-toi! ... C'est la honte, le reproche, ici: Satan qui dit que le feu est ignoble, que ma colère est affreusement sotte. – Assez! ... Des erreurs qu'on me souffle, magies, parfums faux, musiques puériles. – Et dire que je tiens la vérité, que je vois la justice: j'ai un jugement sain et arrêté, je suis prêt pour la perfection ...

Orgueil. – La peau de ma tête se dessèche. Pitié! Seigneur, j'ai peur. J'ai soif, si soif! Ah! l'enfance, l'herbe, la pluie, le lac sur les pierres, *le clair de lune quand le clocher sonnait douze* ... Le dia-

Höllennacht

Ich habe eine tüchtige Portion Gift verschluckt. – Dreimal gesegnet sei der Rat, der mir widerfahren ist! – Mir brennen die Eingeweide. Die Gewalt des Giftes dreht mir alle Glieder um, entstellt mich, wirft mich zu Boden. Ich sterbe vor Durst, ich ersticke, ich kann nicht schreien. Das ist die Hölle, die ewige Pein! Seht, wie das Feuer von neuem aufflammt. Ich brenne nach allen Regeln der Kunst. Verschwinde, Teufel!

Ich hatte die Bekehrung zum Guten und zum Glück geahnt, das Heil. Kann ich die Erscheinung beschreiben? Die Luft der Hölle duldet keine Hymnen! Millionen entzückender Geschöpfe waren da, ein geistiges Konzert voller Lieblichkeit, die Kraft und der Friede, die edlen Begierden, was weiß ich?

Die edlen Begierden!

Und dies hier ist immer noch das Leben! – Wenn die Verdammnis ewig ist! Ein Mensch, der sich verstümmeln will, ist wahrhaft verdammt, nicht wahr? Ich glaube, daß ich in der Hölle bin, also bin ich in ihr. Das ist die Verwirklichung des Katechismus. Ich bin der Sklave meiner Taufe. Eltern, ihr habt mich ins Unglück gestürzt und euch selbst mit. Ach, ich armer Unschuldiger! – Den Heiden kann die Hölle nichts anhaben.

– Das ist immer noch das Leben! Später werden die Seligkeiten der Verdammnis noch tiefer sein. Ein Verbrechen, rasch, daß ich ins Nichts falle, verurteilt nach dem Recht der Menschen.

Schweig, so schweig doch! … Hier, das ist der Ort der Schande, der Zurechtweisung: Satan, der sagt, daß das Feuer schmachvoll ist, daß mein Zorn furchtbar dumm ist. – Genug davon! – Irrtümer sind es, die man mir einbläst, Hexenkünste, falsche Düfte, kindische Musikstückchen. – Und zu wissen, daß ich die Wahrheit besitze, daß ich die Gerechtigkeit sehe: Ich habe eine gesunde und sichere Urteilskraft, ich bin reif für die Vollkommenheit …

Schöner Hochmut. – Die Haut meines Schädels trocknet aus. Erbarmen! Herr, ich fürchte mich. Mich dürstet, mich dürstet so sehr! Oh! die Kindheit, das Gras, der Regen, der See über den

ble est au clocher, à cette heure Marie! Sainte Vierge! ... – Horreur de ma bêtise.

Là-bas, ne sont-ce pas des âmes honnêtes, qui me veulent du bien? ... Venez ... J'ai un oreiller sur la bouche, elles ne m'entendent pas, ce sont des fantômes. Puis, jamais personne ne pense à autrui. Qu'on n'approche pas. Je sens le roussi, c'est certain.

Les hallucinations sont innombrables. C'est bien ce que j'ai toujours eu: plus de foi en l'histoire, l'oubli des principes. Je m'en tairai: poètes et visionnaires seraient jaloux. Je suis mille fois le plus riche, soyons avare comme la mer.

Ah çà! l'horloge de la vie s'est arrêtée tout à l'heure. Je ne suis plus au monde. – La théologie est sérieuse, l'enfer est certainement *en bas.* – et le ciel en haut. – Extase, cauchemar, sommeil dans un nid de flammes.

Que de malices dans l'attention dans la campagne ... Satan, Ferdinand, court avec les graines sauvages ... Jésus marche sur les ronces purpurines, sans les courber ... Jésus marchait sur les eaux irritées. La lanterne nous le montra debout, blanc et des tresses brunes, au flanc d'une vague d'émeraude ...

Je vais dévoiler tous les mystères: mystères religieux ou naturels, mort, naissance, avenir, passé, cosmogonie, néant. Je suis maître en fantasmagories.
Écoutez! ...
J'ai tous les talents! – Il n'y a personne ici et il y a quelqu'un: je ne voudrais pas répandre mon trésor. – Veut-on des chants nègres, des danses de houris? Veut-on que je disparaisse, que je plonge à la recherche de *l'anneau*? Veut-on? Je ferai de l'or, des remèdes.

Kieselsteinen, *der Mondschein, als es Mitternacht vom Kirchturm schlug* ... Der Teufel steckt im Glockenturm, in dieser Stunde. Maria! Heilige Jungfrau! ... Oh, schauerlich ist meine Dummheit.

Dort, sind dort nicht freundliche Seelen, die mir wohlgesinnt scheinen? ... Kommt ... Ich habe ein Kopfkissen auf dem Mund, sie hören mich nicht, es sind Trugbilder. Und außerdem, niemals denkt ein Mensch an den anderen. Kommt mir nicht nah. Ich rieche brandig, ganz sicher.

Unzählig sind die Wahnbilder. Ganz so war es immer mit mir: Kein Vertrauen mehr zur Geschichte, die Prinzipien vergessen. Ich will davon schweigen: Dichter und Träumer könnten neidisch werden. Ich bin tausendmal reicher als alle anderen, ich will geizig sein wie das Meer.

Ah, auch das noch! Die Uhr des Lebens steht plötzlich still. Ich bin nicht mehr auf Erden. – Die Theologie ist ernst zu nehmen, die Hölle ist ganz sicher *in der Tiefe,* – und der Himmel in der Höhe. – Verzückung, Albdruck, Schlaf in einem Nest von Flammen.

Wieviel Bosheit steckt in der Aufmerksamkeit hier im Gefild ... Satan, Ferdinand, läuft umher mit den Samenkörnern des Unkrauts ... Jesus wandelt auf den purpurfarbenen Dornen, ohne sie niederzubiegen ... Jesus wandelte auf den stürmischen Wellen. Im Licht der Laterne sah man ihn aufrecht, weiß und mit braunen Locken, neben einer smaragdgrünen Woge ...

Ich will alle Geheimnisse entschleiern: Geheimnisse der Religion oder der Natur, Tod, Geburt, Zukunft, Vergangenheit, die Entstehung der Welt, das Nichts. Ich bin Meister in Zauberkünsten. Hört zu! ...

Ich bin in allen Künsten bewandert! – Hier ist niemand zu sehen und doch ist jemand da: ich möchte meine Perlen nicht vor die Säue werfen. – Wollt ihr Negergesänge hören, Tänze von Huris sehen? Wollt ihr, daß ich mich unsichtbar mache, daß ich ins Wasser tauche, um den *Ring* zu suchen? Wollt ihr? Ich kann Gold machen, Heilmittel herstellen.

Fiez-vous donc à moi, la foi soulage, guide, guérit. Tous, venez, – même les petits enfants, – que je vous console, qu'on répande pour vous son cœur, – le cœur merveilleux! – Pauvres hommes, travailleurs! Je ne demande pas de prières; avec votre confiance seulement je serai heureux.

– Et pensons à moi. Ceci me fait peu regretter le monde. J'ai de la chance de ne pas souffrir plus. Ma vie ne fut que folies douces, c'est regrettable.

Bah! faisons toutes les grimaces imaginables.

Décidément, nous sommes hors du monde. Plus aucun son. Mon tact a disparu. Ah! mon château, ma Saxe, mon bois de saules. Les soirs, les matins, les nuits, les jours … Suis-je las!

Je devrais avoir mon enfer pour la colère, mon enfer pour l'orgueil, – et l'enfer de la caresse; un concert d'enfers.

Je meurs de lassitude. C'est le tombeau, je m'en vais aux vers, horreur de l'horreur! Satan, farceur, tu veux me dissoudre avec tes charmes. Je réclame. Je réclame! un coup de fourche, une goutte de feu.

Ah! remonter à la vie! Jeter les yeux sur nos difformités. Et ce poison, ce baiser mille fois maudit! Ma faiblesse, la cruauté du monde! Mon Dieu, pitié, cachez-moi, je me tiens trop mal! – Je suis caché et je ne le suis pas.

C'est le feu qui se relève avec son damné.

Verlaßt euch nur auf mich, der Glaube befreit, leitet, heilt. Kommt alle herbei, – auch die kleinen Kinder, – ich will euch trösten, man will sein Herz über euch ausgießen, sein wunderbares Herz! – Ihr armen Menschen, Arbeiter! Ich verlange keine Gebete; ich bin schon glücklich, wenn ihr mir nur euer Vertrauen schenkt.

Und laßt mich auch an mich denken. Dies hier erweckt in mir nur geringe Sehnsucht nach der Erde. Ich habe Glück, daß ich nicht schlimmer zu leiden brauche. Mein Leben bestand nur aus süßen Torheiten, das ist schade.

Ach was! Laßt mich alle Grimassen schneiden, die man sich vorstellen kann.

Wahrhaftig, wir sind außerhalb der Welt. Kein Laut mehr. Das Gefühl ist mir abhanden gekommen. Oh! mein Schloß, mein Sachsenland, mein Weidengebüsch. Die Abende, die Morgen, die Nächte, die Tage ... Bin ich müde!

Ich müßte meine eigene Hölle haben für den Zorn, meine Hölle für den Hochmut, – und die Hölle der Zärtlichkeit; ein ganzes Konzert von Höllen.

Ich sterbe vor Müdigkeit. Das ist das Grab, ich gehe hin zu den Würmern, o Schrecken des Schreckens! Satan, du Possenreißer, du willst, daß ich zergehen soll durch deine Zauberkünste. Nein, nein, ich will nicht! Einen Stoß mit der Gabel, einen Tropfen Feuer.

Oh! Wieder zum Leben aufsteigen! Wieder die Augen werfen auf unsere Häßlichkeiten. Und dieses Gift, dieser tausendmal verwünschte Kuß! Meine Schwäche, die Grausamkeit der Welt! Mein Gott, Erbarmen, versteck mich, ich halte mich zu schlecht! – Ich bin versteckt und bin es doch nicht.

Das ist das Feuer, das wieder aufflammt mit seinem Verdammten.

Délires I

Vierge folle
L'époux infernal

Écoutons la confession d'un compagnon d'enfer:
«O divin Époux, mon Seigneur, ne refusez pas la confession de la plus triste de vos servantes. Je suis perdue. Je suis soûle. Je suis impure. Quelle vie!
«Pardon, divin Seigneur, pardon! Ah! pardon! Que de larmes! Et que de larmes encore plus tard, j'espère!

«Plus tard, je connaîtrai le divin Époux! Je suis née soumise à Lui. – L'autre peut me battre maintenant!

«À présent, je suis au fond du monde, ô mes amies! ... non, pas mes amies ... Jamais délires ni tortures semblables ... Est-ce bête!

«Ah! je souffre, je crie. Je souffre vraiment. Tout pourtant m'est permis, chargée du mépris des plus méprisables cœurs.

«Enfin, faisons cette confidence, quitte à la répéter vingt autres fois, – aussi morne, aussi insignifiante!

«Je suis esclave de l'Époux infernal, celui qui a perdu les vierges folles. C'est bien ce démon-là. Ce n'est pas un spectre, ce n'est pas un fantôme. Mais moi qui ai perdu la sagesse, qui suis damnée et morte au monde, – on ne me tuera pas! Comment vous le décrire! Je ne sais même plus parler. Je suis en deuil, je pleure, j'ai peur. Un peu de fraîcheur, Seigneur, si vous voulez, si vous voulez bien!

«Je suis veuve ... – J'étais veuve.... – mais oui, j'ai été bien sérieuse jadis, et je ne suis pas née pour devenir squelette! – Lui était presque un enfant ... Ses délicatesses mystérieuses m'avaient séduite. J'ai oublié tout mon devoir humain pour le suivre. Quelle

Fieberphantasien I

Törichte Jungfrau
Der höllische Gemahl

Hört das Bekenntnis eines Genossen aus der Hölle:

»O göttlicher Gemahl, mein Geliebter, verweigere nicht das Bekenntnis der traurigsten deiner Dienerinnen. Ich bin verloren. Ich bin trunken. Ich bin unrein. Was für ein Leben!

»Verzeihung, Herr Gott, Verzeihung! Oh! Verzeihung! Wieviel Tränen! Und wieviel Tränen werde ich noch weinen, später, so hoffe ich!

»Später werde ich den göttlichen Gemahl kennen lernen! Ich bin geboren, Ihm zu gehorchen. – Der andere mag mich schlagen, jetzt!

»Jetzt bin ich in der Tiefe der Welt, o meine Freundinnen ... nein, nicht meine Freundinnen ... Niemals habe ich solche Rasereien und Qualen gekannt ... Ist das albern!

»Oh! Ich leide, ich schreie. Ich leide wahrhaftig. Und doch ist mir alles erlaubt, beladen mit der Verachtung der verächtlichsten Herzen.

»Kurz und gut, laßt mich mein Bekenntnis ablegen, auf die Gefahr hin, es noch zwanzigmal zu wiederholen, – ebenso düster, ebenso bedeutungslos!

»Ich bin Sklavin des höllischen Gemahls, dessen, der die törichten Jungfrauen ins Verderben gestürzt hat. Niemand anders als dieser Teufel ist es gewesen. Kein Gespenst, kein Trugbild. Aber mich, die ich die Klugheit verloren habe, die ich verdammt und für die Welt tot bin, – mich kann man nicht töten! Wie soll ich es euch beschreiben! Ich kann nicht einmal mehr sprechen. Ich bin in Trauer, ich weine, ich fürchte mich. Ein wenig Kühlung, Herr, wenn Du willst, wenn Du gnädig willst!

»Ich bin Witwe ... – Ich war Witwe ... – Jawohl, ich war früher ein anständiges Geschöpf und bin nicht dazu geboren, Gerippe zu werden! ... – Er, er war fast noch ein Kind ... Die geheimnisvolle Zartheit seines Wesens hatte mich verführt. Ich vergaß alle

vie! La vraie vie est absente. Nous ne sommes pas au monde. Je vais où il va, il le faut. Et souvent il s'emporte contre moi, *moi, la pauvre âme.* Le Démon! – C'est un démon, vous savez, *ce n'est pas un homme.*

«Il dit: «Je n'aime pas les femmes: l'amour est à réinventer, on le sait. Elles ne peuvent plus que vouloir une position assurée. La position gagnée, cœur et beauté sont mis de côté: il ne reste que froid dédain, l'aliment du mariage, aujourd'hui. Ou bien je vois des femmes, avec les signes du bonheur, dont, moi, j'aurai pu faire de bonnes camarades, dévorées tout d'abord par des brutes sensibles comme des bûchers ...»

«Je l'écoute faisant de l'infamie une gloire, de la cruauté un charme. «Je suis de race lointaine: mes pères étaient Scandinaves; ils se perçaient les côtes, buvaient leur sang. – Je me ferai des entailles par tout le corps, je me tatouerai, je veux devenir hideux comme un Mongol: tu verras, je hurlerai dans les rues. Je veux devenir bien fou de rage. Ne me montre jamais de bijoux, je ramperais et me tordrais sur lé tapis. Ma richesse, je la voudrais tachée de sang partout. Jamais je ne travaillerai ...» Plusieurs nuits, son démon me saisissant, nous nous roulions, je luttais avec lui! – Les nuits, souvent, ivre, il se poste dans les rues ou dans des maisons, pour m'épouvanter mortellement. – «On me coupera vraiment le cou; ce sera dégoûtant.» Oh! ces jours où il veut marcher avec l'air du crime!

«Parfois il parle, en une façon de patois attendri, de la mort qui fait repentir, des malheureux qui existent certainement, des travaux pénibles, des départs qui déchirent les cœurs. Dans les bouges où nous nous enivrions, il pleurait en considérant ceux qui

irdische Pflicht, um ihm zu folgen. Was für ein Leben! Das wahre Leben ist woanders. Wir sind nicht mehr auf Erden. Ich gehe hin, wo er hingeht, es muß sein. Und oft gerät er in Zorn gegen mich, *gegen mich, arme Seele.* Der Teufel! – Denn, er ist ein Dämon, müßt ihr wissen, *kein Mensch.*
»Er sagt: »Ich liebe die Frauen nicht. Die Liebe muß von neuem erfunden werden, das weiß man. Sie können nur noch eine sichere Versorgung wollen. Haben sie die einmal erreicht, so werden Herz und Schönheit beiseite gelegt: Es bleibt nur kalte Verachtung, die Speise, von der man sich in der Ehe nährt, heutzutage. Oder ich sehe, wie Frauen, die das Zeichen des Glücks auf der Stirn tragen, aus denen ich, ja ich, mir liebe Gefährtinnen hätte bereiten können, ohne weiteres von Rohlingen, gefühlvoll wie Scheiterhaufen, verschlungen werden – …«
»Ich höre ihm zu, wie er sich seiner Schande rühmt, wie er die Grausamkeit in Entzücken verwandelt. »Ich gehöre einer fernen Rasse an: meine Vorfahren waren Skandinavier. Sie stachen sich in die Seiten und tranken ihr Blut. Ich werde mir den ganzen Leib wundschneiden, ich werde mich tätowieren, ich will häßlich werden wie ein Mongole: Du wirst sehen, wie ich in den Straßen heule. Ich will ganz toll werden vor Wut. Zeige mir niemals Schmucksachen, ich würde auf allen Vieren kriechen und mich auf dem Teppich wälzen. Mein Reichtum, ich möchte, daß er überall mit Blut befleckt wäre. Niemals werde ich arbeiten …« Manchmal in der Nacht packte mich der böse Geist in ihm und wir wälzten uns auf dem Boden, ich kämpfte mit ihm! – In den Nächten, oft, betrunken, versteckt er sich in den Straßen oder in den Häusern, um mich auf den Tod zu erschrecken. – »Wahrhaftig, man wird mir noch einmal den Hals abschneiden; das wird ekelhaft sein.« Oh! diese Tage, an denen es ihm einfällt, einherzugehen mit der Miene des Verbrechens!
»Manchmal spricht er, in einer Art von wehmütigem Kauderwelsch, von dem Tod, der die Reue herbeiführt, von den Unglücklichen, die es bestimmt gibt, von mühseligen Arbeiten, von Abschieden, die das Herz zerreißen. In den Schmutzhöhlen, in

nous entouraient, bétail de la misère. Il relevait les ivrognes dans les rues noires. Il avait la pitié d'une mère méchante pour les petits enfants. – Il s'en allait avec des gentillesses de petite fille au catéchisme. – Il feignait d'être éclairé sur tout, commerce, art, médecine. – Je le suivais, il le faut!

«Je voyais tout le décor dont, en esprit, il s'entourait: vêtements, draps, meubles; je lui prêtais des armes, une autre figure. Je voyais tout ce qui le touchait, comme il aurait voulu le créer pour lui. Quand il me semblait avoir l'esprit inerte, je suivais, moi, dans des actions étranges et compliquées, loin, bonnes ou mauvaises: j'étais sûre de ne jamais entrer dans son monde. A côté de son cher corps endormi, que d'heures des nuits j'ai veillé, cherchant pourquoi il voulait tant s'évader de la réalité. Jamais homme n'eut pareil vœu. Je reconnaissais, – sans craindre pour lui, – qu'il pouvait être un sérieux danger dans la société. – Il a peut-être des secrets pour *changer la vie?* Non, il ne fait qu'en chercher, me répliquais-je. Enfin sa charité est ensorcelée, et j'en suis la prisonnière. Aucune autre âme n'aurait assez de force, – force de désespoir! – pour la supporter, pour être protégée et aimée par lui. D'ailleurs, je ne me le figurais pas avec une autre âme: on voit son Ange, jamais l'Ange d'un autre, – je crois. J'étais dans son âme comme dans un palais qu'on a vidé pour ne pas voir une personne si peu noble que vous: voilà tout. Hélas! je dépendais bien de lui. Mais que voulait-il avec mon existence terne et lâche? Il ne me rendait pas meilleure, s'il ne me faisait pas mourir! Tristement dépitée, je lui dis quelquefois: «Je te comprends.» Il haussait les épaules. «Ainsi, mon chagrin se renouvelant sans cesse, et me trouvant plus égarée à mes yeux, – comme à tous les yeux qui auraient voulu me fixer, si je n'eusse été condamnée pour jamais à l'oubli de tous! – j'avais de plus en plus faim de sa bonté. Avec ses

denen wir uns betranken, vergoß er Tränen beim Anblick der Menschen, die um uns herumstanden, elendes Viehzeug. Er hob die Betrunkenen in den schwarzen Straßen auf. Er war mitleidig wie eine böse Mutter mit den kleinen Kindern. – Er ging aus dem Hause, artig wie die kleinen Mädchen in der Sonntagsschule. – Er tat, als wüßte er Bescheid über alles, Handel, Kunst, Medizin. – Ich folgte ihm, es muß sein!

»Ich sah all den Zierat, mit dem er sich im Geiste umgab: Gewänder, Tücher, Möbel. Ich lieh ihm Waffen, ein anderes Gesicht. Ich sah alles, was ihm gefiel, so wie er es für sich selbst hätte erschaffen mögen. Wenn es mir schien, daß ihn Trägheit überkam, folgte ich ihm, ja ich, in seltsame und verwickelte Handlungen, weitweg, in gute wie in schlechte: ich war sicher, daß ich niemals in seine Welt eindringen würde. Neben seinem teuren eingeschlafenen Leibe liegend, wieviel Stunden in den Nächten hab ich gewacht, um zu ergründen, warum ihn so sehr danach verlangte der Wirklichkeit zu entfliehen. Niemals war ein Mensch von gleichem Verlangen erfüllt. Ich erkannte – ohne daß ich Angst um ihn hatte –, daß er eine wirkliche Gefahr für die Gesellschaft werden könnte. – Er besitzt vielleicht geheime Kräfte, *um das Leben zu verwandeln?* Nein, er sucht sie nur, gab ich mir zur Antwort. Jedenfalls ist seine Liebe verzaubert und ich bin ihre Gefangene. Keine andere Seele hätte Kraft genug – Kraft der Verzweiflung! – um sie zu ertragen, um von ihm beschützt und geliebt zu werden. Übrigens konnte ich ihn mir nicht mit einer anderen Seele vorstellen: man sieht seinen eigenen Schutzengel, niemals den Schutzengel eines anderen, – glaube ich. Ich war in seiner Seele wie in einem Palast, den man geleert hat, um eine so geringe Person, wie man ist, nicht zu erblicken: das ist alles. Ach! ich war ihm ganz hörig. Aber was wollte er mit meinem fahlen und feigen Leben anfangen? Er machte mich nicht besser, eher noch brachte er mich zu Tode! In traurigem Trotze sagte ich manchmal zu ihm: »Ich verstehe dich.« Er zuckte die Achseln. »Daher, weil mein Kummer sich mit jedem Tag erneuerte und ich mich verirrt und verirrter fand vor meinen Augen, – wie vor allen Augen, die sich auf mich hätten richten

baisers et ses étreintes amies, c'était bien un ciel, un sombre ciel, où j'entrais, et où j'aurais voulu être laissée, pauvre, sourde, muette, aveugle. Déjà j'en prenais l'habitude. Je nous voyais comme deux bons enfants, libres de se promener dans le Paradies de tristesse. Nous nous accordions. Bien émus, nous travaillions ensemble. Mais, après une pénétrante caresse, il disait: «Comme ça te paraîtra drôle, quand je n'y serai plus, ce par quoi tu as passé. Quand tu n'auras plus mes bras sous ton cou, ni mon cœur pour t'y reposer, ni cette bouche sur tes yeux. Parce qu'il faudra que je m'en aille, très loin, un jour. Puis il faut que j'en aide d'autres: c'est mon devoir. Quoique ce ne soit guère ragoûtant ... chère âme ...» Tout de suite je me pressentais, lui parti, en proie au vertige, précipitée dans l'ombre la plus affreuse: la mort. Je lui faisais promettre qu'il ne me lâcherait pas. Il l'a faite vingt fois, cette promesse d'amant. C'était aussi frivole que moi lui disant: «Je te comprends.»

«Ah! je n'ai jamais été jalouse de lui. Il ne me quittera pas, je crois. Que devenir? Il n'a pas une connaissance; il ne travaillera jamais. Il veut vivre somnambule. Seules, sa bonté et sa charité lui donneraient-elles droit dans le monde réel? Par instants, j'oublie la pitié où je suis tombée: lui me rendra forte, nous voyagerons, nous chasserons dans les déserts, nous dormirons sur les pavés des villes inconnues, sans soins, sans peines. Ou je me réveillerai, et les lois et les mœurs auront changé, – grâce à son pouvoir magique, – le monde, en restant le même, me laissera à mes désirs, joies, nonchalances. Oh! la vie d'aventures qui existe dans les livres des enfants, pour me récompenser, j'ai tant souffert, me la donneras-tu? Il ne peut pas. J'ignore son idéal. Il m'a dit avoir des

wollen, wenn ich nicht zu ewigem und völligem Vergessen verurteilt worden wäre! – wurde ich von Tag zu Tag hungriger nach seiner Güte. Wenn er mich küßte und liebend umschlang, das war wirklich ein Himmel, ein düsterer Himmel, in den ich aufstieg und in dem ich hätte bleiben mögen, arm, taub, stumm und blind. Schon war mir das alles zur Gewohnheit geworden. Ich sah aus, wie zwei unschuldige Kinder, die sich frei im Paradies der Traurigkeit ergehen durften. Unsere Seelen lebten im Einklang. Tief bewegt arbeiteten wir gemeinsam. Doch nach einer heißen Liebkosung sagte er: »Wie dir das merkwürdig vorkommen wird, wenn ich nicht mehr da bin, dieses Leben, durch das du gegangen bist. Wenn du meine Arme nicht mehr unter deinem Halse hast, noch mein Herz, um dich auszuruhen, noch meinen Mund auf deinen Augen. Weil ich eines Tages fort gehen muß, weit weg. Außerdem muß ich anderen Menschen helfen: das ist meine Pflicht. Obwohl das nicht gerade verlockend ist … teure Seele …« Sogleich ahnte ich, daß ich, wenn er gegangen wäre, dem Wahnsinn verfallen und in das schrecklichste Dunkel stürzen würde: in den Tod. Ich nahm ihm das Versprechen ab, mich nicht zu verlassen. Er hat es mir zwanzigmal gegeben, dieses Versprechen des Geliebten. Das war ebenso nichtig, wie wenn ich zu ihm sagte: »Ich verstehe dich.«
»O, ich bin niemals eifersüchtig gewesen, seinetwegen. Er wird mich nicht verlassen, glaub' ich. Was sollte aus ihm werden? Er hat nichts gelernt; er wird niemals arbeiten. Er will als Nachtwandler leben. Seine Güte und seine Barmherzigkeit, könnten sie allein ihm ein Anrecht darauf geben in der Welt der Wirklichkeit zu leben? Zu Zeiten vergesse ich den Jammer, in den ich gefallen bin: er wird mich stark machen, wir werden auf die Wanderschaft gehen, wir werden in der Wüste jagen, schlafen auf dem Pflaster unbekannter Städte, ohne Sorge, ohne Kummer. Oder ich werde aufwachen und Gesetze und Sitten sind anders geworden, – dank seiner Zauberkraft, – die Welt ist unverändert geblieben, überläßt mich aber meinen Begierden, Freuden und Lässigkeiten. Oh! das Leben voller Abenteuer, wie es die Kinderbücher

regrets, des espoirs: cela ne doit pas me regarder. Parle-t-il à Dieu? Peut-être devrais-je m'adresser à Dieu. Je suis au plus profond de l'abîme, et je ne sais plus prier.

«S'il m'expliquait ses tristesses, les comprendrais-je plus que ses railleries? Il m'attaque, il passe des heures à me faire honte de tout ce qui m'a pu toucher au monde, et s'indigne si je pleure.

– «Tu vois cet élégant jeune homme, entrant dans la belle et calme maisons: il s'appelle Duval, Dufour, Armand, Maurice, que sais-je? Une femme s'est dévouée à aimer ce méchant idiot: elle est morte, c'est certes une sainte au ciel, à présent. Tu me feras mourir comme il a fait mourir cette femme. C'est notre sort, à nous cœurs charitables …» Hélas! il y avait des jours où tous les hommes agissant lui paraissaient les jouets de délires grotesques; il riait affreusement, longtemps. – Puis, il reprenait ses manières de jeune mère, de sœur aimée. S'il était moins sauvage, nous serions sauvés! Mais sa douceur aussi est mortelle. Je lui suis soumise! – Ah! je suis folle!

«Un jour peut-être il disparaîtra merveilleusement mais il faut que je sache s'il doit remonter à un ciel que je voie un peu l'assomption de mon petit ami!»

Drôle de ménage!

Délires II

Alchimie du Verbe

A moi. L'histoire d'une de mes folies.
Depuis longtemps je me vantais de posséder tous les paysages

erzählen, um mich zu belohnen, ich hab so viel gelitten, wirst du es mir geben? Er kann es nicht. Ich weiß nicht, welches Ideal er im Herzen trägt. Er spricht mir von seinen Bekümmernissen, seinen Hoffnungen: damit habe ich nichts zu schaffen. Spricht er mit Gott? Vielleicht sollte ich mich an Gott wenden. Ich bin in der tiefsten Tiefe des Abgrunds und habe das Beten verlernt.
»Wenn er mir seine Traurigkeiten erklärte, würde ich sie besser verstehen als seine Spöttereien? Er bestürmt mich stundenlang und verlangt, daß ich mich schämen soll all dessen, was mir auf Erden gefallen hat, und entrüstet sich, wenn ich weine.
»Siehst du diesen eleganten jungen Mann, der in das schöne und stille Haus eintritt: er heißt Duval, Dufour, Armand, Maurice, was weiß ich? Eine Frau hat diesem bösartigen Tölpel ihre Liebe geweiht: sie ist tot, sie ist sicher eine Heilige im Himmel, jetzt. Du wirst mir den Tod geben, wie der da diese Frau in den Tod getrieben hat. Das ist unser Schicksal, das Schicksal von uns liebreichen Seelen ...« Ach! es gab Tage, an denen alle Menschen der Tat ihm vorkamen, wie Spielzeuge in der Hand von grotesken Wahnwitzigen, darüber lachte er dann fürchterlich, lange. – Dann wieder benahm er sich wie eine junge Mutter, wie eine geliebte Schwester. Wenn er von weniger wilder Gemütsart wäre, könnten wir gerettet werden! Aber auch seine Sanftmut ist tödlich. Ich bin ihm untertänig. – Oh! ich bin verrückt!
»Eines Tages vielleicht wird er auf wunderbare Weise verschwinden; aber ich muß wissen, ob er wieder in einen Himmel aufsteigen darf, damit ich der Himmelfahrt meines kleinen Freundes ein wenig zuschauen könnte!«
Merkwürdige Ehe!

Fieberphantasien II

Schwarzkunst des Wortes

Nun zu mir. Die Geschichte einer meiner Narrheiten.
Seit langem prahlte ich damit, alle möglichen Landschaften in

possibles, et trouvais dérisoires les célébrités de la peinture et de la poésie moderne.
J'aimais les peintures idiotes, dessus de porte, décors, toiles de saltimbanques, enseignes, enluminures populaires; la littérature démodée, latin d'église, livres érotiques sans orthographe, romans de nos aïeules, contes de fées, petits livres de l'enfance, opéras vieux, refrains niais, rhythmes naïfs.

Je rêvais croisades, voyages de découvertes dont on n'a pas de relations, républiques sans histoires, guerres de religion étouffées, révolutions de mœurs, déplacements de races et de continents: je croyais à tous les enchantements.

J'inventai la couleur des voyelles! – *A* noir, *E* blanc, *I* rouge, O bleu, *U* vert. – Je réglai la forme et le mouvement de chaque consonne, et, avec des rhythmes instinctifs, je me flattai d'inventer un verbe poétique accessible, un jour ou l'autre, à tous les sens. Je réservais la traduction.

Ce fut d'abord une étude. J'écrivais des silences, des nuits je notais l'inexprimable. Je fixais des vertiges.

*

Loin des oiseaux, des troupeaux, des villageoises,
Que buvais-je, à genoux dans cette bruyère
Entourée de tendres bois de noisetiers,
Dans un brouillard d'après-midi tiède et vert?

Que pouvais-je boire dans cette jeune Oise,
– Ormeaux sans voix, gazon sans fleurs, ciel couvert! –
Boire à ces gourdes jaunes, loin de ma case Chérie?
Quelque liqueur d'or qui fait suer.

mir zu tragen, und fand die Berühmtheiten der modernen Malerei und Poesie lächerlich.

Ich liebte die ganz einfältigen Malereien, bemalte Türgesimse, Zeltbilder der Jahrmarktsbuden, Aushängeschilder, volkstümliche, grell kolorierte Sachen, die aus der Mode gekommene Literatur, Kirchenlatein, erotische Bücher voll orthographischer Fehler, Romane aus der Großmütterzeit, Märchen, kleine Kinderbücher, alte Opern, alberne Schlager, ungekünstelte Rhythmen.

Ich träumte von Kreuzzügen, von Entdeckungsreisen, über die es keine Berichte gibt, von Staaten ohne geschichtliche Überlieferungen, von niedergeschlagenen Religionskriegen, von sozialen Revolutionen, von Wanderungen der Völker und Kontinente: ich glaubte an alle möglichen Zaubereien.

Ich erfand die Farbe der Vokale! – A schwarz, E weiß, I rot, O blau, Ü grün. – Ich bestimmte Form und Bewegung jedes Konsonanten, und mit Hilfe triebhafter Rhythmen schmeichelte ich mir eine poetische Sprache zu erfinden, die, früher oder später, allen Sinnen zugänglich sein würde. Die Übersetzung sparte ich einstweilen auf.

Das war zunächst nur Übung. Ich schrieb das Schweigen, die Nächte, ich zeichnete das Unaussprechliche auf. Ich hielt den Taumel fest.

*

Vögel, Herden, Bauernmädchen, fern entschwunden,
Was trank ich, knieend, in diesem Heidegrase,
Umrahmt von zarter Haselnußsträucher Schaft,
In einem Nachmittagsnebel, grün und lau?

Was konnt ich trinken in dieser jungen Oise,
– Stille Ulmen, Himmel bedeckt, verblühte Au! –
Trinken aus diesem Kürbis, fern dem Häuschen,
Dem lieben? Was schwitzen macht, nur, gelben Saft.

Je faisais une louche enseigne d'auberge.
– Un orage vint chasser le ciel. Au soir
L'eau des bois se perdait sur les sables vierges,
Le vent de Dieu jetait des glaçons aux mares;

Pleurant, je voyais de l'or, – et ne pus boire.

*

À quatre heures du matin, l'été,
Le sommeil d'amour dure encore.
Sous les bocages s'évapore
  L'odeur du soir fêté.

Là-bas, dans leur vaste chantier,
Au soleil des Hespérides,
Déjà s'agitent – en bras de chemise –
  Les Charpentiers.

Dans leurs Déserts de mousse, tranquilles,
Ils préparent les lambris précieux
Où la ville
  Peindra de faux cieux.

O, pour ces Ouvriers charmants
Sujets d'un roi de Babylone,
Vénus! quitte un instant les Amants
  Dont l'âme est en couronne!

O Reine des Bergers,
Porte aux travailleurs l'eau-de-vie,
Que leurs forces soient en paix
  En attendant le bain dans la mer à midi.

*

Als Herbergsschild bracht ich dem Wirte Schande.
Ein Wetter kam den Himmel peitschen. Abends
Zerrann der Wälder Naß im jungfräulichen Sande,
Und Gottes Wind warf Hagel in die Tümpel.

Weinend sah ich Gold, – und konnte nicht mehr trinken.

*

Die vierte Stunde im Sommer läßt
Im Schlaf die Liebenden liegen.
Unter den Büschen verfliegen
  Die Düfte vom Abendfest.

Im weiten Zimmerhof dahint,
In der Sonne der Hesperiden,
– Hemdärmlig – schon bei der Arbeit sind
  Die Tischler, die voll Frieden

In ihrer moosigen Wüste verschalen
Das kostbare Tafelblatt,
Drauf falsche Himmel malen
  Die in der Stadt.

Für diese reizenden Arbeitsleute,
Eines Königs von Babylon Dienern gleich,
Laß, Venus, ein wenig die Liebenden heute
  Selig in ihrem Himmelreich!

O Königin der Hirten, trag
Den Werkelmännern den Branntewein,
Daß ihre Kraft an ihm sich gut tun mag,
  Bis sie im Meeresbad zu Mittag sich erfreun.

*

La vieillerie poétique avait une bonne part dans mon alchimie du verbe.
Je m'habituai à l'hallucination simple; je voyais très franchement une mosquée à la place d'une usine, une école de tambours faite par des anges, des calèches sur les routes du ciel, un salon au fond d'un lac: les monstres, les mystères; un titre de vaudeville dressait des épouvantes devant moi.

Puis j'expliquai mes sophismes magiques avec l'hallucination des mots!
Je finis par trouver sacré le désordre de mon esprit. J'étais oisif, en proie à une lourde fièvre: j'enviais la félicité des bêtes, – les chenilles, qui représentent l'innocence des limbes, les taupes, le sommeil de la virginité!

Mon caractère s'aigrissait. Je disais adieu au monde dans d'espèces de romances:

Chanson de la plus haute tour

Qu'il vienne, qu'il vienne,
Le temps dont on s'éprenne.

J'ai tant fait patience
Qu'à jamais j'oublie.
Craintes et souffrances
Aux cieux sont parties.
Et la soif malsaine
Obscurcit mes veines.

Qu'il vienne, qu'il vienne,
Le temps dont on s'éprenne.

Es ging nicht ohne allerlei poetischen Trödelkram ab bei meiner Schwarzkunst des Wortes.
Ich gewöhnte mich an die einfache Halluzination: ich sah ganz deutlich eine Moschee an der Stelle einer Fabrik, ich sah, wie Engel Unterricht im Trommeln erteilten, sah Kutschen auf den Straßen des Himmels, einen Salon auf dem Grunde eines Sees; die Ungeheuer, die Geheimnisse; der Titel eines Singspiels ließ Schreckensbilder vor mir aufsteigen.
Dann verdeutlichte ich meine magischen Spitzfindigkeiten mit der Halluzination der Worte!
Zuletzt kam ich dahin, die Verwirrung meines Geistes geradezu als etwas Heiliges zu empfinden. Ich verfiel dem Müßiggang, von schwerem Fieber heimgesucht: ich beneidete die Tiere um ihre Glückseligkeit, – die Raupen, welche die Unschuld der ungetauften Kinder verkörpern, die Maulwürfe, den Schlaf der Jungfräulichkeit.
Mein Wesen wurde verbittert. Ich sagte der Welt Lebewohl in romanzenartigen Gedichten:

Lied vom höchsten Turm

Wenn doch die Zeiten entstünden,
Die uns zu Liebe entzünden.

So viel mußt ich leiden,
Das längst ist verwunden.
Furcht ist und Leiden
Zum Himmel entschwunden.
Und der Durst, der ungute,
Dunkelt in meinem Blute.

Wenn doch die Zeiten entstünden,
Da sich die Herzen entzünden.

Telle la prairie
A l'oubli livrée,
Grandie et fleurie

D'encens et d'ivraies,
Au bourdon farouche
Des sales mouches.

Qu'il vienne, qu'il vienne,
Le temps dont on s'éprenne.

J'aimai le désert, les vergers brûlés, les boutiques fanées, les boissons tiédies. Je me traînais dans les ruelles puantes et, les yeux fermés, je m'offrais au soleil, dieu de feu.

«Général, s'il reste un vieux canon sur tes remparts en ruines, bombarde-nous avec des blocs de terre sèche. Aux glaces des magasins splendides! dans les salons! Fais manger sa poussière à la ville. Oxyde les gargouilles. Emplis les boudoirs de poudre de rubis brûlante ...»

Oh! le moucheron enviré à la pissotière de l'auberge, amoureux de la bourrache, et que dissout un rayon!

Faim

Si j'ai du goût, ce n'est guères
Que pour la terre et les pierres.
Je déjeune toujours d'air,
De roc, de charbons, de fer.

So wuchern die Triften,
Die man vergessen,
Von Weihrauch und Giften

Beblüht und zerfressen.
Umschwärmt in wilden Zügen
Von garstigen Fliegen.

Wenn doch die Zeiten entstünden,
Die uns zu Liebe entzünden.

Ich liebte die Wüste, die versengten Obstgärten, die verstaubten Buden, die lauwarmen Getränke. Ich schleppte mich durch die stinkenden Gassen, und, mit geschlossenen Augen, bot ich mich der Sonne dar, der Göttin des Feuers.

»General, wenn noch eine alte Kanone auf deinen verfallenen Wällen übrig geblieben ist, beschieße uns mit Klumpen trockener Erde. Heran an die Spiegelscheiben der prunkenden Kaufhäuser! Hinein in die Salons! Laßt die Stadt ihren Staub fressen. Laß die Wasserröhren verrosten. Fülle die Frauengemächer mit brennendem Pulver aus Rubinen …«

Oh! Die Mücke, trunken über dem Pissort der Herberge, verliebt taumelnd überm Gewürzkraut; ein Strahl, und sie ist zerstaubt!

Hunger

Hab ich Gefallen, so keinen
Als an der Erde und den Steinen.
Zum Frühstück sind meine Speisen
Luft, Felsen, Kohle und Eisen.

Mes faims, tournez. Paissez, faims,
Le pré des sons.
Attirez le gai venin
Des liserons.

Mangez les cailloux qu'on brise,
Les vieilles pierres d'églises;
Les galets des vieux déluges,
Pains semés dans les vallées grises.

Le loup criait sous les feuilles
En crachant les belles plumes
De son repas de volailles:
Comme lui je me consume.

Les salades, les fruits
N'attendent que la cueillette;
Mais l'araignée de la haie
Ne mange que des violettes.

Que je dorme! que je bouille
Aux autels de Salomon.
Le bouillon court sur la rouille,
Et se mêle au Cédron.

Enfin, ô bonheur, ô raison, j'écartai de ciel l'azur, qui est du noir, et je vécus, étincelle d'or de la lumière *nature.* De joie, je prenais une expression bouffonne et égarée au possible:

*

Elle est retouvée!
Quoi? l'Éternité.
C'est la mer mêlée
Au soleil.

Mein Hunger, lauf; gras, Hunger, die Trift,
Zum Klang der Schalmein,
Sauge das heitere Gift
Der Winden ein.

Die Kiesel iß, die man zermahlen,
Die alten Steine von Kathedralen;
Geröll aus alten Sintflutwelten,
Brote, gesät in grauen Talen …

Der Wolf schrie unter dem Laube
Und spie die schönen Federn aus
Von seinem Hühnerraube:
Mit ihm und mir ist es aus.

Es warten nur, daß man sie pflücke,
Die Früchte und die Kressen;
Doch die Spinne in der Hecke
Will nichts als Veilchen fressen.

Möcht schlafen! möcht, daß ich verglühe
Auf den Altären des Salomon.
Übern Rost läuft hin die Brühe
Und mischt sich mit dem Kidron.

Zuletzt, o Glück, löste ich das Blau vom Himmel ab, so daß er nun schwarz ist, und ich lebte, goldener Funke des Lichtes *Natur.* Vor Freude gewöhnte ich mir eine möglichst närrische und verrückte Ausdrucksweise an:

*

Sie ist wiedergefunden.
Wer? Die Ewigkeit.
Es ist das Meer verbunden
Mit der Sonne.

Mon âme éternelle,
Observe ton vœu
Malgré la nuit seule
Et le jour en feu.

Donc tu te dégages
Des humains suffrages,
Des communs élans!
Tu voles selon …

Jamais l'espérance,
Pas d'*orietur.*
Science et patience,
Le supplice est sûr.

Plus de lendemain,
Braises de satin,
  Votre ardeur
  Est le devoir.

Elle est retrouvée!
– Quoi? – l'Éternité.
C'est la mer mêlée
  Au soleil.

*

Je devins un opéra fabuleux: je vis que tous les êtres ont une fatalité de bonheur: l'action n'est pas la vie, mais une façon de gâcher quelque force, un énervement. La morale est la faiblesse de la cervelle.
À chaque être, plusieurs *autres* vies me semblaient dues. Ce monsieur ne sait ce qu'il fait: il est un ange. Cette famille est une nichée de chiens. Devant plusieurs hommes, je causai tout haut avec un moment d'une de leurs autres vies. – Ainsi, j'ai aimé un porc.

Meine unsterbliche Seele,
Bewahr dein Gelübde gut,
Trotz der Nacht, der leeren,
Und des Tags in Feuerglut.

So willst du dich denn trennen
Vom menschlichen Erkennen,
Vom allgemeinen Wahn!
Du fliegst deine Bahn ...

Kein Hoffen mehr geblieben;
Kein Sonnenaufgangsstrahl.
Geduld und Weisheit üben ...
Gewiß ist die Qual.

Kein neuer Morgen mehr flammt,
Glut, leuchtend wie Samt,
Dein Brand allein
Soll Pflicht mir sein.

Sie ist wiedergefunden!
– Wer? – die Ewigkeit.
Es ist das Meer verbunden
Mit der Sonne.

*

Ich wurde eine Märchenoper: Ich sah, daß allen Wesen ihr Glück vom Verhängnis bestimmt wird: Die Tat ist nicht das Leben, sondern eine Art Kraftvergeudung, eine Schwächung. Moral ist Gehirnschwäche.

Jedem Wesen, so schien es mir, müßten mehrere *andere* Leben vergönnt sein. Dieser Herr da weiß nicht, was er tut: er ist ein Engel. Jene Familie ist ein Wurf von Hunden. In Gegenwart von mehreren Männern unterhielt ich mich ganz laut mit einem Augenblick aus einem ihrer anderen Leben. – Auf die Art habe ich ein Schwein geliebt.

Aucun dés sophismes de la folie, – la folie qu'on enferme,– n'a été oublié par moi: je pourrais les redire tous, je tiens le système.

Ma santé fut menacée. La terreur venait. Je tombais dans des sommeils de plusieurs jours, et, levé, je continuais les rêves les plus tristes. J'étais mûr pour le trépas, et par une route de dangers ma faiblesse me menait aux confins du monde et de la Cimmérie, partie de l'ombre et des tourbillons.

Je dus voyager, distraire les enchantements assemblés sur mon cerveau. Sur la mer, que j'aimais comme si elle eût dû me laver d'une souillure, je voyais se lever la croix consolatrice. J'avais été damné par l'arc-en-ciel. Le Bonheur était ma fatalité, mon remords, mon ver: ma vie serait toujours trop immense pour être dévouée à la force et à la beauté.

Le Bonheur! Sa dent, douce à la mort, m'avertissait au chant du coq, – *ad matutinum,* au *Christus venit,* – dans les plus sombres villes:

*

Ô saisons, ô châteaux!
Quelle âme est sans défauts!

J'ai fait la magique étude
Du bonheur, qu'aucun n'élude.

Salut à lui, chaque fois
Que chante le coq gaulois.

Ah! je n'aurai plus d'envie:
Il s'est chargé de ma vie.

Keine einzige der Spitzfindigkeiten des Wahnsinns – des Wahnsinns, den man einsperrt, – ist von mir vergessen worden: ich könnte sie alle hersagen, ich kenne das System.
Meine Gesundheit war gefährdet. Angst überkam mich. Ich schlief manchmal ganze Tage lang, und wenn ich aufgestanden war, träumte ich die traurigsten Träume weiter. Ich war reif für den Tod, und auf einer Straße voll von Gefahren führte mich meine Schwäche bis an die Grenze der Welt und des Landes der Kimmerier, der Heimat des Schattens und der Wirbelwinde.
Ich mußte auf die Wanderschaft gehen, die Zauberbilder zerstreuen, die sich in meinem Gehirn angesammelt hatten. Auf dem Meer, das ich liebte, als ob es einen Makel hätte von mir abwaschen müssen, sah ich das Kreuz des Trostes sich erheben. Ich war verdammt worden von dem Regenbogen. Das Glück war mein Verhängnis, meine Reue der Wurm, der an mir fraß. Mein Leben würde immer viel zu unermeßlich sein, als daß ich es der Kraft und der Schönheit weihen könnte.
Das Glück! Sein Zahn, sanft in der Todesstunde, warnte mich zur Zeit des Hahnenschreis, – der *Frühmette,* wenn man das *Christus venit* singt, – in den düsteren Städten:

*

O Zeiten, o Paläste!
Welche Seele ist ohne Gebreste!

Ich hab die magische Kunst erreicht
Des Glücks, dem keiner entweicht.

Sei mir gegrüßt, früh und spät,
Wenn der gallische Hahn sein Liedchen kräht.

Ach, ich entsage allem Streben:
Er hat sich beladen mit meinem Leben.

Ce charme a pris âme et corps
Et dispersé les efforts.

Ô saisons, ô châteaux!

L'heure de sa fuite, hélas!
Sera l'heure du trépas.

Ô saisons, ô châteaux!

*

Cela s'est passé. Je sais aujourd'hui saluer la beauté.

L'Impossible

Ah! cette vie de mon enfance, la grande route par tous les temps, sobre surnaturellement, plus désintéressé que le meilleur des mendiants, fier de n'avoir ni pays, ni amis, quelle sottise c'était. – Et je m'en aperçois seulement!

– J'ai eu raison de mépriser ces bonshommes qui ne perdraient pas l'occasion d'une caresse, parasites de la propreté et de la santé de nos femmes, aujourd'hui qu'elles sont si peu d'accord avec nous.
J'ai eu raison dans tous mes dédains: puisque je m'évade!

Je m'évade?
Je m'explique.
Hier encore, je soupirais: «Ciel! sommes-nous assez de damnés ici-bas! Moi, j'ai tant de temps déjà dans leur troupe! Je les connais tous. Nous nous reconnaissons toujours; nous nous dégoûtons. La charité nous est inconnue. Mais nous sommes polis; nos relations avec le monde sont très convenables.» Est-ce éton-

Der Zauber hat Seele und Leib mir geraubt
Und all meine Kraft in den Wind zerstaubt,

O Zeiten, o Paläste!

Die Stunde seiner Flucht wird, o Pein!
Die Stunde des Todes sein.

O Zeiten, o Paläste.

*

Das ist nun vorbei. Heute weiß ich, wie ich die Schönheit grüßen soll.

Das Unmögliche

Oh! Dieses Leben meiner Kindheit, auf der Landstraße bei jedem Wetter, mäßig auf übernatürliche Art, wunschloser als der beste Bettler, stolz darauf, keine Heimat, keine Freunde zu haben; wie dumm war ich doch damals! – Und das merke ich jetzt erst!

– Ich hatte Recht alle jene Biedermänner zu verachten, die sich keine Gelegenheit zu einer Zärtlichkeit entgehen lassen würden, diese Schmarotzer der Reinheit und Gesundheit unserer Frauen, heute, da diese so wenig mit uns in Einklang sind.

Ich hatte Recht überall da, wo ich verachtete: Da ich nun ausbreche!

Breche ich wirklich aus?

Ich will mich deutlich ausdrücken.

Gestern noch seufzte ich: »Himmel! Sind wir genug Verdammte hier unten! Ich, ich bin schon so lange in ihrer Gesellschaft. Ich kenne sie alle. Wir erkennen uns immer; wir ekeln uns gegenseitig an. Die barmherzige Liebe ist uns unbekannt. Aber wir sind höflich, unsere Beziehungen zur Welt sind ganz, wie sichs ge-

nant? Le monde! les marchands, les naïfs! – Nous ne sommes pas déshonorés. – Mais les élus, comment nous recevraient-ils? Or il y a des gens hargneux et joyeux, de faux élus, puisqu'il nous faut de l'audace ou de l'humilité pour les aborder. Ce sont les seuls élus. Ce ne sont pas des bénisseurs!

M'étant retrouvé deux sous de raison, – ça passe vite! – je vois que mes malaises viennent de ne m'être pas figuré assez tôt que nous sommes à l'Occident. Les marais occidentaux! Non que je croie la lumière altérée, la forme exténuée, le mouvement égaré … Bon! voici que mon esprit veux absolument se charger de tous les développements cruels qu'a subis l'esprit depuis la fin de l'Orient … Il en veut, mon esprit!

… Mes deux sous de raison sont finis! – L'esprit est autorité, il veut que je sois en Occident. Il faudrait le faire taire pour conclure comme je voulais.

J'envoyais au diable les palmes des martyrs, les rayons de l'art, l'orgueil des inventeurs, l'ardeur des pillards; je retournais à l'Orient et à la sagesse première et éternelle. – Il paraît que c'est un rêve de paresse grossière!

Pourtant, je ne songeais guère au plaisir d'échapper aux souffrances modernes. Je n'avais pas en vue la sagesse bâtarde du Coran. – Mais n'y a-t-il pas un supplice réel en ce que, depuis cette déclaration de la science, le christianisme, l'homme *se joue,* se prouve les évidences, so gonfle du plaisir de répéter ces preuves, et ne vit que comme cela? Torture subtile, niaise; source de mes divagations spirituelles. La nature pourrait s'ennuyer, peut-être! M. Prudhomme est né avec le Christ.

hört!« Ist das verwunderlich? Die Welt! Die Kaufleute, die Armen im Geiste! – Man hat uns unsere Ehre durchaus nicht genommen. – Aber die Auserwählten, wie würden die uns aufnehmen? Nun gibt es zänkische und fröhliche Leute, zu Unrecht Auserwählte, da wir uns mit Kühnheit oder Demut wappnen müssen, um an sie heranzukommen. Das sind die allein Auserwählten. Nicht Leute, die fromme Sprüche machen!
Da ich nun wieder für zwei Groschen Vernunft besitze, – so etwas geht schnell vorüber! – sehe ich, daß mein ganzes Unbehagen daher kommt, nicht rechtzeitig erkannt zu haben, daß wir im Abendlande leben. Die Sümpfe des Abendlandes! Nicht als ob ich glaube, daß das Licht verblaßt, die Form verderbt, die Bewegung irre geleitet wäre ... Schon gut! Es sieht so aus, als ob mein Geist gewillt wäre, sich mit Gewalt all die grausigen Entwicklungen aufzuladen, die der Geist der Menschheit seit dem Untergang des Morgenlandes erlitten hat ... Ja, das will er, mein Geist! ... Meine zwei Groschen Vernunft sind ausgegeben! – Der Geist spricht ein Machtwort, er befiehlt mir im Abendlande zu sein. Ich müßte ihn zum Schweigen bringen, um zu entscheiden, wie es meine Absicht war.
Die Palmen der Märtyrer, die Strahlen der Kunst, den Stolz der Erfinder, die Gier der Plünderer, all das schickte ich zum Teufel; ich kehrte in den Orient zurück und zur ersten und ewigen Weisheit. – Das scheint man für einen Traum zu halten, der nur aus grober Faulheit kommen kann!
Damals dachte ich eigentlich nie an das Vergnügen, den Leiden von Heute zu entgehen. Ich hatte nicht die Afterweisheit des Korans im Sinne. – Aber ist es nicht qualvoll zu wissen, daß nach dieser Verkündigung der Wissenschaft, das Christentum, der Mensch *seiner selbst spottet,* sich das, was klar auf der Hand liegt, umständlich beweist, sich vor Vergnügen aufbläht, diese Beweise immer wieder zu erbringen, und nur auf diese Art lebt? Höchst verfeinerte, alberne Qual; Quelle der Ausschweifungen meines Geistes. Die Natur könnte sich langweilen, vielleicht! Herr Prudhomme ist gleichzeitig mit Christus auf die Welt gekommen.

N'est-ce pas parce que nous cultivons la brume? Nous mangeons la fièvre avec nos légumes aqueux. Et l'ivrognerie! et le tabac! et l'ignorance! et les dévouements! – Tout cela est-il assez loin de la pensée, de la sagesse de l'Orient, la patrie primitive? Pourquoi un monde moderne, si de pareils poisons s'inventent!

Les gens d'Église diront: C'est compris. Mais vous voulez parler de l'Éden. Rien pour vous dans l'histoire des peuples orientaux. – C'est vrai; c'est à l'Éden que je songeais! Qu'est-ce que c'est pour mon rêve, cette pureté des races antiques!

Les philosophes: Le monde n'a pas d'âge. L'humanité se déplace, simplement. Vous êtes en Occident, mais libre d'habiter dans votre Orient, quelque ancien qu'il vous le faille, – et d'y habiter bien. Ne soyez pas un vaincu. Philosophes, vous êtes de votre Occident.

Mon esprit, prends garde. Pas de partis de salut voilents. Exerce-toi! – Ah! la science ne va pas assez vite pour nous!
– Mais je m'aperçois que mon esprit dort.
S'il était bien éveillé toujours à partir de ce moment, nous serions bientôt à la vérité, qui peut-être nous entoure avec ses anges pleurant! … S'il avait été éveillé jusqu'à ce moment-ci, c'est que je n'aurais pas cédé aux instincts délétères, à une époque immémoriale! … – S'il avait toujours été bien éveillé, je voguerais en pleine sagesse! …

O pureté! pureté!
C'est cette minute d'éveil qui m'a donné la vision de la pureté! –
Par l'esprit on va à Dieu!
Déchirante infortune!

Kommt es nicht daher, daß wir uns so viel mit dem Nebel beschäftigen? Wir essen das Fieber mit unseren wässerigen Gemüsen. Und die Trunksucht! Und der Tabak! Und die Unwissenheit! und die Aufopferungen! – Wie weit liegt das alles ab von der Weisheit des Morgenlandes, des ursprünglichen Vaterlandes? Warum gibt es die Neuzeit, wenn solche Gifte erfunden werden können!

Die Kirchenleute sagen: Einverstanden. Aber du willst vom Paradiese sprechen. Nichts für dich in der Geschichte der morgenländischen Völker. – Ja, das ist wahr; ich dachte an das Paradies. Was bedeutet das für meinen Traum, diese Reinheit der alten Völker!

Die Philosophen sagen: Die Welt altert nicht. Die Menschheit wechselt ihre Stätten, das ist alles. Du bist im Abendland, aber es steht dir frei, in deinem Morgenland zu wohnen, in so alter Zeit, als du es brauchst – und dich dort wohnlich einzurichten. Gib dich nicht besiegt. Philosophen, ihr seid wirklich aus eurem Abendlande.

Du, mein Geist, sei auf der Hut. Versuche nicht das Heil auf gewalttätige Weise herbeizuführen. Prüfe dich! – Ach! die Wissenschaft geht mir nicht schnell genug!

– Aber ich bemerke, daß mein Geist schläft.

Wenn er von diesem Augenblick ab immer ganz wach bliebe, würde ich vielleicht bald zu der Wahrheit gelangen, die mich vielleicht schon umgibt mit ihren weinenden Engeln! … – Wenn er bis zu diesem Augenblick wach geblieben wäre, dann hätte ich nicht den tödlichen Instinkten nachgegeben, vor undenklicher Zeit! … Wenn er immer ganz wach gewesen wäre, würde ich in der Fülle der Weisheit segeln! …

O Reinheit! Reinheit!

Diese Minute des Erwachens ist es, die mir die Vision der Reinheit gegeben hat! – Durch den Geist geht man ein zu Gott!

Herzzerreißendes Unglück!

L'Éclair

Le travail humain! c'est l'explosion qui éclaire mon abîme de temps en temps.
«Rien n'est vanité; à la science, et en avant!» crie l'Ecclésiaste moderne, c'est-à-dire *Tout le monde.* Et pourtant les cadavres des méchants et des fainéants tombent sur le cœur des autres ... Ah! vite, vite un peu; là-bas, par delà la nuit, ces récompenses futures, éternelles ... les échapperons-nous? ...
– Qu'y puis-je? Je connais le travail; et la science est trop lente. Que la prière galope et que la lumière gronde ... je le vois bien. C'est trop simple, et il fait trop chaud; on se passera de moi. J'ai mon devoir; j'en serai fier à la façon de plusieurs, en le mettant de côté.

Ma vie est usée. Allons! feignons, fainéantons, ô pitié! Et nous existerons en nous amusant, en rêvant amours monstres et univers fantastiques, en nous plaignant et en querellant les apparences du monde, saltimbanque, mendiant, artiste, bandit, – prêtre! Sur mon lit d'hôpital, l'odeur de l'encens m'est revenue si puissante: gardien des aromates sacrés, confesseur, martyr ...

Je reconnais là ma sale éducation d'enfance. Puis quoi! ... Aller mes vingt ans, si les autres vont vingt ans ...

Non! non! à présent je me révolte contre la mort! Le travail paraît trop léger à mon orgueil: ma trahison au monde serait un supplice trop court. Au dernier moment, j'attaquerais à droite, à gauche ...
Alors, – oh! – chère pauvre âme, l'éternité serait-elle pas perdue pour nous!

Der Blitz

Die menschliche Arbeit! Das ist die Entladung, die meinen Abgrund von Zeit zu Zeit erhellt.

»Nichts ist eitel; heran an die Wissenschaft, und vorwärts!« schreit der moderne Prediger, d. h. *Jedermann.* Und dennoch fallen die Leichen der Bösen und Faulenzer auf das Herz der anderen ... Ah! schnell, ein bißchen schnell. Dort, jenseits der Nacht, winkt der künftige, ewige Lohn ... Werde ich ihm entgehen? ...

– Was kann ich dabei tun? Ich weiß, was Arbeit ist; und die Wissenschaft ist zu langsam. Daß das Gebet vorwärts stürmt und daß das Licht mit Getöse rollt ... das sehe ich wohl. Das ist zu einfach, und es ist zu heiß hier; man wird sich ohne mich behelfen müssen. Ich habe meine Pflicht; ich werde stolz auf sie sein, so wie es auch schon einige andere waren, dadurch, daß ich sie beiseite schiebe.

Mein Leben ist verbraucht. Gut so! Versuchen wir's mal mit der Heuchelei, mit der Faulenzerei, o Jammer! Und ich will mein Dasein fristen, indem ich mich vergnüge, von ungeheuerlichen Liebesabenteuern und phantastischen Welten träume, indem ich mich über alles beklage und mit den Erscheinungen der Welt hadere, Seiltänzer, Bettler, Künstler, Bandit, – Priester! Auf meinem Krankenhausbett hab ich den Weihrauchduft wieder so stark gerochen: Bewahrer der heiligen Wohlgerüche, Bekenner, Märtyrer ...

Daran erkenne ich die schmutzige Erziehung meiner Jugend wieder. Was noch! ... Noch meine zwanzig Jahre leben, so gut, wie die anderen ihre zwanzig Jahre leben ...

Nein! Nein! Gegenwärtig empöre ich mich gegen den Tod! Die Arbeit erscheint meinem Stolz als eine zu leichte Sache: mein Verrat an der Welt wäre eine zu kurze Marter. Im letzten Augenblick würde ich nach rechts oder links ausholen ...

Dann aber, – oh! – liebe arme Seele, wäre dann die Ewigkeit nicht für mich verloren?

Matin

N'eus-je pas *une fois* une jeunesse aimable, héroïque, fabuleuse, à écrire sur des feuilles d'or, – trop de chance! Par quel crime, par quelle erreur, ai-je mérité ma faiblesse actuelle? Vous qui prétendez que des bêtes poussent des sanglots de chagrin, que des malades désespèrent, que des morts rêvent mal, tâchez de raconter ma chute et mon sommeil. Moi, je ne puis pas plus m'expliquer que le mendiant avec ses continuels *Pater* et *Ave Maria. Je ne sais plus parler!*

Pourtant, aujourd'hui, je crois avoir fini la relation de mon enfer. C'était bien l'enfer; l'ancien, celui dont le fils de l'homme ouvrit les portes.
Du même désert, à la même nuit, toujours mes yeux las se réveillent à l'étoile d'argent, toujours, sans que s'émeuvent les Rois de la vie, les trois mages, le cœur, l'âme, l'esprit. Quand irons-nous, par delà les grèves et les monts, saluer la naissance du travail nouveau, la sagesse nouvelle, la fuite des tyrans et des démons, la fin de la superstition, adorer – les premiers! – Noël sur la terre?

Le chant des cieux, la marche des peuples! Esclaves, ne maudissons pas la vie.

Morgen

Hatte ich nicht *einmal* eine liebenswürdige, heldische, märchenhafte Jugend, die ich auf goldene Blätter hätte aufzeichnen können, zu viel Glück! Um welches Verbrechens, um welchen Irrtums willen habe ich meine jetzige Schwäche verdient? Ihr, die ihr behauptet, daß es Tiere gibt, die vor Leid schluchzen, daß Kranke verzweifeln, daß Tote böse Träume haben, versucht meinen Sturz und meinen Schlaf zu erzählen. Ich selbst, ich kann mich darüber ebensowenig auslassen wie der Bettler mit seinen ewigen *Pater noster* und *Ave Maria. Ich kann nicht mehr sprechen.*

Doch heute, glaube ich, bin ich zu Ende mit der Erzählung meiner Hölle. Es war wirklich die Hölle; die alte Hölle, deren Pforten des Menschen Sohn geöffnet hat.

Aus derselben Wüste, in derselben Nacht, immer erwachen meine müden Augen, wenn der Silberstern aufgeht, immer wieder, ohne daß es die Könige des Lebens rührt, die drei Magier, das Herz, die Seele, der Geist. Wann werde ich, über alle Gestade und Berge hinweg, die Geburt der neuen Arbeit grüßen, die neue Weisheit, die Flucht der Tyrannen und Dämonen, das Ende des Aberglaubens und anbeten – als erster! – Weihnachten auf Erden?

Der Gesang der Himmel, der Marsch der Völker! Sind wir auch Sklaven, wollen wir doch nicht das Leben verwünschen.

Adieu

L'automne déjà! – Mais pourquoi regretter un éternel soleil, si nous sommes engagés à la découverte de la clarté divine, – loin des gens qui meurent sur les saisons.

L'automne. Notre barque élevée dans les brumes immobiles tourne vers le port de la misère, la cité énorme au ciel taché de feu et de boue. Ah! les haillons pourris, le pain trempé de pluie, l'ivresse, les mille amours qui m'ont crucifié! Elle ne finira donc point cette goule reine de millions d'âmes et de corps morts *et qui seront jugés!* Je me revois, la peau rongée par la boue et la peste, des vers plein les cheveux et les aisselles et encore de plus gros vers dans le cœur, étendu parmi les inconnus sans âge, sans sentiment … J'aurais pu y mourir … L'affreuse évocation! J'exècre la misère.

Et je redoute l'hiver parce que c'est la saison du confort!

– Quelquefois je vois au ciel des plages sans fin couvertes de blanches nations en joie. Un grand vaisseau d'or, au-dessus de moi, agite ses pavillons multicolores sous les brises du matin. J'ai créé toutes les fêtes, tous les triomphes, tous les drames. J'ai essayé d'inventer de nouvelles fleurs, de nouveaux astres, de nouvelles chairs, de nouvelles langues. J'ai cru acquérir des pouvoirs surnaturels. Eh bien! je dois enterrer mon imagination et mes souvenirs! Une belle gloire d'artiste et de conteur emportée!

Moi! moi qui me suis dit mage ou ange, dispensé de toute morale, je suis rendu au sol, avec un devoir à chercher, et la réalité rugueuse à étreindre! Paysan!

Abschied

Schon Herbst! – Aber warum mich sehnen nach einer ewigen Sonne, wenn ich schon auf die Entdeckung der göttlichen Klarheit ausgegangen bin, – fern von den Menschen, die in den Zeiten sterben.

Herbst. Mein Kahn, aufgestiegen in die Regionen des unbeweglichen Nebels, wendet den Kiel zum Hafen des Elends, der gewaltigen Stadt mit dem von Feuer und Schlamm befleckten Himmel. Oh! die verfaulten Lumpen, das von Regen getränkte Brot, die Trunkenheit, die Liebe, die mich tausendmal gekreuzigt hat! Wird es denn nie verschwinden, dieses Gespensterweib, Königin von Millionen Seelen und toten Leibern, *über die das Gericht kommen wird!* Ich sehe mich wieder, die Haut zerfressen von Kot und Pest, das Haar und die Achselhöhlen voll von Würmern und noch dickere Würmer im Herzen, ausgestreckt inmitten der Unbekannten, die kein Alter, kein Gefühl hatten … Ich hätte dort sterben können … Schreckliche Vorstellung! Ich verabscheue das Elend.

Und ich fürchte den Winter, weil das die Zeit der Bequemlichkeit ist!

Manchmal sehe ich am Himmel einen endlos weiten Strand, bedeckt mit weißen, der Freude hingegebenen Völkern. Ein großes goldenes Schiff über mir läßt seine vielfarbigen Fahnen flattern in den Morgenwinden. Ich habe alle Feste geschaffen, alle Triumphe, alle Dramen. Ich habe versucht neue Blumen, neue Sterne, Menschen aus neuem Fleisch, neue Sprachen zu erfinden. Ich habe geglaubt, übernatürliche Kräfte erwerben zu können. Nun gut! Ich soll meine Einbildungskraft und meine Erinnerungen begraben! Schöner Ruhm eines Künstlers und Erzählers hinweg geweht!

Ich! Ich, der ich mich Magier oder Engel genannt, mich von jeder Moral losgesagt habe, ich bin der Erde wiedergegeben, um mir eine Pflicht zu suchen und die runzelige Wirklichkeit zu umarmen! Bauer!

Suis-je trompé? la charité serait-elle sœur de la mort pour moi?

Enfin, je demanderei pardon pour m'être nourri de mensonge. Et allons.
Mais pas une main amie! et où puiser le secours?

*

Oui, l'heure nouvelle est au moins très sévère.
Car je puis dire que la victoire m'est acquise: les grincements de dents, les sifflements de feu, les soupirs empestés se modèrent. Tous les souvenirs immondes s'effacent. Mes derniers regrets détalent,– des jalousies pour les mendiants, les brigands, les amis de la mort, les arriérés de toutes sortes. – Damnés, si je me vengeais!

Il faut être absolument moderne.
Point de cantiques: tenir le pas gagné. Dure nuit! le sang séché fume sur ma face, et je n'ai rien derrière moi, que cet horrible arbrisseau! . . . Le combat spirituel est aussi brutal que la bataille d'hommes; mais la vision de la justice est le plaisir de Dieu seul.

Cependant c'est la veille. Recevons tous les influx de vigueur et de tendresse réelle. Et, à l'aurore, armé d'une ardente patience, nous entrerons aux splendides villes.

Que parlais-je de main amie! Un bel avantage, c'est que je puis rire des vieilles amours mensongères, et frapper de honte ces couples menteurs, – j'ai vu l'enfer des femmes là-bas; – et il me sera loisible de *posséder la vérité dans une âme et un corps.*

Bin ich betrogen? Wäre für mich die barmherzige Liebe die Schwester des Todes?
Doch wie dem auch sei, ich will um Verzeihung bitten, daß ich mich von Lüge genährt habe. Und vorwärts!
Doch keine Freundeshand! Und wo mir Hilfe holen?

*

Ja, die neue Stunde ist zum mindesten sehr ernst.
Denn ich kann sagen, daß der Sieg mir sicher ist: Das Zähneknirschen, das Zischen des Feuers, die verpesteten Seufzer, alles beruhigt sich. Alle unreinen Erinnerungen verblassen. Die letzten schmerzlichen Regungen weichen von mir, – alles, um das ich die Bettler, die Räuber, die Freunde des Todes, die Nachzügler aller Art beneidete. – Verdammte, wenn ich mich rächte!
Ich muß unbedingt ein Mensch von heute sein.
Keine frommen Gesänge mehr: Den Vorsprung, den ich gewonnen habe, bewahren. Harte Nacht! Das getrocknete Blut raucht auf meinem Gesicht, und ich habe nichts hinter mir als dieses schreckliche Gebüsch! ... Der geistige Kampf ist ebenso brutal wie die Männerschlacht, aber die Vision der Gerechtigkeit ist die Lust Gottes allein.
Doch ich bin erst am Vorabend. Ich bin bereit, alles aufzunehmen, was an Kraft und wahrer Zärtlichkeit auf mich einströmt. Und, zur Stunde des Sonnenaufgangs, gewappnet mit inbrünstiger Geduld, werde ich einziehen in die glanzvollen Städte.
Was sprach ich von Freundeshand! Ein schöner Gewinn ist, daß ich der alten lügnerischen Liebschaften lachen und jene verlogenen Pärchen mit Schande treffen kann, – ich habe die Hölle der Frauen dort unten gesehen, – und es wird mir erlaubt sein, *die Wahrheit zu besitzen in einer Seele und in einem Körper.*

IV
Appendice – Anhang

Narration

(trouvé dans un cahier de pensums, 1862 ou 1863)

Le soleil était encore chaud; cependant il n'éclairait presque plus la terre; comme un flambeau placé devant les ... (illisible) ... ne les éclaire plus que par une faible lueur, ainsi le soleil, flambeau terrestre, s'éteignait en laissant échapper de son corps de feu une dernière et faible lueur qui cependant laissait encore voir les feuilles vertes des arbres, les petites fleurs qui se flétrissaient, et le sommet gigantesque des pins, des peupliers et des chênes séculaires. Le vent rafraîchissant, c'est-à-dire une brise fraîche, agitait les feuilles des arbres avec un bruissement à peu près semblable à celui que faisaient les eaux argentées du ruisseau qui coulait à mes pieds. Les fougères courbaient leur front vert devant le vent. Je m'endormis, non sans m'être abreuvé de l'eau du ruisseau.
Je rêvai que ... j'étais né à Reims, l'an 1503.

Reims était alors une petite ville ou, pour mieux dire, un bourg, cependant renommé à cause de sa belle cathédrale, témoin du sacre du roi Clovis.
Mes parents étaient peu riches, mais très honnêtes; ils n'avaient pour tout bien qu'une petite maison, qui leur avait toujours appartenu, et, en plus, quelques mille francs auxquels il faut encore ajouter les petits louis provenant des économies de ma mère.

Mon père était officier* dans les armées du roi. C'était un homme grand, maigre, chevelure noire, barbe, yeux, peau de même couleur. Quoique il n'eût guère, quand j'étais né, que 48 ou 50 ans, on lui en aurait certainement bien donné 60 ou 58. Il était d'un caractère vif, bouillant, souvent en colére, et ne voulant rien souffrir qui lui déplût.

* Colonel de Cent-Gardes.

Erzählung

(gefunden in einem Schulheft, 1862 oder 1863)

Die Sonne war noch warm; sie erhellte jedoch kaum noch die Erde. Wie eine Fackel vor den (unleserlich) … diese nur noch mit schwachem Schimmer erhellt, so erlosch auch die Sonne, irdische Fackel, indem sie aus ihrem Feuerleib einen letzten schwachen Schimmer entweichen ließ, der jedoch noch die grünen Blätter der Bäume sehen ließ, die Blümlein, die am Verwelken waren und den riesigen Wipfel der Fichten, der Pappeln und der hundertjährigen Eichen. Der erfrischende Wind, das heißt, ein frisches Lüftchen, bewegte die Blätter der Bäume mit einem Rascheln, das etwa dem der silbernen Wellen des Baches ähnelte, der zu meinen Füßen floß. Die Farnkräuter bewegten ihre grüne Stirn vor dem Wind. Ich schlief ein, nicht ohne meinen Durst gelöscht zu haben mit dem Wasser des Baches.

Ich träumte, daß … ich in Reims geboren wäre, im Jahre 1503.

Reims war damals eine kleine Stadt, oder, besser gesagt, ein Marktflecken, jedoch berühmt wegen seiner schönen Kathedrale, Zeugin der Salbung des Königs Chlodwig.

Meine Eltern waren nicht besonders reich, aber sehr ehrenhafte Leute: ihr ganzer Besitz war ein kleines Haus, das ihnen immer gehört hatte, und außerdem besaßen sie einige tausend Franken, zu denen noch die kleinen Goldstücke hinzukamen, die von den Ersparnissen meiner Mutter herrührten.

Mein Vater war Offizier* im Heer des Königs. Er war ein großer hagerer Mann, schwarzes Haar, Bart, Augen, Haut von derselben Farbe. Obwohl er, als ich geboren wurde, kaum 48 oder 50 Jahre alt war, hätte man ihm sicher gut 60 oder 58 gegeben. Er besaß einen lebhaften, aufbrausenden Charakter, geriet oft in Zorn und wollte nichts dulden, was ihm mißfiel.

* Oberst der Leibgardisten.

Ma mère était bien différente: femme douce, calme, s'effrayant de peu de chose, et cependant tenant la maison dans un ordre parfait. Elle était si calme que mon père l'amusait comme une jeune demoiselle. J'étais le plus aimé. Mes frères étaient moins vaillants que moi et cependant plus grands. J'amais peu l'étude, c'est-à-dire d'apprendre à lire, écrire et compter; mais si c'était pour arranger une maison, cultiver un jardin, faire des commissions à la bonne heure! – je me plaisais à cela.

Je me rappelle qu'un jour mon père m'avait promis vingt sous, si je lui faisais bien une division; je commençai, mais je ne pus finir. Ah! combien de fois ne m'a-t-il pas promis des sous, des jouets, des friandises, même une fois cinq francs, si je pouvais lui lire quelque chose!

Malgré cela, mon père me mit en classe dès que j'eus dix ans.

«Pourquoi – me disais-je – apprendre du grec, du latin? Je ne le sais. Enfin, on n'a pas besoin de cela! Que m'importe à moi que je sois reçu? A quoi cela sert-il d'être reçu? A rien, n'est-ce pas? Si, pourtant; on dit qu'on n'a une place que lorsqu'on est reçu. Moi, je ne veux pas de place; je serai rentier. Quand même on en voudrait une, pourquoi apprendre le latin? Personne ne parle cette langue. Quelquefois j'en vois, du latin, sur les journaux; mais, Dieu merci, je ne serai pas journaliste.

«Pourquoi apprendre et de l'histoire et de la géographie? On a, il est vrai, besoin de savoir que Paris est en France; mais on ne demande pas à quel degré de latitude. De l'histoire, apprendre la vie de Chinaldon, de Nabopolassar, de Darius, de Cyrus, et d'Alexandre et de leurs autres compères remarquables par leurs noms diaboliques, est un supplice.
«Que m'importe à moi qu'Alexandre ait été célèbre? Que m'importe … Que sait-on si les Latins ont existé? C'est peut-être, leur

Meine Mutter war von ganz anderer Art: eine sanfte, stille Frau, die über eine Kleinigkeit in Schrecken geriet, jedoch das Haus in bester Ordnung hielt. Sie war so stillen Gemüts, daß mein Vater mit ihr scherzte wie mit einem jungen Mädchen. Ich war ihr Lieblingskind. Meine Brüder waren weniger kräftig als ich, jedoch größer. Ich liebte das Studium, d.h. Lesen, Schreiben, Rechnen, nicht besonders, aber wenn es sich darum handelte, ein Haus in Ordnung zu bringen, einen Garten zu bestellen, Besorgungen zu machen, wahrhaftig, das gefiel mir.

Ich erinnere mich, daß mir mein Vater eines Tages zwanzig Sous versprach, wenn ich ihm eine Teilungsaufgabe gut lösen würde. Ich machte mich ans Werk, aber ich brachte sie nicht zu Ende. Oh! Wie oft hat er mir nicht ein paar Sous, Spielzeug, Leckerbissen, einmal sogar fünf Franken versprochen, wenn ich ihm etwas vorlesen könnte!

Trotzdem schickte mich mein Vater in die Schule, sobald ich zehn Jahre alt war.

»Warum – sagte ich mir – Griechisch, Lateinisch lernen? Ich weiß es nicht. Schließlich braucht man so etwas doch nicht. Was liegt mir daran, das Examen zu bestehen? Wozu nützt es, das Examen zu bestehen? Zu nichts, nicht wahr? Ja, doch; es heißt, daß man eine Stellung nur erhält, wenn man das Examen bestanden hat. Ich, ich will keine Anstellung haben; ich will Rentner werden. Und selbst wenn man eine haben wollte, warum Latein lernen? Kein Mensch spricht diese Sprache. Manchmal sehe ich so etwas, Latein, in den Zeitungen: aber, Gott sei Dank, ich will kein Zeitungsschreiber werden.

»Warum auch Geschichte und Geographie lernen? Natürlich muß man wissen, daß Paris in Frankreich liegt, aber man fragt nicht, unter welchem Breitengrad. Geschichte, das Leben von Chinaldon, von Nabopolassar, von Darius, von Cyrus und Alexander und von ihren durch ihre teuflischen Namen berühmten anderen Spießgesellen zu lernen, ist eine Qual.

»Was macht es mir aus, ob Alexander berühmt gewesen ist? Was macht mir das aus? Weiß man, ob die Lateiner existiert haben?

latin, quelque langue forgée; et quand même ils auraient existé, qu'ils me laissent rentier et conservent leur langue pour eux! Quel mal leur ai-je fait pour qu'ils me flanquent au supplice?

«Passons au grec. Cette sale langue n'est parlée par personne, personne au monde! ... Ah! saperlipote de saperlipopette! sapristi! moi, je serai rentier: il ne fait pas si bon de s'user les culottes sur les bancs, saperlipopettouille!

«Pour être décrotteur, gagner la place de décrotteur, il faut passer un examen; car les places qui vous sont accordées sont d'être ou décrotteur, ou porcher, ou bouvier. Dieu merci, je n'en veux pas, moi, saperlipoulle! Avec ça des soufflets vous sont accordés pour récompense; on vous appelle animal, ce qui n'est pas vrai, bout d'homme, etc.... Ah saperpouillote! ...»

(La suite prochainement. Arthur)

Ihr Latein, das ist vielleicht eine eigens zurecht gemachte Sprache; und selbst wenn sie existiert hätte, sie sollen mich Rentner werden lassen und ihre Sprache für sich behalten. Was habe ich ihnen getan, daß sie mich mit solchen Quälereien behelligen?
»Kommen wir zum Griechischen. Diese garstige Sprache spricht kein Mensch, kein Mensch auf der Welt! ... Oh! Sapperlipot! Sapperlipopot noch mal! Sapristi! Ich will Rentner werden, das ist doch kein so besonderes Vergnügen, sich die Hosen auf den Schulbänken abzuwetzen. Sapperlipototot!
»Um Schuhputzer zu werden, um eine Anstellung als Schuhputzer zu kriegen, muß man ein Examen bestehen; denn die Stellungen, die man einem gnädigst gewährt, sind, entweder Schuhputzer oder Schweinehirt oder Ochsentreiber zu werden. Dafür danke ich, bei Gott, die will ich nicht, ich nicht, Sapperlitotot! Und außerdem, Ohrfeigen verabreicht man einem als Belohnung; Flegel nennt man einen, das gibt's doch nicht, Knirps von einem Kerl, usw.... O sapperlototot! ...«

(Fortsetzung folgt. Arthur)

Charles d'Orléans à Louis XI

Sire, le temps a laissé son manteau de pluie; les fourriers d'été sont venus: donnons l'huys au visage à Mérencolie! Vivent les lays et ballades, moralités et joyeulsetés! Que les clercs de la Basoche nous montrent les folles soties; allons ouyr la moralité du Bien-Avisé et du Mal-Avisé, et la conversion du clerc Théophilus, et comme alèrent à Rome Saint Père et Saint Paul et comment furent martyrez! Vivent les dames à rebrassés collets, portant atours et broderyes! N'est-ce pas, Sire, qu'il fait bon dire sous les arbres, quand les cieux sont vêtus de bleu, quand le soleil cler luit, les doux rondeaux, les ballades haut et cler chantées; *J'ai ung arbre de la plante d'amours,* où *Une fois me dites ouy ma dame,* où *Riche amoureux a toujours l'advantage* … Mais me voilà bien esbaudi, Sire, et vous allez l'être comme moi: maistre François Villon, le bon folastre, le gentil raillard qui rima tout cela, engrillonné, nourri d'une miche et d'eau, pleure et se lamente maintenant au fond du Châtelet. Pendu serez! lui a-t-on dit devant notaire; et le pauvre folet tout transi a fait son épitaphe pour lui et ses compagnons, et les gratieux gallans dont vous aimez tant les rimes s'attendent danser à Montfaulcon, plus becquetés d'oiseaux que dés à coudre, dans la bruine et le soleil!

Oh! Sire, ce n'est pas pour folle plaisance qu'est là Villon. Pauvres housseurs ont assez de peine! Clergeons attendant leur nomination de l'Université, musards, montreurs de synges, joueurs de rebec qui payent leur escot en chansons, chevaucheurs d'escuryes, sires de deux écus, reîtres cachant leur nez en pots d'étain mieux qu'en casques de guerre*, tous ces pauvres enfants secs et

* Olivier Basselin, *Vaux-de-Vire.*

Charles d'Orléans an Ludwig XI.

Sire, das Wetter hat seinen Regenmantel abgelegt; die Quartiermacher des Sommers sind gekommen: Schlagen wir der Dame Melancholie die Tür vor der Nase zu! Es leben die Lais und Balladen, Moralitäten und Schwänke! Die Studenten der Basoche sollen uns die närrischen Sottien aufführen; hören wir uns die Moralität von dem klugen und dem törichten Manne an und die Bekehrung des gelehrten Herrn Theophilus, und wie nach Rom gingen der heilige Petrus und der heilige Paulus und wie sie daselbst gemartert wurden! Es leben die Damen mit zurückgeschlagenem Kragen, die sich mit schönem Putz und Stickereien behängen! Nicht wahr, Sire, was ist das für eine Lust, wenn der Himmel sein blaues Kleid angezogen hat, wenn hell die Sonne scheint, die süßen Rondeaux, die hoch und hell gesungenen Balladen vorzutragen? »Ich hab einen Baum, den die Liebe gepflanzt«, oder »Nur einmal, Herrin, sagt mir Ja«, oder »Dem Reichen fällt stets in der Liebe der Preis« … Doch sieh da! Ich spiele den Lustigen, Sire, und Euch wird es gehen wie mir: Magister Franz Villon, der liebe Spaßvogel, der anmutige Spötter, der all diese Verse reimte, hinter Gitter gesteckt, von Wasser und Brot genährt, weint und jammert im Keller des Châtelet. An den Galgen mit dir! hat man ihm vor dem Notar gesagt; und der arme Schalk, ganz verzagt, hat schon seine Grabschrift verfaßt, für sich und seine Kumpane, und diese artigen Galane, deren Verse Ihr so liebt, müssen sich darauf gefaßt machen in Montfaucon zu tanzen, mehr gepickt von Vögeln als Fingerhüte, im Nebel und in der Sonne!
Oh! Sire, nicht zu närrischem Spaß ist Villon dort. Armen Staubwischern geht's schlimm genug! Junge Studenten, die ihre Zulassung zur Universität erwarten, Tagediebe, Affenführer, Geigenspieler, die ihre Zeche mit Liedern bezahlen, Stallknechte, Zweitalerherren, Reiter, die ihre Nasen besser in Zinnkrügen als in Kriegshelmen verstecken, all diese armen Knaben, dürr und schwarz wie Ofenwischer, die Brot nur an den Fenstern erblikken, die der Winter so warm einwickelt, daß sie sich die Finger-

noirs comme éscouvillons, qui ne voient de pain qu'aux fenêtres, que l'hiver emmitoufle d'onglée, ont choisi maistre François pour mère nourricière! Or, nécessité fait gens méprendre et faim saillir le loup du bois: peut-être l'escollier, un jour de famine, a-t-il pris des tripes au baquet des bouchers pour les fricasser à l'Abreuvoir Papin ou à la taverne du Pestel? Peut-être a-t-il pipé une douzaine de pains au boulanger, ou changé à la Pomme-de-Pin un broc d'eau claire pour un broc de vin de Bagneux? Peut-être, un soir de grand galle, au Plat-d'Étain, a-t-il rossé le guet à son arrivée; ou les a-t-on surpris, autour de Montfaulcon, dans un souper, conquis par noise, avec une dixaine de ribaudes? – Ce sont les méfaits de maistre François. Parce qu'il nous montre ung gras chanoine mignonnant avec sa dame en chambre bien nattée, parce qu'il dit que le chappelain n'a cure de confesser, sinon chambrières et dames, et qu'il conseille aux dévotes, par bonne mocque, de parler contemplation sous les courtines, l'escollier fol, si bien riant, si bien chantant, gent comme esmerillon, tremble sous les griffes des grands juges, ces terribles oiseaux noirs que suivent corbeaux et pies! Lui et ses compagnons, pauvres piteux, accrocheront un nouveau chapelet de pendus aux bras de la forêt; le vent leur fera chandeaux dans le doux feuillage sonore. Et vous, Sire, comme tous ceux qui aiment le poète, ne pourront rire qu'en pleurs en lisant ses joyeuses ballades: ils songeront qu'ils ont laissé mourir le gentil clerc qui chantait si follement, et ne pourront chasser Mérencolie!

Pipeur, larron, maistre François est pourtant le meilleur fils du monde. Il rit des grasses souppes jacobines, mais il honore ce qu'a honoré l'église de Dieu et Madame la Vierge et la Très Sainte Trinité! Il honore la Cour de Parlement, mère des bons et sœur des

spitzen erfrieren, sie alle haben unseren Magister Villon zu ihrer Ziehmutter erwählt! Nun ja, Not treibt die Menschen zu Übeltaten und Hunger den Wolf aus dem Wald: Vielleicht hat der Scholar eines Tages, als er Hunger hatte, ein paar Kaldaunen aus dem Metzgerkübel herausgeholt, um sich in der Kneipstube Papin oder in der Schenke von Pestel ein Frikassee daraus zu bereiten? Vielleicht hat er beim Bäcker ein Dutzend Semmeln geklaut, oder im Wirtshaus zum Tannenzapfen eine Kanne Klärchenbrunnen gegen eine Kanne Wein aus Bagneux vertauscht? Vielleicht, eines Abends, als es in der Zinnschüssel hoch herging, hat er den Nachtwächter, als der anrückte, verprügelt; oder vielleicht auch sind sie in der Gegend von Montfaucon überrascht worden bei einem Souper durch Händel erhandelt, zusammen mit einem Dutzend Dirnlein? – Das sind so Missetaten von Magister Franz. Und dann, weil er uns einen fetten Kanonikus zeigt, wie er mit seiner Dame in schön mit Teppichen behängter Kammer tändelt; weil er sagt, daß der Kaplan besorgt ist, Kammerfrauen und Damen die Beichte abzunehmen und daß er den frommen Weibern, mit trefflichem Spott, rät von Beschaulichkeit zu sprechen hinter den Bettvorhängen, deswegen muß der närrische Student, er, der so lustig, so sangesfroh und anmutig ist wie der Merlinfalke, zittern unter den Klauen der Herren vom Hochgericht, jener schrecklichen, schwarzen Vögel, denen Raben und Elstern folgen! Er und seine Kumpane, arme Schlucker, sollen einen neuen Rosenkranz von Gehenkten in den Armen des Waldes aufhängen; der Wind trägt ihnen Bußgesänge zu im sanften Rauschen des Gezweigs. Und Ihr, Sire, wie alle, die den Dichter lieben, werdet nur unter Tränen lächeln können, wenn Ihr seine lustigen Balladen lest, und Ihr werdet dann daran denken, daß man den liebenswürdigen Studenten, der so tolle Lieder sang, hat sterben lassen, und werdet Melancholie nie verjagen können!
Schwindler, Dieb, mag er's auch sein, Magister Franz ist doch der beste Kerl von der Welt. Er lacht über die fetten Suppen der Jakobiner, aber er ehrt, was die Kirche Gottes geehrt hat und unsere Herrin, die Jungfrau und die hochheilige Dreifaltigkeit! Er

benoitz anges! Aux médisants du royaume de France, il veut presque autant de mal qu'aux taverniers qui brouillent le vin! Et dea! Il sait bien qu'il a trop gallé au temps de sa jeunesse folle. L'hiver, les soirs de famine, auprès de la fontaine Maubuay ou dans quelque piscine ruinée, assis à croppetons devant un petit feu de chenevottes, qui flambe par instants pour rougir sa face maigre, il songe qu'il aurait maison et couche molle, s'il eût estudié! … Souvent, noir et flou comme chevaucheur d'escovettes, il regarde dans les logis par des mortaises: «O ces morceaulx savoureux et frians, ces tartes, ces flans, ces grasses gelines dorées! – Je suis plus affamé que Tantalus! – Du rost! – du rost! – Oh! cela sent plus doux qu'ambre et civettes! – Du vin de Beaulne dans de grandes aiguières d'argent! – Haro, la gorge m'ard! … O, si j'eusse estudié! – Et mes chausses qui tirent la langue, et ma hucque qui ouvre toutes ses fenêtres et mon feautre en dents de scie! – Si je rencontrais un piteux Alexander pour que je puisse, bien recueilli, bien débouté, chanter à mon aise comme Orpheus, le doux ménétrier! – Si je pouvais vivre en honneur une fois avant que de mourir! …» Mais, voilà: souper de rondeaux, d'effets de lune sur les vieux toits, d'effets de lanternes sur le sol, c'est très maigre, très maigre; puis passent, en justes cottes, les mignottes villotières qui font chosettes mignardes pour attirer les passants; puis le regret des tavernes flamboyantes, pleines du cri des buveurs heurtant les pots d'étain et souvent les flamberges, du ricanement des ribaudes et du chant aspre des rebecs mendiants; le regret des vieilles ruelles noires où saillent follement, pour s'embrasser, des étages de maisons et des poutres énormes, où, dans la nuit épaisse, passent, avec des sons de rapières traînées, des rires et des braieries abominables … Et l'oiseau rentre au vieux nid: tout aux tavernes et aux filles! …

ehrt das Parlament, Mutter der guten und Schwester der glückseligen Engel! Denen, die dem Königreich Frankreich Übles nachsagen, wünscht er fast ebensoviel Böses, wie den Schankwirten, die den Wein mit Wasser versetzen! Und wahrlich! Er weiß sehr wohl, daß er es zu arg getrieben hat in seiner tollen Jugendzeit. Im Winter, des Abends, wenn er hungern muß, am Maubuay-Brunnen, oder in einer verfallenen Badestube, wenn er dahockt vor einem Feuerchen von Hanfstengeln, das dann und wann aufflackert, um sein mageres Gesicht zu beleuchten, denkt er daran, daß er ein Haus und ein warmes Bett haben könnte, wenn er studiert hätte! ... Oft, schwarz und matt wie ein Ofenbesenreiter, schaut er durch die Spalten der Mauer in die Wohnungen hinein: »O diese saftigen und leckeren Bissen, diese Kuchen und Fladen, diese fetten goldgelbgebratenen Hennen! – Ich bin hungriger als Tantalus! – Ein Stück Braten! – O das duftet lieblicher als Ambra und Muskat! – Wein aus Beaune in großen silbernen Kannen! – Hallo, die Kehle brennt mir! ... Oh, wenn ich doch nur studiert hätte! ... – Und meine Hosen, die die Zunge herausstrecken, und meine Kapuze, die all ihre Fenster auftut und mein Filzhut mit seinen Sägezähnen! – Wenn ich wenigstens einen mitleidigen Alexander träfe, dann könnte ich in schönster Ruhe, ganz friedlich, nach Herzenslust singen, wie Orpheus, der süße Menestrel! – Könnte ich in Ehren leben nur einmal vor dem Sterben!« ... Aber nicht wahr: zu Abend speisen von Rondels, von Mondzauber auf den alten Dächern, vom Zauber des Laternenlichtes auf den Gassen, das ist sehr mager, sehr mager: und dann kommen, in eng anliegenden Röcken, die niedlichen Dirnchen vorüber mit ihrem zärtlichen Getue, um die Leute auf den Straßen anzulokken; dann die Sehnsucht nach den hellglänzenden Schenken, voll von Geschrei der Trinker, die mit Zinnbechern anstoßen und oft auch mit den Flambergen, voll vom Gelächter der Huren und dem scharfen Gesang der Bettelgeigen; die Sehnsucht nach den alten schwarzen Gassen, wo Stockwerke von Häusern und gewaltigen Balken toll aufspringen, um sich zu küssen, wo, in der dichten Nacht, zum Klang schleppender Rapiere, Gelächter und

Oh! Sire, ne pauvoir mettre plumail au vent par ce temps de joie! La corde est bien triste en mai, quand tout chante, quand tout rit, quand le soleil rayonne sur les murs les plus lépreux ! Pendus seront, pour une franche repeue! Villon est aux mains de la Cour de Parlement: le corbel n'écoutera pas le petit oiseau! Sire, ce serait vraiment méfait de pendre ces gentils clercs: ces poètes-là, voyez-vous, ne sont pas d'ici-bas; laissez-les vivre leur vie étrange, laissez-les avoir froid et faim, laissez-les courir, aimer et chanter: ils sont aussi riches que Jacques Cœur, tous ces fois enfants, car ils ont des rimes plein l'âme, des rimes qui rient et qui pleurent, qui nous font rire ou pleurer: laissez-les vivre ! Dieu bénit tous les miséricords, et le monde bénit les poètes.

abscheuliches Geschrei umgeht … Und der Vogel kehrt in sein altes Nest zurück: ganz den Schenken und Dirnen verfallen! … Oh! Sire, sein Gefieder nicht dem Wind darbieten zu können in dieser Zeit der Freude! Der Strick ist arg traurig im Mai, wenn alles singt, wenn alles lacht, wenn die Sonne strahlt auf die zerfressensten Mauern! Gehenkt sollen sie werden wegen einer Mahlzeit, für die sie nicht bezahlt haben! Villon in den Händen des Parlamentsgerichts: Der Rabe wird auf den kleinen Vogel nicht hören! Sire, das wäre wahrlich ein Frevel, diese artigen Studenten zu hängen: Dichter solcher Art, denkt daran, sind nicht von dieser Welt; laßt sie ihr seltsam Leben leben, laßt sie Hunger und Durst leiden, laßt sie sich tummeln, lieben und singen; sie sind ebenso reich wie Jacques Cœur, all diese tollen Gesellen; denn ihre Seele ist voll von Reimen, von Reimen, die lachen und weinen, die uns lachen oder weinen machen: laßt sie leben! Gott segnet alle, die barmherzig sind, und die Welt segnet die Dichter.

Nachwort des Übersetzers

Jean Arthur Rimbaud ist einer von den großen Dichtern, die Frankreich sich selbst und solchen Menschen geschenkt hat, die für eine Dichtung seiner Art aus eigener, ihr entgegenkommender Naturveranlagung empfänglich sind. Es ist eine Dichtung, die dem, der sie vernimmt, den Atem stocken läßt und ihm das Blut aufstört in Ergriffenheit über das verwirrende, dunkle Rätsel, das dieser Dichter mit seinem Dasein und seinem Dichten ihm aufgibt.

Rimbaud, geboren am 20. Oktober 1854 in dem Städtchen Charleville an der Maas, gestorben am 10. November 1891 im Krankenhaus zu Marseille, begann im Jahre 1869, im Alter von 15 Jahren zu dichten. Seine letzte Dichtung vollendete er im Oktober 1873. Damals, mit neunzehn Jahren, also in einem Alter, in dem andere Dichter, nach jugendlichen Erstlingsversuchen, eigentlich erst ihr Werk beginnen, hat er der Dichtung für immer entsagt und in den letzten achtzehn Jahren seines Lebens keinen Vers mehr geschrieben. Er, der unstete Wanderer in Europa, ist nach Vorderasien und Afrika gegangen, hat als Bauaufseher auf Cypern, in Aden am Roten Meer und in Abessinien als Angestellter und selbständiger Leiter eines Exportunternehmens gearbeitet, bei einem zu kaufmännischen Zwecken unternommenen Karawanenzug auch eine neue Handelsstraße erforscht, um nach schwerer, leidensreicher Krankheit, die zum Verlust des rechten Beines führte – Rimbaud, der Wanderer, ein Krüppel! – allzufrüh zu sterben.

Man muß, wenn man die Dichtungen Rimbauds liest, stets daran denken, daß ein so junger Mensch sie verfaßt hat. Nicht, wenn einem diese Poesie nicht immer so recht gefallen sollte, um ihre vermeintlichen Mängel und Härten, Ecken und Stacheln mit der Jugend des Dichters zu entschuldigen – Rimbauds Genie will

und braucht nicht entschuldigt zu werden –, sondern um das Wunder und die einmalige Größe und Sonderheit dieses Werkes um so besser zu würdigen. Sein Werk, aus Urgründen der Seele mit elementarer Gewalt aufgebrochen, erscheint wie ein Bergstrom, der sich plötzlich mit jäher Kraft ins Flachland der menschlichen Kultur ergießt, mit Ungestüm dort alles, was seiner Lust und Freiheit hemmend und hindernd in den Weg tritt, niederreißen möchte und sich in rascher, schöner Bewegung, über Wirbel und Strudel hinweg, seinen Weg bahnt, um bald, ebenso plötzlich, wie er hervortrat, wie vom Boden verschlungen, zu versiegen und zu verschwinden.

*

Eine vollständige Übersetzung ins Deutsche aller Dichtungen Rimbauds gab es bisher nicht, und die früher veröffentlichten Übersetzungen ausgewählter Gedichte und der Prosastücke dürften strengeren Ansprüchen nicht immer genügen. Die Übersetzung von K. L. Ammer (Leipzig 1921) gibt, mit ihren zahlreichen Versehen und Mißverständnissen, den Urtext nur recht ungenau wieder. Die Übersetzung der »Illuminations« von Paul Zech (Leipzig 1924) ist, trotz vieler Vorzüge, doch oft nicht nur zu frei, sondern manchmal auch »poetischer« als die Sprache Rimbauds, da der Nachdichter sich oft erlaubt, die knappe Fassung seiner Vorlage durch schmückende Beiwörter und feinere Wendungen zu erweitern und zu verändern. Auch die Übertragungen von Alfred Wolfenstein (Rimbaud, Leben, Werke, Briefe, Leipzig 1930) leiden, obwohl der Verfasser bemüht ist, die störrische Eigenkraft der Sprache Rimbauds nachzubilden, an Fehlern und Willkürlichkeiten. Selbst den wenigen Übertragungen von Stefan George (Der Schläfer im Tal, Faunskopf, Vokale, in »Zeitgenössische Dichter«, 2. Band, Berlin 1905) fehlt es, bei aller Kunst der Wiedergabe, nicht ganz an Ungenauigkeiten und Härten. Die Übersetzungen von v. Oppeln-Bronikowski (Das junge Frankreich, Berlin 1908), von A. Neumann (Alt- und Neufranzösische Lyrik, München 1922), von Franz von Rexroth

(Arthur Rimbaud, Gedichte, Wiesbaden o. J.) konnten vom Verfasser der hier gebotenen Übertragung nicht eingesehen werden, ebensowenig wie die von Fuhrmann (in »Lyrik des Auslandes«, Leipzig 1907) und von Stefan Zweig in dem Reclamband »Französische Lyrik«.

*

Dieser neue Versuch einer Übersetzung des Gesamtwerks Rimbauds – völlig unabhängig von den bisherigen Übertragungen – muß für sich selbst sprechen. Das ehrliche Bemühen ging dahin, den Text der Vorlage möglichst getreu zu bewahren und dabei Kraft und Derbheit, Zartheit und Schönheit, Bilder und Farben, Rhythmus und Klang, traumhafte Phantastik und dunkle Eigenwilligkeit, das Sinnliche und das Seelische dieses ganz persönlichen dichterischen Stils nicht verloren gehen zu lassen. Auch diese Übertragung, die in den letzten Jahren halb erzwungener, halb freiwilliger Muße entstanden ist, kann sicher noch an manchen Stellen verbessert werden; denn es liegt im Wesen jeder Übersetzung, daß sie nie fertig wird, sondern immer von neuem durchdacht, überprüft und verfeinert werden muß. Nirgendwo erschließt sich dem gewissenhaften Arbeiter auf dem Gebiet der Sprache die Bedeutung der inneren Geschlossenheit eines Ganzen und der Nuance so zwingend wie bei sorgfältiger Übersetzungstätigkeit; auch darin liegt ihr Reiz und ihre Berechtigung.

*

In letzter Stunde noch konnten die kritischen Ausgaben der Versgedichte »Poésies« und von »Une Saison en Enfer« von H. de Bouillane de Lacoste (Paris 1940 und 1943, Mercure de France), nicht aber die angekündigte kritische Ausgabe der »Illuminations« eingesehen und für Berichtigungen des französischen Textes und der Übersetzung in einzelnen wenigen Fällen verwertet werden.
Von Anmerkungen und Erklärungen zu nicht immer ganz leicht verständlichen Vers- und Prosagedichten ist abgesehen worden,

da der Übersetzer in einer besonderen Schrift Leben und Werk Rimbauds behandelt hat.* Ein in deutscher Sprache geschriebenes Buch über ihn gibt es mit Ausnahme der liebevoll geschriebenen kurzen Darstellung von Hans Jacob »Das Leben des Dichters Jean Arthur Rimbaud« (München 1921) sonst nicht. In deutscher Übersetzung von Hans B. Wagenseil erschien das umfangreiche Buch der Engländerin Enid Starkie unter dem Titel »Das trunkene Schiff, Arthur Rimbaud« (Berlin, o. J., Hans von Hugo Verlag), nach dessen Lektüre in dem Verfasser der vorliegenden Übersetzung der Wunsch lebendig wurde, eine Übertragung des Gesamtwerkes von Rimbaud zu beginnen.

* *Arthur Rimbaud.* Bildnis eines Dichters. Heidelberg 1948. 255 S. – Ergänzend hierzu das gleichzeitig erschienene Buch: *Trunkene und gläubige Dichtung.* Rimbaud – Claudel. Iserlohn 1948 .

Editorische Notiz
zur 3. Auflage 1960

Für diese, nach dem Tode des Herausgebers und Übersetzers erscheinende 3. Auflage* konnte die Ausgabe der Œuvres complètes von Arthur Rimbaud der Bibliothèque de la Pléiade (1954) verglichen werden; einige Stellen waren danach zu berichtigen.
Die französischen Übersetzungen aus dem Lateinischen und lateinische Gedichte des Schülers Rimbaud wurden auch in diese Auflage nicht aufgenommen, auch nicht die Vers- und Prosa-Fragmente, »Les Stupra«, das »Album dit zutique« und die Prosastücke »Un Cœur sous une soutane« und »Lettre du Baron de Petdechèvre«.
Die Anordnung der Gedichte blieb unverändert; die Prosastücke der »Illuminations«, von denen I.–XXIX. in dieser Ordnung, ohne Überschrift in Rimbauds Hand vorliegen, wurden in dieser Reihenfolge und die folgenden Stücke nach den ältesten Ausgaben angeordnet. Nach Verlaine ist »das Wort Illuminations englisch und will sagen gravures coloriées colored plates« – Farbstiche. »Wie man sehen wird, setzen sie sich aus kurzen Stücken zusammen, ausgesuchter Prosa oder vers délicieusement faux exprès.« (Œuvres complètes [1954] p. 720.) »La Piscine de Beth-Saïda«, dessen Manuskript schwer lesbar ist, blieb nach dem Druck von P. Berrichon (zuletzt 1922) unverändert.

* Die 1. Auflage ist 1946 erschienen; 1955 folgte die 2., durchgesehene Auflage, 1960 die dritte, nun von Marie Luise Bulst besorgte Auflage. Alle weiteren Auflagen, jeweils für sich durchgesehen und verbessert, folgen im wesentlichen der 3. Auflage. – Über den Übersetzer ist Näheres zu finden in dem Band *Franois Villon: Sämtliche Dichtungen.* Ins Deutsche übertragen von Walther Küchler, bearbeitet von Marie Luise Bulst (4. Auflage 1982). Dort ist anschließend an die Einführung von Hans Rheinfelder *François Villon* ein Anhang *Über Walther Küchler* gedruckt (S. 26–30).

Daten zu Leben und Werk

1854–1860
Jean Nicolas Arthur Rimbaud wird am 20. Oktober 1854 in Charleville in den Ardennen als Sohn des Infanteriehauptmanns Frédéric Rimbaud und seiner Frau Vitalie Cuif, einer Bauerntochter, geboren. Arthur Rimbaud hat einen älteren Bruder, Frédéric, und zwei jüngere Schwestern, Vitalie und Isabelle. Eine weitere Schwester, Victorine, starb im Alter von einem Monat. Kurz nach der Geburt Isabelles, 1860, verlässt der Vater die Familie, um zu seinem Regiment nach Grenoble zu gehen; die Mutter betrachtet sich daraufhin als Witwe. Sie erzieht die Kinder streng katholisch.

1862–1870
Schulzeit in Charleville, ab Oktober 1865 besucht Rimbaud das städtische Gymnasium von Charleville. 1869 gewinnt er mit *Jugurtha* den ersten Preis in lateinischer Dichtung des »Concours Académique«. Er schreibt *Les Étrennes des Orphelins (Die Neujahrsgeschenke der Waisenkinder)*, das erste, in der Zeitschrift *Revue pour tous*, publizierte Gedicht. Eine freundschaftliche Beziehung verbindet Rimbaud mit dem Rhetoriklehrer Georges Izambard, der seine literarischen Neigungen fördert.

1870
Im Mai schickt Rimbaud Gedichte an Théodore de Banville und bittet ihn um Förderung. Izambard verlässt Charleville bei Ausbruch des Deutsch-Französischen Krieges. Am 29. August unternimmt Rimbaud den ersten Fluchtversuch von Zuhause nach Paris, wo er am Gare du Nord festgenommen wird. Izambard bewirkt seine Freilassung, nimmt ihn in Douai bei sich auf und bringt ihn zurück nach Charleville. In Douai lernt Rimbaud den

Dichter Paul Demeny kennen. Am 7. Oktober flieht Rimbaud erneut, zu Fuß erreicht er über Charleroi und Brüssel Douai. Wieder wird er von der Polizei aufgegriffen und nach Charleville zurückgebracht. In diesem Jahr schreibt er u. a. die Gedichte *Ma Bohème (Mein Zigeunerleben)*, *Au Cabaret-Vert (Im grünen Cabaret)* und *Le Dormeur du Val (Der Schläfer im Tal)*.

1871

Am 25. Februar flieht Rimbaud ein drittes Mal. Mit dem Zug erreicht er Paris, wo er sich aber nur zwei Wochen aufhält, bevor er nach Charleville zurückkehrt – kurz vor dem Aufstand der Pariser Commune, über den er u. a. in *Chant de guerre parisien (Pariser Kriegsgesang)* schreibt. Im Mai schreibt Rimbaud an Izambard und Demeny die sogenannten »Seher-Briefe« (*Lettres du voyant*). Im Sommer nimmt er Briefkontakt zu Paul Verlaine auf. Ende September besucht er Verlaine in Paris, zwischen beiden entwickelt sich eine leidenschaftliche Liebesbeziehung. In diesem Jahr verfasst Rimbaud u. a. das Gedicht *Le Bateau ivre (Das trunkene Schiff)*, das zuerst 1883 von Verlaine in der Zeitschrift *Lutèce* veröffentlicht wird.

1872

Im März hält sich Rimbaud in den Ardennen auf, im Mai und Juni ist er wieder in Paris. Im Juli reist er mit Verlaine, der seinetwegen seine Frau verlassen hat, nach Belgien. Im September reisen beide weiter nach London. Beide experimentieren mit Drogen, insbesondere mit Absinth, und verdienen sich ihren Unterhalt als Sprachlehrer. Im Dezember kehrt Rimbaud nach Charleville zurück, während Verlaine in London bleibt. Im Frühjahr 1872 schreibt Rimbaud u.a. die Gedichte *Mémoire (Gedenken)*, *Age d'or (Goldenes Zeitalter)* und *Michel et Christine (Michel und Christine)*.

1873

Bis April hält sich Rimbaud wieder bei Verlaine auf, danach beginnt er in Roche, wo sich der Bauernhof befindet, von dem die Mutter stammt, mit der Niederschrift von *Une Saison en Enfer (Eine Zeit in der Hölle)*. Ende Mai ist Rimbaud wieder mit Verlaine in London. Nach heftigem Streit fährt Verlaine am 3. Juli nach Brüssel, wohin ihm Rimbaud am 7. Juli folgt. Während einer erneuten Auseinandersetzung schießt Verlaine am 10. Juli auf Rimbaud und verletzt ihn an der Hand. Verlaine kommt in Haft, Rimbaud wird ausgewiesen und kehrt zu seiner Familie nach Roche zurück. Dort beendet er *Une Saison en Enfer* (gedruckt 1873, ausgeliefert erst 1901). Im Herbst lässt er sich in Paris nieder.

1874

Rimbaud ist ab Ende März mit dem Dichter Germain Nouveau in London. Hier entstehen große Teile der *Illuminations (Farbstiche)*. Nach deren Niederschrift gibt Rimbaud das Schreiben ganz auf. Teile der *Illuminations* erscheinen 1886 ohne sein Wissen in der Zeitschrift *La Vogue*.

1875–1890

Ab Februar 1875 hält sich Rimbaud in Stuttgart auf, wo Verlaine ihn im März besucht. Im Mai reist Rimbaud über die Schweiz nach Italien. Krank geworden, hält er sich einen Monat lang in Mailand auf. Im Herbst ist er wieder in Charleville, er widmet sich dem Studium von Sprachen (u.a. Italienisch, Spanisch und Arabisch). Am 18. Dezember 1875 stirbt Rimbauds Schwester Vitalie. 1876 meldet er sich zur holländischen Kolonialarmee, er gelangt nach Batavia, desertiert jedoch nach wenigen Wochen und kehrt nach Frankreich zurück. In den folgenden Jahren führt Rimbaud ein unstetes Wanderleben, das ihn durch Europa über Alexandria und Zypern, wo er als Bauaufseher arbeitet, nach Afrika führt. 1880 gelangt er nach Aden, wo er in dem Handelsunternehmen Vianney, Bardey & Co. eine Anstellung findet.

Am 13. Dezember 1880 kommt er in der Agentur des Unternehmens in Harar an, deren Leitung er übernimmt. Ab 1884 arbeitet er in Aden. Von 1881 bis 1890 unternimmt er zahlreiche Geschäfts- und Forschungsreisen in Ägypten, Abessinien (heute Äthiopien) und Jemen. Er handelt u. a. mit Kaffee, Gewürzen und Waffen.

1891
Ab Februar leidet Rimbaud an heftigen Schmerzen im rechten Knie. Ärzte des englischen Krankenhauses in Aden diagnostizieren eine Krebsgeschwulst, das Bein muss amputiert werden. Am 9. Mai schifft sich Rimbaud nach Frankreich ein, am 27. Mai findet die Amputation in einem Marseiller Krankenhaus statt. Seine Mutter besucht ihn, reist aber rasch wieder ab, worüber Rimbaud verzweifelt ist. Im Juni reist er nach Roche, wo er von seiner Schwester Isabelle gepflegt wird. Wegen Wundbrandes muss er zurück nach Marseille ins Krankenhaus. Am 10. November stirbt Arthur Rimbaud im Hôpital de la Conception in Marseille an Wundbrand. Die Beisetzung findet auf dem Friedhof in Charleville statt.

1891–1895
Le reliquaire und *Poèmes* erscheinen 1891, 1895 gibt Verlaine Rimbauds *Poésies complètes* heraus.

Aus Kindlers Literatur Lexikon: Arthur Rimbaud, ›Das lyrische Werk‹

Zu seinen Lebzeiten publizierte Rimbaud nur einige seiner Gedichte, vereinzelt in Zeitschriften. Erst im Todesjahr 1891 erschienen die Bände *Le reliquaire* (Das Reliquiar) und *Poèmes*. Eine Erstausgabe der *Poésies complètes* betreute Paul Verlaine 1895. Die Manuskriptdatierung der ersten Gedichte von 1869 bis 1871 ist weniger problematisch als bei späteren Texten, da sie in der Regel als Autographen oder Abschriften vorliegen. Rimbauds Entwicklung von der metrisch gebundenen lyrischen Tradition mit gattungstypischen Strophenformen bewegt sich in unruhigen Schritten auf die späteren Prosagedichte zu, bis Rimbaud Mitte der 1870er Jahre endgültig als Dichter verstummte.

Das schmale, doch explosive Werk des Jugendlichen entstand zwischen dem 15. und 19. Lebensjahr. Die Entwicklung des Werks dieses Dichters der Brüche verlief in diesen lediglich vier Schaffensjahren formal wie inhaltlich hochkomplex. Die Beherrschung poetischer Formarbeit zeigt sich in den *Poésies* (1869–1871) und den »Vers nouveaux et chansons« (Neue Verse und Lieder; auch unter dem Titel »Derniers vers«, »Letzte Verse«, überwiegend 1872). Aber auch noch in die Sammlung der Prosagedichte *Une Saison en Enfer*, 1873 *(Ein Aufenthalt in der Hölle)*, streut Rimbaud Poesie ein, zumindest um sich in »Délires II. Alchimie du verbe« (»Fieberphantasien II. Schwarzkunst des Wortes«) Rechenschaft über das bisherige künstlerische Ungenügen abzulegen.

Infolge der Diskontinuitäten lässt sich Rimbauds Œuvre eher durch negative Kategorien bestimmen: durch Grenzen, die er gesprengt, durch dichterische Traditionen, die er verhöhnt, sprachliche Formen, die er aufgelöst hat. In Ermangelung eines geschlossenen Werks neigt die Forschung entweder zu akribischen

Mikrostudien einzelner Texte oder zu weit ausgreifenden Mythenbildungen. Statt eines kontinuierlichen Stils, eines leitmotivischen Temperaments oder eines thematischen Kerns, vergleichbar etwa Baudelaires antiromantischem Pessimismus, findet sich bei Rimbaud die Vielgestaltigkeit »brodelnder Erregung«. Auch frühe Vorbilder wie die Parnassiens geraten ihm bald zur Negativfolie »poetischen Trödels« (»Alchimie du verbe«, »Schwarzkunst des Wortes«), d.h. Rimbauds eigene formbewusste Dichtung, die noch nicht wie seine Prosagedichte mit aller Anstrengung die »rauhe Wirklichkeit« in Verse zu bringen sucht. Rimbauds Weg setzt allerdings schulrhetorisch glänzend mit einer Epistel in 60 lateinischen Alexandrinern ein; er beginnt als ehrgeiziger Musterschüler des selbst dichtenden Rhetoriklehrers G. Izambard, dessen Mahnungen zur Mäßigung und dessen Positionsnahmen für die subjektive Dichtung der Zeit Rimbaud bald nicht mehr erreichen. Das erste in einer Zeitschrift publizierte Gedicht »Les Étrennes des Orphelins« (»Die Neujahrsgeschenke der Waisenkinder«) zeigt noch deutliche Einflüsse u.a. von Coppée und Hugo, drei Gedichte schickte Rimbaud mit einer noch respektvollen Bitte um Förderung im Mai 1870 an den Parnassien Théodore de Banville.

Gängige Motive zeitgenössischer Dichtung lässt Rimbaud langsam hinter sich. Der antibürgerliche Spott wird schärfer, die metaphysische Revolte des späteren Waffenhändlers Rimbaud kündigt sich in derben Bildern eines lächerlichen Bürgerdefilees beim Charleviller Militärmarsch in »Á la musique« (»Platzkonzert«) an – grinsende Straßenjungen stehen hier für das Gegenbild der Freiheit –, und in den Gedichten »Sensation« (»Empfindung«) und »Ma Bohème« (»Mein Zigeunerleben«) ähnlich der einsam und frei durch die Natur Streifende.

In diese Zeit fallen drei Fluchtversuche Rimbauds aus dem Bereich der mütterlichen Autorität (wo er doch lebenslang immer wieder Zuflucht sucht) – sie misslingen: Im Sommer 1870 wird er als Schwarzfahrer bereits im Zug festgenommen, im Herbst vagabundiert er zu Fuß durch die Ardennen, bis er auch von dort

wieder zurückgebracht wird. Die Idylle des (ob deutschen oder französischen, bleibt unklar) Soldaten auf der grünen Talwiese (»Le Dormeur du Val«, »Der Schläfer im Tal«) kippt brüsk, wenn durch die Hand auf dem Herzen des schlafend Scheinenden das rote Blut des Toten quillt. Kathartisch reagiert sich in Rimbauds Sprache »der bittere Hohn der Dinge« ab.

Als sich der Volksaufstand der Commune in Paris ankündigt, ziehen politische Elemente in Rimbauds Dichtung ein und verändern die Bilder der Revolte: »L'Éclatante Victoire de Sarrebruck« (»Der glänzende Sieg von Saarbrücken«) ironisiert ein Propagandabild. »Chant de guerre parisien« (»Pariser Kriegsgesang«) konfrontiert den blutigen Kriegsmai mit Frühlingsmotiven. Im zweiten poetologischen *Voyant*-Brief nennt Rimbaud dieses Gedicht einen »Psalm der Aktualität«. Bei Rimbauds dritter Flucht und einem vierzehntägigen Aufenthalt in Paris erlebt er die Belagerung der Hauptstadt und formuliert kurz darauf in den *Voyant*-Briefen sein poetologisches Manifest. Rimbauds Bezug auf den Pariser Volksaufstand ist indes nicht realpolitisch; die Diskurse der Commune infizieren seine Sprache und treiben seine Poetik der Revolte voran. Die erhoffte politische Revolution scheitert, Rimbaud bittet Demeny, seine Gedichtmanuskripte zu verbrennen.

Nun werden die erstarrten Wirklichkeitsbezüge nicht mehr durch die einfache Parodie von Tradition und Autoritäten, sondern in komplexerer Weise aufgebrochen. In »Accroupissements« (»Gekauert«) setzt Rimbaud zwar überkommene Textmuster ein, doch dekonstruiert er hierbei die feierlich-fromme Erhebung Lamartine'schen Dichtens. »Lange, gewaltige und planvolle Entregelung aller Sinne« ist als Anstrengung zu lesen, poetische Wirklichkeitsräume zu schaffen, mit der sich der Dichter-Seher nicht auf den Weltverlust der Ästhetizisten zurückzieht.

Bis dahin blieb Rimbauds Dichten durchaus auf bekannte poetische Formen bezogen, wie die gereimten Triolett-Strophen in »Le Cœur volé« (»Das gestohlene Herz«) zeigen. Konventio-

nell wiederholt er hier den ersten Vers in der vierten Zeile, den ersten und zweiten Vers in der siebten und achten.

Wieder wendet sich Rimbaud mit einer Widmung an Th. de Banville, aber nun kündigt bereits der Titel »Ce qu'on dit au Poète à propos de fleurs« (»Was man dem Dichter über Blumen sagt«) die Ironie der ›schneienden Rosen‹ an: »Quand Banville en ferait neiger, / Sanguinolentes, tournoyantes, / Pochant l'œil fou de l'étranger / Aux lectures mal bienveillantes!« (»Wenn Banville welche schneien ließ, / Wirbelnde, bunt von Blute, / Und ins tolle Auge des Fremdlings stieß, / Der Bücher liest, bösartig-gute!«)

Das viel kommentierte poetologische Gedicht »Voyelles« (»Vokale«) setzt auf die synästhetisch-metaphorische Befreiung der Dichtung – aber nicht solche neuen Texte, sondern seine Parodien zitiert Rimbaud, um seine Entwicklung zu markieren. Das vielleicht meistbesprochene Gedicht am Ende der Sammlung, »Le Bateau ivre« (»Das trunkene Schiff«), lässt die Übergangsphase satirischer Parodie weit hinter sich.

Seit der zehn Jahre ältere Paul Verlaine den jungen Dichter im Herbst 1871 eingeladen hat bis zu dem 10. Juli 1873, da er seine Revolverschüsse auf Rimbaud abgibt, bilden die beiden ein irritierendes Paar, irritierend nicht nur für Verlaines Frau Mathilde, und nicht nur als Homosexuelle, sondern auch wegen ihrer so differierenden Charaktere: Verlaine als sentimentaler Parnassien und Rimbaud als wütender Bauernjunge – mit diesen Stereotypen werden sie gern charakterisiert. Ihre Reisen nach Belgien und zu den Exil-Revolutionären in England – als Sprachlehrer verdienen sie ihr Geld – bilden den Hintergrund von Rimbauds Schaffen in dieser Zeit.

Ungefähr 1872 entstehen die »Vers nouveaux et chansons«. Es sind keineswegs nur berauscht-bewegte, sondern auch innerlich-betrachtende, doch zugleich verschlossen-spröde Texte. In »Larme« (»Träne«) wählt Rimbaud einen unerbittlichen Schluss: »Tel, j'eusse été mauvaise enseigne d'auberge. / Puis l'orage changea le ciel, jusqu'au soir. / Ce furent des pays noirs, des lacs, des perches, / Des colonnades sous la nuit bleue, des gares.« (»So,

würd als schlechtes Wirtshausschild ich prangen. / Dann in den Himmel ist das Wetter eingefallen, / Bis abends. Seen wurden, schwarze Länder, Stangen, / Säulenreihen in blauer Nacht und Bahnhofshallen.«)

Die raffinierte Schlichtheit des Volkslieds, die auf Einflüsse Verlaines schließen lässt, verliert sich, der Ton der Gedichte verdunkelt sich zusehends. Es entstehen die »impairs«, Verse mit ungeraden Silbenzahlen, die einen freieren rhythmischen Effekt erzielen. Rimbauds Selbstbefragung fällt insbesondere in der »Comédie de la soif« (»Komödie des Dursts«) hart aus, wenn er in fünf Gedichten sich zunächst von den Vorfahren abwendet, auch von der geistigen Reinheit (»Non, plus ces boissons pures, / Ces fleurs d'eau pour verres; / Légendes ni figures / Ne me désaltèrent«; »Nein, nicht mehr dieser Tränke Milde, / Wasserblumen, die Gläser füllen, / Weder Legenden, noch Gebilde / Können den Durst mir stillen«); auch nicht die Verführung der Freunde zum Absinth im nächsten Text kann die Qual des Dürstenden lindern – Rimbauds Fazit im nächsten Teil ist die Absage eines Armen ans hoffnungsvolle Träumen, und im letzten Bild dürsten die Waldtiere unter einer Regenwolke, die sich ziellos auflöst.

Die gestörte Hirtenidylle der »Bonne pensée du matin« (»Lieber Morgengedanke«) aus dem Mai 1872 eröffnet eine ganze Reihe von Motiven mit Opferlämmern und heulenden Wölfen – begleitet von schwachen Appellen, die Scheinidylle zu beenden und die Revolte fortzusetzen wie im Gedicht »Michel et Christine«.

In denselben Wochen entstehen die »Fêtes de la patience« (»Feste der Geduld«) mit einem melancholischen »Chanson de la plus haute tour« (»Lied vom höchsten Turm«), einem tänzerischen Klagelied zwischen Vanitas und Ewigkeit (»L'éternité«). Ehethemen – man denkt an den »époux infernal« Verlaine – ebenso wie bittere Familienbilder – der angeschossene und ausgewiesene Rimbaud kehrt wieder einmal nach Charleville zurück – schließen die »Derniers vers« mit einer Haltung, die Rim-

baud zu einer Revision seines Schaffens in den Prosagedichten *Une Saison en Enfer* führen wird.

Die Erforschung der frühen bis mittleren Texte von Rimbaud hat in den letzten Jahren ein überraschend gelehrtes Schreiben mit einer Vielzahl von Verweisen auf andere Dichterschulen präsentieren können, die den Mythen vom jugendlichen Zerstörer eine kalkuliert-präzise Formarbeit entgegenhält.

Kai Nonnenmacher

Aus Kindlers Literatur Lexikon: Arthur Rimbaud, ›Das trunkene Schiff‹

Das bekannteste Gedicht Rimbauds entstand 1871 und wurde zum ersten Mal im November 1883 durch Paul Verlaine in dessen Studie *Arthur Rimbaud* in der Zeitschrift *Lutèce* veröffentlicht. – Diese 25 vierzeiligen Alexandrinerstrophen des früh vollendeten Lyrikers gelten als Meilenstein in der Literaturgeschichte. In den reißenden Bildkatarakten dieser poetischen Vision, die sich der strengen überlieferten Form nur mehr als eines wirkungsvollen Kontrastmittels bedient, bricht die Stimme der modernen surrealen Lyrik durch.

Selbstbewusst, aber zugleich auch voller Resignation sagte der junge Dichter selber, er habe hier etwas geschrieben, das in der bisherigen Poesie nicht seinesgleichen habe. Das Gedicht ist von der Ambivalenz aus Trauer und Aufbruchsstimmung angesichts der von ihm erfahrenen und hier zu Sprache werdenden neuen Seelenräume und neuen Grenzenlosigkeit erfüllt. Objektiviert erscheint dieses Gefühl im Bild des vagabundierenden Schiffes, eines der ältesten Symbole für die ausgesetzte menschliche Existenz, das in der unmittelbaren Konkretisierung dieses Gedichts jedoch kaum mehr Symbol ist, vielmehr allein sich selbst zu meinen scheint. Auch gibt Rimbaud dem alten Topos neue Qualitäten. Kein stolzes Segelschiff legt sich hier vor den Sturm, sondern eine verlassene Pinasse, deren Mannschaft niedergemacht wurde. Steuerlos und aller Fracht ledig – passiv und verantwortungsfrei – treibt das für den Ozean untaugliche Schiff die Flüsse hinab und aufs Meer hinaus, hingegeben einer Bewegung, die in Rausch und Vernichtung, Verzauberung und Entsetzen führt. Die Seelandschaften, die dabei durchfahren werden, entziehen sich jedem Vergleich sowohl mit der Realität als auch mit literarischen Vorlagen. Die Bilder dieses Gedichts wollen auf nichts übertragen werden, wollen keine Metaphern sein.

Zwar sind manche Details aus der literarischen Tradition bekannt und einzelne Bilder sind geradezu bedrängend realistisch, d.h. von höchster sinnlicher Anschaulichkeit; doch eine alle Schranken sprengende Phantasie kombiniert sie zu Angst- und Wunschhalluzinationen, zu chaotischen Urvisionen, in denen Meeresgrund und Firmament ineinander zu stürzen scheinen. Der trunkenen Entgrenzung folgt – ähnlich den Erlebnisabläufen mystischer Entrückung – ein erschöpftes Zurücksinken: eine müde Sehnsucht nach Europas Begrenzungen steht am Schluss; eine Sehnsucht, die sich selbst aber als Wunsch nach einer traurigen, kleinen Kinder-Idylle durchschaut: »Wenn in Europa ich ein Wasser noch begehre, / Ist es das kalte, schwarze Loch, in das hinein / Ein Kind, in der Dämmerung, gebückt, voll Leid und Schwere, / Ein Schifflein setzt, zart, wie ein Schmetterling im Mai'n!«

Deutlich lässt sich aus dem »Bateau ivre« ein Vorgefühl des Scheiterns, eine frühe Ahnung von der Vergeblichkeit des Willens zum zutiefst Unvereinbaren lesen, einer Vergeblichkeit, die das Stigma der dichterischen Existenz Rimbauds werden sollte, der das Dichten aufgab, als er mit dem Mannesalter ein anderes Bewusstsein von Welt und Wirklichkeit erlangte.

Gerda Utermöhlen

Aus Kindlers Literatur Lexikon: Arthur Rimbaud, ›Die Prosadichtungen‹

Die einzige Sammlung mit Prosagedichten, die Rimbaud zu seinen Lebzeiten publizieren wollte, *Une Saison en Enfer (Eine Zeit in der Hölle)*, hat er 1873 zwar drucken lassen, da er aber dem Verlag die Druckkosten nicht bezahlen konnte, kamen die ca. 500 Exemplare des Bandes nicht zu Rimbauds Lebzeiten auf den Buchmarkt, sondern erst postum 1901 nach ihrer Wiederentdeckung. Die 44 Prosagedichte der *Illuminations (Farbstiche)* entstanden zwischen 1872 und 1874, wurden aber erst 1886 ohne Rimbauds Wissen in Teilen in der symbolistischen Zeitschrift *La Vogue* publiziert.

Mit Baudelaire, Verlaine und Mallarmé gilt Rimbaud als einer der Vorläufer der Symbolisten. Die Diskussion der Symbolisten um den ›vers libre‹ gegen 1886 wird von Gustave Kahn vertreten, der überhaupt keine Silben mehr zählt und die Strophen nicht mehr in eine schematische Form pressen will. In erster Linie durch seine Prosagedichte gilt Rimbaud als einer der radikalsten Neuerer der poetischen Sprache in der literarischen Moderne. Während man Rimbauds Gedichte als die Lyrik des 19. Jh.s imitierende und parodierende Stilübung lesen kann und seine »Derniers vers« als Anwendung von Verlaines raffinierter musikalischer Einfachheit auf die eigenen dunkleren Themen, ist mit den Prosagedichten *Une Saison en Enfer* und *Illuminations* ein bis dato nicht erreichter Grad formaler wie inhaltlicher Befreiung erreicht.

Die Prosagedichte formulieren die metaphysische Ambition, über die Dekonstruktion sprachlichen Materials eine neue Welt zu schaffen: »Ankommen im Unbekannten« – dieses Dichtungsprogramm wurde als Ausdruck einer sich absolut setzenden Phantasie gelesen, was einzelne Kritiker zur der Ansicht veranlasste, es lohne nicht, sich mit philologischem Aufwand der spä-

ten, hermetischen Prosatexte anzunehmen. Aber auch wenn die Gedichte in rhythmisierter Prosa die Exegeten vor Herausforderungen neuer Art stellen, ist es keineswegs so, dass hier wie in der abstrakten Malerei nur mehr Zeichen ohne Verweis auf die Wirklichkeit angeordnet wären; auch bieten die Texte dem Leser faszinierende, hochsinnliche Erfahrungen, sofern er sich den Sinnangeboten und der ästhetischen Fülle der Texte öffnet.

Einige erhalten gebliebene Entwürfe aus früheren Arbeitsstadien liefern wichtige Aufschlüsse über die Textgenese von *Une Saison en Enfer*. Der Beginn der Sammlung konstatiert den ästhetischen Bruch: »Jadis, si je me souviens bien, ma vie était un festin où s'ouvraient tous les cœurs, où tous les vins coulaient. / Un soir, j'ai assis la Beauté sur mes genoux – Et je l'ai trouvée amère. – Et je l'ai injuriée.« (»Einst, wenn ich mich recht erinnere, war mein Leben ein Fest, wo alle Herzen sich öffneten, wo alle Weine flossen. / Eines Abends hab ich mir die Schönheit aufs Knie gesetzt. – Und ich hab sie bitter gefunden. – Und ich habe sie beschimpft.«)

»Délires I«, das »Bekenntnis eines Genossen aus der Hölle«, wurde gelesen als Versuch, die Liebe neu zu erfinden: Die »törichte Jungfrau« gilt als Verlaine, der »Gemahl« als Rimbaud. »Délires II« will die Dichtung neu erfinden: Dem poetischen Trödel schwört er hier ab; das Ich ist eine ›Oper der Mythen‹ geworden. – »L'impossible« (»Das Unmögliche«) wird insbesondere für die Zeit nach Rimbauds Verstummen herangezogen. Hier verabschiedet der Dichter das abendländische Europa: »[...] je retournais à l'Orient et à la sagesse première et éternelle« (»ich kehrte in den Orient zurück und zur ersten und ewigen Weisheit«).

Das Schlussgedicht »Adieu« (»Abschied«) thematisiert Rimbauds Scheitern: »Moi! Moi qui me suis dit mage ou ange, dispensé de toute morale, je suis rendu au sol, avec un devoir à chercher, et la réalité rugueuse à éteindre! Paysan!« (»Ich! Ich, der ich mich Magier oder Engel genannt, mich von jeder Moral losgesagt habe, ich bin der Erde wiedergegeben, um mir eine Pflicht zu su-

chen und die runzelige Wirklichkeit zu umarmen! Bauer!«) So wurde »Adieu« als Verabschiedung einer bestimmten Art zu dichten, wenn nicht als das Ende der Literatur überhaupt gelesen. Allerdings kündigt sich hier die Wende von einer Poetik der Phantasmagorien hin zum dichterischen ›Beackern‹ der Wirklichkeit an, und damit zur Poetik der *Illuminations*.

Die Forschung über die *Illuminations* hat in den letzten Jahrzehnten zugenommen. Davon betroffen ist die Frage, ob diese Texte als persönliche Lebensbilanz eines Scheiternden zu lesen seien oder als absolute Prosastücke, die sich auf Sprachwelten des modernen Lebens beziehen: Thematisiert werden gesellschaftliche Autorität und Ökonomie (»Royauté«, »Démocratie«, »Les ouvriers«, »Solde«), urbane Lebensräume (»Villes«, »Ville«, »Métropolitain«), randständige Figuren (»Barbare«, »Vagabonds«), Vernunftkritik (»À une raison«, »Mystique«, »Dévotion«), Mythen, Antike und Götzen (»Après le déluge«, »Enfance«, »Conte«, »Ornières«), utopisch-visionäre Einbildungskraft (»Génie«, »Veillées«, »Aube«), Bewegung (»Mouvement«, »Scènes«, »Parade«, »Marine«).

Wenn auch die irrealen Bildwelten der *Illuminations* nicht mehr zwischen absoluter Kunst und gesellschaftlicher Realität vermitteln wollen, so sind sie dennoch keine ›Elfenbeintürme‹ eines autonomen Dichtertums, sondern beziehen sich auf die äußere Welt zurück, indem sie die totale Verfügungsgewalt über das zerstörte sprachliche Material demonstrieren. Die Worte werden verdichtet, bis ihre Aussage regelrecht kippt. Erkennbar wirkt in den *Illuminations* eine Poetik des Fragments – ein ähnlich romantisches Konzept wie das des Sehers in den *Voyant*-Briefen. Vom Prosagedicht schreitet die Entwicklung zum inkohärenten Fragment fort, das den Erzählverlauf unterwandert, und von diesem Fragment zum vereinzelten Wort. In »Barbare« wollte man der Wiederholungsstrukturen wegen eine musikalische Fuge erkennen, die durchaus auf eine klassische poetische Formsprache verweise. Der traditionelle Vers weicht insgesamt aber einer rhythmisierten Prosa mit Ausrufen, assonierenden

Reihungen und elliptischen Strukturen. Dabei stiftet Rimbaud neue Verknüpfungen keineswegs nur über formale Überstrukturierungen, sondern indem er gängige prosaische, technizistische und politische Sprachregister zersetzt, neu montiert, dabei auch die Kontexte und Bedeutungshierarchien neu ordnet: »Aube« (»Morgenröte«) kombiniert bekannte, aber weit auseinanderliegende Tagesanbruch-Motive, »Barbare« spielt mit Bildern archaischer Bedrohung, »Soir historique« ruft Stimmungsbilder des Feierabends und des Weltschmerzes auf. Vor allem aber treibt Rimbaud hier die hermetische Fragmentierung bis an ihr Ende, er hat die Poesie erschöpfend zerlegt und wieder neu zusammengesetzt.

Als ›Nummernrevue‹ verfremden die *Illuminationen* – Verlaine zufolge in der englischen Bedeutung (›coloured plates‹) als »Farbdrucke« zu verstehenden – sprachliche Klischeestrukturen der Epoche, die hier lautliche und generische Überlappungen produzieren, die Freuds Theorie sprachlicher Fehlleistungen – und somit die surrealistische Poetik – vorwegzunehmen scheinen: So klingt etwa in »Fête d'hiver« (Winterfest) ›fait divers‹ (Vorfall) mit. Die Forschung hat aus solchen Wortverschiebungen den Terminus einer ›poétique du glissement‹ abgeleitet. Gesellschaftliche Wirklichkeiten und fiktive neue Welten stehen gleichberechtigt nebeneinander. In »Marine« (Seestück) hat sich nicht nur der metrische Rahmen gelockert, sondern sogar Wasser und Land überlagern sich: »Les courants de la lande, / Et les ornières immenses du reflux / Filent circulairement vers l'est« (»Die Strömungen der Heide, / Und die ungeheuren Rillen der Ebbe / Fliehen in Kreisen gegen Osten«). Noch gesteigert findet sich dies bei urbanen Raumüberlagerungen in »Villes« und »Métropolitain«.

Die Bildwelt wird zugleich verdichtet und wieder aufgelöst: »Oh! Le pavillon en viande saignante sur la soie des mers et des fleurs arctiques; (elles n'existent pas)« (»Oh! Die Flagge aus blutendem Fleisch über Meer-Seide und arktischen Blumen; [die es nicht gibt]«). Dieses Montageverfahren unterwandert Leseer-

wartungen ebenso wie ideologische Wirklichkeitsdeutungen, noch gesteigert durch Bild- und Klangeffekte, Anspielungen, preziöse Wortwahl. Hinzu kommt eine ungeheure abstrakte Dynamik, etwa der Beginn von »Mouvement« (»Bewegung«): »Le mouvement de lacet sur la berge des chutes de fleuve, / Le gouffre à l'étambot, / La célérité de la rampe, / L'énorme passade du courant, / Mènent par des lumières inouïes / Et la nouveauté chimique / Les voyageurs entourés des trombes du val / et du strom.« (»Die Schleifenwindung längs des Steilufers der Fälle des Flusses, / Der Strudel am Hintersteven, / Die Schnelligkeit des Absturzes, / Das ungeheure Gefälle der Strömung / Führen durch die unerhörten Lichtfluten / Und die chemische Neuheit / Die Reisenden, umgeben von den Windhosen des Tales / Und des Stromes.«)

Rimbaud warnte am Schluss von »Parade« die Deuter seiner Texte: »J'ai seul la clef de cette parade sauvage.« (»Ich allein besitze den Schlüssel zu diesem wilden Possenspiel.«) Der Mythos vom ›poète maudit‹ hat die Lektüre mehr verstellt als erhellt, wie die deutschsprachige Rezeption zeigt. Der Dichter der *Voyant*-Briefe wurde bei Stefan George zum Ästhetizisten, bei Paul Zech zum Expressionisten und bei Johannes R. Becher zum Sozialisten. Gottfried Benn, Wolfgang Hilbig und Volker Braun sind einige weitere wichtige Autoren als Rimbaudleser. Nicht selten musste Rimbaud als ›Kirchenvater‹ für Avantgarden herhalten, die sich mit aus dem Zusammenhang gerissenen Schlagworten der Rimbaud'schen Poetik auf ihn ohne wirkliche Textkenntnis beriefen. Die originalen Stellen aus Rimbauds Werk büßten vielerorts durch solche Usurpation ihre Ambivalenz oder ihren ursprünglichen Sinn ein. Ein Beispiel hierfür sei das viel zitierte »Man muss ganz und gar modern sein«; kaum jemand zitierte freilich, wie bei Rimbaud dieses vermeintliche Schlagwort der Avantgarden weit weniger enthusiastisch ausklingt: »Schluss mit den frommen Gesängen: den erreichten Schritt halten. Harte Nacht!«

Mythen der älteren Rimbaud-Forschung – Hugo Friedrichs

»leere Transzendenz«, »sinnüberlegene« »Sprachmagie« – wurden später durch strukturalistische Deutungen modifiziert: »Sekundäre« Sprachstrukturen (etwa Laut, Satzbau, Wortbildung, Rhythmus) überlagerten demnach die Darstellung von Welt, »Poetizität«, »Inkohärenz« waren nicht mehr wie bei Hugo Friedrich »enthumanisiert« und »abnorm«, sondern gesetzmäßige, beschreibbare Abweichungen von der Normalsprache. K. Stierle zeigte, dass Rimbauds Visionen nicht mit lebensweltlicher Erfahrung zu verbinden, sondern nur sprachlich existente, fiktive Konstruktionen sind. H. Wetzel verstand die Radikalisierung der poetischen Verfahren keineswegs als Wirklichkeitsabkehr, sondern im Gegenteil als verzweifelte Anstrengung Rimbauds, Wirklichkeitserfahrung und ihre sprachliche Vermittlung in einer zeitgemäßen Dichtung darstellbar zu machen. Heute wäre es nötig, die Krise der Avantgarden von der Rimbaud-Deutung wieder deutlicher zu trennen: Die Rezeption von Rimbaud wurde bald durch seine Erben, Symbolisten wie Surrealisten, gesteuert, letztere fanden in den *Illuminations* die ›écriture automatique‹, die das ›Andere‹ zur Sprache kommen lasse.

Wie soll man mit Rimbauds Verstummen umgehen? Rimbaud verbrachte seine letzten elf Lebensjahre in Alexandria, Zypern, im äthiopischen Harar. In neuerer Zeit erscheinen immer mehr Bücher und Bildbände über den Kolonial- und Waffenhändler Rimbaud. Wird hier das Leben selbst poetisch – oder im Gegenteil auf zynische Weise antipoetisch? Auf jeden Fall hatte Arthur Rimbaud das Schreiben in kurzer Zeit ausgereizt; und wie an seinem Schweigen fasziniert und irritiert an den Texten seine Freiheit zur Negation. Rimbaud starb letztlich nicht, wie oft behauptet, am Krebsgeschwür in seinem Knie und an der Beinamputation, sondern an seiner Ungeduld: Viel zu früh schon wieder auf einer Beinprothese voranschreitend, starb der Verletzer poetischer Formen, nach Frankreich zurückgekehrt, an Wundbrand.

Kai Nonnenmacher

TABLE DES MATIÈRES

I
1869–1871

INHALTSVERZEICHNIS

I

1869–1871

II

1872–1873

Les Illuminations

II

1872–1873

Farbstiche

III
Printemps 1873 à Octobre 1873

IV
Appendice

III
Frühjahr 1873 – Oktober 1873

IV
Anhang

Rainer Maria Rilke
Gedichte
Band 90078

Rainer Maria Rilke, weltweit einer der beliebtesten deutschen Dichter, lässt seine Sprache klingen wie Musik. In seinen klangvollen Gedichten spürt Rilke einem großen Zusammenhang nach, der uns mit allen Dingen dieser Welt verbindet. Seine Gedichte wurden im »Rilke-Projekt« mit enormem Publikumserfolg popmusikalisch bearbeitet; Schauspieler- und Musikergrößen wie Ben Becker, Hannelore Elsner oder Xavier Naidoo liehen dem Dichter ihre Stimmen. Seine wichtigsten und schönsten Gedichte sind in diesem Band versammelt.

Fischer Taschenbuch Verlag

fi 90078 / 1

Christian Morgenstern
Galgenlieder
Band 90056

Die ›Galgenlieder‹ sind Comedy und Kabarett in kleinen Gedichten. Hintersinnig, teils unsinnig beleuchten sie Alltagssituationen in einem ganz neuen Licht. Denn: »Man sieht vom Galgen die Welt anders, und man sieht andre Dinge als Andre.«

Fischer Taschenbuch Verlag

fi 90056 / 1